SUNDA

Über den Autor

Peter Greminger verbrachte den größten Teil seines Lebens im südostasiatischen Raum, wo er verschiedene Textilbetriebe leitete. Auf der indonesischen Insel Java arbeitete er fünfzehn Jahre und lernte Land, Leute und Kultur bestens kennen. Er erlernte die Sprache (Bahasa Indonesia) schnell, und selbst die Art der Sundanesen blieb ihm nicht verschlossen. Das vorliegende Buch basiert deshalb viel auf seinen unvergesslichen Erfahrungen an dieses herrliche Land, ist aber ein Roman und keine Autobiografie.
Nach Abschluss seiner Tätigkeit in Indonesien verbrachte der Autor weitere zwei Jahre in Neuseeland, wo vier Romane über das Land der Kiwis entstanden: „Pakeha" (Fremde in Neuseeland), „Tangiwai" (Weinendes Wasser), „Paua" (Meerohrschnecken und „Kahurangi" (Grüner Stein).

Peter Greminger

Jedem ausländischen Experten, welcher zum Transfer of Know-How sich im Lande aufhält, ist ein Counterpart zuzuweisen, der innert angemessener Zeit dessen Arbeit übernimmt.

So steht es im Reglement der Aufenthaltsbewilligung KIM'S für Indonesien.

© 2016 Peter Greminger

Herstellung und Verlag:
BoD - Books on Demand, Norderstedt

ISBN 978 3 7412 0547 7

PETER GREMINGER

SUNDA

ROMAN

UM DIE MYSTERIÖSEN UMSTÄNDE EINES UNFALLS AUF DER INDONESISCHEN INSEL JAVA.

Kapitel 1

„Das ist Haram!", wetterte die Frau Richterin und schob die Akte demonstrativ zur Seite. Darauf erging sie sich in einem Schwall von Erklärungen, was im Koran als unrein, verabscheuungswürdig und fluchbeladen bezeichnet werde und deshalb verboten sei. Dann folgten rechtliche Erklärungen, von denen Paul kaum die Hälfte verstand.

Die beiden Angeklagten saßen auf zwei harten Holzstühlen mitten im Raum genau vor der Schranke des Gerichts. Die resolute Dame dahinter machte eine ernste Miene. Das rundliche Gesicht deutete daraufhin, dass sie aus Central-Java stammte. Das schwarze Haar war straff nach hinten zu einem Knoten zusammengerafft, was ihr eine zusätzliche lehrerhafte Autorität verlieh.

Angeklagt war das Paar natürlich nicht. Sie saßen hier, weil sie heiraten wollten und dafür eine richterliche Genehmigung brauchten. Rini, die Frau neben Paul, war eine zierliche Sundanesin, um die 35 Jahre alt. Das luftige hellgrüne Kleid passte ausgezeichnet zu den fein geschnittenen Zügen ihres Gesichtes. Im Moment saß sie aber da, hatte die Augen niedergeschlagen und die Hände in den Schoss gelegt.

Paul hatte sich extra ein leichtes Sakko übergezogen, das war er dem Gericht, trotz der tropischen Wärme, doch schuldig. Er trug eine helle Hose und ein weißes Hemd. Mit einssiebzig war er eigentlich nicht sehr groß, überragte aber doch die meisten Einheimischen um einige Zentimeter. Mit starrer Miene folgte er den komplizierten Ausführungen. Er hatte in den vergangenen vier Jahren das Bahasa Indonesia schon leidlich gelernt, aber für das hier Vorgebrachte genügten diese Sprachkenntnisse einfach nicht. Der Inhalt war aber bald einmal klar, ihr Antrag, trotz unterschiedlicher Religion zivilstandsamtlich zu heiraten, war abgelehnt.

Ein Blick zur Seite, wo der Anwalt auf einer Bank an der Wand saß, zeigte deutlich, dass dieser ebenfalls begriffen hatte. Der kleine Mann, in einem schlecht sitzenden dunklen Anzug, hatte seine Aufgabe wohl nicht gründlich genug vorbereitet. Man hatte ihnen doch versichert, dass in Indonesien der Islam wohl Staatsreligion war, aber dass unter der Ideologie der so genannten „Pancasila" die Glaubensfreiheit garantiert sei. Wieso wetterte jetzt die Richterin im Namen Allahs und bezichtigte Rini des Umganges mit einem Ungläubigen und dass dafür die Folgen schwerwiegend seien.

Der Antrag sei abgelehnt, die schriftliche Begründung werde demnächst ausgefertigt und das Verfahren sei geschlossen.

Etwas benommen standen sie kurz danach draußen vor dem Gebäude des Bezirksgerichtes Bandung und befragten den Anwalt. Kein Problem, beteuerte dieser, man würde einfach noch einmal beantragen und auf einen besseren Entscheid hoffen.

Die drückende Hitze war einem befreienden Regenschauer gewichen, als sie, Wochen später, das große Gebäude an der Jalan Ambon, wo das Zivilstandsamt untergebracht war, verließen und zum wartenden Auto eilten. Indonesien wurde seit Tagen von nachmittäglichen Regengüssen heimgesucht, was aber um diese Jahreszeit nicht anders zu erwarten war. Der Nordwest Monsun würde gegen Ende des Monats aber endgültig abflauen und dann erwartete man warme, trockene Tage.

In der kleinen Gruppe war Paul Wiederkehr derjenige, der besonders auffiel, denn er war der einzige Ausländer weit und breit. Er war mit einem weißen Hemd und dunkler Hose einfach gekleidet. Dazu trug er schwarze Halbschuhe. Diese Bescheidenheit war eigentlich erstaunlich, wenn man berücksichtigte, dass er vor wenigen Minuten einen entscheidenden Schritt seines Lebens getan hatte. Er war nämlich von diesem Moment an ein verheirateter Mann.

Die drei Frauen, welche nun unter dem Schirm des Chauffeurs in den Wagen kletterten, waren weit festlicher gekleidet. Ibu Surya trug einen bunten Sarong aus traditionellem Batik und ein fein besticktes glänzendes Oberteil. Das schwarze Haar hatte sie straff zu einem Knoten zusammengebunden. Sie sah trotz ihres Alters grazil, ja sogar puppenhaft aus. Ganz im Gegensatz zu ihrer Großmutter, war Vini in einem modernen, schwarzen Hosenanzug erschienen. Sie trug dazu einen leuchtenden, rotblauen Schal, der ihr etwas vom Aussehen einer Stewardess gab, wenn man davon absah, dass sie erst vierzehn Jahre alt war. Sie lachte fröhlich und rutschte auf dem Rücksitz in die Mitte.

Die Braut, sie war natürlich die wichtigste Person des Tages, stand einen Moment lang unschlüssig neben der Autotür, während das Regenwasser vom Schirm, den der Fahrer über sie hielt, auf ihren Ärmel tropfte. Die Nässe würde die feine Seide der lindengrünen Bluse ruinieren, wenn sie nicht endlich einstieg. Auch ihr Sarong war von höchster Qualität, handgemacht und aus Yogyakarta. Der edle Stoff umschmeichelte die zierliche Gestalt, die er innig liebte, und welche er fortan seine Frau nennen würde.

Endlich stieg sie ein, und Paul sprang auf der anderen Seite auf den Beifahrersitz. Nicht gerade eine Hochzeitskutsche, fuhr es ihm durch den Kopf, aber eben, die ganze Heirat war ziemlich ungewöhnlich, von allem Anfang an, gewesen. Nun war es aber vollbracht und Rini war seine Frau. Ein Blick über die Lehne bestätigte, auch sie lächelte glücklich.

Während die Scheibenwischer quietschend die letzten schweren Tropfen beseitigten, lenkte Pak Adang den Wagen durch den wilden Verkehr der westjavanischen Stadt Bandung in Richtung Setiabudi. Auch Adang gehörte zur Familie, wenn ihn Paul auch als Fahrer verpflichtet hatte. Er war Rinis Schwager und so etwas wie der Allrounder der Familie. Früher hatte er beim Militär gedient, und nach dem Ausscheiden war ihm die etwas autoritäre Art der ABRI Angehörigen geblieben. Er war aber ein äußerst loyaler und zuverlässiger Mensch, und sein militärischer Schneid war Paul nur recht. Manch schwierige Situation löste Pak Adang im Handumdrehen. Paul war sich seiner komfortablen Position voll bewusst. Zum einen arbeitete er für eine erfolgreiche chinesische Firma, hatte in eine sundanesische Familie eingeheiratet und wurde durch einen Veteranen der indonesischen Streitkräfte beschützt. Jetzt konnte ihm eigentlich nichts mehr passieren.

Ohne Pak Adang wäre die Heirat wohl noch schwieriger geworden. Der Letztere hatte den Anwalt gefunden und dafür gesorgt, dass die Termine nicht in alle Ewigkeit verschoben wurden.

Zwar gab es Freunde unter den Ausländern, die spotteten über Pauls kompliziertes Vorgehen, und meinten, so eine Indonesierin wäre doch problemlos in der Moschee zu ehelichen. Man müsste sich einfach pro forma zum Islam bekennen, und schon sei so eine traditionelle Heirat mit allem Drum und Dran möglich. Freilich schätzte dabei wohl der eine oder andere auch, dass eine Scheidung ebenso unproblematisch vonstattengehen würde und durch dreimaliges verbal ausgedrücktes Verstoßen äußerst schnell erledigt war. So nicht, schwor sich Paul, und schlug eine zivilrechtliche Trauung vor. Obwohl die Religionsfreiheit eigentlich garantiert war, gab es in Indonesien aber kein entsprechendes Gesetz, das eine Heirat mit einem Ungläubigen, einem Christen, ohne weiteres erlaubte. Es brauchte also eine richterliche Entscheidung für so eine Ausnahme.

Der Antrag wurde gestellt, sie wurden vorgeladen und prompt abgewiesen. Nach dem zweiten Anlauf besann sich Pak Adang des höchst üblichen Vorgehens, mit einer Geldsumme den Weg zu ebnen. So kam es, dass bei der dritten Verhandlung dem Antrag stattgegeben wurde. Dies, erstaunlicherweise von der genau gleichen Richterin, welche vorher vehement dagegen wetterte, und Rini der sträflichen Unreinheit und des Umganges mit einem Ungläubigen bezichtigte. Nun lebten die beiden aber schon zwei Jahre zusammen und von Unreinheit kann da wirklich keine Rede gewesen sein, sondern ganz einfach von Liebe.

Unterdessen hatten sie das Zentrum mit dem chaotischen Verkehr, den überfüllten öffentlichen Kleinbussen und den todesmutigen Fahrern der Dreiradtaxis, den sogenannten Bejaks, hinter sich gelassen und strebten den Hang hinauf. Palmen und farbenprächtige Büsche säumten den Straßenrand. Hinter Mauern und Hecken versteckten sich prächtige Bungalows. Es wurde merklich kühler. Dann war die kleine Hochzeitsparty beim Café Venezia angekommen, wo Paul einen Tisch reserviert hatte. Nach kurzem Widerstand gesellte sich auch Pak Adang zum Tisch, aber nicht bevor er das Auto einem der selbsternannten, herumhängenden Parkwächter anvertraut hatte. Der Letztere erkannte natürlich sofort, dass da, ohne schwerwiegende Folgen, keine krummen Sachen passierten durften, und das Auto des fremden Tuan absolut tabu war.

Das Café Venezia war trotz des fremdländischen Namens ein typisch sundanesisches Lokal, in einem mit tropischen Pflanzen überwucherten Garten, mit Bambustischen unter Schirmen und Dächern aus Palmwedel oder Injuk. Der Regen hatte kaum mehr als ein paar Pfützen hinterlassen und die Gruppe ließ sich behaglich in der kühlen Umgebung nieder. Die Frauen bestellten in ihrer sanft klingenden Sprache eine umfangreiche Mahlzeit. Sundanesisch war für Paul eine weitere Herausforderung, nachdem er die offizielle Landessprache, Bahasa Indonesia, schon recht ordentlich beherrschte. Am besten man ließ die Frauen gewähren. Was da dann aufgetischt wurde überraschte ihn nicht wirklich. Die kleinen Spießchen mit Hühnerfleisch, Sate Ayam genannt, kannte er schon. Dazu wurde eine Erdnusssauce mit scharfen Chilischoten gereicht. Statt weißem Reis gab es diesmal Nasi Lontong, eine klebrige Reisrolle im Bananenblatt. Dann kam natürlich das obligatorische Lalab Sambal, welches Paul als sundanesischen Salat betitelte, auf den Tisch. Dazu gehörten erstaunliche Sachen, so zum Beispiel lange rohe Bohnen, junge Blätter des Papaya Baumes oder runde knallgrüne Kugeln, die nach Petrol schmeckten. Paul nannte diese respektlos „Kugellager" an Sambal Sauce. Natürlich durfte auf dieser Festtafel der Goldfisch nicht fehlen. Diese gebratene Delikatesse ist derart voller feiner Gräte, dass ein Europäer daran buchstäblich ersticken müsste. Paul hielt sich also an die köstlichen Sate und bestellte zum Nachtisch einen Avocado Shake. Die eher geschmacklose, pürierte Avocado wird mit flüssigem Rohrzucker und Schokolademilch angereichert und schmeckte kühl serviert einfach herrlich.

Paul verstand das Tischgespräch kaum, vermutete aber, dass es sich um Familienangelegenheiten handelte, welche die drei Frauen eingehend besprachen. Rini blickte manchmal fragend in seine Richtung, aber Paul lächelte glücklich zurück und störte sich an dieser Ausgeschlossenheit nicht wirklich. Diese gab ihm vielmehr etwas Zeit, seinen eigenen Gedanken nachzuhangen.

Wenn dieses Essen vorbei war, würden sie zurück zu ihrem Haus fahren, und Pak Adang würde Großmutter Surya und Vini ebenfalls nach Hause bringen. Vini, Rinis Tochter aus erster Ehe, lebte seit Jahren bei Ibu Surya, eigentlich bei deren Großfamilie, im Hause von Schwester Megawati, oder eben von Pak Adang, dem Schwager. Rinis zweite, die ältere Tochter, war seit Anfang Jahr zu einem Studienaufenthalt in England. Das hatte Paul arrangiert. Überhaupt hatte er sich, bald nachdem er mit Rini in das Haus an der Jalan Karangsari gezogen war, auch um die beiden Töchter gekümmert. Deren Vater war vor Jahren, eines Tages einfach verschwunden und hatte die Familie mit einer simplen, mit arabischen Schnörkeln verzierten Scheidungsurkunde, ausgestellt durch die lokale Moschee, zurückgelassen. So einfach war das hier.

Glücklich darüber, dass nun seine heutige Vermählung eine sichere Grundlage besaß, beschloss Paul, gleich anderntags die Botschaft in Jakarta zu informieren, damit die Heirat auch in der Schweiz registriert würde. Mit Beklemmung dachte er an die Hochzeit eines deutschen Kollegen, der den, von westlichen Staaten kaum anerkannten Weg der traditionellen Trauung in einer Moschee gewählt hatte. Irgendwann war sogar herausgekommen, dass der Kerl zu Hause, in Deutschland, eine Frau und zwei erwachsene Kinder hatte und dort sogar immer noch an einem Eigenheim baute. Da täuschte das ganze riesige indonesische Hochzeitsfest nicht darüber hinweg, dass der ansonsten umgängliche Mann eigentlich Bigamie beging.

Paul hatte dieses unglaubliche Fest noch in bester Erinnerung. Auf den Besuch der Moschee hatte er verzichtet, aber der Einladung zum Empfang war er gefolgt. Dieser fand in einer großen Halle unweit der südlichen Umfahrungsstraße von Bandung statt. Hunderte von Gästen strömten heran. Die Autos verstopften jegliche Zufahrt, und innen war ein unvorstellbares Gedränge. Vorne auf der Bühne war eine pompöse Kulisse für die Hauptakteure aufgebaut worden. Zwei goldene Sessel mit rot bespanntem Polster aus Samt standen vor Laub umrankten Säulen und reichgeschnitzten Wandschirmen. Nebenan, etwas kleiner, aber nicht minder prächtig, befanden sich die Sessel beider Eltern. Aus begreiflichen Gründen waren die beiden auf der linken Seite, die Sitze der Eltern des Bräutigams, verwaist. Deren Rolle wurde von einem befreundeten Ehepaar übernommen. Im Moment, als sich Paul und Rini zur Bühne vorarbeiteten, standen die Familie und das Brautpaar in einer Reihe dort oben, um die Gäste zu begrüßen. Die Gastgeber, wie auch die Gäste, waren fast alle in den farbenprächtigen Roben der indonesischen Traditionen gekleidet. Die Frauen in herrlichen Sarongs aus Batik trugen durchwegs feine seidene Oberteile und einen bunten, ebenso feinen Schal, den sie Selendang nannten. Die schwarzen Haare hatten sie meist hochgesteckt und teilweise mit wippenden Nadeln geschmückt. Manchmal trugen auch Männer einen Sarong. Das zeigte aber, dass derjenige eher aus Mitteljava stammte. Er trug dann oft auch eine Kopfbedeckung aus Batik und einen Kris im Gürtel. Die javanische Tracht war in Indonesien seit langem die traditionsreichste und bedeutendste. Deshalb waren auch hier Braut und Bräutigam so gekleidet. Während die zierliche Braut einer herrlichen exotischen Blüte glich, sah der Deutsche unter seinem javanischen Käppi doch eher komisch aus. Das wurde aber von allen Anwesenden gutmütig übersehen.

Das Ritual war immer dasselbe. Die Gäste strebten nach der Ankunft in einer langen Reihe der Bühne zu, passierten die Hauptakteure mit zusammengelegten Händen zum traditionellen Gruß, murmelten einige Glückwünsche und stiegen auf der anderen Seite hinunter, um sich auf das Büffet zu stürzen. Auch dieses war sehenswert. Reich dekorierte Schüsseln enthielten exotische Speisen jeder Art. Herrliche Orchideen schmückten die Tafel, und Berge von Obst vollendeten den Segen zum leiblichen Wohl. Leider war natürlich alles kalt, war es doch unmöglich, so etwas innert nützlicher Frist aufzubauen. Daran störte sich aber niemand. Man häufte Reis, Huhn, Gemüse, Lalab und Sambal auf einen Teller und gab oben drauf die Süßspeise und eine Banane. So bewaffnet balancierte man das Ganze durch die Menge und versuchte einen der Klappstühle zu ergattern. Dort schaufelte man sich, mit einem Löffel, soviel man konnte in sich hinein, drückte danach die Papierserviette oben auf den Rest und platzierte den Teller unter den Stuhl. Hatte man das geschafft, und war nicht aus Versehen in einen der vielen

Teller getreten, machte man sich erneut auf den Weg zur Bühne. Gleiche Prozedur wie vorher, nur dass man jetzt ein leises Dankeschön murmelte, bevor man unverzüglich dem Ausgang zustrebte. Eigentlich war das alles für den Europäer eher unanständig, aber Rini belehrte Paul, dass es äußerst beleidigend wäre, nach dem Essen zu bleiben. Das würde bedeuten, dass man nicht satt wäre und der Gastgeber ein Geizhals sei. Na prost, darauf konnte er verzichten, schwor sich Paul, und der heutige Tag bestätigte, dass er einen anderen Weg gefunden hatte.

Freilich, auf eine kleine Party ganz unter Freunden wollten auch Paul und Rini nicht verzichten. So kam es, dass sie gegen Abend auf dem Weg zum Haus von Mike und Rosie waren.

Mike war viele Jahre durch die arabischen Länder gezogen und hatte an deren Netz der Telekommunikation mitgearbeitet. Dass er dabei gutes Geld verdient hatte, zweifelte niemand, und als er Rosie heiratete und das Haus bauen ließ, war klar, der Mann hatte endlich seinen Hafen gefunden. Er war ein gutmütiger Kumpel und seine Frau eine fröhliche unkomplizierte Person, welche übrigens der christlichen Minderheit in diesem Lande angehörte. Dass die Bande von Ausländern aber besonders gerne in diesem Haus verkehrte, lag wohl auch an der schmucken Bar, die Mike im hinteren Teil des riesigen Wohnzimmers eingerichtet hatte. Dort war schon manches gemütliches Fest, bis tief in die Nacht hinein, gefeiert worden.

„Wir sollten nicht zu lange bleiben", murmelte Rini, als Pak Adang an diesem Abend den Wagen zu der neuen Überbauung Sekelimus im Süden Bandungs steuerte.

„Natürlich, Sayang", entgegnete Paul. Das sundanesische Wort für Liebling kam ohne Zögern über seine Lippen. „Eine kleine Feier werden wir uns aber doch gönnen. Alle meine Freunde werden da sein und du kennst ja die Frauen."

„Na ja, das schon, wenn da auch ein paar nicht so ganz zu uns passen."

Jetzt lachte Paul schallend. „Wir wollen doch nicht die Sittenpolizei spielen, meine Liebe. Wenn sich einer wie Eddy halt eine Freundin gönnt, so lass es gut sein."

Es stimmte schon, da kamen manchmal die fragwürdigsten Menschen zusammen, aber zu einer leichten Frau gehörte auch immer ein leichtsinniger Mann. Eddy war sicher so einer, der bei jeder Gelegenheit mit einer anderen ankam, aber das musste der selber verantworten. Er war ein Landsmann von Mike und deshalb sicher auch heute mit dabei. Es war nun einmal so, dass man sich an einem Tag wie heute bei Mike traf.

Rini und Paul wurden mit großem Hallo empfangen. Laute Gratulationswünsche ertönten, und Mike hatte es tatsächlich fertig gebracht, den Hochzeitsmarsch aufzulegen. Grinsend kam er hinter der Bar hervor und klopfte Paul auf die Schulter.

„Na, alter Kumpel!", übertönte er die laute Musik. „Willkommen im Klub der Verheirateten."

Rini wurde sofort von den Frauen umringt, welche sich in ihren besten Kleidern präsentierten. Es war ein buntes Gemisch von östlich – westlicher Mode, welche genau zu den vielen verschiedenen Menschen passte. Paul beobachtete seine Frau glücklich. Sie hatte das traditionelle Kebaya mit einer etwas moderneren Version vertauscht und sah einfach bezaubernd aus. Ein bodenlanger Rock aus glänzender dunkelblauer Seide lag eng um ihre Beine und betonte die schlanke Figur. Das ärmellose Oberteil ließ den schlanken Hals und die wohlgeformten Arme unter einem betörenden, durchsichtigen Gebilde aus feinster himmelblauer Stickerei erkennen. Das vorher straff gebundene Haar umschmeichelte jetzt frei in natürlichen Wellen das zierliche Gesicht. Das Letztere war von der traditionellen starken Schminke befreit und wirkte mit dem strahlenden Lächeln einfach zauberhaft. Sie bewegte sich wie eine liebliche Prinzessin zwischen der fröhlichen Schar Frauen. Die feingliedrigen, anmutig zusammengelegten Hände berührten sich beim traditionellen Gruß kaum und wirkten wie die Gesten fernöstlicher Tänzerinnen.

Die Männer belagerten bald die Bar, wo Mike die uneingeschränkte Kontrolle übernommen hatte. Es waren nicht genügend Hocker vorhanden, weshalb sich ein wogendes Hin und Her bildete, als alle dem Neuvermählten zuprosten wollten. Einer der Ersten, der sich zu Paul hinschob, war René.

„Auf dein Glück!", wünschte er mit einem Lachen im Gesicht. „Für den neuen Anfang, in eurem gemeinsamen Leben", fügte er hinzu.

„Danke!", entgegnete Paul. „So ganz neu ist es ja auch wieder nicht."

Tatsächlich, man durfte die vergangenen zwei Jahre nicht vergessen. Eigentlich war der heutige Tag einfach die Bestätigung ihrer Beziehung. - René sah das aber etwas anders.

„Für mich war es damals aber wirklich ein Meilenstein", konterte er deshalb.

„Ach, lass es gut sein", beschwichtigte Paul. Er wusste genau, wo das hinführte. Die meisten der Anwesenden belächelten seinen ungewohnten hindernisreichen Weg. - Und René? Der hatte genau das Gegenteil getan, er hatte in der Moschee geheiratet. Trotzdem achtete Paul dessen Vorgehen, denn auch er hatte eine gewisse Standfestigkeit bewiesen. Er hatte sich nicht nur pro forma zum Islam bekannt, damit die Heirat problemlos vonstattengehe, nein, er war tatsächlich ein Muslim geworden und dabei geblieben. Mit Erstaunen hatte Paul, bei einem kürzlichen Besuch in dessen Haus an der Jalan Parakan, den Mann auf dem Teppich vor dem aufgeschlagenen Koran angetroffen. Es gebe durchaus auch eine Ausgabe in Deutsch, hatte René erklärt und der Inhalt sei äußerst interessant, überhaupt nicht so unterschiedlich zur Bibel. Paul, dem eine Abkehr vom anerzogenen Glauben seiner Kindheit kaum vorstellbar war, verstand diesen Wandel seines Freundes nicht. Ebensowenig hätte er Rini zu einer Bekehrung zum Christentum gedrängt. Der Glaube war seiner Ansicht nach eine absolut persönliche Angelegenheit und sollte auch in einer Partnerschaft zwischen Mann und Frau nicht als zwingende Einigkeit vorausgesetzt werden. Moderne Ehen verlangten heutzutage in vielen Belangen große Toleranz zwischen den Partnern, warum also nicht auch in der Religion? Wer wollte denn behaupten, sein Glaube sei ultimativ auch für alle Anderen der Richtige? Es galt doch einfach dem anders Denkenden diesen Freiraum zuzugestehen. Für Rini und ihn schien diese Denkweise durchaus vernünftig und resultierte eben in der heute erlebten Ziviltrauung.

René schienen diese Überlegungen durchaus nicht fremd. Er konnte aber nicht verkneifen, seine Argumente anzubringen: „Ich verstehe schon. Trotzdem, es hat für uns vieles erleichtert. Für Tati war das schon wichtig und jetzt besonders auch für die Kleine."

Ihre Tochter war vor kaum drei Monaten zur Welt gekommen, und sie war Renés Augapfel. René vergötterte sie. Tati, die Mutter, bekam alle Unterstützung ihrer Familie, so dass seit der Geburt der kleinen Indah das junge Paar kaum je allein gelassen wurde. Auch jetzt waren Tatis Mutter und die Schwestern da und behüteten das Kleinkind pausenlos. Sie hielten sich allerdings scheu im Hintergrund, denn das fröhliche Treiben an der Bar, natürlich nicht ohne reichlichen Alkoholkonsum, tolerierten sie als Gäste nur gezwungenermaßen. Die mit weiten Tüchern verhüllten Gestalten tauchten deshalb auch nur gelegentlich aus den hinteren Zimmern auf. Sie riefen tadelnd nach Tati und tuschelten leise, sofort wieder verschwindend.

Unterdessen war der Lärmpegel gestiegen. Aus den Lautsprechern tönten alte Schlager, und zwei Frauen tanzten ausgelassen. Paul erschien diese Verträglichkeit zwischen den beiden Welten, einerseits der muslimischen und christlichen, andererseits aber auch zwischen der östlichen und westlichen Kultur, erstaunlich. – Nun ja, diese Verbindungen kamen immer mehr zu Stande, wahrscheinlich oft aus finanziellen Überlegungen. Der weiße Mann wurde immer noch mit einem wohlhabenden gleichgestellt. Dies traf natürlich oft zu, so war René mit seinem gut bezahlten Job als Textiltechniker der Schweizer Firma, welcher früher auch Paul angehört hatte, durchaus eine gute Partie. René arbeitete eben in diesen Tagen in der Firma, welche Paul leitete. Wohl aus diesem Grund, glitt ihr Gespräch bald einmal in technische Themen ab. Das passierte immer wieder, denn die meisten der anwesenden Männer hatten einen ähnlichen beruflichen Hintergrund. Sie waren als Servicetechniker, als Monteure oder als sonstige Spezialisten ins Land gekommen und dann geblieben. Für Lieferanten, Vertreter wie auch Kunden war so ein Engagement nur von Vorteil, denn die Betroffenen sprachen bald einmal die Landessprache und kannten sich mit den lokalen Gepflogenheiten aus. Nur einer der Anwesenden schien nicht in diese Rolle zu passen. Das war Hadia.

Hadia war Chinese und seine Frau Angelika Deutsche. Die hellblonde Frau war, neben Eddys Mädchen, die Einzige, welche unter den Männern an der Bar saß und einen Longdrink vor sich hatte. Ein erstaunliches Paar, dachte Paul. Hadia sprach fließend Deutsch. Er hatte seine Frau während eines Studienaufenthaltes in Hamburg kennengelernt und mit nach Hause gebracht. Die kühle Norddeutsche mit der klassischen Sprache passte aber so wenig in dieses Indonesien, wie ein zwitschernder Paradiesvogel nach Hamburg. Angelika war aber keineswegs eine schwierige Person. Sie gab sich jede erdenkliche Mühe, sprach nach einem Jahr besser Bahasa als mancher Monteur in zehn Jahren und unterstützte ihren Mann in der Buchhaltung seines Geschäftes. Hadia war etwas kleiner als seine Frau, war aber genauso intelligent. Die letztere Tatsache schätzte Paul sehr, denn er nahm immer öfters Hadias Dienste in Anspruch. Der führte nämlich eine mechanische Werkstatt und fertigte Ersatzteile jeglicher Art an. Nun ja, das konnte man in Bandung fast an jeder Straßenecke haben. Nur, in den lokalen Bruchbuden gab's so etwas wie Präzision und Zuverlässigkeit nur selten. Das war mit Hadia ganz anders, und Paul konnte mit dessen Hilfe manch unglücklichen Maschinenstillstand in seinem Betrieb vermeiden oder mindestens verkürzen.

Hadia saß in der Ecke der Bar an der Wand und beobachtete lächelnd das Geschehen um ihn herum. Als Chinese war er von der Runde nicht eigentlich ausgeschlossen, aber seine Herkunft distanzierte ihn schon ein wenig. Den Männern, mit ihrem kumpelhaften Benehmen war der Chinese etwas zu fein und für die indonesischen Frauen, einer ethnischen Minderheit im Lande angehörig, zu fremd. Dass sich das Paar trotzdem immer wieder zu den Ausländern und ihren Frauen gesellte, lag wohl daran, dass sie von den Einheimischen nicht voll aufgenommen wurden. Übrigens ganz allgemein das Los der Chinesen in Indonesien, denn diese waren unerwünschte Immigranten, welche zudem auch noch die wirtschaftlichen Fäden in den Händen hielten. Fast so wie die Juden in Europa, dachte Paul für sich, korrigierte aber sofort. Da war natürlich das riesige Reich der Mitte, eine ganz andere Dimension, was sich die Chinesen wohl weltweit durchaus bewusst waren. Hadia war für ihn aber ein guter Freund, den er immer gerne um sich wusste.

„Nun tanz doch mal mit deiner Braut!", unterbrach Rosie Pauls Gedanken, die laute Musik übertönend. Schuldbewusst grinsend rutschte er vom Barhocker und bahnte sich einen Weg durch die Gesellschaft. Rini war immer noch von den Frauen umlagert, lächelte ihm jetzt aber glücklich zu. Klopfenden Herzens schob er die zierliche Frau auf die Tanzfläche und nahm sie in die Arme. Ein langsamer Walzer klang aus den Lautsprechern, und mit jedem sicherer werdenden Schritt vergaß Paul die Welt um sich und versank in den Blicken seiner Geliebten.

KAPITEL 2

Cimerah liegt eine knappe Stunde östlich von Bandung am Abhang der dortigen vulkanischen Hügelkette. Der Name beschreibt genau den Ort, er heißt nämlich "Roter Bach". Cimerah ist ein Ortsteil des Dorfes Cibuntu im Bezirk Bandung Kulon. Sehr viele Ortsbezeichnungen beginnen in West Java mit dem sundanesischen Wort "Ci", welches Bach bedeutet, und enden dann mit den Bezeichnungen "merah", "biru", "pedes" oder "panas" für rot, blau, scharf oder heiß, je nach Lage.

Der "Rote Bach" kam neben einem ungeteerten Sträßchen den Hang hinunter und wurde in regelmäßigen Abständen in die Reisterrassen geleitet. Rot waren hier die Straße, die Felder, der fruchtbare Boden und davon eben auch das Wasser. Zu dieser Jahreszeit standen in den überfluteten Feldern zarte, hellgrüne Reispflanzen. Das rotgrüne Muster leuchtete wie ein feines Gewebe von höchster Qualität, wie für einen Sarong einer Jungfrau.

Achmed schritt gemächlich den Hang hinauf. Er kam von seinem Haus etwas unterhalb des Dorfes. An den Hängen beidseitig des Baches reihten sich viele kunstvoll angelegte Terrassen. Dazwischen standen immer wieder struppiges Buschwerk, Bambus und sattgrüne Fruchtbäume. Sein eigenes kleines Reisfeld lag etwas weiter oben, auf der linken Seite. Dort war er aber bereits am Morgen gewesen und hatte einen schadhaften Damm in Ordnung gebracht. Immer wenn es lange nicht mehr regnete, trockneten die Dämme aus Lehm und Erde rasch aus und bekamen Risse. Das war oben am Hang eine leidige Angelegenheit, da Wind und Erosion dort ungehindert auf das Erdreich wirkten. Unten im Tal war es besser, aber dort waren die großen Reisfelder den schnell wachsenden Industriebauten gewichen. Auch er hatte das Land neben dem Bambushain für gutes Geld verkauft. Ibu Nuria hatte lange protestiert und ihn für verrückt erklärt. Man verkaufe doch nicht seine Lebensgrundlage und schon gar nicht an diese schlitzäugigen Orang China. Bald hätten diese Schurken das ganze breite Tal überbaut, und dann würden sie sehen, wovon sie alle leben würden. Ihr, ja ihr konnte es schließlich egal sein, ihre Zeit war abgelaufen, aber er, Achmed, er war ein Dummkopf von einem Schwiegersohn, der seine Familie ins unvermeidliche Verderben führte.

So hatte Ibu Nuria wochenlang lamentiert und sie alle beinahe in den Wahnsinn getrieben. Natürlich kannte er all diese Argumente, er war ja nicht dumm, aber wie in Allahs Namen, sollte er sonst das Schulgeld für Momon auftreiben? Der Junge brauchte eine gute Ausbildung. Die Zukunft lag dort unten, in den Fabriken und nicht im Schlamm eines Reisfeldes. Er musste verkaufen. – Ha! Dann, als er den Fernseher nach Hause brachte, war Ibu Nuria die Erste, die das interessierte. Heute brachte man die Alte kaum mehr von der Flimmerkiste weg.

Achmed grinste vor sich hin. Das Problem war damit gelöst, aber irgendwie, tief drinnen gab eine leise Stimme keine Ruhe und flüsterte mahnend, ob er nicht doch eine Dummheit gemacht hatte. Das Feld beim Bambushain hatte er damals von seinem Vater übernommen, als dieser im Alter von 48 Jahren unerwartet verstorben war. Seit vielen Jahrzehnten war es der Stolz der Familie gewesen. Sie hatten zu den angesehenen Mitgliedern ihres Kampungs gehört und waren in der glücklichen Lage, Überschüsse, wie Reis, Singkong, Bananen oder Avocaden in die Stadt zu liefern. Seit ein paar Jahren waren aber die Preise eingebrochen, da eine Agrarreform der Regierung neue Sorten Reis für Großanbau mit mehrfachem Jahresertrag vorschrieb. Wer nicht vergrößern oder zusammenlegen konnte, der stand vor dem Aus. Man hatte es kommen sehen und als dann das Angebot, das Land an diesen kleinen Chinesen abzutreten, vom Pak Lurah vehement unterstützt wurde, entschloss er sich zum Verkauf. Mit ihm hatten etliche Nachbarn das gleiche getan, denn der Lurah, der Dorfälteste, hatte überzeugend dargelegt, dass es keinen besseren Weg gebe, und dass nach dem Aufbau der Fabrik dort alle eine gut bezahlte Arbeit finden würden.

Nun war die Pabrik Tekstil dort unten seit Monaten in Betrieb, aber eine Arbeit hatte keiner erhalten. Was war nur schief gelaufen? Diese Frage wollte man heute dem Pak Lurah unbedingt stellen. Nach dem Abendgebet wäre die richtige Gelegenheit.

Achmeds Ziel, die Mesjid Hadjia, war eine kleine Moschee, verborgen unter den Wedeln einer krummgewachsenen Palme. Eine runde Kuppel aus Blech verriet das Haus Allahs, und an der Außenwand fand Achmed eine plattenbelegte Rinne unter einfachen Wasserspendern. Er war aber zu früh, denn die Sonne stand noch über dem Horizont. Die Mesjid lag einsam und ruhig vor ihm. Sobald aber die Nacht hereinbrach, würden sie kommen. Er erwartete viele seiner Nachbarn, denn sie alle hatten die gleichen Fragen, und es ging bereits ein unfreundliches Murren durch das Dorf. – Hatte der Lurah sie mit schönen, nicht einzuhaltenden Worten beschwatzt und gleichzeitig eine stattliche Provision eingestrichen?

Achmed kauerte sich bedächtig an den Wegrand und steckte sich eine Kretek an. Der tief inhalierte Rauch des würzigen Tabaks umhüllte ihn mit dem betörenden Duft von Gewürznelken. Er blickte über das Tal, wo die Schatten allmählich länger wurden. Es war ein herrliches Bild von zarten Pastelltönen und sanft weißen Dunstschleiern. In der Ferne erhob sich eine Kette dunkler, geheimnisvoller Hügel. Die Einschnitte dazwischen versanken bereits in der Dunkelheit, während die vulkanischen Höhen noch die letzten Sonnenstrahlen einfingen. Der gnädige und weise Gott hatte ihnen eine wunderbare Heimat geschenkt. Gelobt seien Allah und sein Prophet!

Leider riss die neu gebaute Schnellstraße dort unten eine unübersehbare Wunde in das Gemälde. Bereits hatten geschäftstüchtige Kleinunternehmer ihre Buden und Läden entlang dem Asphaltband aufgebaut. Ein "Warung" nach dem anderen entstand, man verkaufte Coca-Cola und Zigaretten, manchmal Früchte und Kuchen. Die Besitzer reparierten gerne ihre frisierten Motorräder und drehten mit lautem Aufheulen Extrarunden. Frauen bereiteten Tee oder Kopi Tubruk zu und schwatzten den Tag lang.

Rechts, gegen Bandung hin, reihten sich die neuen glänzenden Fabrikdächer. Die flachen Gebäude darunter waren in hohe Mauern eingeschlossen. Weiter gegen Süden lag aber die Landschaft noch intakt im aufkommenden Schatten. Haine mit verschiedenen Fruchtbäumen trennten dort die Häuser der Bauern von ihren Feldern. Das Netzwerk der Dämme war trotz der Dämmerung noch gut auszumachen. – Wie lange würde es dauern, bis auch sie den Fabriken weichen mussten?

Von weiter unten waren jetzt Stimmen zu hören. Trotz der zunehmenden Dunkelheit entdeckte Achmed die Gruppe Männer mit dem Imam in der Mitte. Dessen weißes Käppchen, welches ihn als Hadji auszeichnete, leuchtete hell. Als sie näher kamen, verstummte das Gerede, und Achmed vernahm gerade noch, wie der Imam besänftigend sagte: „... zuerst beten, so Allah will."

Die meisten seiner Begleiter waren einfach gekleidet, manche sogar mit dem traditionellen braun gemusterten Sarong der Männer. Sie kamen barfuß oder in einfachen Gummischlarpen den Weg hinauf. Da war aber auch der Pak Lurah. Er trug eine Jacke und den schwarzen, randlosen Hut, den Peci. Zusammen mit seiner etwas korpulenten Figur markierte er damit seine Führerrolle.

Weitere Ankömmlinge tauchten auf. Alle begaben sich nun wortlos zu der Waschanlage und entledigten sich des Staubes. Auch Achmed gesellte sich zu ihnen. Es war Pflicht jedes guten Moslems, Hände, Gesicht, Arme und Füße vor dem Gebet zu waschen. Allfällige Schuhe blieben vor dem Eingang, so dass das Innere der Moschee rein blieb.

Achmed blieb im Hintergrund, richtete sich gegen Mekka und konzentrierte sich auf das Gebet. Der Imam hantierte mit dem Mikrophon.

„Allahu akbar!", ertönte der Ruf zu Ehren Gottes.

Es folgten drei Rak'at Fard und zwei Sunna worauf das Gebet mit dem Segen abschloss: „Assalamu alaikum wa rahmatullah!"

Es verstrich geraume Zeit, bis auch der Letzte sein Gebet beendet hatte und der Lurah das Mikrophon übernahm. Die Männer, etwa zwei Dutzend, machten es sich bequem. Langsam erhob sich ein Gemurmel, welches der Lurah aber mit einer Handbewegung zum Verstummen brachte.

„Saudara Saudara, yang terhormat...", begann der Dorfälteste mit der formellen Anrede. „Wir haben als gläubige Muslime eben unser Abendgebet beendet und wollen mit großem Vertrauen auf Allah auch unsere täglichen Anliegen in seine gütigen Hände legen. Wir alle haben..."

„Können wir nicht in Sundanesisch reden?", fuhr einer ziemlich unhöflich dazwischen.

„Ich dachte, ihr versteht alle unsere Landessprache", konterte Pak Lurah, besann sich aber: „Semuhun... natürlich, ich bitte um Entschuldigung. – Also, wir... ich habe gehört, dass einige von euch mit dem Landverkauf nicht zufrieden sind..."

Der Dorfälteste erging sich umständlich in einer Schilderung, wie sie alle vor gut einem Jahr ein vorteilhaftes Geschäft abgeschlossen hätten. Und wenn jetzt nicht alles perfekt liefe, so sei man doch immer noch sehr gut weggekommen...

Man ließ ihn reden, denn eine weitere Unterbrechung wäre nun wirklich einer Beleidigung gleichgekommen. Einzig in den hinteren Reihen wurde getuschelt. Das Gesicht des Redners glänzte. Er schwitzte offensichtlich. Dann, als er geendet hatte, bot er das Mikrophon den Versammelten an.

Ein untersetzter Mann in einem bunten Batikhemd erhob sich und winkte ab. „Ich brauch das nicht. – Verehrter Pak Lurah, verehrte Anwesende, bitte entschuldigt, aber die vorangegangenen Ausführungen treffen den Kern der Sache nicht. Sie, Pak Lurah, haben uns allen gute Arbeit in der Fabrik versprochen. Das war ausschlaggebend für den damaligen Verkauf. Heute wissen wir, dass kaum einer angestellt wurde und wir so in unserer Existenz bedroht sind. Wie sollen wir uns jetzt ernähren, Pak Lurah?"

„Ja, wie, Pak Lurah?", brummten einige Anwesende unmutig.

„Bitte, bitte", versuchte der Lurah zu besänftigen und räusperte ins Mikrophon. „Es ist alles einfach zu erklären. – Die Versprechungen wurden mir von der Firma PT. Indosun damals ausdrücklich gemacht, und ich kann wirklich nichts dafür, wenn diese sich jetzt nicht daran hält. Ich war deshalb auch vor ein paar Tagen dort und habe mich für euch eingesetzt. Der Personalchef ist einer von uns, aus Ost Java. Er erklärte, dass PT. Indosun bereits über dreihundert Arbeiterinnen rekrutiert habe, und dass für die neue Spinnerei noch mehr benötigt würden. Wir müssen einfach Geduld haben."

Nun sprang Achmed auf. „Geduld, Geduld! Soll ich damit vielleicht meine Familie ernähren? – Ja, auch meine Schwester wurde angestellt. Sie verdient einen Hungerlohn, gerade genug für eine Schüssel Reis. Was ist aber mit uns? Ich brauche Arbeit!"

„Hast du dich denn schon beworben?"

„So ein Unsinn! Natürlich habe ich mich beworben. Alle von uns haben das getan, und jetzt liegen die Akten bei denen dort unten und türmen sich zu einem wartenden Berg. Ich brauche Arbeit, jetzt!"

Achmed ließ sich nieder, während ein Sturm der Empörung aufbrauste. „Ja, jetzt wollen wir Arbeit! Arbeit!"

Nachdem wieder etwas Ruhe eingekehrt war, versuchte es der Lurah noch einmal: „Ich kann euch auch nicht weiterhelfen. Es liegt an der Firma, welche Arbeitskräfte sie einstellen will. Ich kann da nur vermitteln."

„Ja, und eine Provision einstreichen...", knurrte einer unerkannt.

Der mit dem Batikhemd erhob seine Stimme erneut: „Saudara, wir sind einmal mehr die Betrogenen. Es sind immer diese Chinesen, die ihre Geschäfte auf unsere Kosten machen, und da ist auch noch ein Orang Buleh, ein Weißer, der mischt auch mit. Wir sollten dieser Bande wieder einmal zeigen, dass man mit uns nicht so umspringen kann."

Der Lurah schwieg.

„Ja, lasst uns morgen hinuntergehen und denen zeigen, mit wem sie sich anlegen!", rief ein junger Mann aus der Mitte.

„Die sollen uns kennenlernen!"

„Nieder mit den Ausbeutern!"

„Kami akan menang! Wir werden siegen!"

Achmed war die ganze Geschichte nicht mehr geheuer. So hatte er sich den Ausgang nicht vorgestellt. Aber war es seine Pflicht, die aufgebrachten Männer zu bremsen? Der Lurah schien auch nicht willig einzugreifen. – Hatte der wirklich sein Möglichstes getan, oder war das alles leeres Gerede? Einmal mehr versteckte sich der

Verantwortliche hinter den Aufgebrachten und ließ diese gewähren. Ihm graute vor dem Unabsehbaren. Dieses war ein Aufstand gegen die Falschen. Der eigentlich Fehlbare war doch der Lurah. Der hatte sie mit unhaltbaren Versprechen zum Landverkauf gedrängt, hatte die Kommission für den Preis einkassiert und verdiente jetzt auch noch an den Bewerbungen.

Achmed wusste ganz genau, wie das gelaufen war, bis seine Schwester eingestellt wurde. Der Lurah leitete die Bewerbung weiter, gab seine Empfehlung ab und bezog von den Arbeitswilligen eine Vermittlungsgebühr. Einen ganzen Monat musste Sindi dafür arbeiten. Sie hatte es ohne Murren getan, und jetzt brachte sie etwa hundertfünfzigtausend Rupien nach Hause. Das war nicht viel, aber besser als gar nichts. Eigentlich war Sindi ganz zufrieden, sagte sie doch, dass es geregelte Pausen gebe, eine Mahlzeit in der Kantine und Transporte hin und zurück. Die Arbeit an den Maschinen sei wohl ungewohnt, aber gut organisiert, und die Vorgesetzten seien durchwegs freundlich. – Man hatte also kaum einen Grund, gegen die Chinesen und den Weißen zu wettern. Natürlich verstand auch er nicht, warum die Männer keine Arbeit bekamen.

Als sich die Versammlung auflöste und die Männer dem Dorf zustrebten, waren da und dort immer noch böse Wortfetzen zu hören. Eine schmale Mondsichel leuchtete Achmed den Weg zurück zu seinem Haus. Er erwartete den morgigen Tag mit Sorge. Ein Gedanke verfolgte ihn unaufhörlich. Er durfte den Seinen mit keinem Wort von den wirren Plänen der aufgebrachten Männer erzählen, denn wenn etwas bis zur Fabrik durchsickern würde, wären Sindi, er und seine Familie sofort in Verdacht und dann dem wütenden Mob ausgeliefert.

KAPITEL 3

Pak Ponto war Pauls rechte Hand und im Umgang mit den lokalen Arbeitern unersetzlich. Diesen Status verdankte er seiner Herkunft aus Ambon, der Provinzhauptstadt der Molukken. Mit seiner Körpergröße, seiner kräftigen drahtigen Gestalt und den rabenschwarzen krausen Haaren, war er das Abbild eines wilden Kriegers, welcher, verglichen mit den feinen zierlichen Sundanesen, sich ohne Schwierigkeiten Gehör verschaffen konnte. Nicht immer waren aber direkte Befehlsgewalt und Durchsetzungsvermögen der richtige Weg. Das hatte Pak Ponto aus der Vergangenheit gelernt und hatte seine eigene gemäßigte Art von Autorität entwickelt.

Die Molukken, eine kleine Inselgruppe weit im östlichen Teil des Archipels, hatte eine besondere Vergangenheit. Daran waren zum großen Teil die Gewürznelken Schuld, denn über den lukrativen Handel um das duftende Gold, stritten sich damals die Kolonialherren immer wieder heftig. Von den Portugiesen christianisiert, von den Engländern verkauft, von den Holländern tyrannisiert und von den Japanern im letzten Krieg besetzt, erklärten sich die geplagten Einheimischen in den fünfziger Jahren für unabhängig und proklamierten ihre eigene Republik der Süd Molukken. Monate später besetzten indonesische Truppen die Inseln, und fortan gehörten sie definitiv zum riesigen Staatsgebilde Indonesien.

Am Tag nachdem in der Moschee Hadjia oben im Dorf Cibuntu ein Protest angezettelt wurde, kam Pak Ponto kurz vor Mittag aufgeregt ins Büro gestürmt.

„Pak Paul, da draußen ist der Teufel los!"

Paul grinste gut gelaunt und sagte: „Komm herein! Die Welt wird schon nicht untergehen."

Der Mann blieb aber ernst, und jetzt bemerkte Paul auch, dass die Angestellten im Vorzimmer unruhig und mit ernsten Gesichtern miteinander tuschelten.

Pak Ponto schloss die Türe. „Da draußen vor der Einfahrt ist irgendein Aufruhr im Gange. Die Wachmänner haben glücklicherweise die Tore rechtzeitig geschlossen. Der Mob ist vorerst vom Eindringen abgehalten. Die heulen aber bereits ganz gefährlich."

„Was wollen die denn?", fragte Paul ungläubig.

„Na ja, ich glaube, das hat mit der Personalabteilung zu tun. Ich glaube, die wollen Arbeit. – Aber sicher bin ich mir nicht."

„Dann müssen wir sie fragen."

„Du bleibst hier!", befahl Ponto bestimmt. „Die sind unberechenbar, und mit einem Ausländer wollen die jetzt bestimmt nicht verhandeln. Wir werden schon noch erfahren, was los ist."

„Gut", lenkte Paul ein. „Dann geh' du, und finde heraus was die wollen!"

Während Pak Ponto davoneilte, spähte Paul durch das vordere Fenster. Er beobachtete, wie der Mann im Pförtnerhaus verschwand. Das Tor war von seiner Position aus nicht sichtbar, und zur Straße hin versperrte eine hohe Mauer den Ausblick. Die Mauerkrone war oben mit scharfen Glasscherben bestückt. Angeblich sollten diese mögliche Einbrecher davon abhalten, nachts einzusteigen. Auch auf dem schweren Eisentor, erinnerte sich Paul, ragten gefährlich wirkende Spitzen in die Höhe. So leicht konnte also keiner hereinkommen. Diese beruhigende Überlegung bekam aber einen bedrohlichen Riss, wenn man bedachte, dass weit hinten, am anderen Ende der Fabrik, das Gelände offen in die Reisfelder überging. Die Arbeiten an der Mauer dort waren im Gange, aber noch lange nicht abgeschlossen. Paul konnte nur hoffen, dass sich die Meute vor dem Tor dieser Situation nicht bewusst war. Es konnte aber genauso gut sein, dass das Ganze dort vorne auf der Straße einfach eine gezielte Demonstration war, ohne die Absicht, in die Firma einzudringen.

Paul klappte das Fenster auf und horchte angestrengt hinaus. Tatsächlich war, neben dem leisen Brummen der Klimaanlage, ein fernes Geschrei auszumachen. Es tönte wenig bedrohlich, doch waren dazwischen unverkennbar auch Rufe und Sprechchöre zu vernehmen. Verstehen konnte Paul überhaupt nichts.

Die Situation schien also im Moment nicht sehr dramatisch. Das konnte sich aber ändern. Um zwei Uhr war Schichtwechsel, und wenn einige hundert Arbeiterinnen herein und hinaus wollten, hatten sie eindeutig ein Problem. Paul schloss das Fenster und ging seine Möglichkeiten durch. Er war als Betriebsleiter nur dem Besitzer persönlich verantwortlich, und da der letztere oft nicht im Betrieb anzutreffen war, war jetzt auch niemand da, der ihm raten konnte. Sollte er kurzerhand Oy Tang Sun anrufen? Konnte der Chinese in dieser Situation wirklich helfen?

Was war denn mit der Rekrutierung der Arbeiter schief gelaufen, so dass die Bevölkerung plötzlich Kopf stand? Ja, natürlich war auch ihm schon zu Ohren gekommen, dass kaum Männer aus den umliegenden Dörfern eingestellt wurden. Das hatte aber seine Gründe. Für den Unterhalt der hoch technischen Maschinen konnte man nun einfach keine Reisbauern einstellen, welche kaum Lesen und Schreiben beherrschten. Es wurden gelernte Mechaniker, Elektriker, Meister und Vorarbeiter gesucht. Außerdem waren für die eigentliche Bedienung der Textilmaschinen von jeher flinke Frauenhände besser geeignet, und Frauen hatte man zu Hunderten eingestellt, auch aus der Region.

Das Problem der fehlenden Facharbeiter hatte Paul früh erkannt und gehandelt. Obwohl der Patron zuerst recht verständnislos reagierte, hatte Paul darauf bestanden, die Ausbildung solcher Kräfte zu fördern. Er hatte eine Lehrwerkstatt eingerichtet und einen Absolventen des Technischen Polytechnikums als Meister verpflichtet. Es war ein mühsamer jedoch erfolgreicher Weg, aber selbst da war eine gewisse Voraussetzung an Schulbildung unerlässlich, was dazu führte, dass selbst diese Lehrlinge kaum im nahen Dorf gefunden wurden. Inzwischen war die Ausbildung ein großer Erfolg, und selbst Oy Tang Sun ließ sich jedes Mal stolz durch die Werkstatt führen und beobachtete die Lehrlinge bei ihrer Arbeit. Ja, es ging sogar so weit, dass Paul selber mehrere Stunden wöchentlich Textilkunde unterrichtete, so dass auch die Frauen zu Vorarbeiterinnen und Laborantinnen befördert werden konnten.

All diese Maßnahmen waren nicht zuletzt auch im Sinne der Behörden, die darauf bestanden, dass ein ausländischer Experte die lokalen Arbeitskräfte auszubilden habe, so dass diese zu einem späteren Zeitpunkt seine Aufgaben übernehmen könnten. Leider scheiterte diese Doktrin meistens daran, dass der so Ausgebildete von anderer Seite rasch eine bessere, höhere Stellung angeboten bekam und die Firma fluchtartig verließ. Diesem Problem konnte man zum Teil mit Beförderungen und höheren Löhnen begegnen, was aber sofort wieder zu sozialen Ungerechtigkeiten führte. Erneut war die arme Landbevölkerung diskriminiert, und die sowieso schon kargen Einkommen der einfachen Arbeiterschaft wurden noch weniger verstanden. Diese Löhne waren in Indonesien so tief, dass auch Paul sie mit Unbehagen zur Kenntnis nahm. Er versuchte sein Bestes, drängte auf bessere Bedingungen, immer mit dem Argument, bessere Leistungen und Qualität rechtfertigten in jedem Fall eine bessere Entlohnung. Damit rannte er natürlich gehen die Politik der Personalabteilung an, die sich strikte an die üblichen Normen halten wollte. Es war ein Teufelskreis, eine Gratwanderung, welche eigentlich kaum zu gewinnen war.

Mit solchen Gedanken im Kopf, hieß Paul seine Sekretärin unverzüglich Mr. Liem zu rufen. Der Mann, ein Chinese, war inoffiziell der Chef der Personalabteilung. Inoffiziell deshalb, weil ein Chinese in Indonesien diese Position nie und nimmer innehaben konnte. Personalangelegenheiten konnten ausschließlich durch reinrassige Indonesier, auch "Pribumi" genannt, erfolgreich bewältigt werden. Diese Person war bei PT. Indosun Pak Arjono, ein liebenswürdiger Mensch aus Yogyakarta. Dieser verhandelte auch mit viel Fingerspitzengefühl mit Arbeitern, Angestellten, Beamten und Gewerkschaftern. Er nahm für die Belegschaft so etwas wie eine Vaterrolle ein und genoss hohes Ansehen. Die eigentlichen Richtlinien aber, kamen ausschließlich von Liem, einem verarmten Verwandten des Besitzers Oy Tang Sun. Mit Liem musste Paul jetzt also sprechen.

Paul begrüßte den Eintretenden freundlich und deutete auf den freien Stuhl: „Guten Tag Pak Liem. Haben Sie gehört, was da draußen los ist?"

„Natürlich", antwortete Liem und ließ sich nieder. „Eine Demonstration, ein richtiger Aufstand..."

„Langsam, langsam", beruhigte Paul. „Wir wollen doch nicht gleich einen ausgewachsenen Krieg herbeireden, wegen ein paar Unzufriedenen."

„Ein paar...! Es sind Hunderte und es werden immer mehr."

Tatsächlich hörte man das Geschrei nun auch durch die geschlossenen Fenster. Paul verstand den Chinesen gut. Ihnen saßen die Erinnerungen an die früheren Pogrome nur allzu sehr in den Knochen, und wenn man ehrlich war, auch in ihm stieg ein leicht mulmiges Gefühl auf. Ob Chinese oder Weißer, da würde der Mob wohl keinen großen Unterschied machen.

„Also, ich denke wir sollten zuerst einmal Mr. Oy..."

„Ach, das habe ich bereits getan", fuhr Liem dazwischen. „Er ist sehr besorgt und rät uns eindringlich, uns da ja nicht einzumischen."

Paul war nicht überrascht. Dieser Draht zum Chef war ihm völlig bewusst. Eine solche Rückversicherung würde wohl jeder chinesische Geschäftsmann einrichten. Die Ermahnung war eigentlich überflüssig, denn auch ihm war klar, dass sie, mit einem unbedachten Auftritt, nur Öl ins Feuer gießen würden. Es war einfach die Frage, was jetzt helfen konnte. Da draußen waren hunderte von aufgebrachten Männern, und in einer guten Stunde war Schichtwechsel.

„Ich denke wir sollten Pak Arjono zum Pförtnerhaus schicken", überlegte Paul. „Vielleicht kann er seine Landsleute zu Vernunft bringen."

„Von wegen Landsleute!", knurrte Liem. „Das sind aufgebrachte Sundanesen, da draußen, und Arjono kommt aus Zentraljava..."

In diesem Moment kam Ponto zurück. Als er Liem erblickte, zögerte er und schüttelte unmerklich den Kopf. Dann sagte er aber: „Pak Paul, vermutlich ist alles nur halb so wild."

Paul verstand und wandte sich an Liem: „Bitte finden Sie heraus, was Pak Arjono meint. Vielleicht kann er doch vermitteln."

Sobald Liem die Türe hinter sich zugezogen hatte, wurde Ponto ernst. „Hoffentlich hat der keine Dummheit gemacht", brummte er. „Der hat sicher schon herumtelefoniert und alle aufgescheucht."

„Na ja, Mr. Oy weiß inzwischen Bescheid", meinte Paul. „Da draußen scheint wirklich der Teufel los. Wenn die wollen, stürmen sie das Tor."

„So schnell geht das nicht", beruhigte Ponto. „Ich habe die Wachmannschaft verstärkt, und das hohe Tor hält einiges aus."

Jetzt grinste Paul erleichtert. Er wusste ganz genau was Ponto meinte. Der hatte seit langem einige seiner Landsleute aus Ambon in seine Mannschaft aufgenommen. Willige Leute, hatte Paul bald festgestellt, aber das wilde Aussehen der großen starken Männer flößte Respekt ein. Die standen jetzt da vorne am Eingang und würden wohl einige der Aufgebrachten zur Raison bringen.

„Gut", überlegte Paul sofort wieder ernst. „Wie soll aber der Schichtwechsel vonstattengehen. Da kommt doch wirklich niemand durch. – Könnte man vielleicht alles um ein paar Stunden verschieben? Ist das der Frühschicht zuzumuten, länger auszuharren? Und die Hereinkommenden...?"

„Sind kaum ein Problem, denn die wissen längst was los ist", meinte Pak Ponto lakonisch. „Außerdem werden sie ja auch nicht abgeholt."

Das stimmte. Die Busse, welche entlang der Hauptachse die Arbeiter einsammelten, konnten ja auch nicht losfahren. Die Frauen der Abendschicht würden somit überhaupt nicht eintreffen.

Während sie weiter berieten, ertönte plötzlich ein anderes Geräusch. Motoren brummten heran und heulten auf. Die Menge schrie und protestierte laut. Die Bürotür schlug auf.

Pak Adang stand im Rahmen und grinste. „Na also! In zehn Minuten ist der Spuk vorbei."

Paul erfuhr erst viel später, was sich dort draußen wirklich abgespielt hatte. Es begann damit, dass der angesehene Industrielle Oy Tang Sun mit General Suprajokjono öfters Golf spielte. Als Oy von der Demonstration vor seiner Fabrik erfuhr, genügte ein Telefonanruf, um die Dienste der Armee zu mobilisieren. Eine Kolonne Infanterie auf Lastwagen, begleitet von einem leichten Schützenpanzer, wurde losgeschickt und traf innert kürzester Zeit am Ort des Geschehens ein. Nachdem der Tross mitten auf der Straße zu Halt gekommen war, sprangen Dutzende Soldaten von den Laderampen und gingen ohne Zaudern mit Gewehrkolben auf die aufheulende Meute los. Die Vernünftigsten ergriffen sofort die Flucht. Wer Pech hatte, wurde ergriffen und landete unter rohen Flüchen und brutalen Griffen auf einem Lastwagen.

Eine teuflische, hoffnungslose Situation, erklärte Pak Adang später. Wer einmal in die Hände des Militärs geriet, der hatte ausgelacht und wurde für lange Zeit nicht mehr gesehen.

Innerhalb weniger Minuten war die Demonstration aufgelöst, und nur der zurückbleibende, hin und her patrouillierende Schützenpanzer verriet, dass hier kurz vorher verzweifelte Menschen um eine faire Überlebenschance gestritten hatten.

Die Busse der PT. Indosun fuhren aus und kamen mit den frischen Arbeiterinnen zurück. Der Schichtwechsel funktionierte, wie wenn nichts gewesen wäre. Müde Frauen saßen mit stumpfen Gesichtern zur Heimfahrt bereit. Nicht einmal die hellgrüne Uniform konnte davon ablenken, dass sie einer Herde willenloser Kreaturen glichen.

Nachdem vor dem Tor wieder Ruhe eingekehrt war, gingen die langen Diskussionen los. Auch Oy Tang Sun war am Apparat und meinte beruhigend: „Keine Bange Mr. Paul, wir sind sicher. General Suprajokjono hat mir versprochen, die nächsten Wochen ein Auge auf die Aufrührer zu haben. Sonst haben Sie in der Fabrik ja alles im Griff. Ich fahre morgen für ein paar Tage nach Jakarta, geschäftlich."

Liem kam mit nervösen Ratschlägen, ja nicht alleine unterwegs zu sein und auch die Familienangehörigen zu warnen, ja vorsichtig zu sein. Diese Leute seinen unberechenbar, und der kleinste Anlass könnte das Feuer wieder auflodern lassen.

Man kann auch übertreiben, dachte Paul. Viel' wichtiger war ihm später das Gespräch mit Pak Ponto. Er bestätigte im Prinzip die Vermutungen, dass die Männer aus dem nahen Dorf unzufrieden waren und endlich Arbeit wollten. Ponto wusste aber auch, dass ihnen vom Dorfältesten, dem Pak Lurah, völlig falsche Aussichten vorgegaukelt wurden, und dass es am Abend zuvor in der Moschee zu einer hitzigen Diskussion gekommen war. Dieser Lurah war tatsächlich ein Gauner und hatte Millionen von Rupien kassiert. Er schröpfte die Leute gleich zwei Mal. Zuerst strich er die saftige Kommission für die Landverkäufe ein, und dann ließ er sich auch für die Vermittlung von Arbeitsstellen bezahlen. Viele der Reisbauern, welche kaum schreiben und lesen konnten, waren ihm dabei wehrlos ausgeliefert. Dieser Halunke nahm seine eigenen Landsleute schamlos aus. – Da war aber noch eine Frage. Zu solchen undurchsichtigen Geschäften gehörten immer zwei. Welche Gelder bei den Landkäufen flossen, wusste wohl einzig Oy Tang Sun. Für den Chinesen war so etwas wohl völlig normal. Vermutlich machten da auch noch einige andere die hohle Hand. Viel schlimmer war die Sache mit den Arbeitsstellen. Irgendjemand in der Personalabteilung musste da mitmachen, denn wäre dem nicht so, könnten sich die Arbeitswilligen doch einfach hier im Büro melden, und der Umweg über einen Pak Lurah wäre überflüssig. – Pak Arjono vielleicht? Paul konnte sich das kaum vorstellen. Der väterlich wirkende stille Mann schien über einem solchen Verdacht erhaben. Trotzdem, konnte sich Paul wirklich ein Urteil erlauben? Die asiatische Gesellschaft war in dieser Hinsicht unglaublich kompliziert und undurchsichtig. Es war für einen Europäer praktisch unmöglich, sich in deren Gedankenwelt einzufühlen. Paul machte sich nichts vor, selbst Rini und deren Familie war für ihn manches Mal ein Buch mit sieben Siegeln.

KAPITEL 4

„Indosun Textiles; Selamat Pagi", flötete Miss Henrietta in den Hörer. Darauf folgten einige sundanesische Sätze.

Paul konnte das ankommende Telefonat durch die offene Tür deutlich hören, kümmerte sich aber weiter nicht darum. Er saß in seinem Büro am einfachen Schreibtisch und hatte gerade die Pläne für die Klimaanlage der neuen Spinnerei vor sich ausgebreitet. Der Besuch des Lieferanten stand bevor, und er wollte ganz genau wissen, wie die Anlage einmal funktionieren würde. Paul ließ meistens die Türe offen, um nicht derart abgeschnitten zu sein und damit seine Sekretärin nebenan weitere Aufgaben übernehmen konnte. Seit den ungemütlichen Ereignissen der Arbeiterdemonstration waren zwei Wochen vergangen, und längst war wieder Normalität eingekehrt.

„Mr. Paul!", rief nun aber Henrietta und spähte durch die Tür. „Ibu ist am Apparat. Auf Linie zwei bitte."

„Danke!" antwortete Paul mechanisch und drückte auf den entsprechenden Knopf. „Hallo meine Liebe!" Dann bemerkte er schmunzelnd, dass seine Sekretärin tatsächlich das Wort 'Ibu' benützt hatte, welches hier nur für eine verheiratete Frau und Mutter gedacht war. Informationen schienen auch in diesem Land schnelle Beine zu haben.

„Paul, ich habe schlechte Nachrichten", sagte Rini am anderen Ende leise auf Englisch. Sie hatten sich angewöhnt, diese Fremdsprache zu benützen, welche hier kaum jemand richtig verstand. „Paul, hörst du mich? René hatte einen Unfall. Er ist schwer verletzt."

„Wer?" Dann dämmerte ihm wen sie meinte. „Du meinst René? Der hatte einen Unfall? – Wieso? Was ist passiert?"

„Ich weiß auch nichts Genaueres. Tati hat eben angerufen. Sie ist im Krankenhaus und völlig aufgelöst. – Er muss letzte Nacht mit dem Auto verunfallt sein."

„Letzte Nacht? – Was, gestern, am Sonntag? Er sollte heute doch bei uns sein, eine Carde muss neu beschlagen werden. Wir brauchen diese unbedingt."

Dann merkte er, wie unmöglich er klang. „Oh, Entschuldigung! Ist es sehr schlimm?"

„Ich weiß auch nicht", wiederholte Rini. „Könntest du kommen?"

„Natürlich. Ich komme sofort nach Hause, dann fahren wir zusammen zum Hospital. Es wird schon nicht so schlimm sein."

„Gut, ich warte." Dann war die Verbindung unterbrochen.

Verständnislos schüttelte Paul seinen Kopf. Wie konnte das sein? Passierte der Unfall vielleicht auf einem Ausflug? Kaum, Rini sagte, es sei mitten in der Nacht geschehen.

„Henrietta, bitte rufen Sie sofort Pak Adang. Er sitzt wahrscheinlich in der Kantine. Ich muss sofort weg."

Obwohl Pak Adang kurze Zeit später vorfuhr und sich dann gekonnt durch den Verkehr arbeitete, dauerte es dreiviertel Stunden, bis sie das Haus an der Jalan Karangsari erreichten. Bandung war eine Millionenstadt, aber die Straßen waren ausgelegt für ein Dorf. Außerdem lag die Fabrik einige Kilometer außerhalb, in östlicher Richtung.

Als sie endlich eintrafen, stand Rini bereits in der Einfahrt und wartete. Beim Seiteneingang beobachtete das Dienstmädchen, man nannte sie liebevoll 'Bibi', mit starrem Gesicht das Geschehen. Offensichtlich wusste auch sie schon Bescheid. Das war nicht verwunderlich, denn die Angestellten waren in den sundanesischen

Häusern beinahe ein Teil der Familie, oft sogar irgendwer aus der armen Verwandtschaft. Das kümmerte Paul im Moment aber wenig.

„Komm schon, erzähl. Was ist los?", bestürmte er Rini, als diese auf der anderen Seite zu ihm rutschte. Paul hätte sie gerne geküsst, aber öffentliches Küssen war in diesem Land nicht gerade gerne gesehen.

„Zum Rumah Sakit Borromeus!", befahl Rini ohne Zögern.

„An der Jalan Insinyur Haji Juanda", bestätigte Pak Adang.

„Ja, natürlich."

„Also, was ist jetzt?", verlangte Paul energisch zu wissen. „Wann und wo ist das denn passiert?"

„Letzte Nacht", antwortete Rini. „Ganz in der Nähe vom Hotel Panghegar. Sie sagen, er sei mit voller Geschwindigkeit in einen Betonsockel gerast."

„Du meine Güte! – Und jetzt? Wie ist sein Zustand?"

„Weiß ich auch nicht. Tati war am Telefon ganz durcheinander. Sie sagt, er hätte noch mit ihr gesprochen. Wir sind gleich da. Wir können sie gleich selber fragen."

Pak Adang missachtete das Parkverbot und hielt direkt vor dem Eingang. Sie verschwanden eiligst durch die gläserne Tür. Der Geruch von Lisol schlug ihnen entgegen. Lange Gänge mit weißen Fließen und Kacheln vermittelten den Eindruck einer gefühllosen kalten Welt. Beim genaueren Hinsehen entdeckte man, dass die Kacheln oft gesprungen und verfärbt waren. Paul schüttelte der Gedanke, dass sein Freund hier mit dem Tode ringen könnte. Ein scheußlicher Ort.

Die Auskunft schickte sie die Treppe hoch, und nach langem Suchen fanden sie endlich die richtige Abteilung. Zahlreiche Menschen bevölkerten die Korridore, leidende, kranke und gesunde. Weiße Kittel fehlten gänzlich. Türen auf beiden Seiten, und dann entdeckten sie Tati mit Mutter und Schwester. Die Frauen fielen einander aufgelöst in die Arme und schluchzten laut.

Es dauerte eine ganze Weile, bis Paul sich Gehör verschaffen konnte.

„Er ging nochmals weg", jammerte Tati. „Warum? – Ich weiß auch nicht."

„Komm schon Tati! Wo ist René?"

Sie nickte in Richtung der nahen Tür. „Dort. Sie sagen man könne im Moment nichts machen. Er brauche Ruhe."

Paul trat ohne Zögern ein. Kaum hatte er die Tür hinter sich zugedrückt, umfing ihn die grauweiße Stille des Krankenzimmers. Mitten im Raum stand ein eisernes Bettgestell, und daneben waren komplizierte Apparate aufgebaut. Paul konnte beim besten Willen nicht beurteilen, um was es sich handelte und ob die Geräte vielleicht doch eher veraltet waren. Sein Augenmerk galt natürlich sofort der Gestalt, welche ausgesteckt auf der Matratze lag. Der Körper war mit einem einfachen Leintuch bedeckt, und zum linken Arm führten durchsichtige Schläuche. Der rechte war mit einer einfachen Schiene fixiert. Eine Fraktur, fuhr es Paul durch den Kopf. Ein Tropf hing über dem Bett an einem eisernen Haken. René hatte die Augen geschlossen und schien zu schlafen. Sein Kopf war durch eine weiße Bandage geschützt und lag auf einen kleinen, ziemlich hart aussehenden Kissen.

Paul erschrak ob der spitzen Nase und den bleichen eingefallenen Wangen. Der Mensch in diesem Bett hatte so wenig mit dem lebhaften Freund gemein, dass Paul beinahe an dessen Identität zweifelte. – Doch natürlich, das war René, und der Patient war offensichtlich nicht bei Bewusstsein.

Dennoch flüsterte Paul: „René, ich bin's, Paul. Was machst du nur? Mein Gott, lass uns doch nicht im Stich."

Natürlich bekam er keine Antwort, und die Anrufung Gottes war, berücksichtigte man die Tatsache, dass René Muslim geworden war, eigentlich auch daneben. Zögernd tastete er nach Renés Hand. Aber durfte er ihn überhaupt anfassen? Der Arm war eiskalt. Ja, ließen die ihre Patienten hier eigentlich erfrieren? Dieses schäbige Leintuch war doch keine richtige Decke! War das vielleicht der nahende Tod? – Nein, die Maschine dort piepste und zischte leise gleichtönig vor sich hin, und wenn er genau hinschaute, hob sich des Patienten Brustkorb regelmäßig. Nur das Gesicht glich einer starren Maske.

„Ich geh' jetzt wieder", murmelte Paul. „Ich versprech's dir, wir tun alles..."

Als Paul die Türe wieder hinter sich leise ins Schloss zog, erwarteten ihn die Frauen mit großen fragenden Augen.

„Er friert", war das erste was er hervorbrachte. „Haben die denn keine vernünftige Decke?"

„Oh!", entfuhr es Tati. „Ich werde natürlich sofort eine besorgen. – Leider ist bei uns die Betreuung im Krankenhaus alles andere als hervorragend. Man rechnet auf die Mithilfe der Familie. Das gilt auch für die Verpflegung."

„Die wird er momentan kaum benötigen", brummte Paul. „Er scheint bewusstlos zu sein, und ist nicht ansprechbar."

Nun mischte sich Rini ein. „Ich habe eben mit dem Arzt gesprochen", sagte sie. „René war heute früh bei seiner Einlieferung noch bei Bewusstsein und hat sogar etwas gesprochen. Dann ist er aber plötzlich ins Koma gefallen, und seither ist sein Zustand unverändert, aber stabil. Dr. Sujono sagt, man könne im Moment nichts weiter unternehmen. Auch eine Operation des Armes sei in diesem Zustand nicht möglich. Man könne nur warten."

„Komisch", entgegnete Paul. „Wieso diese plötzliche Verschlechterung? Ich verstehe das nicht."

„Der Arzt nannte es eine Gehirnschwellung, ein Ödem, das sich unerkannt gebildet und das spätere Koma verursacht hat. René muss einen enormen Schlag auf den Kopf bekommen haben."

Jetzt begann Tati haltlos zu schluchzen. Rini trat auf sie zu und führte sie, leise auf sie einredend, den Gang hinunter. Die Mutter und die beiden Schwestern folgten wie vermummte Geister. Die ernsten, starren Gesichter der Frauen waren Paul schon vorhin aufgefallen. Er führte sie aber auf den Schock und auf die Sorgen um den Patienten zurück. Eine große Hilfe war von ihnen aber kaum zu erwarten.

Paul überlegte, was als erstes zu tun war. Die Schweizer Botschaft, die Rettungsflugwacht oder das Aufgebot eines spezialisierten Ärzteteams, solche Gedanken schossen ihm durch den Kopf. Dann etwas besonnener, natürlich, die örtliche Vertretung von Renés Firma. Der Arbeitgeber in der Schweiz musste benachrichtigt werden und die dortigen Angehörigen.

Draußen vor dem Eingang wartete Pak Adang. Dankbar über dessen Zuverlässigkeit, informierte ihn Paul kurz. Dann entschied er: „Bitte fahre die Frauen nach Hause. Ich nehme mir ein Taxi. Ich muss zur PT. Tromax. Wir müssen die Firma und die Angehörigen informieren."

Rini nickte. „Vielleicht kommen wir am Nachmittag nochmals hierher zurück. Tati will sicher in seiner Nähe sein."

„Gut – und vergesst die Decke nicht!"

„Aber natürlich, Liebling. – Pass auf dich auf! – Bis später."

Wenig später, als der dunkelblaue Toyota mit den Frauen verschwunden war, winkte Paul ein Taxi, aus der vor dem Spital wartenden Reihe, heran. Es erstaunte ihn längst nicht mehr, dass diese Autos keine registrierten Taxis waren, sondern Privatwagen jeglicher Art, mit selbsternannten Fahrern, die sich so ein Einkommen machten. Offizielle Taxis gab es in diesem Bandung kaum, höchstens am Airport oder vor dem Savoy Homann, dem einzigen internationalen Hotel.

„Zur Jalan Jenderal Sudirman", befahl Paul und fügte gleich den Preis hinzu: „Zweitausend Rupien, ok?"

„Tuan, saya...", begann der Fahrer.

„Schon gut", unterbrach ihn Paul ungeduldig. „Dreitausend, aber jetzt los!"

Es war ein horrender Preis für die kurze Fahrt, aber was war denn der umgerechnete eine Franken schon. Hauptsache, die klapprige Karre schaffte es ans Ziel.

Die kurze Zeit auf dem Rücksitz gab Paul Gelegenheit, seine Gedanken zu ordnen. Was für ein Schlamassel. Was für eine Tragödie. Wie konnte so etwas überhaupt passieren? – Jetzt galt es unbedingt kühlen Kopf zu bewahren. Aber die Fragen nagten an seinem Unterbewusstsein. – Wie kam René dazu, mitten in der Nacht unterwegs zu sein? Er war eigentlich bekannt dafür, dass er sich zu Hause am wohlsten fühlte und nur ungern ausging. Hatte es vielleicht Streit gegeben? Tati war vermutlich nicht sehr einfach. Hatte er vielleicht getrunken? Warum aber fuhr der Blödmann denn überhaupt selber, wo doch in diesem Land ein Fahrer fast nichts kostete. Tausende von Fragen, aber keine Antwort passte nur annähernd auf René. Paul kannte ihn als verantwortungsbewussten jungen Mann, der seine Arbeit ruhig und gewissenhaft verrichtete. Pak Rudi Ali würde aus allen Wolken fallen, wenn er jetzt dann gleich erfuhr, dass sein bester Serviceman verunglückt war.

PT. Tromax war in einem großen einstöckigen Gebäude untergebracht und lag in einem parkähnlichen Garten. In der Einfahrt standen mehrere Autos. Man parkte hier aber ohne Probleme hintereinander, denn meistens war ein Fahrer oder Parkwächter da, der ein problemloses Wegfahren ermöglichte. Kaum angekommen, sprang Paul aus dem Wagen und eilte zum Eingang. Das Taxi stieß zurück und verschwand.

Hinter der Glastür empfingen ihn die Kühle einer Klimaanlage und das freundliche Lächeln der Empfangsdame.

„Guten Tag Mr. Paul"

„Selamat Siang, Ibu, ich möchte dringend Pak Rudi sprechen", entgegnete Paul.

„Bitte, dort lang", wies ihm die Frau die Richtung. Sie war um die fünfzig, und gut gekleidet.

Typisch Chefsekretärin, durchfuhr Paul der Gedanke. Man sieht es den Damen auf der ganzen Welt an. Dann rief er sich aber zur Ordnung und trat in das große Büro des Leiters der internationalen Handelsvertretung.

Drinnen erhob sich Pak Rudi Ali schwerfällig von seinem Drehstuhl, kam Paul entgegen und schüttelte ihm die Hand. „Ach, Pak Paul! Nett, dass Sie vorbeikommen. Was kann ich für Sie tun?"

Das Büro hatte auf zwei Seiten große Fenster in den Garten hinaus und war deshalb hell und freundlich.

„Pak Rudi", begann Paul ohne Umschweife. „Ich habe schlechte Nachrichten."

Pak Rudi wäre nicht Chinese gewesen, wenn er nicht trotz dieser Ankündigung ein Lächeln gezeigt hätte. „Nun, so schlimm wird's wohl nicht werden. Bitte setzen Sie sich! – Kaffee?"

„Gerne", entgegnete Paul. Ja, das konnte er gebrauchen, denn es war längst Mittag vorbei, ohne dass er außer dem Frühstück etwas in den Magen bekommen hätte. Während Pak Rudi seine Anweisungen gab, überlegte Paul, wie er die Nachricht am besten übermitteln konnte. Private Probleme waren für so eine Firma nicht besonders willkommen. PT. Tromax war ein bekanntes, alt eingesessenes Handelshaus und führte die Geschäfte großer europäischer Hersteller, vor allem im Bereich Textilmaschinen. Die im Eingangsbereich hängenden Hochglanzfotos großer Fabrikanlagen, und die seriösen

Konterfeis von Direktoren und Verwaltungsräten sprachen eine deutliche Sprache. Paul wäre nicht erstaunt gewesen, wenn die Spuren dieser Firma bis in die Zeiten der Ostindischen Kompanie zurückgereicht hätten. Dass ihm gegenüber jetzt ein Chinese saß, hieß überhaupt nichts, denn erst vor wenigen Jahren war der Stuhl noch von einem Holländer besetzt gewesen. Pak Rudi war aber heutzutage der richtige Mann, denn die indonesische Industrie war fest in den Händen der Chinesen. Außerdem sprach Pak Rudi ein ausgezeichnetes Deutsch. Paul schätzte ihn sehr, und er durfte nicht vergessen, sich für die Glückwünsche und das herrliche Blumenbouquet zu bedanken. Wenn die Hochzeitswünsche auch von der Firma kamen, so war doch klar, dass Pak Rudi persönlich dahinter stand.

„Also, Pak Paul", begann Pak Rudi. Sie benützten alle seinen Vornamen, denn der Nachname "Wiederkehr" war trotz guter Sprachgewandtheit einfach zu schwierig. Das vorangesetzte "Pak" bedeutete soviel wie "Herr" und war als Höflichkeitsform nicht wegzudenken. „Wo drückt der Schuh?"

„René Gasser hatte letzte Nacht einen Unfall", erklärte Paul einfach und fuhr mit einem kurzen Bericht weiter. „Er liegt im Borromeus und ist nicht mehr ansprechbar", schloss er nach einer Weile.

Rudi Ali hatte ruhig zugehört und blickte jetzt auf die Armbanduhr. „Es ist noch zu früh", stellte er fest. „In der Schweiz sind sie noch nicht an ihren Arbeitsplätzen. „Ich werd's in zwei Stunden versuchen."

„Danke Pak Rudi", sagte Paul. „Ich dachte mir schon, dass es die Firma so rasch wie möglich erfahren sollte – und natürlich die Angehörigen. Das wird keinen schönen Tagesbeginn für sie werden."

Nun beugte sich Pak Rudi vor. „Nun aber mal ganz offen, Pak Paul. Was halten sie von der schrecklichen Geschichte? Wie stehen die Chancen für René?"

„Der Arzt spricht von einer unvorhergesehenen Gehirnschwellung. Ich mache mir schon Sorgen, ob da auch alles für ihn getan wird."

„Hm...", überlegte Pak Rudi. Dann beugte er sich zur Gegensprechanlage. „Ibu Maria, versuchen sie eine Verbindung mit der

Schweiz herzustellen – sobald die im Büro sind. Ich will Herrn Ammermann sprechen. Geben Sie mir über das Handy Bescheid, sobald er da ist. Ich fahre jetzt mit Pak Paul zum Rumah Sakit Borromeus."

Die Sekretärin bestätigte und fügte hinzu: „Pak Agung ist bald aus Ujung Berung zurück. Soll ich ihm etwas ausrichten?"

„Sagen sie ihm, er soll auf keinen Fall nochmals wegfahren. Wir haben bei meiner Rückkehr einiges zu tun. Sobald er hier ist, soll er mich anrufen."

Er erhob sich, steckte alles Notwendige ein und winkte Paul, ihm zu folgen. Fragende Augen blickten ihnen in der Halle entgegen. Rasch informierte Pak Rudi seine Sekretärin über das tragische Ereignis und betonte, dass niemand nach Hause dürfe, bevor er selber nicht zurück sei.

Es waren kaum zwanzig Minuten verstrichen, seit Paul eingetroffen war und nun war er schon wieder auf dem Rückweg. Die beiden ungleichen Männer saßen im Fond des weißen Mercedes, während Pak Rudis Fahrer diesen sicher durch die Straßen steuerte. Eine Weile hing jeder seinen Gedanken nach.

„Ich verstehe einfach nicht, wieso der Mann mitten in der Nacht unterwegs war", brummte Pak Rudi schließlich. „Er hat doch eine junge Familie und hätte zu Hause sein müssen."

Das war genau die Überlegung, die Paul auch immer wieder durch den Kopf geisterte. Es passte einfach nicht zu René. Er war ein ruhiger, besonnener Mensch, dem seine Familie über alles ging. Seit er Muslim geworden war, trank er auch kaum etwas und zu nächtlichen Eskapaden, wie sie manchmal die Monteure vollbrachten, war er nie bereit gewesen. Dann kam ihm ein neuer Gedanke.

„Pak Rudi", sagte er rasch. „Es hat eigentlich keinen großen Sinn, wenn ich nochmals mit zum Spital komme. Sie werden sicher genauso gut alleine alles erfahren. Fragen sie nach Doktor Sujono. Er ist der zuständige Arzt. Bitte lassen Sie mich hier raus, ich nehme ein Bejak und rufe Sie später am Abend an."

Etwas verwundert ließ Pak Rudi anhalten. „Ich kann Sie natürlich nach Hause fahren", meinte er unsicher.

„Nicht nötig!", entgegnete Paul und kletterte aus dem Auto. „Ich komme zurecht, es ist nicht weit. Auf Wiedersehen!"

Kaum war der Mercedes im Verkehr verschwunden, winkte Paul eines der Fahrradtaxis heran und nannte dem Mann eine Adresse nahe der großen Kreuzung, wo die Straßen Gato Subroto, Achmad Yani, Kartini und Asia Afrika sich treffen. Große Namen, wusste Paul. Asia Afrika stand für eine bedeutende Konferenz der blockfreien Staaten, welche im Jahre 1955 dort im Gedung Merdeka, dem Gebäude der Freiheit, abgehalten wurde.

Da der Bejakfahrer kleine direkte Straßen benutzte, waren sie innert wenigen Minuten vor Ort. Hinter einem Fußballstadion führte eine ruhige Straße durch ein Gebiet von Kleinunternehmen, Garagen und Werkstätten. Bei der Nummer 14 hielt das Vehikel vor einem Eisentor. Da Paul nicht sicher wusste, ob Hadia da war, hieß er den Bejakfahrer warten und probierte das schwere Tor. Es schwang auf, und innen hörte Paul die stampfenden Geräusche einer Presse. Er war also da.

„Terima kasih!", rief er dem draußen Wartenden zu und winkte ihm, dass seine Dienste nicht mehr benötigt würden.

Nachdem er das Tor hinter sich geschlossen hatte, näherte er sich der Werkstatt. Typisch für die Chinesen, dachte er, sie verbarrikadieren sich gerne. Von außen hätte man kaum geahnt, dass innen eine modern eingerichtete Schlosserei betrieben wurde. Das hatte natürlich seine Gründe. Die Chinesen hatten in diesem Land schon einige haarsträubende Pogrome erlebt. Islamistische Fanatiker, neidische Nationalisten und ruhmsüchtige Politiker sahen in den geschäftstüchtigen Chinesen, welche meist Buddhisten oder Christen waren, eine öffentliche Gefahr und hetzten die einfachen Bürger zu grässlichen Gräueltaten auf. Kein Wunder, verbarrikadierten sich die Betroffenen. Leider waren diese antichinesischen Gedanken unter den Indonesiern immer noch weit verbreitet.

„Hallo! ... Hadia!", rief Paul durch die offene Tür. „Wo steckst du denn?"

„Paul!", tönte es freudig hinter der Maschine hervor. Er hätte, in seinem blauen Overall, ein gewöhnlicher Mechaniker sein können, aber Paul wusste, dass ihm dieser ganze Laden gehörte. „Paul, schön, dass du mich besuchen kommst."

Sie schüttelten sich die Hände. Tatsächlich war Hadia einer seiner besten Freunde, und sie verstanden sich beruflich wie auch persönlich ausgezeichnet. Ein Treffen war auch immer eine schöne Gelegenheit für einen ausführlichen Schwatz.

„Moment, ich komme gleich", rief Hadia und winkte einem auftauchenden Arbeiter, die Maschine abzustellen. Er führte Paul zu einer Tür, die zum angebauten Wohnhaus gehörte. Dort hatte er eine Art Büro eingerichtet, welches aber zugleich als Lager- und Planungsraum benützt wurde. In der Ecke neben dem einfachen Schreibtisch standen Motoren von verschiedener Größe. An der Wand lehnten Resten von Blechtafeln, und daneben türmten sich Kisten mit unbekanntem Inhalt.

Hadia öffnete den Kühlschrank neben der Hintertür und fischte zwei Flaschen heraus. „Komm setz dich!"

„Hoffentlich unterbreche ich nicht gerade einen wichtigen Auftrag", sagte Paul und schielte zurück in die Werkstatt.

„Ach das, das kann warten!", entgegnete Hadia. „Das sind Blechteile für eine Zettelmaschine. Sie werden erst nächste Woche gebraucht. – Also dann, zum Wohl!"

Man merkte gut, dass der Mann in Deutschland studiert hatte. Sein Deutsch war ausgezeichnet, und Bier trank er auch.

Nach dem kräftigen Schluck kam Paul sofort zur Sache und erzählte seinem Freund vom Unfall der letzten Nacht. Hadia hörte schweigend zu, und erst als Paul geendet hatte, schüttelte er traurig den Kopf. „Schrecklich und unfassbar. Hoffentlich erholt sich René bald."

„Leider scheint das nicht so sicher", erklärte Paul gedehnt. „Scheinbar kann niemand genau sagen, wann René aus diesem Koma wieder erwacht. Das kann morgen sein, aber auch erst in Wochen. Wir können nur hoffen."

„Da hast du wahrscheinlich Recht. Ich denke, ich schließe hier für heute und fahre ins Krankenhaus."

„Na ja, wie du möchtest", entgegnete Paul. „Es hat zwar wenig Sinn, René ist bewusstlos. Zudem ist Pak Rudi dort und nimmt sich der Dinge an. – Ich habe aber etwas ganz anderes überlegt. So ein Unfall passiert doch nicht einfach so. Die Straße dort ist kaum hundert Meter lang, von der Jalan Braga, vorbei am Hotel Panghegar bis zum Inselpfosten, wo es passiert sein soll. Man muss schon ganz schön blöd fahren, um diesen zu treffen. Wir sollten uns einmal den Wagen anschauen."

„Du meinst, da war etwas nicht in Ordnung?"

„Ich weiß nicht. Es ist einfach so ein blödes Gefühl. Vielleicht irre ich mich und mache mich zum Narren, aber ich denke, wir sollten uns Gewissheit verschaffen, und du bist dabei doch der Experte."

„Was für ein Auto hatte René denn?"

„Ich glaube einen Honda Accord, silbergrau, wenn ich mich nicht täusche", antwortete Paul.

„Aber Paul, die Polizei hat den doch längst beschlagnahmt. Der steht jetzt sicher in deren Hauptquartier unten an der Umfahrungsstraße."

Paul bestätigte: „Klar, das glaube ich auch, aber ich dachte, du könntest einmal einen Blick darauf werfen. Du verstehst mehr davon."

„Du verrennst dich da in eine Idee." Hadia schüttelte den Kopf. „Du glaubst doch nicht im Ernst daran, dass sie mich dranlassen, mich, einen Chinesen. – Oder denkst du, wir könnten uns da heimlich einschleichen? ... Vergiss es!"

„Bitte Hadia, du vergisst Pak Adang."

„Wie? – Ach, du denkst der könnte uns Zugang verschaffen?"

„Schon möglich, er mit seiner ABRI Vergangenheit hätte da einiges Gewicht."

Hadia schüttelte erneut energisch den Kopf. „Paul, du bringst uns in Teufels Küche. Ich möchte mich lieber nicht mit der indonesischen Polizei anlegen. Ich hoffe, du verstehst das."

„Natürlich", beschwichtigte Paul. „Es war ja nur so eine Idee, wahrscheinlich eine ziemlich blöde."

Hadia überlegte lange. Dann wollte er wissen: „Nur einmal angenommen, wir würden es schaffen, was hoffst du eigentlich zu finden?"

Paul antwortete mit einer Gegenfrage: „Was, Hadia, wenn da am Auto manipuliert wurde...?"

KAPITEL 5

Die Jalan Karangsari ist eine kurze Verbindungsstraße zwischen den beiden Hauptstraßen, welche sich etwas weiter oben zur Jalan Setiabudi vereinen und nach Lembang hinauf führen. Hier, im oberen Teil der Zweimillionenstadt, waren die Häuser nicht so dicht zusammengebaut und oft mit üppigen Gärten umgeben.

Es war ein angespannter Tag vergangen, an dem Paul Mühe hatte, sich auf seine Arbeit zu konzentrieren. Er verließ deshalb zeitig, kurz nach vier Uhr, den Betrieb und ließ sich nach Hause fahren. Die knappe Stunde auf dem Rücksitz des Autos verbrachte er in einem diffusen Gedankengewirr. Er schaute durch die Scheibe, ohne wirklich zu erkennen, was um ihn geschah. Renés Schicksal nagte an ihm, die Personalprobleme der Firma schienen unlösbar, und der Lieferant der Klimaanlage hatte heute seine Vorschläge nur widerwillig entgegen genommen. Es war einer jener Tage, die man am Liebsten aus dem Kalender streichen möchte.

Nachdem das Auto in die kleine Straße eingebogen war, lenkte Pak Adang dieses in die Einfahrt eines schmucken Bungalows. Eine Reihe großer Palmen markierten die Grenze zum Nachbarhaus, und neben der Betonfläche der Einfahrt war ein, zur Zeit etwas kümmerlicher Rasen angelegt. Der müsste einmal richtig gewässert und gedüngt werden, dachte Paul, als er aus dem Wagen kletterte.

„Bitte fahr den Wagen gleich nach hinten!", befahl Paul. So schön die Palmen auch waren, sie waren gefährlich. Nicht harte Kokosnüsse waren das Problem, nein, herabfallende Blätter waren so schwer, dass sie ein Autodach ohne weiteres eindrücken konnten. Nur knapp war er selber vor kurzem einem solchen Unfall entkommen. Wie Keulen könnten die riesigen Wedel einen Menschen glatt erschlagen.

Dümmlich grinsend wandte er sich dem Eingang zu, während Pak Adang das Auto unter das Blechdach fuhr. Da war doch tatsächlich vor einiger Zeit mitten in der Nacht so ein Palmwedel auf das Wellblech gefallen. Der ungeheure Knall hatte das ganze Haus aufgeschreckt. Bis sie endlich herausfanden was passiert war, waren alle hellwach, und an ein Weiterschlafen war nicht zu denken.

Innen im Haus kam ihm Rini entgegen. Paul nahm sie kurz in die Arme und küsste sie.

„Was ist los?", fragte sie zögernd. Instinktiv merkte sie, dass er von unruhigen Gedanken geplagt wurde.

„Ach", wehrte er ab. „Ich erzähl's dir später. Warst du bei René im Spital? Hat sich sein Zustand gebessert?"

Paul durchquerte den großen Wohnraum. Links führten zwei Türen zu den Schlafzimmern. Eine breite Fensterfront nach hinten gab den Blick in einen üppigen Garten frei. Ein prächtiger Avocado Baum stand schräg davor und verdeckte teilweise den Anbau auf der anderen Seite, wo die Küche und die Räume der Dienstboten lagen. Leises Klappern verriet, dass dort Bibi hantierte.

Paul deponierte seine Mappe auf dem Tisch und drehte sich zu seiner Frau um. Sie stand zierlich, fast zerbrechlich, unter der Tür. Sie trug einen luftigen Wickelrock aus feinem Baumwollstoff. Das Weiß mit dem lila Muster unterstrich die samtene Bräune ihrer schlanken Arme. Während Paul sie fragend ansah, bemerkte er die Sorge in den sonst so strahlenden Augen.

„Unverändert", sagte Rini leise. „Die ganze große Familie war da. Aber René liegt nach wie vor im Koma und merkt vom ganzen Rummel um ihn herum nichts. Es ist traurig, wie hilflos er ist. Die Ärzte sagen, man solle trotzdem mit ihm reden. Vielleicht erkenne er doch, dass wir mit ihm sprechen. Musik könnte vielleicht auch helfen – vielleicht."

„Weiß man, ob er je wieder aufwacht, und wenn das geschieht, wann? – Sollen wir gleich nochmals hinfahren?"

„Das hat wenig Sinn. Außerdem haben die das im Borromeus nicht gern, wenn man zu später Stunde kommt."

Paul würde das zwar wenig kümmern, denn einen Ausländer in der Privatabteilung konnte man immer besuchen. – Privatabteilung? Er hatte nicht den Eindruck, dass René besonders gut untergebracht war. Zwar lag er in einem Einzelzimmer, aber das war auch schon alles. Hatte er dort wirklich die notwendige Aufmerksamkeit und Pflege? Natürlich brauchte er in seinem Zustand keinen Fernseher oder gerahmte Kunstdrucke an der Wand. Doch waren die Einrichtungen und Geräte dort wirklich auf dem neuesten Stand? Das war zu bezweifeln, und Paul nahm sich vor, sich nach der Möglichkeit einer Überführung in die Schweiz zu erkundigen.

Rini war ihm zum Schlafzimmer gefolgt. Paul sehnte sich nach einer heißen Dusche und einen Moment Ruhe, ausgestreckt auf dem kühlen Bett.

Während das Wasser lief, rief Rini durch die halb offene Tür: „Hadia hat angerufen. Du sollst so bald als möglich zurückrufen."

„Hat er gesagt was er will?"

„Nein, aber es scheint dringend zu sein." Sie reichte ihm ein großes weiches Badetuch und deutete auf das schnurrlose Telefon auf dem Bett.

Paul griff danach und warf sich auf die weiße Decke. Rini verschwand und zog die Türe leise hinter sich zu.

„Hadia!", rief er in den Apparat, sobald sich sein Freund auf der anderen Seite meldete. „Hast du dir das mit dem Auto überlegt?"

„Langsam, langsam!", bremste der Chinese. „Ich habe mir Folgendes überlegt. Offiziell kommen wir da nie an das Auto. Aber ich denke, am Freitag könnte es gehen. Ich habe dort schon einige Male eine Fahrzeugprüfung machen lassen. Wie alle diese Behörden, sind die nicht nur äußerst korrupt, sondern auch bequem. Man muss nur wissen an wen man sich wenden soll. Ich kenne dort einen dieser Sorte. Am Freitagnachmittag wollen die dort alle zur Moschee, da sollte uns niemand aufhalten."

„Hm, und wenn der richtige Mann nicht da ist?"

„Oh, er wird da sein. Ich war bereits bei ihm und habe ihm ein ordentliches Honorar für seine Bemühungen zugesteckt. Er wird am Eingang warten."

„Wau!", entfuhr es Paul. Dann überlegte er. „Pass auf, ich komme morgen bei dir vorbei. So können wir alles in Ruhe besprechen."

„Gut, komm am späteren Nachmittag", bestätigte Hadia. „Aber der Freitag, der gilt. – Und bring dann auf jeden Fall Pak Adang mit. Eine Rückversicherung der ABRI ist immer gut."

Paul beendete das Gespräch und schüttelte nachdenklich den Kopf. Er war sich der Situation in diesem Land längst bewusst, hatte er doch schon mehrmals solche Vorfälle erlebt. Schmunzelnd erinnerte er sich an seinen Führerschein. Es war Gesetz, dass ein Ausländer jedes Jahr eine Prüfung abzulegen und seinen Ausweis neu zu erwerben hatte. Da der Experte, ein Polizeikorporal, den Fragebogen gleich selber ausfüllte, blieb eigentlich nur noch der "Kauf" des Billetts. Im ersten Jahr wollte Paul dem Mann den Betrag unauffällig zustecken, worauf der Polizist die Scheine hoch in der Luft schwenkte und den beiden anwesenden Kollegen lachend seine Beute präsentierte. Sie war also von allen erwartet und in diesem Falle wohl auch mehr als angemessen. So kam Paul mit rotem Kopf in den Besitz seines ersten SIM (Surat Izin Mengemudi), seines indonesischen Führerscheines.

Paul schlüpfte in ein frisches Hemd und begab sich wenig später in den Wohnraum, welcher zugleich als Esszimmer diente. Bibi hatte zwei Gedecke aufgelegt und verschwand rasch wieder durch die Küchentür. Scheu wie ein Reh, wagte sie kaum einen Blick auf den Hausherrn zu werfen oder gar ein Wort an ihn zu richten. Sie kam aus einem östlich von Bandung gelegenen Dorf, und Paul fragte sich, ob sie vielleicht verheiratet war und Kinder hatte. Rini erklärte, dass Bibi aus einer weit entfernten Verwandtschaft komme, und da diese Leute bettelarm seien, wären sie außerordentlich dankbar, dass die junge Frau bei ihnen eine gut bezahlte Arbeit hatte.

Das Abendessen war speziell auf den Hausherrn zugeschnitten. Es gab Beefsteak, Bratkartoffeln und Bohnen. Rini leistete ihm Gesellschaft, aß aber nur wenig. Sie hatte es sich zur Pflicht gemacht, dieses Essen selber zuzubereiten. Bibi leistete nur die Vor- beziehungsweise Rüstarbeit. Die Küche war ein ganz besonderer Ort. Es gab eigentlich zwei Küchen im Haus. Vorne war die gute Küche, mit modernem Herd, Backofen und Spüle. Sogar heißes Wasser war vorhanden, aber das war für die Hausangestellten reine Verschwendung. Seifen, Waschpulver und Spülmittel wurden in diesem Lande ausschließlich für Kaltwasser hergestellt. Damit kannte man sich aus. Diese modernen Einrichtungen waren reiner Luxus.

Hinten war die normale Küche. Sie bestand aus einem großen, weiß gekachelten Rüsttisch, einem Wasserhahn über einem Eimer und einem simplen Gasrechaud. Weiter hinten hinaus kam man zu dem Waschplatz, zu den beiden Räumen der Angestellten und deren Toilette. Das war das Revier von Bibi und Maman.

Maman war der Bursche für alles. Er ging Bibi zur Hand, pflegte den Garten, ging Einkaufen oder schruppte den Boden. Paul ließ ihn manchmal kleinere Reparaturen ausführen und entdeckte, dass Maman durchaus geschickte Hände hatte. Während Bibi sicherlich über zwanzig Jahre alt war, vermutete Paul, dass Maman kaum aus der Schule gekommen war. Kinderarbeit war aber keine Frage, denn auch er gehörte im weitesten Sinne zur Familie, wenn es auch für Paul völlig schleierhaft war, woher er stammte.

Die Mahlzeit war gut, wenn auch etwas phantasielos. Ähnlich wie bei den Engländern, dachte Paul, während er die Bohnen in den Mund schob. Er wollte aber Rini keinen Vorwurf machen, denn wie sollte sie Kenntnisse über eine exquisite europäische Küche haben, sie, die Zeit ihres Lebens in der sundanesischen Kultur verbracht hatte. Manchmal durchfuhr ihn der Gedanke, was wohl wäre, wenn sie mit ihm zurück in die Schweiz kommen sollte. Würde sie sich anpassen, integrieren können? Im Moment war das aber eine rein theoretische Frage, denn er konnte ebensogut noch viele Jahre hier arbeiten und vielleicht sogar einmal ganz hier bleiben.

Wie wenn Rini seine Gedanken erraten hätte, fragte sie unvermittelt: „Paul, denkst du, dass du bei Indosun bleiben kannst?"

„Du meine Güte!", fuhr er auf. „Wieso sollte ich nicht? Die Firma läuft gut und wir haben große Pläne zur Erweiterung."

„Nein, nein, ich denke nicht das. Es ist vielmehr wegen der Bevölkerung dort draußen in Rancaekek. Es könnte doch sein, dass der Chinese kalte Füße bekommt und seine Pläne aufs Eis legt."

„Das glaube ich nicht", entgegnete Paul entschieden. „Oy Tang Sun hat dort schon viel investiert und kann nicht einfach weg. Außerdem hat er doch Hilfe seitens der Militärs."

„Genau das wird Euch bei der Bevölkerung keine Sympathien bringen. Die ABRI hat natürlich viel Macht, solange Suhartos Politik hinhält. Das könnte sich aber ändern. Präsident Suharto wird alt und ist sehr umstritten."

„Noch ist doch die Mehrheit der Bevölkerung für Suhartos Partei, die GOLKAR. Dem gegenüber haben die Demokraten, die PDI, immer noch den zweifelhaften Ruf, sie seien Kommunisten."

Rini schüttelte den Kopf. „Ja, weil die Regierungstreuen alle in derselben korrupten Gesellschaft stecken und keiner seine Milchkuh schlachten will."

Jetzt lachte Paul. „Du meine Güte Rini! Ich verlasse mich einfach auf das Gefühl eines Oy Tang Sun, der wird nicht blind ins Verderben rennen. Er ist ein schlauer Fuchs."

„Es wäre schön, wenn man in die Zukunft blicken könnte, damit man nicht so unvorbereitet dahinlebt", meinte Rini nachdenklich.

„Wie meinst du das?"

„Wir könnten diese Woche nach Garut fahren, es gibt dort eine weise Frau..."

Paul lachte hell auf. „Du willst zu einer Seherin, einer Schamanin!"

„Warum lachst du? Es gibt in diesem Lande viele, die solche Dienste in Anspruch nehmen. Man weiß genau, dass selbst die Ibutin, Suhartos Frau, öfters nach West Java reist, um sich beraten zu lassen. Auch meine Mutter war schon bei Bariah."

„Ach, sie heißt Bariah? Du bist aber nicht die Ibutin, meine Liebe, und ich glaube solchen Unsinn sowieso nicht."

„Das weiß ich doch", lenkte Rini ein. „Trotzdem, ich möchte hinfahren und dabei gleich meine Verwandten besuchen. Komm doch mit, bitte!"

„Wäre interessant, aber es geht nicht. Ich habe mich morgens mit Hadia verabredet."

„Was heckt ihr Beide da wieder aus?"

„Ach nichts", entgegnete Paul rasch, zu rasch für Rini.

„Ist das so wichtig?"

„Ja, es ist!", entgegnete Paul bestimmt. „Aber du kannst natürlich mit Pak Adang fahren. Ich nehme deinen Suzuki."

Bevor sie etwas erwidern konnte fuhr er fort: „Mit dem großen Auto ist es bequemer für dich, und wenn Pak Adang mit dir ist, bin ich beruhigt. Er fährt ausgezeichnet und wird dich mir wieder sicher zurück bringen."

Rini lächelte. „Hast du etwa Angst um mich?"

„Nein, eigentlich nicht", antwortete Paul. „Du bist sehr selbständig und kannst gut auf dich aufpassen. Trotzdem möchte ich dich in dieser Zeit nicht allein unterwegs wissen."

Blöd, dachte er. Jetzt benehme ich mich schon wie der einfältige Liem und sehe überall Gespenster. Trotzdem, wenn er an Renés fatalen Unfall dachte, überkam ihm ein ungemütliches Frösteln. Wie schnell war so etwas Unvorhergesehenes passiert. Die Ursachen waren so verworren und undurchsichtig, wie das ganze Land hier, und die Folgen waren nicht abzusehen. – Dann durfte er aber nicht vergessen, dass Adang am Freitag benötigt wurde.

„Also gut", lenkte Paul ein. „Du fährst morgen zu dieser..."

„Bariah!"

„... Bariah und bringst unsere Zukunft ins Lot. – Wie lange bleibst du?"

„Ich denke, dass ich am Donnerstag abends wieder zurück bin", überlegte Rini. „Meine Mutter wird mich begleiten, sie war schon lange nicht mehr bei ihrer Familie in Garut. Wir fahren früh am Morgen, so lange es noch kühl ist."

Für Paul war damit klar, dass das Ganze längst eingefädelt war und seine Einwände sowieso nichts gefruchtet hätten. „Bitte, wie du willst", entgegnete er etwas spitz, korrigierte aber sofort: „Pass auf dich auf Rini..."

KAPITEL 6

„Punten!", riefen sie durch den offenen Eingang des schmucken Hauses.

„Manga!", tönte es prompt in sundanesischer Höflichkeit, als Aufforderung zum Eintritt, zurück.

Aus dem Inneren erschien eine Frau in einem einfachen, luftigen Baumwollkleid, welches ihre üppigen Brüste nicht verheimlichte. Das pechschwarze Haar war kurz geschnitten und stand etwas wirr vom Kopf. Sie war um die vierzig Jahre alt. Ihre nackten Füße steckten in gewöhnlichen Gummischlarpen. Sie wirkte wie eine stramme Hausfrau und absolut nicht wie eine weit herum bekannte Schamanin.

Ibu Surya trat in den Vorraum, dicht gefolgt von Rini. Sie begrüßten die Frau graziös in traditioneller Art, mit den zusammengelegten Händen und tauschten höfliche Worte. Man wollte Bariah auf keinen Fall stören, aber da sie doch sowieso in Garut bei Verwandten weilten, wäre man glücklich, wenn sie etwas Zeit für sie hätte. Andernfalls würde man natürlich...

„Aber ich bitte sehr", unterbrach Bariah freundlich. „Ich habe immer Zeit für meine Gäste. Wenn Sie einen Moment Platz nehmen und warten wollten. Ich bin sofort so weit."

Während Bariah nach hinten verschwand, ließen sich die beiden Angekommenen auf einem Sofa nieder. Der Raum hatte etwas von einem Wartezimmer eines Arztes. Es war aber eigentlich der typische Vorraum eines indonesischen Hauses, wo die Besucher willkommen geheißen wurden. Dadurch schirmte man die dahinter liegenden Privaträume vorsorglich ab. Nur sehr gut bekannte Gäste oder Familienangehörige wurden gleich nach hinten gebeten. Alle anderen empfing man im Vorraum, welcher entsprechend mit Sofa, Stühlen und Tischchen ausgestattet war. An der Wand hing hier auch ein farbenprächtiges Gemälde einer Vulkanlandschaft, daneben ein gesticktes Bild von Mekka, mit der schwarzen Kabah in der Mitte.

„Ich dachte Bariah sei eine Christin?", flüsterte Rini. „Ihr Name scheint doch von Maria abgeleitet."

„Sei still!", gebot Ibu Surya warnend. „Wir haben doch keine Ahnung, was es mit diesem Haus auf sich hat und was die Frau alles sehen und hören kann. – Hast du das Fläschchen bereit?"

„Natürlich", bestätigte Rini leise, während sie das glatte Glas in ihrer Tasche ertastete.

Rinis Mutter war nicht das erste Mal hier. Sie kannte sich aus und wusste auch, was benötigt wurde. Sie hatten das Haus auf Anhieb gefunden. Rini konnte das Auto durch das Seitenfenster erkennen. Pak Adang war wahrscheinlich irgendwo um die Ecke verschwunden und machte sich auf eine längere Wartezeit gefasst.

Bariahs Anwesen lag einige Meilen außerhalb von Garut, dort wo eine kurvenreiche Straße über die Hügel nach Singaparna führt. Es lag allein auf der Anhöhe und bot einen herrlichen Ausblick zurück ins Tal. Weit entfernt konnte man die schwachen Dampfwolken der Thermalbäder noch erkennen. Ansonsten war Garut ein Städtchen ohne große Gebäude oder Monumente. Trotzdem war es ein wichtiger Ort und wurde für so etwas wie das Tor nach Zentraljava gehalten.

Am meisten überraschte aber das schmucke Haus der Seherin. Hätte man eine heruntergekommene alte Hütte mit einer gichtgeplagten, runzligen Hexe als Bewohnerin erwartet, so wäre man völlig falsch gelegen. Dieses Haus strahlte gepflegte Schönheit aus. Herrliche rote Bougainvillea rankten die weiß getünchten Wände hoch, und im Garten daneben blühten Strelitzien, gelber Ginster und riesige Geranien. Ein großer Parkplatz davor zeugte davon, dass hier öfters Wagen angesehener Persönlichkeiten hielten. Es stimmte also, Bariah hatte Kundschaft bis weit in die große Weltstadt Jakarta hinein.

Plötzlich tauchte Bariah wieder auf. Sie geleitete die beiden Frauen in einen dunklen Raum. Noch unter der Tür verlangte sie nach dem Fläschchen Eukalyptusöl. Sie hieß die Besucher auf zwei Hockern Platz nehmen. Rini konnte einen Tisch ausmachen, den Bariah nun umrundete. Eine Kerze flackerte auf, und das Gesicht der Frau wirkte plötzlich gespenstisch. Sie murmelte etwas, das sich wie ein Gebet anhörte, dann schob sie das Eukalyptusöl mitten auf den Tisch. Im Dämmerlicht erkannte Rini an den Wänden rund herum Fotografien. Die schwarzweißen Aufnahmen waren teils gerahmt, teils einfach mit Reißnägeln angeheftet. Alles waren Porträts oder Gruppenaufnahmen.

„Alles Leute die hier ihr Schicksal fanden", murmelte Bariah, als sie Rinis Blicke bemerkte.

Dann fuhr sie fort: „Ich sehe zwei Frauen vor mir, die aus dem fernen Bandung zu mir gekommen sind. Mutter und Tochter, sie haben die unterschiedlichste Vergangenheit wie man sich nur denken kann. Die Mutter erinnert sich noch gut der Zeit, wo am Hauptplatz Alun-Alun in Bandung die Holländer tanzten und noch in Gulden gerechnet wurde. Sie spricht gar noch deren Sprache. Dann hat sie aber zweimal geheiratet, wobei der erste Mann nicht viel taugte. Mit dem zweiten hat sie viele Jahre verbracht, aber jetzt sehe ich ein Ende."

Ibu Surya saß mit gesenktem Kopf, während Die Seherin weiter redete: „Heute gilt die Sorge aber der Tochter, nicht wahr? Auch sie ist zum zweiten Mal verheiratet, die Kinder stammen aus erster Ehe. – Der neue Mann kommt von weit her. Er gehört nicht zu uns. Du hast dich über alle unsere Traditionen hinweggesetzt und weißt nun nicht mehr weiter."

Rini war schockiert. Wie konnte die Frau das alles nur wissen? Hatte vielleicht die Mutter geplaudert? Aber wann? Also, da hatte sie dann ein paar Fragen an die Gute.

Nun meldete sich Ibu Surya: „Es stimmt, ihr Mann ist ein Orang Buleh, ein Weißer aus Europa. Wir möchten zu gerne wissen, ob das gut gehen kann und wie die Zukunft für die Beiden aussieht."

„Ich verstehe", murmelte Bariah und schwieg. Minuten später sprang sie auf, packte das Eukalyptusöl, starrte in die klare Flüssigkeit und sagte: „Schwierig, ich werd's versuchen."

Damit verschwand sie und ließ die beiden Frauen allein. Rini wollte schon auffahren, als ihre Mutter sie durch eine unmissverständliche Handbewegung zu schweigen gebot. So saßen und warteten sie Minuten, eine Viertelstunde, eine Halbe. Die Kerze flatterte unruhig und würde bald verlöschen. Sie verharrten in einem betäubten Zustand und warteten auf etwas, was auch immer noch kommen sollte. Irgendwann schreckte sie ein Scheppern im hinteren Teil des Hauses auf. Es hörte sich an, wie wenn in der Küche ein Pfannendeckel zu Boden gegangen wäre. Was um alles in der Welt tat die Schamanin dort hinten?

Dann ging plötzlich das Licht an. Bariah stand am Tisch und schwenkte das Eukalyptusglas. Das erste was Rini entdeckte war, dass der Inhalt braun und undurchsichtig geworden war. Dann blickte sie auf die Frau und erstarrte. Bariah war kaum wieder zu erkennen. Sie war um Jahre gealtert, und ihre Haare standen stumpf und wirr in alle Richtungen. Das grelle Licht der Glühbirne gab dem vorher hübschen roten Kleid ein zerknittertes schmutziges Aussehen.

Müde ließ sich Bariah nieder und nickte schwach. „Es war schwierig", brummte sie. „Diese Ausländer sind kaum zu erfassen. Es ist ein weißer Mann von weit her. Auch er hat zwei Kinder. Sie sind euch sehr ähnlich, aber weit weg. Sie sind oft in den Gedanken deines Mannes, werden aber keine Probleme verursachen. Aber da ist ein junger Mann mit krausem schwarzem Haar, vor ihm sollt ihr euch hüten. Ich sehe sein Gesicht, rundlich, bleich mit großen Augen. Er hat böse Absichten, das steht deutlich in seinen Augen. – Eure Ehe? Sie entstand unter den unterschiedlichsten Voraussetzungen. Nein, Abdullah-Mariah! Keine Voraussetzungen! Keine Kirche! Keine Moschee! Ein Gott wird euch fehlen, wollt ihr zum Teufel beten? – Die Liebe? Ja, die sehe ich klar und deutlich. Sie kann euch helfen, durch alle Zeiten. Ein großes Haus wird euch beschützen, des Mannes Arbeit ist wichtig und gut bezahlt. Deine Töchter sind gut aufgehoben, du wirst bald Großmutter und bist doch noch so jung. Dein Mann? Ja, das ist schwierig. Er ist erfolgreich, bekommt aber Feinde, da ist wieder der Mann mit dem krausen Haar. Dieses Land ist deinem Mann fremd und unverständlich, irgendwann wird er gezwungen sein aufzugeben. Bist du bereit für ihn da zu sein, auch in schlechten Zeiten? Du hast das bei eurer Heirat nicht versprochen und das wird dich einholen. – Wann? Ja, wie lange dauert die Liebe, wie lang ein Leben, und wie alt wird die Welt. Wir alle wissen, dass nichts ewig währt. Richtet euch darauf ein, dass plötzlich alles zu Ende geht."

Die beiden Zuhörenden saßen wie versteinert.

„Einen Moment, ich bin noch nicht fertig", fuhr Bariah unbeirrt fort. „Wir sind nie machtlos ausgeliefert. Wir können immer etwas für unser Glück tun. Nur der Tod ist unausweichlich, und da, Ibu Surya, ist ihr Gatte nahe, seine Krankheit hat ihn eingeholt. – Für dich aber, junge Frau, besteht alle Hoffnung der Welt. Du hast es in deinen Händen. Führe deinen Mann dem Glauben Allahs zu, und er, der Große und Gütige, wird für ihn und euer gemeinsames Glück sorgen. Was immer euch in Zukunft im Wege steht, er wird es zur Seite räumen und euch auf den richtigen Pfad weisen. Diejenigen aber, die euch in diesem Zustand des Unwissens vermählten, die haben großes Unrecht getan und werden ihrer gerechten Strafe nicht entgehen. – Wenn das alles vollbracht ist, dann ist der Friede mit euch und mit eurer ganzen Familie."

Ein leises Schluchzen drang aus Ibu Suryas Brust. Sie suchte verzweifelt nach einem Taschentuch, bis ihr die Tochter ein Tissue reichte. Rini, völlig verwirrt, wusste keine vernünftige Antwort auf die eben gehörte Standpauke, als ein halbherziges höfliches Dankeschön und die Übergabe der ausgemachten Geldscheine.

Ibu Surya murmelte einen tränenerstickten muslimischen Gruß und ließ sich durch den Vorraum hinaus führen. Auf den Besucherplätzen saßen bereits drei weitere Hilfesuchende und blickten ihnen mit erwartungsvollen Augen entgegen.

Pak Adang kam um die Ecke geeilt und half den Frauen auf den Rücksitz.

„Los, fahr schon!", befahl Rini rau. „Das hier hätten wir uns wirklich sparen können."

„So schlimm?", kam die Frage.

Rini antwortete nicht. Sie hielt tröstend die Hand der Mutter und sagte sanft: „Ich weiß, du bist bedrückt 'Bu, aber es hat sich nichts geändert. Diese Frau kann erzählen was sie will, es ist alles wie gehabt, und wir sind immer für dich da."

Das Kosewort 'Bu für die Mutter kam ihr, wie damals in ihrer Kindheit, leicht über die Lippen.

Ibu Surya richtete sich auf und lächelte. „Danke mein Kind. Es war einfach etwas viel. Ich weiß ja, dass Ayah nicht mehr lange zu leben hat. Der Krebs ist längst fortgeschritten und nicht mehr aufzuhalten. Er wird wohl noch in diesem Jahr von uns gehen."

„Woher weiß denn diese Bariah das alles? Hast du vorher mit ihr gesprochen?"

„Nein, mein Kind, das habe ich nicht. Aber die Frau scheint trotz allem mehr zu wissen als gewöhnliche Leute."

Rini schüttelte den Kopf. „Ach was, die kann nicht mehr als jede andere auch, die etwas aufmerksam schaut, die beobachtet, wer da kommt und sich ihren Reim darauf macht. Klar, dass sie zwischen Paul und mir große Unterschiede vermutet. Ist ja auch logisch. – Und Ani, sie ist bereits sechzehn, in ein paar Jahren wird sie heiraten und Kinder haben. Ich werde Großmutter und du Urgroßmutter, 'Bu."

„Ja, du hast ja so Recht", seufzte Ibu Surya. „Die Welt nimmt seinen Lauf, wir können sie nicht aufhalten."

„Dann hat diese Bariah doch auch völlig danebengelegen", ereiferte sich Rini. „Diesen Mann mit krausem Haar und rundem Gesicht, den gibt es überhaupt nicht. Weder ich noch Paul kennen so einen Typ. Das ist doch Unsinn."

„Ich wäre mir nicht so sicher, Rini. Ich bin inzwischen alt geworden und weiß, dass vieles, was ich früher für unmöglich gehalten habe, doch eingetreten ist. Was heute Unsinn scheint, ist vielleicht morgens Tatsache."

Die Mutter saß jetzt wie eine verlorene Puppe auf dem Polster des schönen Autos und blickte weit in die Ferne. Sie näherten sich dem Ort Garut, und damit würden sie bald im Kreis der Verwandten willkommen geheißen werden.

Auch Rini schwieg und schloss die Augen. Ibu Surya lebte nicht immer in Bandung. Sie stammte ursprünglich aus Garut, heiratete vor vielen Jahren einen Kopra Händler aus Tasikmalaya, einige Meilen weiter östlich von hier. Sie hatte mit Pak Surya drei Töchter. Rini war die älteste. Sie erinnerte sich gut an die riesigen Berge von Kokosnüssen neben dem Haus und an die Männer, die in mühseliger Arbeit an einem spitzen Pfahl die Außenhülle entfernten und die Nüsse aufbrachen. Das Fruchtfleisch wurde an der Sonne getrocknet und dann zum Abtransport in die Mühle aufgeschichtet. Furchtlos jagten die Kinder die Ratten, die sich in den öligen Haufen tummelten, und Rini fragte sich oft, ob davon nicht einige in die Mühle gerieten und dort einen grausamen Tod fanden.

Rini verstand damals nicht so recht, warum der Vater immer weniger zu Hause war. Erst viel später erfuhr sie, dass Pak Surya nach muslimischer Art eine weitere Frau geheiratet hatte und die erste alsbald völlig vernachlässigte. Nun stimmt die allgemein übliche Annahme, dass in dieser Gesellschaft, welche eine Polygamie zuließ, die Frauen sich mit ihrer Rolle einfach zufrieden gäben, keineswegs. Nein, das stimmte überhaupt nicht. Die Frauen in diesem Land wurden genauso eifersüchtig und fühlten sich durch die Eskapaden ihrer Männer gedemütigt, wie überall auf der Welt. Ibu Surya zog mit ihren drei Kindern kurzerhand nach Bandung, lernte dort Ayah kennen und hatte mit ihm in späten Jahren noch einen Sohn mit dem Namen Andri. Die Schwestern wuchsen heran, heirateten ihrerseits und hatten Kinder. So entstand mit der Zeit die Großfamilie an der Jalan Mohamed Toha in Bandung. In Garut lebte immer noch die Familie der Tante Sofi mit Kindern und eingeheirateten Verwandten.

Pak Adang hatte mittlerweile die richtige Straße gefunden und suchte in langsamer Fahrt den Ort, wo der Gang Durian einmündete. Er entdeckte das entsprechende Schild, halb verdeckt von einer alten Palme und einem Mangobaum. Dort parkte er dicht am offenen Entwässerungskanal, so dass alle zur Straße hin aussteigen mussten. Den Rest hatten sie zu Fuß zurückzulegen. Der Gang Durian entpuppte sich als schmaler betonierter Weg, mit einer Wasserrinne in der Mitte. Sintflutartige Regenfälle schienen ein solch ausgedehntes Ablaufsystem notwendig zu machen. An diesem Tag war es aber trocken, und die Ankömmlinge brauchten nur aufzupassen, dass sie auf der schrägen Betonfläche nicht ausrutschten. Kaum waren sie ein Stück weit eingedrungen, war ihnen ihre Ankunft schon vorausgeeilt. Jubelnde Kinder liefen ihnen entgegen und überrannten sie beinahe. Ibu Surya empfing sie lachend mit offenen Armen. Erstaunlich, wie sie sich nach dem vorherigen Tief rasch wieder erholte, dachte Rini, während sie selber sich zu erinnern suchte, wer die aufgescheuchte Bande alles war.

Am Eingang des Hauses erwarteten sie bereits Tante Sofi, Tochter Mara, Bibi und noch mehr Kinder. Mit großem Hallo wurden sie empfangen und ins Haus gebeten. Vorraum, Wohnzimmer und Küche waren bald hoffnungslos von Menschen überfüllt. Sogar Nachbaren erschienen, und wenn es nur war, um zu erfahren, wer denn die unerwarteten Besucher waren. Selbst die Männer tauchten einer nach dem anderen auf, wie wenn die Nachricht in windeseile durch den ganzen Ort getragen worden wäre.

Während die Frauen Matten und Kissen auf dem Boden auslegten, wurde Pak Adang mit dem Auftrag zur Straße geschickt, die nächste fahrbare Garküche dort aufzuhalten und in die Gasse zu dirigieren. Bald tauchte die einfache Karre mit dem Blechtopf über einem Bunsenbrenner auf. „Mie Baso!", rief der schmächtige Mann überflüssigerweise aus und klopfte dabei mit dem großen Löffel an eine Schüssel. „Klong, klong, klong... Mie Baso!"

Die Schalen waren bald gefüllt mit Hühnerbrühe, Nudeln und Fischbällchen, welche man Baso nannte. Je nach Wunsch gab es noch einen Schuss Sambal dazu, und schon saßen die Menschen in allen Positionen und schlürften genüsslich ihre Mahlzeit.

Natürlich hatten auch ein paar andere Straßenhändler längst gemerkt, dass da im Gang Durian ein kleines Fest ablief. Auch sie wollten sich die Gelegenheit nicht entgehen lassen, an diesem Abend noch ins Geschäft zu kommen. So reihten sich draußen bald drei, vier Karren mit dem unterschiedlichsten Angebot. Die Kinder ließen sich vom Eismann eine Portion geschabtes Sirup Eis oder ein kaltes Getränk aus Kokosmilch geben. Rini und Mara gönnten sich ein besonders köstliches 'Tahu goreng', ein gebratenes Tofu mit viel Sojasauce und kleinen grünen, höllisch scharfen Chilischoten.

Mittlerweile war es dunkel geworden, aber alle erdenklichen Glühbirnen und die zischenden Petrollampen der Straßenverkäufer spendeten helles Licht. Die regen Unterhaltungen wurden wenig lautstark in bescheidenem Ton geführt, kein schrilles Gelächter oder ausgelassenes Gegröle war zu hören, außer vielleicht, wenn eines der Kinder sich vergaß und einem Kameraden nachjagte. Diese wurden aber rasch wieder zurückgerufen und zurechtgewiesen.

Ibu Surya und Tante Sofi saßen drinnen von Kissen gestützt und hielten Hof. Alle kamen, knieten in Ehrerbietung vor den beiden alten Frauen und grüßten demütig. Die weiche sundanesische Sprache vermittelte eine wunderschöne Atmosphäre von Harmonie und Frieden.

Die Männer, längst satt, saßen schwatzend auf der niederen Mauer, welche das Grundstück vom Weg abtrennte, Pak Adang mitten unter ihnen. Der Duft von Gewürznelken umgab sie, denn sie rauchten ihre Kretek Zigaretten. Politik, Arbeit, Jahreszeit und Ernte waren die Themen, wie überall auf dieser Welt. Eben beschrieb Pak Adang die Vorteile des neuen Toyotas, den er jetzt für Pak Paul fuhr. Da entdeckte er einen Neuankömmling, der im bekannt vorkam.

„Ist das nicht Pak Achmed aus Cibuntu?", fragte er, obwohl er den Mann jetzt klar erkannte.

„Sicher", sagte Pak Etin, Ibu Sofis Mann. „Er ist vor ein paar Tagen unerwartet hier aufgetaucht. Es hat irgendwelche Probleme gegeben dort bei Cibuntu. Ich weiß allerdings nichts Genaues."

Aber ich, dachte Adang im Stillen. Der Mann gehörte zu den Aufrührern vor PT. Indosun. Er hat wohl kalte Füße bekommen und ist abgehauen.

Kapitel 7

Der Jeep war ein altes, rumpelndes Vehikel. Hadia saß am Steuer, Paul nebenan, und Adang hatte hinten auf der linken Längsbank Platz genommen. Krachend legte Hadia den Gang ein und zwängte das Gefährt zwischen die Autoreihen auf der Umfahrungsstraße. Diese, einmal als Entlastungsstraße gedachte Route südlich der rasch wachsenden Zweimillionenstadt, würde in Kürze völlig überlastet sein und stand jetzt schon in den Stoßzeiten kurz vor dem Verkehrskollaps. Freitagnachmittags war so eine Stoßzeit, denn jeder hatte vor dem üblichen Freitagsgebet noch dieses oder jenes zu erledigen, vor allem aber kaum Pflichten geschäftlicher, sondern privater Natur. Amtsstellen und Büros waren kurz nach dem Mittag verwaist, und ein Hilfesuchender musste notgedrungen bis am Montag warten.

Diesen Umstand wollten sich die drei Männer zu Nutze machen. Nachdem Rini gestern aus Garut zurück war, hatte sich Paul bei Hadia nochmals vergewissert, dass ihr Unternehmen wirklich durchzuführen war. Beiden war klar, dass es keine Panne geben durfte, da sie sonst in Teufels Küche gelangen würden. Für Paul stand vielleicht sogar seine Aufenthaltsbewilligung auf dem Spiel, denn mit Ausländern wurde in diesem Land wenig zimperlich umgegangen, und beim kleinsten Vergehen wurden sie kurzerhand ausgewiesen. Paul hatte bereits so eine Begegnung mit den Behörden erlebt. Irgendein Denunziant hatte der Fremdenpolizei gemeldet, bei der PT. Indosun arbeite ein illegaler Ausländer. Sie staunten also nicht schlecht, als eines Morgens drei kräftige uniformierte Beamte mitten im Büro standen und die Ausweise verlangten. Das alles geschah verbunden mit der Drohung, wenn es wirklich stimme, wäre der Fehlbare gleichentags zum Flughafen nach Jakarta zu bringen und auszuschaffen. Glücklicherweise hatte alles seine Richtigkeit, und die Papiere waren in Ordnung. Wer der Spitzel im Betrieb war, konnte nie herausgefunden werden, und man musste leider immer mit solchen unliebsamen Personen rechnen.

Die drei Männer im Jeep wussten also, auf was sie sich da einließen und waren deshalb entsprechend nachdenklich und schweigsam. Ihre Kleidung hatten sie durchwegs unauffällig gewählt, nur Adang trug ein khakifarbenes Hemd der ABRI, natürlich ohne Rang- und Namensabzeichen. Hadia trug abgetragene Jeans, und Paul steckte in brauner Hose und blauem Hemd. Selbst der Jeep trug zur Tarnung bei, denn wären sie mit dem neu glänzenden Sedan vorgefahren, wären sie sofort aufgefallen und noch schlimmer, sie hätten sich als durchaus zahlungsfähige Opfer präsentiert. Sie hatten sich darauf geeinigt, dass falls sie trotz allem ertappt würden, dann Pak Adang erklären würde, sie hätten, um an Ersatzeile zu kommen, immer Interesse an Unfallwagen. Der Honda sei ihnen dabei sofort aufgefallen. Schwieriger zu erklären wäre dann allerdings, warum Hadia eine gut bestückte Werkzeugkiste und eine starke Stablampe mitführte. Paul hatte sich deshalb vorsorglich auch noch einen dicken Umschlag mit einem namhaften Betrag eingesteckt, für alle Fälle.

Es war kurz nach vier Uhr nachmittags, als Hadia den Jeep auf das große Tor des Werkhofes der Polizei zusteuerte. Die goldenen Lettern neben dem Eingang verkündeten pompös 'ANKATAN KEPOLISIAN REPUBLIK INDONESIA DAERA BANDUNG'.

Das Wachhäuschen nebenan schien verwaist und der weite Hof ebenso. Ein paar Autos standen verlassen vor dem großen weiß getünchten Gebäude, die Fenster spiegelten kahl und leer.

„Wo ist denn unser Sekundant?", raunte Paul.

Hadia hatte wohl so etwas wie ein Galgenhumor ergriffen, als er laut das Aufheulen des Motors übertönte: „Der wird sich kaum blicken lassen, Hauptsache er hat uns freie Bahn verschafft."
Damit steuerte er den Jeep zielsicher durch das Tor zur linken Seite, bog um das Gebäude und rumpelte auf einen Platz, wo Dutzende Autos kreuz und quer standen. An zwei Seiten war der Hof von hohen Mauern umgeben und weiter hinten mündete er an einen überwachsenen schmutzigen Kanal. Jetzt gab es kein Entkommen mehr. Der einzige Fluchtweg war zurück dorthin, wo sie hergekommen waren. Paul klammerte sich an den Rahmen des Jeeps, während Hadia zwischen den abgestellten Autos kurvte. Im Schatten eines vor sich hin rostenden Lastwagens hielt er.
„Nicht aussteigen!", bellte Adang von hinten. „Da ist jemand."
Zwischen den Wracks tauchten zwei Gestalten auf. Die Eindringlinge wagten keine Bewegung und verfolgten die Beiden mit bangen Augen und klopfenden Herzen. Einer in Uniform war ein Polizist, der andere in Zivil. Sie diskutierten lebhaft, schienen aber einen weiteren alten Jeep zwischen all den Vehikeln nicht zu beachten und verschwanden um die Ecke.
Hadia schlug mit der Hand auf das Lenkrad und grinste. „Na also, jetzt ist das alles uns."
Schweigend saßen sie minutenlang und suchten den Hof ab. Wieder war es Adang, der das Auto entdeckte. „Dort, weiter vorn, in der ersten Reihe, das könnte der Honda sein."
Langsam steuerte Hadia den Jeep in die Nähe. Tatsächlich, der silbergraue Honda Accord stand dort neben einem ausgebrannten Wrack im Staub. Er sah nicht einmal besonders havariert aus. Hadia manövrierte seinen Jeep direkt davor. Sie hatten sich ihre Aufgaben sorgfältig aufgeteilt. Während Hadia sich um Motor und Fahrwerk kümmern sollte, wollte Paul das Innere des Wagens unter die Lupe nehmen. Pak Adang sollte unsichtbar hinter dem Jeep wachen und sie vor unliebsamen Überraschungen sofort warnen. Länger als fünfzehn Minuten durfte die ganze Aktion nicht dauern.
Paul duckte sich an die Seite des Wagens und öffnete die hintere Türe. Rasch durchsuchte er die Seitenfächer, Sitztaschen und Aschenbecher. Außer ein paar Zigarettenstummel fand er eine Papiertüte eines Supermarktes und ein angerissenes Päckchen Ta-

schentücher. Vorsichtig kroch er wieder hinaus und versuchte die Fronttüre zu öffnen. Sie war beschädigt und klemmte. Er musste zur anderen Seite. Geduckt kroch er um das Heck. Vorne hörte er Hadia werken und laut fluchen. Wenn der nur nicht zu laut wurde. Die Beifahrertür war mit einer Schnur gesichert. Sie war fest verknotet und nicht zu lösen. Er musste zurück zu Hadias Werkzeugkasten. Es dauerte eine Ewigkeit, bis er endlich ein Teppichmesser fand und das Seil durchsäbelte. Dann war die Türe offen. Er setzte sich auf den Sitz und begann systematisch Seitentüre, Konsole, Handschuhfach und Ablagefläche zu durchsuchen. Unter der Sonnenblende fand er ein paar Zettel, welche er sich in die Tasche steckte. Im Handschuhfach lag viel. Scheinbar hatte die Polizei sich nicht einmal die Mühe gemacht, dieses zu räumen. Da lagen Einkaufs- und Kassenzettel, eine alte Zeitung, ein Putzlappen, eine Reiseapotheke, Werbezettel und ein leerer Briefumschlag. Die Wagenpapiere, die waren weg. Die hatten sie sich nun doch geholt. Der Aschenbecher war voller Kippen. Hatte René wirklich geraucht? Er war sich nicht mehr sicher.

Noch einmal überprüfte er, ob er alles bedacht hatte, klappte das Handschuhfach zu und wollte hinaus. Plötzlich durchfuhr es ihn wie ein Blitz. Er riss das Fach nochmals auf und suchte den Prospekt. Europareisen, mit Flugdaten und Preisen. Wieder etwas, das nicht zu René passte. Plante er eine Reise nach Hause? Wenn es aus geschäftlichen Gründen wäre, dann hätte Paul sicher davon gewusst. Renés Aufgaben in der Firma waren längst noch nicht erledigt. Oder lagen die Prospekte schon längere Zeit in diesem Handschuhfach und waren aus Nachlässigkeit einfach nicht weggeworfen worden? Paul stopfte die Papiere unter sein Hemd und machte, dass er aus dem Wagen kam.

Auch Hadia kroch unter dem Auto hervor. Seine Hände, Arme und sogar das Hemd waren von Öl verschmiert. Er gab sich nicht einmal mehr Mühe, seine Jeans zu schonen und wischte die Hände daran ab. Nochmals betrachtete er den eingedrückten Kühler und schüttelte nachdenklich den Kopf.

„Zum Teufel", brummte er. „Du hattest Recht, da wurde gepfuscht. Das Bremsöl ist komplett ausgelaufen."

„Also doch", zischte Paul. „Komm, lass uns hier verschwinden."

„Moment!", bremste Hadia. „Ich brauch eine Zange. Es dauert nur eine Minute."

Für Paul viel zu unvorsichtig, holte sich sein Freund einen Seitenschneider aus der Kiste und verschwand nochmals unter dem Wrack. Kurz danach tauchte er wieder auf und reichte ein Stück schwarzer Schlauch hinauf. Wie auf Kommando kletterten sie alle zurück in den Jeep.

„Also, los!" befahl Pak Adang, nachdem sie sich vergewissert hatten, dass sie immer noch unbemerkt waren.

Vor dem Gebäude begegneten sie zwei Männern, die mit einem Kleinmotorrad Kreise drehten und vermutlich so etwas wie Fahrschule betrieben. Ein Polizist saß in der Nähe und beobachtete die Beiden gespannt. Dem hinausfahrenden Jeep schenkte er keine Beachtung, noch versuchte er ihn gar aufzuhalten.

Erst nachdem sie bereits einige Meilen auf der Umfahrungsstraße zurückgelegt hatten, atmeten die drei Männer auf. Sie fuhren in die falsche Richtung. Sie hatten beinahe Cimahi erreicht, als Hadia anhielt, wendete und durch die Stadt zu seiner Werkstatt fuhr. Die ganze Zeit sprachen sie kein Wort. Ein Stück Gummischlauch lag vor Pauls Füssen auf dem Boden, und unter seinem Hemd knisterte Papier.

Als Hadia vor seiner Werkstatt hielt, stellte Pak Adang als Erster die Frage: „Haben wir erreicht oder gefunden, was wir suchten?"

„Ich glaube schon", antwortete Paul unsicher.

„Klar, kommt herein!", bat Hadia.

Pak Adang wand sich und suchte nach einer Entschuldigung. „Ihr braucht mich sicher nicht mehr. Wenn's recht ist, fahre ich jetzt nach Hause. Ich möchte auch noch zur Moschee."

„Gut, nimm mein Auto", sagte Paul. „Ich werde später mit einem Taxi den Heimweg schon finden. – Und vielen Dank."

Nachdem Adang gegangen war, ließen sie den Jeep im Hof stehen und verschwanden im Büro, Hadia voran. Er warf das ölige Gummistück auf den Tisch und begutachtete nachdenklich seine verschmutzten Kleider.

„Ich werd' mich umziehen müssen."

„Warum all dieses Öl?", rätselte Paul. „Ja, du schaust aus wie gut geschmiert."

„Du brauchst nicht zu spotten", konterte Hadia grinsend, wurde aber sofort wieder ernst. „Dort unten war alles voll von dem Zeug. Das ganze Bremsöl muss ausgelaufen sein. – Ich geh' schnell unter die Dusche, es dauert nicht lange."

Die Tür schlug hinter ihm zu, und plötzlich umgab Paul Totenstille. Anklagend lag das Stück Gummischlauch auf dem Tisch. Eine Seite war offensichtlich neu abgeklemmt, vermutlich Hadias Werk. Die andere Seite aber sah aus wie wenn daran unregelmäßig geschnipselt worden wäre. Paul wusste zu wenig Bescheid über das Bremssystem an einem Auto, nur soviel, dass beim Verlust des Hydrauliköls die Bremsen sicher versagen würden. Hadia würde das besser erklären können.

Zuerst aber wollte er sich die Papiere in seinem Hemd vornehmen. Umständlich kramte er sie heraus und breitete sie auf dem Tisch vor sich aus. Sofort sprangen ihm die Reiseunterlagen ins Auge. Sie stammten aus dem Travelbüro des Hotels Savoy. Sie enthielten verschiedene Europareisen, Rom, Amsterdam, London und Paris. Beigelegt war eine Preisliste für Flüge bis Sommer dieses Jahres. Na ja, beruhigte sich Paul, es konnte durchaus sein, dass René sich, einer Flause folgend, diese Unterlagen geben ließ. Es musste absolut nichts bedeuten.

„Was machst du da?", fragte Hadia erstaunt, als er wieder auftauchte und Paul vor den ausgebreiteten Prospekten antraf. „Willst du verreisen?"

„Die Frage ist eher, wollte René verreisen", entgegnete Paul. „Diese Unterlagen befanden sich im Handschuhfach des Autos. Hatte René vielleicht Pläne, zurück in die Schweiz zu reisen?"

Hadia starrte auf die ausgebreiteten Papiere. Er hatte sich umgezogen, und von den Ölspuren war nichts mehr zu sehen. Er nahm die Preisliste auf und studierte sie. „Die werden immer billiger", kommentierte er.

„Schon, aber ist das jetzt so wichtig? Ich denke du hast etwas weit dramatischeres entdeckt. – Wurde an Renés Auto tatsächlich manipuliert?"

„Ich müsste mich schon gewaltig täuschen", bestätigte Hadia und griff nach dem Gummi. „Der Schlauch da wurde mit größter Wahrscheinlichkeit angeschnitten und ist bei der ersten Belastung geborsten. Natürlich gibt es für jedes Rad so einen. Ich konnte die anderen aber in der kurzen Zeit nicht auch noch untersuchen. Tatsache ist, dass die gesamte Bremsflüssigkeit entwich, was darauf zu schließen lässt, dass noch mehr Schläuche beschädigt wurden. Für diese Annahme spricht auch, dass ein modernes Auto wie der Honda zwei getrennte übers Kreuz gelagerte Bremssysteme hat. An diesem Auto funktionierte aber die ganze Bremse bestimmt nicht mehr."

„Dann ist also meine Vermutung bestätigt, dass der Unfall nicht einfach so passiert ist, sondern dass am Auto manipuliert wurde?"

„Diese Annahme lässt sich nicht leugnen. Selbst wenn durch einen unglücklichen Zufall, vielleicht durch einen Stein, ein solcher Schlauch beschädigt würde, das ganze System würde nicht sofort ausfallen. Da war jemand am Werk, der genau wusste was er tat."

„Mein Gott", seufzte Paul. „Der Unfall war geplant." Bilder rasten durch seinen Kopf. René am Steuer, den Fuß auf dem Pedal, keine Wirkung, Erstaunen, Panik, ein Schrei. Wie musste es gewesen sein, kurz vor dem Aufprall, als er merkte, dass er nichts mehr tun konnte? Ahnte er, dass da jemand dahinter steckte? Wusste er wer...?

Dann kam die Reaktion. „Hadia! Das kann doch nicht sein. Die Polizei müsste das doch wissen. Wer um Gottes willen wollte René etwas antun? Er ist doch ein netter Kerl, der sich mit niemandem anlegte."

Hadia war etwas pragmatischer. „Du hast Recht, es ist unverständlich, und nur René selber wird die Wahrheit wissen. Wir können nur hoffen, dass er bald aus dem Koma erwacht und erzählt was geschehen ist."

„Ja, wenn er erwacht."

„Was hast du jetzt vor?", fragte Hadia besorgt. „Was wir hier besprechen ist versuchter Mord, und so eine Anschuldigung kann uns in Teufels Küche bringen. Die Aktion heute war ein kleines Abenteuer, im Gegensatz zu dem was noch kommen kann. Von jetzt an ist es bitterer Ernst, und die Gefängnisse in diesem Land möchte ich lieber nicht kennen lernen."

„Ich verstehe dich vollkommen. Ich möchte dich auch nicht weiter da hineinziehen. – Ja, ich bin mir selber nicht sicher, ob ich mich weiter damit befassen soll. Wir sind schließlich beide Außenstehende. René hat ja eine ganze Familie mit etlichen Verwandten. Ist es da wirklich unsere Aufgabe, diesen Unfall unter die Lupe zu nehmen?"

„Du sagst es", bestätigte Hadia. „Da ist mir aber noch ein Gedanke gekommen, im Zusammenhang mit dem manipulierten Auto. Wenn das Bremsöl auslief und der Wagen nicht mehr zu stoppen war, dann müsste dort auf der Straße doch eine Ölspur zu sehen sein, einfach als Bestätigung, dass meine Annahmen richtig sind."

Paul horchte auf. „Natürlich! Dass ich nicht selbst daran gedacht habe. – Ja, und warum hat die Polizei...?"

„Vielleicht hat sie, und wir wissen es einfach nicht. Aber wir können nachsehen, ob unsere Überlegung stimmt, sofern nach fünf Tagen überhaupt noch etwas zu sehen ist."

„Geregnet hat es seither nicht", überlegte Paul. „Ja, warum überzeugen wir uns nicht einfach selber."

Ein paar Minuten später waren sie auf dem Weg zur Jalan Braga. Man erreicht sie von der großen Jalan Asia Afrika kommend, rechts hinein. Sie ist eine beliebte Einkaufs- und Vergnügungsstraße, verhältnismäßig kurz und eng. Da reihen sich ein paar Cafés, Geschäfte und Bars. Am oberen Ende steuerte Hadia den Jeep wieder nach rechts und parkierte am Straßenrand. Hier begann die Jalan Naripan und irgendwo hier musste Renés Unglücksfahrt begonnen haben. Links, dort wo die Jalan Merdeka von Norden her kommend einmündet, steht das bekannte Hotel Panghegar.

Die beiden Freunde begaben sich zu Fuß über den holprigen Gehsteig zur Stelle, wo der große Betonsockel als Verkehrsteiler mitten auf der Straße stand. Viel war nicht zu erkennen. Dass er etwas schräg hing, konnte ebensogut schon viel früher seine Ursache haben. Die schwache Ölspur hätte man kaum entdeckt, wenn man nicht gezielt danach gesucht hätte. Sie war aber tatsächlich vorhanden. Zwischen den vorbeibrausenden Autos verfolgten Paul und Hadia die Spur so gut es ging zurück. Bei der Einmündung der

Jalan Merdeka war sie jedoch nicht mehr zu erkennen, denn die um die Kurve kommenden Fahrzeuge verteilten dort eine Menge Staub, Dreck und Pneuabrieb. Außerdem wurde es langsam dunkel. Die meisten Vehikel hatten bereits blasse Scheinwerfer an.

Eine Weile standen sie sinnend dort. „Woher kam er denn?", formulierte Paul die Frage. „Kam er wirklich von der Braga oder vielleicht doch von der Jalan Merdeka?"

„Schwierig zu sagen", brummte Hadia. „Komm lass uns noch den Bahnübergang dort näher betrachten. Wäre er von dort, von Norden, gekommen, hätte er sicher vor der Barriere gebremst und dann müssten Ölspuren zu sehen sein."

Die Schranke lag etwa hundert Meter nördlich des Hotels, und die Geleise waren eine holprige Angelegenheit. Niemand würde dort ungebremst darüber donnern, schon gar nicht ein niedriger Personenwagen. Sie fanden aber absolut nichts.

Enttäuscht wandte sich Paul ab. „Fehlanzeige", knurrte er. „Vermutlich kam René also doch von der Jalan Braga."

„Hm... uh...", bestätigte Hadia unmutig.

Mittlerweile war es spät geworden und beinahe dunkel. Eine weitere Suche würde nichts bringen. Wo immer René hergekommen war, seine Fahrt endete dramatisch beim Betonsockel weiter vorne. Er musste die Kontrolle über sein Fahrzeug völlig verloren haben und war mit größter Wahrscheinlichkeit auch nicht angeschnallt gewesen. Sicherheitsgurten waren in diesem Land wohl erhältlich, aber grundsätzlich verschmäht. Nur unfähige Fahrer würden so etwas tragen. – Ach, hätte René doch...

„Ach, was sollen wir noch!", sagte Paul resigniert. „Komm wir genehmigen einen Drink an der Panghegar Bar."

Einladend leuchteten die Fenster und der breite Eingang, wo ein paar gelangweilte Wachmänner, Pagen und Fahrer herumlungerten. Innen, in der Halle, empfingen hübsche Rezeptionistinnen mit freundlichem Lächeln die Gäste. Linkerhand, hinter einer geschnitzten Trennwand, ertönte leise Gamelan Musik. Bequeme Sessel aus Rattan luden in der Bar zu einem Drink ein. Paul und Hadia bestellten je ein Bier. Dazu gab es gesalzene Nüsschen.

„Ah, das tut gut!", seufzte Hadia und platzierte das Glas auf dem runden Tischchen.

„Na ja, ich denke, das war's dann", sagte Paul und wischte sich den Schaum von den Lippen. „Wir wissen jetzt, dass der Unfall kein Zufall war, aber was können wir schon beweisen. Bleibt uns eigentlich nur die Hoffnung, dass René ohne Schaden wieder gesund wird. Damit sollten wir es wohl bewenden lassen. Wenn, wie es eigentlich aussieht, wenn die Polizei nichts unternimmt, dann ist es nicht an uns großen Staub aufzuwirbeln."

„Ja", nickte Hadia. „Leider wird es wohl so sein. Vor allem denke ich, sollten wir unseren Verdacht niemandem mitteilen. Es muss unter uns bleiben."

„Klar, so soll es sein."

„Also, prost, und jetzt lass uns die Frauen anrufen, damit die sich nicht noch Sorgen um uns machen."

Stunden später, nach einem fröhlichen Abend, verließen die beiden Freunde die Bar, um den Heimweg anzutreten. Sie stritten sich im Hinausgehen gutmütig darum, ob Hadia nun Paul zur Jalan Karangsari nach Hause fahren sollte.

„Natürlich!", insistierte Hadia stur. „Ich lass doch meinen besten Freund nicht auf der Straße stehen. – Bleib hier stehen, ich hol' nur schnell meine Karre."

Paul blieb nichts anderes übrig und folgte ihm bis zur Ausfahrt. Hadia überquerte die Straße, um zum Jeep zu gelangen, während Paul von einem Fuß auf den anderen trat. Plötzlich blieb er wie angewurzelt stehen. Unter seinen Füssen war ein runder schwarzer Fleck. Es konnte sich nur um einen großen Ölflecken handeln.

KAPITEL 8

Paul ließ sich am Samstag schon früh um sieben Uhr zur Fabrik fahren. Er hatte wegen der Geschichte mit René schon viel zuviel Zeit vertan, und er wollte heute, obwohl es eigentlich sein arbeitsfreier Tag war, dort draußen zum Rechten sehen.

Die vierzig Minuten Fahrt verbrachte er damit, seine Gedanken etwas zu ordnen und wieder in normale Bahnen zu lenken. Leichte Kopfschmerzen und ein flaues Gefühl im Magen, erinnerten ihn daran, dass sie gestern etwas zu ausgiebig in die Biergläser geguckt hatten. Irgendwie war es ihnen beinahe gelungen, sich von den aufreibenden Aktivitäten des Nachmittags loszulösen und den Abend zu genießen, vermutlich war das eine natürliche Reaktion auf zuviel Anspannung. Natürlich hatten sie nicht vergessen, dass einer ihrer Kameraden im Spital mit dem Tode rang, und der bange Wunsch, er möge doch so rasch wie möglich genesen, wurde im Laufe des Abends mehrmals vorgebracht.

Als sie aber zu guter Letzt draußen in der Ausfahrt den Ölflecken entdeckten, war alle Fröhlichkeit verflogen. Die Wächter und Türsteher wunderten sich ob der Fragen, konnten aber auch nicht erklären, woher die Lache kam. Da fuhren tagtäglich hunderte von Autos durch, denn gleich um die Ecke, hinter dem Hotel, lag ein großer Parkplatz. Der Augenschein bestätigte, dass dort hinten ein riesiger ungeteerter Hofplatz lag, wo kreuz und quer die Autos parkiert waren. Er lag in völliger Dunkelheit, und wenn jemand an einem Auto Hand anlegen wollte, war das der geeignete Ort. Sie mussten also annehmen, dass Renés Honda hier parkiert war, bevor er kurz danach losfuhr und nach dem ersten Bremsmanöver und der darauffolgenden Kurve, die Kontrolle über den Wagen verlor.

Den ganzen Weg nach Hause grübelten sie angestrengt darüber nach. Was hatte René mitten in der Nacht im Hotel Panghegar zu suchen? – Wenn diese Vermutung überhaupt zutraf.

Hadia fasste es, kurz bevor sie die Jalan Karangsari erreichten, zusammen: „Es bleibt dabei, Paul, wir wissen eigentlich nicht mehr als vorher. Es sind alles Vermutungen, die uns nicht weiter bringen. Wir sollten es dabei bewenden lassen."

Sie hatten sich verabschiedet, und Paul versuchte kurz darauf einer schadenfreudig lachenden Rini zu erklären, dass es halt später geworden sei, er sich nicht besonders wohl fühle und deshalb gleich zu Bett gehe.

Jetzt, während das gleißende Morgenlicht durch die Autoscheibe strahlte, kam ihm das gestern Erlebte wie ein unwirklicher Traum vor. Sollte man einfach zur Tagesordnung übergehen? Draußen im Büro und der Fabrik warteten genügend Aufgaben auf ihn. Sollte er, wie es gestern Hadia empfohlen hatte, es einfach dabei bewenden lassen? – Andererseits, da lag René im Koma im Spital Borromeus, und niemand wusste, ob er je wieder genesen würde und wenn, ob da nicht bleibende Schäden zurückblieben. Und noch etwas beschäftigte Paul. Die Manipulation an Renés Auto war Tatsache und kein Hirngespinst. Jemand wollte René Schaden zufügen, wollte ihn vielleicht sogar töten. Das war Mordversuch, das ließ sich nicht einfach wegdiskutieren.

Wenig später saß Paul in seinem Büro und arbeitete sich durch die liegen gebliebenen Papiere. Die Produktionszahlen waren in Ordnung, und die angekündigte Lieferung Baumwolle war teilweise eingetroffen. Das musste kontrolliert werden. Er musste sicher gehen, dass das Labor die notwendigen Qualitätskontrollen durchführte. Es gab in einer Spinnerei kaum etwas wichtigeres, als dass das Rohmaterial in Ordnung war. PT. Tromax hatte ein Fax geschickt mit welchem sie die Ankunft des neuen Technikers, als Ersatz für den ausgefallenen René Gasser, ankündigte. Dieser Mann, ein gewisser Herr Sollberger, würde aus Jakarta kommend, am Montag im Hotel Bumi Asih absteigen. Wenn Pak Paul sich vielleicht die Mühe machen könnte, den Mann dort am Dienstagmorgen abzuholen. Man würde aber vorher noch telefonieren.

Na ja, man verlor keine Zeit. Renés Ersatz war also unterwegs, wenn das nur nicht ein schlechtes Omen war. Da Paul wusste, dass das Büro der Tromax am Samstag geschlossen war, versuchte er erst gar nicht zurück zu rufen, sondern verschob das auf den Montag. Langes Studieren und Überlegen brachte jetzt sowieso nichts. Nachdem er lustlos die Papiere auf dem Pult hin und her geschoben hatte, entschied er sich, einen Augenschein im Betrieb zu nehmen. Er schloss ab und begab sich auf der breiten Zufahrt zum Eingang der Spinnerei I, auf der rechten Seite. Dahinter lag die zweite Spinnerei und gegenüber die Weberei. Die Ausrüsterei und Färberei weiter hinten waren noch im Rohbau.

Wie jedes Mal, wenn er die gut hundert Meter lange, einer Allee gleichenden Zufahrt entlang schritt, erfasste ihn ein leichtes Gefühl von Stolz und Staunen. Natürlich war das nicht alles sein Verdienst, aber dennoch, seit dem ersten Spatenstich im Reisfeld war er dabei, und der Betrieb war innerhalb zwei Jahren unter seiner Planung und Aufsicht unglaublich gewachsen. Was in Europa vermutlich jahrelange Planungs- und Bewilligungsverfahren benötigt hätte, war hier innerhalb von wenigen Monaten realisiert worden. Gut, für die erste Anlage hatten sie ungefähr ein Jahr gebraucht, aber danach ging es Zug um Zug weiter.

Der Chinese Oy Tang Sun besaß ursprünglich einen kleinen Strickereibetrieb, draußen in Cimahi, als er sich entschied, eine gebrauchte Spinnereianlage aus Taiwan nach Indonesien zu holen. Den Taiwanesen war der Betrieb zu wenig rentabel geworden. Paul hatte das Glück, zum richtigen Zeitpunkt am richtigen Ort zu sein und hatte die benötigten Sachkenntnisse. Er begleitete den kleinen Unternehmer mehrere Male zum chinesischen Inselstaat und schaffte es, die Maschinen zu beurteilen, die notwendigen Ersatzteile zu bestellen und den Transport zu organisieren. In Bandung wurde unterdessen in Windeseile das Gebäude nach seinen Plänen erstellt und die ganze dazugehörige Infrastruktur aufgebaut.

Der Meisterstreich gelang, und es war kaum verwunderlich, dass der kleine Chinese gleich mit einer zweiten Spinnerei und einer Weberei weitermachte. Am heutigen Tag arbeiteten bereits nahezu zweitausend Arbeiter und Arbeiterinnen in den Betrieben, und es wurde immer noch geplant und gebaut.

Mit diesen Gedanken betrat Paul die Spinnerei I und begab sich direkt zum Betriebsbüro. Natürlich hatten sie längst Betriebsleiter und andere Kaderleute eingesetzt. Deren Rekrutierung war aber nicht immer so reibungslos erfolgt und verlangte viel Geduld und Ausdauer. In diesem Betrieb hatte er aber mit Pak Azis einen zuverlässigen und erfahrenen Mann gefunden. Dieser war mit fünfzig schon etwas älter und genoss deshalb auch die Anerkennung und den Respekt der Belegschaft.

Pak Azis war aber nicht im Büro, doch eine Schreibkraft glaubte zu wissen, dass er zur Karderie gegangen sei. Natürlich, dort stand die Maschine, welche René vor seinem tragischen Unfall in Arbeit hatte.

Paul bedankte sich und machte sich auf die Suche. Er schlängelte sich zwischen den lauten Maschinen durch, entlang den Hunderte von Spindeln zählenden Spinnmaschinen und wich den flinken Frauen aus, welche geschickt gerissene Fäden spleißten oder Spulen wechselten. Weiter hinten, im so genannten Vorwerk, zuckelten schneeweiße Bänder über Rollen und wurden, wie zu köstlichen Zöpfen geflochten, in große Kannen abgelegt. Die Karderie aber, sie war das eigentliche Herz des Prozesses. Hier wurden die Baumwollfasern schonend gekämmt und zu einem feinen Vlies geformt. Hier war auch die Maschine, an welcher René vor kurzem gearbeitet hatte. Pak Azis stand in der Nähe und diskutierte mit einem Vorarbeiter.

„Selamat Siang!", grüßte Paul.

„Pak Paul!", rief Pak Azis erstaunt. „Ich dachte, Sie wären heute nicht im Betrieb."

Paul lachte. „Normalerweise eigentlich nicht. Aber heute mache ich eine Ausnahme. – Was macht denn unsere Karderie?"

„Na ja, die Maschine fehlt uns natürlich", antwortete der Betriebsleiter. „Es blieb uns nichts anderes übrig, als die Produktion der anderen Karden zu erhöhen. Zwar schimpft unser Labor bereits, das gäbe mehr Nissen im Garn. – Aber was sollen wir sonst tun?"

„Schon gut, Pak Azis, Sie haben völlig richtig gehandelt. Unsere Qualität wird schon nicht völlig einbrechen. Am Dienstag kommt ein neuer Techniker, dann kommt die Sache wieder in Ordnung."

Tatsächlich lag die Maschine völlig demontiert vor ihnen. Renés Aufgabe hatte darin bestanden, den großen Zylinder mit einer neuen Sägezahngarnitur zu versehen. Diese war für das schonende und effiziente Auskämmen der Baumwolle von großer Bedeutung. Blieben zu viele Unreinigkeiten zwischen den Fasern, würde unweigerlich auch das Garn später schlecht aussehen. Diese Maschine war also tatsächlich eine wichtige Stufe des ganzen Spinnprozesses.

„Pak Paul", begann Pak Azis zögernd. „Ich hätte da etwas zu besprechen, was wir besser im Büro erörtern sollten."

„Klar", sagte Paul leichthin. „Kommen Sie und lassen Sie hören!"

Zurück im Büro, schloss Pak Azis die Tür und offerierte Paul den Stuhl vor dem Pult. Durch die Scheiben waren nebenan zwei Frauen an Schreibtischen zu sehen und weiter drüben das Labor mit den komplizierten Apparaturen, die es in einem Textilbetrieb brauchte. Paul entging die rege Geschäftigkeit in diesen Räumen nicht und freute sich. Ja, hier wurde mit viel Engagement gearbeitet, und die Mitarbeiter und Mitarbeiterinnen trugen damit zum Erfolg des Unternehmens bei. Einmal mehr gemahnte er sich, dass solche Loyalität auch honoriert werden musste.

„... da war ein böser Streit", hörte Paul plötzlich bruchstückweise Pak Azis sagen.

„Streit?"

„Ja, Mr. René schimpfte mit Onang, dem Mechaniker. Er war so wütend, dass er völlig die Nerven verlor. Er nannte ihn einen unfähigen Schweinehund..."

„Was zum Teufel war denn?"

„Soviel ich weiß, sollte Onang den Sägedraht aufziehen, tat dies aber völlig falsch. Die ganze Rolle musste wieder aufgetrennt werden. Ein Verlust, der Mr. René völlig aus der Fassung brachte. Zudem wollte Onang seine Verantwortung einfach abstreiten. Mr. René behauptete aber, Onang habe das absichtlich gemacht."

„Sabotage? – Ein äußerst schwerwiegender Vorwurf", grübelte Paul. „Sind Sie sicher?"

„Schwierig zu sagen", entgegnete Pak Azis. „Fest steht, eine Rolle Draht ist dahin. Die sind nicht billig, aber wir können sie ersetzen. Dumm ist einfach, jetzt getraut sich keiner mehr daran, denn Renés Verhalten hat alle erschreckt. Es bleibt uns nichts anderes übrig, als zu warten bis der neue Techniker die Sache in Ordnung bringt."

„Und was ist mit Onang?"

„Was wohl?", antwortete Pak Azis resigniert. „Der ist abgehauen und nicht mehr aufgetaucht."

„Wann war das?"

„Genau vor einer Woche am Samstag. Mr. René machte Überzeit und wollte die Maschine unbedingt noch in Betrieb nehmen."

„Na ja, irgendwie verständlich, dass er da keine Freude hatte, als das in die Hosen ging."

Pak Azis schien sich zu grämen. „Ich mache mir Vorwürfe. Onang war nicht der richtige Helfer für Mr. René. Sie konnten sich von allem Anfang an nicht leiden."

„Sie brauchen sich keine Vorwürfe zu machen. Wir können bei unserer Arbeit nicht immer nur eitel Freude und Sonnenschein erfahren. Konflikte gibt es immer wieder, aber sie sollten natürlich nicht ausarten."

„Das ist wohl richtig, Pak Paul", bestätigte der Ältere.

„Inzwischen wollen wir einfach hoffen, dass Mr. René bald genesen wird. Mein Eindruck ist, dass er ein hervorragender Techniker ist und ausgezeichnete Arbeit leistete. Bis dahin wird uns ein neuer Mann weiterhelfen."

„Natürlich hoffen wir alle, dass Mr. René bald wieder wohlauf ist. Wie geht es ihm denn?"

„Leider nicht gut", antwortete Paul. „Er liegt im Koma und wir wissen nicht, wann er wieder aufwacht. Ja, wir können wirklich nur hoffen."

„So schlimm!", sagte Pak Azis betrübt. „Man kann also nur zu seinem Gott beten..."

„Mr. René ist Muselmane. Haben Sie das nicht gewusst?"

„Oh! – Dann sei Allah im gnädig. – Allah, der Große."

Den ganzen Weg zurück in sein Büro sinnierte Paul, was das alles zu bedeuten hatte. Dieser Mechaniker, wie hieß er gleich? Onang, der musste ein rechter Querulant sein. Aber René hatte er nicht so eingeschätzt, wie ihn Pak Azis geschildert hatte. Natürlich konnte es sein, dass dieser die Nerven verloren hatte, aber der Vorwurf von Sabotage, das war doch äußerst ungewöhnlich.

Es hielt ihn nicht mehr lange an seinem Schreibtisch. Noch vor der Mittagszeit ließ er sich von Pak Adang nach Hause bringen. Dort entließ er den Fahrer und begab sich ins Haus auf der Suche nach Rini. Er war auf der Heimfahrt zu einem Entschluss gekommen. Entgegen Hadias Rat, wollte er seine Frau einweihen. Für sie würde es ein Leichtes sein, mit Tati ins Gespräch zu kommen und unverfänglich ein paar Fragen zu stellen. Würde er das selber tun, würde er unweigerlich auf einen Wall des Schweigens und Unverstehens prallen.

Vor allem beschäftigte Paul die Frage, ob und wenn ja, wie weit Tati über Renés Probleme Bescheid wusste. Was hielt sie von dessen nächtlichen Ausflug, und wusste sie von seinem Streit in der Firma. Ja, wie intakt war denn die Beziehung der Beiden wirklich?

„Rini!", begrüßte Paul seine Frau herzlich. „Es wurde mir einfach zu viel heute, deshalb bin ich bereits zurück."

Rini lachte schelmisch. „Sind das vielleicht Nachwehen der letzten Nacht?"

Er hatte das eigentlich bereits hinter sich gebracht, aber ihre Reaktion gab ihm Gelegenheit, auf das gestern Erlebte einzugehen. Er führte sie ins gemeinsame Schlafzimmer und warf sich auf das Bett.

„Komm, schließ die Türe. Ich muss mit dir reden."

Sie gehorchte und kuschelte sich an seine Seite. „Ach!", neckte sie. „Kommen jetzt vielleicht Geständnisse?"

„Rini, was ich dir jetzt erzähle sind keine Späße und müssen unbedingt unter uns bleiben. Kann ich darauf zählen?"

Die ernste Ankündigung ließ Rini aufhorchen, und jetzt war jeglicher Schalk verschwunden. „Liebling, du weißt genau, dass ich nie etwas tun würde, was dir schaden könnte. Ich bin deine Frau."

Überwältigt von der schlichten Aussage, schloss er sie in die Arme. „Danke, meine Liebe. Ich liebe dich über alles."

Paul begann zu erzählen, ließ nichts aus und versuchte die Fakten klar darzulegen. Ihre Loyalität versetzte ihn in einen losgelösten Zustand. Auf einmal fiel die nagende Ungewissheit von ihm ab, welche ihn seit dem ersten Verdacht beherrschte. Er war nicht allein. Es war genauso, wie es sein sollte, ein Ehepaar trug alles gemeinsam. Das machte es leicht und erträglich.

Paul endete mit dem Bericht über die vermutete Sabotage im Betrieb und fügte leise hinzu: „Je mehr ich über René nachdenke, umso undurchsichtiger wird der Mann. Angefangen damit, dass er gleich zum Moslem konvertierte, dann hatte er Streit in der Firma, bis hin zu der Frage, was in Gottes Namen hatte er mitten in der Nacht im Hotel Panghegar zu suchen. Warum fährt er selber Auto, wenn ein Fahrer doch fast nichts kostet? So arm können die doch nicht sein.

„Bestimmt nicht", pflichtete Rini bei. „Tati gibt das Geld recht großzügig aus, und für die Kleine ist nur das Beste gut genug."

„Genau diesen Eindruck hatte ich auch. – Ob es in dieser Ehe vielleicht Probleme gibt?"

Rini dachte nach. „Na ja, Tati ist schon sehr dominant", sagte sie. „Aber eine eheliche Unstimmigkeit endet doch nicht gleich in Mordversuch."

„Trotzdem, könntest du bei Tati einmal etwas sondieren. Einer Freundin wird sie sich vielleicht anvertrauen. – Und dann sind da doch immer diese Verwandten. Gibt deren Anwesenheit vielleicht Anlass zu Unfrieden? Bei uns sind doch auch nicht dauernd Tanten und Onkel da."

Jetzt lachte Rini. „Das könnten wir durchaus ändern", meinte sie schalkhaft. „In Garut wären da schon ein paar. – Dabei kommt mir in den Sinn, einer von denen war bei den Aufwieglern von Rancaekek dabei, damals vor zwei Wochen. Der ist aber schlauerweise sofort abgehauen und hat sich jetzt bei Tante Sofi in Garut verkrochen."

„Du meine Güte! Halte mir den ja fern. Die Sache scheint sich beruhigt zu haben, und das Letzte was ich brauche, ist einer von denen in unserer Familie. – Das hat aber nichts mit René zu tun."

„Nein, natürlich nicht", antwortete Rini. „Es ist mir einfach eingefallen, als wir von Garut sprachen."

„Hm, du hast mir auch nichts von deiner Reise berichtet. Was hat denn die Wahrsagerin über unsere Zukunft gewusst?"

„Ach nichts Wichtiges!"

„Komm schon, Rini, erzähle, was hat sie prophezeit?", drängte Paul.

„Das Übliche", wich Rini aus. „Die ist nicht ganz dicht. Man darf nicht alles glauben."

„Ha! Das hörte sich aber vorher ganz anders an. Wieso jetzt dieser Unglaube? Erzähle!"

„Ich sagte schon, es ist unwichtig. Da soll angeblich ein Mann mit rundem Gesicht und krausem Haar uns Schaden zufügen..."

Jetzt lachte Paul laut auf. „Kenne ich denn so einen? – Und wenn, ich weiß mich zu wehren. Es gibt niemanden in unserem Bekanntenkreis, der krauses Haar hat. Ein blöder Schwindel also!"

Rini wirkte aber bedrückt. „Ayah wird bald sterben."

„Was! ... Was erlaubt sich die blöde Kuh da?"

„In dieser Hinsicht hat Bariah aber Recht", sagte Rini traurig. „Der Krebs ist weit fortgeschritten. Er wird nicht mehr lange leben."

„Das tut mir sehr leid", murmelte Paul und nahm seine geliebte Frau in die Arme.

Die letzten Worte hingen wie dunkle Wolken über ihnen. Paul wusste genau, dass der Stiefvater in Rinis Leben eine wichtige Rolle spielte. Der ruhige, bescheidene Mann war Paul sofort aufgefallen, als er im Hause von Ibu Surya willkommen geheißen wurde. Im schlichten Sarong saß der alte Mann in einem bequemen Sessel und hatte Pauls Hand wie ein Europäer genommen. Er begrüßte ihn mit leisen holländischen Worten. Obwohl Paul später der Unterhaltung kaum folgen konnte, fühlte er sofort die Liebe, welche Ayah entgegen gebracht wurde. Ayah heißt soviel wie 'Vater' und ist ein Ehrenname, und dieser gebührte diesem Manne wie keinem anderen.

Ayah war wegen seiner Krankheit nicht in der Lage an ihrer Hochzeit teilzunehmen, aber Paul und Rini waren überzeugt, dass sie seinen Segen von ganzem Herzen hatten.

Sie lagen lange Zeit in Gedanken versunken nebeneinander, träumten jeder für sich und schlummerten schließlich ein. Irgendwann, die Zeit war stehen geblieben, begannen sie sich sachte zu küssen und es fanden sich die Lippen mit suchenden Zungen. Sie liebkosten ihre Körper und entdeckten ihre aufflammende Lust. Probleme des Lebens, der Angriff auf einen Freund, wie auch der unabwendbare Tod eines lieben Menschen, versanken hinter einem barmherzigen Schleier des Vergessens und überließen das Feld der sich immer wieder erneuernden grenzenlosen Liebe.

Kapitel 9

Zu Beginn der folgenden Woche tauchte die unausweichliche Frage auf, wie es mit René weitergehen sollte. Sein Zustand hatte sich weder verbessert noch verschlechtert. Er war immer noch nicht aus dem Koma erwacht, und die Hoffnung auf eine schnelle Besserung schien mit jedem Tag zu schwinden. Es war deshalb nicht verwunderlich, dass die Ärzte, die Firma und die Vertretung auf eine Verlegung des Patienten drängten.

Rini und Paul waren am Sonntag zweimal zum Spital gefahren, auch in der Hoffnung, Tati dort anzutreffen. Doch wie wenn die Frau ahnen würde, dass Rini mit ihr sprechen wollte, war sie nicht anzutreffen. Renés Anblick war herzerweichend. Er schien mit offenen Augen ohne jede Wahrnehmung oder Reaktion ausgestreckt im Bett zu liegen. Sie versuchten mit ihm zu reden, ihn zu trösten, aufzumuntern, ja mit ihm zu lachen. Nichts! Es war, wie wenn hier ein Hirn einfach ausgeschaltet wäre. War es tot oder einfach stillgelegt? In ihrer Ohnmacht zu helfen, verließen sie das Zimmer bald wieder. Man konnte nur warten und auf ein Wunder hoffen.

Als Pak Rudi am Montag, kurz nach zwei Uhr, im Büro der PT. Indosun anrief und Paul erklärte, dass eine Überführung des Patienten in die Schweiz organisiert, und für den kommenden Tag geplant sei, wollte Paul schon aufatmen. Doch dann wurde ihm bewusst, was für ein Risiko so ein Transport sein musste.

„Die Firma Karaht hat das mit der schweizerischen Rettungsflugwacht abgesprochen", beruhigte ihn Pak Rudi auf die entsprechende Frage. „Es wird am Nachmittag einen Sonderflug nach Singapur geben, und von dort übernimmt ihn die Swissair auf ihrem regulären Flug in die Schweiz. Eine ärztliche Betreuung ist an Bord vorgesehen."

„Das beruhigt wenig", fand Paul. „So eine Reise ist für uns Normale schon eine Tortur. Wie viel mehr muss René da leiden."

„Wir versuchen das Beste zu tun. Wir glauben einfach, dass ihm hier im Spital Borromeus kaum mehr geholfen werden kann. In der Schweiz kommt er ins Universitäts-Spital in Zürich, wo die weltweit besten Mittel zur Verfügung stehen."

„Ja, wenn er den Transport überlebt." Paul wand sich, dann kam ihm noch eine Frage: „Seine Frau wird sicher mitreisen, nehme ich mal an?"

Pak Rudi tat sich schwer mit der Antwort. „Ja, das verstehe ich selber auch nicht. – Nein, sie sagt, sie müsse hier bleiben, wegen dem Kind. Natürlich haben wir ihr die Reise nahegelegt, aber zwingen können wir sie nicht."

„Zum Teufel!", empörte sich Paul. „Was ist mit der los. Ist ihr der Mann so wenig wert!"

Eine ganze Weile war es still im Hörer. Dann sagte Pak Rudi resigniert: „Wissen Sie, Pak Paul, diese sundanesische Art werden wir beide wohl nie ganz verstehen. Ich weiß, wir wären an der Seite unserer Frau und wenn es durch Himmel und Hölle ginge. – Aber die hier..." Dann wechselte er abrupt das Thema. „Ach, noch etwas, Pak Paul. Haben Sie mein Fax gelesen? Der neue Mann von Karaht ist bereits im Land."

„Klar", antwortete Paul. „Ich hol' ihn morgen früh um halb acht am Hotel ab. – Ein Herr Sollberger oder nicht?"

„Genau. Wir hatten Glück, der Mann war bereits in Jakarta und kann sofort einspringen."

„Na ja, von Glück möchte ich nicht sprechen, wenn ich an René denke. Ich hoffe sehr, dass alles gut geht."

„Aber ja", versicherte Pak Rudi. „Wir alle hoffen natürlich dasselbe." Damit verabschiedeten sie sich, nicht ohne das Versprechen von Pak Rudi, Paul über alles sofort zu informieren.

Nachdem er den Hörer sachte aufgelegt hatte, starrte Paul blicklos an die Wand. Es war ihm, wie wenn das Todesurteil gesprochen wäre und die Welt das Opfer bereits vergessen hätte. Alles war getan, die Entsorgung veranlasst und die Nachfolge geregelt. Man konnte zur Tagesordnung übergehen.

„Scheiße!", brach es flüsternd aus ihm hervor. Und noch einmal: „So eine Sch...!"

Nicht einmal Renés Frau nährte die Hoffnung und reiste mit ihm. Was waren das für Menschen, die das Liebste einfach abschrieben und sich dem Alltag zuwendeten. – Ja, Pak Rudi hatte Recht. Das konnte er, der Ausländer, nicht verstehen. – Nein, das wollte er auch nicht verstehen.

„Henrietta!", rief er entschlossen. „Lassen Sie Pak Adang vorfahren. Ich will nach Hause."

Rini empfing ihn mit einer Umarmung. Du meine Güte, war er ein Glückspilz. Er drückte die zierliche Gestalt an sich und verharrte einen Moment so.

„So schlimm?", flüsterte die Sundanesin an seinem Ohr.

„Ich weiß nicht", entgegnete er und schob sie von sich. „Komm, lass uns zum Krankenhaus fahren. Sie wollen René wegbringen."

„Was, so schnell? – Ist er denn transportfähig?"

„Ja, wenn ich das wüsste..."

Im Auto tauchten noch mehr Fragen auf. „Bei uns zu Hause, ginge das nie so", grübelte Paul. „Man würde warten, bis der Patient vernehmungsfähig wäre. Die Polizei müsste doch mit ihm sprechen."

„Die Polizei?" Rini schüttelte verwundert den Kopf. „Was soll die mit René zu schaffen haben? Offiziell war es ein tragischer Unfall eines Ausländers, und je schneller der außer Landes ist, umso weniger Probleme wird es geben. – Habt ihr, du und Hadia, vielleicht mit denen gesprochen? Nein, natürlich nicht, die wissen nichts von eurem Verdacht, und das bleibt auch besser so."

„Eine schöne Rechtsordnung", brummte Paul.

„So ist nun einmal die Situation hier", verteidigte Rini ihr Land. „Stell dir vor, die Polizei würde eure Spur verfolgen. Sie hätten es mit einem Schweizer und einem Chinesen zu tun, die auf eigene Faust das Unfallfahrzeug untersuchten. Das gäbe ein furchtbares Durcheinander, und ihr könntet sehr rasch mit den indonesischen Gefängnissen Bekanntschaft machen. Seid also froh, wenn alles schnell und problemlos zu Ende kommt."

Solche Gedanken waren Paul natürlich auch schon durch den Kopf gegangen. Dabei hatte er sich vorgenommen, Hadia dringend zu raten, das Stück Gummischlauch möglichst schnell verschwinden zu lassen, denn wenn die Polizei den Wagen tatsächlich genauer untersuchte, würde sie entdecken, dass da etwas fehlte. Der Verdacht würde sicher nicht unmittelbar auf sie fallen, aber sollte der bestochene Beamte plaudern, dann war Hadia geliefert. Ein Chinese, der sich in eine polizeiliche Ermittlung einmischt, das wäre ein gefundenes Fressen für die ausländerfeindliche Gesellschaft.

„Im Moment können wir nur hoffen", fuhr Rini fort. „Vielleicht kommt René doch noch zu sich, und alles wird sich klären. Damit würden sich auch die paar Fragen, die ich an Tati habe, erübrigen."

„Ha!", knurrte Paul. „Die Dame ist mir immer weniger geheuer. Stell dir vor, die will nicht mit ihrem Mann reisen. Die Ausrede, dass sie wegen ihrem Kind hier bleiben müsse, ist so fadenscheinig wie durchgescheuerte Socken. Die Kleine könnte sie doch leicht mitnehmen oder bei den vielen Tanten lassen."

„Ja, natürlich", antwortete Rini. „Aber ist das jetzt so wichtig? Hauptsache, René bekommt eine faire Chance und die beste Pflege. Es ist eine Tatsache, dass hier in Bandung doch wenig Hoffnung besteht."

In bedrückter Stimmung erreichten sie das Rumah Sakit Borromeus und begaben sich auf dem kürzesten Weg zur Intensivstation. Der Korridor war von lauten Menschen bevölkert, und Paul entdeckte darunter die Familienangehörigen von Tati. Renés Frau selber war nicht zu sehen. Vermutlich war sie im Zimmer ihres Mannes.

„Sollen wir da rein?", fragte Paul. „Vielleicht stören wir."

Rini überlegte nicht lange. „Pass auf!", sagte sie. „Ich geh' jetzt allein hinein, und du suchst den Arzt. Dir wird er vielleicht Genaueres über Renés Zustand vermitteln. – Doktor Sujono heißt er."

„Gut, ich werd's versuchen."

Damit verschwand Rini hinter der weißen Tür, und Paul sah sich im Gewimmel der Anwesenden um. Warum in einem Krankenhaus, und erst noch in der Nähe der Intensivstation, so ein Rummel herrschen musste, war ihm schleierhaft. Es fehlte nur noch, dass sich Straßenhändler durch die Menge zwängen und ihre Ware anpreisen würden.

Paul ging zurück zum Empfang und erkundigte sich nach Doktor Sujono. Die junge Frau lächelte hilfsbereit und sprach in ein Mikrophon.

„Doktor Sujono, Doktor Sujono! Bitte melden Sie sich am Empfang!", hallte es durch die Gänge.

Paul war dieser Aufwand recht peinlich. Eigentlich hatte er gehofft, den Arzt irgendwo im Gang kurz abfangen und seine Fragen stellen zu können. Jetzt sprach die Rezeptionistin aber aufmerksam am Telefon und führte Paul kurz darauf in ein nahes Sprechzimmer.

„Doktor Sujono wird sofort bei Ihnen sein", beteuerte die Frau und entschwand, die Türe leise hinter sich schließend.

Der Raum war weiß getüncht, mit grauen Bodenplatten ausgelegt und völlig kahl. Das einzige Mobiliar bestand aus einem Tisch mit Beinen aus Stahlrohr und vier entsprechenden Stühlen. Das vorhanglose, vergitterte Fenster vermittelte noch mehr den Eindruck einer Zelle. Paul stellte sich vor, wie hier in diesen nackten vier Wänden über das Schicksal von Patienten entschieden wurde, manchmal über Leben oder Tod. Ein scheußlicher Gedanke. Warum konnte man nicht wenigstens so einen Ort mit ein klein wenig Wärme und Gediegenheit ausstatten und nicht mit dieser hoffnungslosen eisigen Kälte.

Paul setzte sich auf die Kante eines Stuhles und wartete. Er wartete eine Viertelstunde, eine halbe. Hatten sie ihn vergessen? Nein, rief er sich zur Ordnung, in diesem Land war Geduld eine nicht wegzudenkende Tugend. Alles würde sich ergeben, zur rechten Zeit.

Endlich öffnete sich die Tür und der Erwartete trat zögernd ein. „Sie sind ein Angehöriger von Mr. René Gasser?", fragte er unentschlossen. „Mein Name ist Sujono, ich bin der Oberarzt."

Paul erhob sich und ging dem Arzt entgegen. „Guten Tag Herr Doktor! Paul Wiederkehr", stellte er sich vor. „Ich bin ein guter Freund und Arbeitskollege von René und sorge mich sehr um seine Gesundheit."

„Natürlich, verstehe", murmelte der Arzt und deutete auf die Stühle.

Doktor Sujono war ein hagerer kleiner Mann. Der offene weiße Mantel flatterte lose um seine Beine. Er trug eine Nickelbrille und hatte eher das Aussehen eines Japaners als das eines Sundanesen. Aber natürlich, der Name deutete auf Zentraljava hin. Der Mann kam wahrscheinlich aus Yogyakarta.

„Normalerweise geben wir Auskünfte nur an nahe Angehörige", sagte der Arzt mit lispelnder Stimme. „Doch bei Herrn Gasser machen wir eine Ausnahme. Seine Schweizer Familie ist ja nicht hier. Wir haben auch bereits mit Pak Rudi Ali von der Firma Tromax gesprochen. Er hat sich sehr um die Überführung des Patienten in seine Heimat bemüht."

„Richtig", entgegnete Paul. „Pak Rudi hat mich informiert. Ich bin aber sehr besorgt um Renés Zustand. Kann er so einen Transport überhaupt durchstehen?"

„Hm, Tatsache ist, dass der Patient sich in einem unveränderten kritischen Zustand befindet. Das Ödem hat im Gehirn vermutlich mehr Schaden angerichtet, als anfänglich angenommen. Leider haben wir hier aber keine Möglichkeit, das Ausmaß zu ermitteln. Erst wenn er aus dem Koma erwacht kann man mehr dazu sagen."

„Sollte man dann in diesem Fall nicht abwarten und hoffen, dass das Letztere bald zutrifft?"

„Ja, das würden wir in so einem Fall durchaus...", antwortete der Arzt zögernd.

„Aber?"

„Na ja, die Angehörigen haben auf eine schnelle Verlegung gedrängt, seine Frau und Pak Rudi. Wir hier sind sowieso machtlos, was sollen wir anderes tun."

„Ich verstehe", entgegnete Paul. „Sie haben sicher alles getan, was möglich war. – Jetzt hilft vermutlich nur noch hoffen, dass alles gut geht."

„So ist es, leider. Wenn Sie keine weiteren Fragen mehr haben, ich habe zu tun." Doktor Sujono hatte es offensichtlich eilig.

„Ach so, nein, natürlich." Paul erhob sich. „Ich bin ihnen sehr zu Dank verpflichtet, Herr Doktor. – Ich werde nochmals zum Patienten gehen, wenn das gestattet ist. Ich möchte mich von ihm verabschieden."

„Aber natürlich", versicherte der Arzt schnell und wandte sich zur Türe.

Nachdenklich folgte ihm Paul. Während der Arzt um die nächste Ecke verschwand, ging Paul langsam den Korridor entlang und erklomm die Treppe zur Abteilung wo der Patient lag. Der Gang zur Intensivstation schien diesmal etwas Endgültiges zu haben, wie wenn er seinen Freund für immer verabschieden müsste. So hatte er es ja auch gerade vorhin formuliert, er wollte Abschied nehmen. Bis jetzt waren die Besuche immer von Bangen und Hoffnung begleitet gewesen. Man konnte unmittelbar eingreifen, wenn etwas nicht stimmte. Wie immer sich Renés Zustand veränderte, man war in der Nähe und konnte innert kürzester Zeit bei ihm sein. Ab Morgen wäre alles anders. René würde trotz der versprochenen Betreuung allein sein. Man würde erst viel später erfahren, wie es ihm ging und wie er die Reise überstanden hatte.

Als Paul den Raum betrat und René unverändert, nicht ansprechbar vorfand, konnte er sich des Gefühls nicht erwehren, dass er selber die Schläuche und Kabel entfernen, den Monitor ausschalten und das zischende Beatmungsgerät stilllegen sollte. Er stellte sich vor, wie René davongetragen, und ein kaltes Eisenbett im kahlen Raum zurückbleiben würde. Die Endgültigkeit dieser Vorstellung raubte ihm den Atem.

„René", stammelte er. „Wie konnte es nur so weit kommen? Du hast doch so etwas überhaupt nicht verdient. Du hast immer nur das Beste gewollt, warum also Du?"

Er beugte sich über das bleiche Gesicht und versuchte in den leeren Augen zu lesen. „René, ich erkenne nicht, was in dir vorgeht, weißt du, was mit dir geschieht? Ach, könntest du mir nur einen kleinen Hinweis geben, dass alles wieder gut wird. Gib nicht auf! Du hast eine Frau und ein Kind, die brauchen dich. Du hast Freunde, die an dich glauben. Du hast einen Gott, der für dich da ist. – In deinem Fall ist es vielleicht Allah, aber das ist doch egal. Wird uns nicht Gerechtigkeit versprochen..."

Gerechtigkeit, durchfuhr es Paul. Ja, wie konnte es tatsächlich so weit kommen? Wer war verantwortlich für dieses Leiden?

„René, das schwöre ich dir, wer immer hinter diesem Unfall steckt, ich werde es herausfinden. Ich weiß, das war nicht deine Schuld. Der Schweinehund, der das angerichtet hat, der soll nicht einfach davonkommen. Jawohl, Gerechtigkeit muss es auch hier in diesem verfluchten Land geben."

Zorn hatte ihn übermannt, denn er wusste, dass hier das Opfer eines heimtückischen Anschlages lag. Nein, man durfte nicht einfach so tun, als sei das Ganze ein tragischer Unfall gewesen. An Renés Auto war manipuliert worden, das war erwiesen. Es schienen sich aber alle davor zu drücken, der Sache auf den Grund zu gehen. Die Polizei unternahm nichts, die Ärzte waren froh, einen heiklen Fall möglichst schnell los zu werden, und die Familie hatte es scheinbar genauso eilig, den Ausländer abzuschieben.

Die Augen blickten genauso leer und fragend wie bis anhin. Die Nase spitz und weiß und die eingefallenen Wangen wirkten maskenhaft. Paul forschte angestrengt in diesem Gesicht und konnte keine Antwort finden. Nur das gleichmäßige Piepsen des Monitors bestätigte noch die Existenz des Patienten.

Paul tastete nach Renés Hand. „René", flüsterte er. „Wenn du morgens auf die Reise gehst, halte durch. Du sollst leben. Lebe mein Freund! – Und wenn wir uns zu Hause wiedersehen, dann wird alles gut."

Aus dem Zimmer, suchte Paul verstört und abwesend nach dem Ausgang. Erst als er am Empfang vorbei irrte, erinnerte er sich an Rini. Ja, wo war sie denn? Eigentlich hätte sie doch Renés Frau, Tati, treffen sollen. Vielleicht waren die beiden Frauen bereits gegangen, denn er selber hatte viel Zeit mit Warten vertan. Am Empfang betätigte man, ja, Ibu und zwei weitere Frauen waren schon vor einiger Zeit gegangen. Sicher war sie mit Tati gefahren. Der Wagen mit dem Fahrer war auf dem Parkplatz unauffindbar. Es blieb ihm also nichts anderes übrig, als ein Taxi zu rufen und dieses nach Hause zu dirigieren.

Kapitel 10

Tati saß hinten, zwischen ihrer Mutter und einer Tante aus Cirebon. Cirebon ist eine Kleinstadt an der Südküste von Java. Während die Mutter schweigsam steif, mit leidender Miene, in der Ecke saß, redete die Tante, welche sie Ibu Farah nannten, ununterbrochen. Sie bedankte sich überschwänglich dafür, dass Rini ihnen angeboten hatte, mitzufahren.

„Wir sind jetzt ja völlig ohne Transportmittel", beklagte sich Ibu Farah bitter. „Das kaputte Auto ist leider von der Polizei beschlagnahmt worden und damit fast sicher verloren... eine Schande, man wusste ja genau, wie das kommen würde. - So schlimm konnte der Zustand dieses Wagens sicher nicht sein, aber eben..."

„Es macht mir überhaupt nichts aus, Sie nach Hause zu bringen, wir sind ja auch gleich da", beschwichtigte Rini über die Rücklehne.

„Ach ja, ja, vielen Dank. Das Haus, ja, da heißt es jetzt aufpassen, dass Tati dieses behalten kann. Wohin sollte sie denn sonst mit ihrem Kind, der armen Kleinen, gehen? Kaum ein Jahr alt und schon allein gelassen. Eine schreckliche Zukunft! Sie ist ja auch keine Pribumi, keine echte Sundanesin. Leicht wird es das Kind nicht haben, doch Allahs Wille muss man annehmen. Allah wird uns behüten."

„Ja, Allah, der Größte!", murmelte Tatis Mutter.

Rini schwieg und auch Pak Adang, der Fahrer, blickte mit steinernem Gesicht auf den Verkehr. Schon hatten sie die kleine Straße mit dem Namen Jalan Limus, im südlichen Teil der Stadt, erreicht. Sie hielten vor einer weiß getünchten Mauer mit kräftigem Eisentor zu einer engen Garageneinfahrt. Obwohl es sich hier ausschließlich um einzelne Bungalows handelte, standen diese doch dicht beieinander. Die fensterlosen Seitenwände gaben gerade mal einen engen Durchgang frei, durch den eine mit Platten gedeckte Ablaufrinne nach hinten führte. Zwischen Mauer und Haus lag ein kleiner hübscher Garten mit Büschen und Blumen, wie wenn dieser den Eindruck des Eingesperrtseins etwas mildern sollte. Den Eingang erreichte man, hinter dem Gitter, über eine Stufe und ein paar einfache Steinplatten. Die Häuser wirkten sauber und gepflegt. Die Bewohner schienen einem, in Indonesien kaum existierenden, Mittelstand anzugehören. Tatsächlich war bekannt, dass solche Quartiere meist entstanden, wenn höhere Angestellte unverhofft zu Geld kamen. Manchmal lebten auch Ausländer hier, aber kein wirklich Vermögender und schon gar nicht Chinesen. René, der gut verdienende Techniker, konnte sich so ein Haus bestimmt leisten, war aber in eine ungewohnt fremde Nachbarschaft geraten.

Die Frauen benützten den Seiteneingang neben der Garage. Dadurch betraten sie gleich den hinteren Teil, wo Küche und Wohnzimmer lagen. Der vordere, offizielle Empfangsraum blieb damit unbenutzt. Das kam Rini ungelegen, denn wie sollte sie ihre Fragen anbringen, wenn die Mutter und Tante dabei dauernd zuhörten. Außerdem waren da auch noch eine Hausangestellte und das Kleinkind.

Als die Frauen eintraten, schrie das kleine Mädchen erbärmlich und verlangte kreischend nach seiner Mutter. Tati nahm es aus den Armen der Angestellten, drückte und küsste es und reichte es der Großmutter weiter, ohne dass das Weinen versiegte.

Ibu Farah griff tröstend ein: „Ach das kleine Würmchen, es hat doch Hunger. Bibi, warum gibst du dem Kind nichts zu essen?"

„Natürlich Ibu, sofort", flüsterte die Angesprochene und eilte nach hinten. Wenig später kam sie mit einem Teller voll Brei aus der Küche zurück.

Das Kind wurde von Bibi zu Mutter und Großmutter herumgereicht, jede versuchte es zu füttern, mit dem Erfolg, dass dieses immer mehr quengelte und schrie. Man trug es umher, platzierte es auf dem Sofa, zeigte ihm durch das Fenster die Blumen im Garten, wiegte und schaukelte es hin und her. Alle waren voll beschäftigt dem Kind mit viel List und Akrobatik einen Löffel voll Brei in den Mund zu schieben. Waren sie zufällig erfolgreich, schien das Kind zu ersticken, sabberte oder spie das Ganze über die Kleidung der Damen.

Rini beobachtete das ganze Theater belustigt. Sie kannte diesen Übereifer nur zu gut. Auch im Hause ihrer Mutter ging es nicht viel anders zu und her. Allerdings fragte sie sich manchmal ob es richtig war, die Kinder derart zu verhätscheln und ob das wirklich ein Zeichen von Liebe und Zuneigung war. Diese Frauen hier schienen daran nicht zu zweifeln.

Zwischen all dem Geschrei, Betteln, Kosen und Füttern, kam Rini plötzlich der Gedanke, dass sie Tati vielleicht einen Moment ablenken könnte. Sie raunte dieser deshalb leise zu: „Tati, könnten wir uns einen Augenblick unterhalten, allein, wenn möglich?"

Tati nickte schweigend, zog Rini in den vorderen Gästeraum und schloss die Türe. Das Gezeter war nur noch schwach zu hören. Tati sah ihre Freundin fragend an und deutete auf das Sofa. Sie selber ließ sich auf dem Sessel nieder.

„Es tut mir alles schrecklich Leid", begann Rini. „Wir hoffen natürlich, dass René bald wieder gesund wird. Es ist im Moment sicher nicht leicht für dich und das Kind. – Wie heißt es eigentlich?"

„Indah", antwortete Tati leise.

„Welch schöner Name! – Das Wort bedeutet doch Schönheit. Eure Tochter wird sicher einmal ein Star."

„Ach, wir nennen sie einfach Nia."

„Ihr habt sicher große Pläne mit eurer Tochter?"

„Oh ja, sie soll einmal eine gute Ausbildung bekommen und eine erfolgreiche Zukunft haben. Natürlich wünschten wir uns auch einen Sohn, aber Nia ist uns genauso lieb."

Rini musterte die kleine Frau, wie sie mit steifen Knien auf dem Rand des Sessels saß und ihre doch etwas zu allgemeine Vorstellung der Zukunft vertrat. So würde sich wahrscheinlich jede Mutter äußern. Sie beschloss deshalb etwas genauer nachzufragen.

„Habt ihr im Sinn hier zu bleiben, oder habt ihr vielleicht auch die Möglichkeit in Renés Heimat zu ziehen erwogen?"

„Ach, nein", kam die Antwort schnell. „Daran dachten wir überhaupt nicht."

„Du meinst, René beabsichtigte für immer hier zu bleiben?"

„Natürlich! Ja warum denn nicht? – René war immer zufrieden mit dem Leben hier. Wieso sollte er etwas anderes wollen?"

„Ich dachte nur, dass vielleicht irgendwann auch seine Arbeit zu Ende geht..."

„So versteh' doch", unterbrach sie Tati. „René war ein guter Servicetechniker und bei den Kunden sehr beliebt. PT. Tromax konnte sich keinen besseren Mann wünschen. – Außerdem war er zum Islam konvertiert. Er hatte alle Voraussetzungen hier zu leben, für lange Zeit..."

„Das Letztere hat ihm sicher viel Sympathie in deiner Familie eingebracht. Wie ich sehe, ist diese jetzt eine große Stütze für dich."

„Schon", antwortete Tati zögernd. „Sie waren natürlich schon vorher hier und haben uns sehr geholfen. Sie finden es auch wichtig, dass unser Kind im rechten Glauben erzogen wird. Ja, doch, sie sind mir eine große Hilfe."

Rini merkte, dass sie nicht zum Grund der tragischen Geschichte vordrang und die eigentliche Ursache weiterhin im Dunkeln lag. Sie entschloss sich deshalb zu einer direkten Frage: „Tati, warum war René am Sonntagabend so spät unterwegs? Normalerweise hätte er doch zu Hause sein müssen."

„Ich weiß auch nicht. Er war einfach weg. – Aber warum fragst du? Weißt du denn immer wo dein Paul steckt?"

„Nein, natürlich nicht. Bitte entschuldige, ich wollte dich nicht bedrängen. Wir fragen uns einfach die ganze Zeit, wieso René mitten in der Nacht allein unterwegs war."

„Wie ich schon sagte, ich weiß es nicht. Außerdem ist es ja jetzt sowieso egal. Der Unfall ist passiert, und da hilft alles fragen nichts. Es kann nichts mehr rückgängig gemacht werden." Tati senkte den Kopf und schwieg.

Die Endgültigkeit dieser Aussage erschütterte Rini. Ein gewisser Fatalismus war in diesem Lande wohl unvermeidlich, wo das Leben oft Wege nahm ohne dass man es beeinflussen konnte. Wer hier mit schlechten Karten geboren wurde, der hatte nur wenig Chance, dies zu ändern. Man fand sich damit ab und versuchte das Beste daraus zu machen. Das Schicksal hatte es so gewollt, warum sollte man mit ihm hadern?

Da stand aber noch eine Frage im Raum: „Wenn René jetzt in die Schweiz verlegt wird, dann wirst du sicher mit ihm reisen?"

Tati schwieg und schüttelte traurig den Kopf. „Ich kann nicht", kam endlich die Antwort.

Jetzt war es Rini, die betreten schwieg. Irgendwo hinten im Haus hörte man die Stimmen der Frauen. Dann schlug plötzlich die Türe auf und Ibu Farah erschien mit Indah auf den Armen. Vorwurfsvoll wartete sie im Durchgang.

„Es ist bald Maghrib", sagte Ibu Farah. „Wir sollten uns zum Gebet bereit machen."

„Ja, siehst du Rini. Das ist der Grund warum ich hier bleiben muss", erklärte Tati und nahm ihr Kind von den Armen der Tante. „Ich kann die Kleine nicht allein lassen."

Rini blickte betreten zum Fenster. Tatsächlich war die Dämmerung nah, und die Dunkelheit brach rasch herein. Zeit nach Hause zu fahren.

Paul erwartete sie bereits unruhig. Nach der Rückkehr aus dem Krankenhaus, hatte er die Kleider von sich geworfen und war unter die Dusche verschwunden. Ihm war nicht nach Singen zu Mut, vielmehr drehte er das heiße Wasser auf, bis er es kaum mehr ertragen konnte. Die Poren öffnen und all den Schmutz und Schweiß des Tages herauswaschen, das war sein Prinzip. An diesem Abend schien es aber, als müsste er diese Reinigung besonders gründlich vornehmen. Die ganze Geschichte um René stank zum Himmel, und selbst wenn er sich rot scheuerte, es wurde nicht besser. – René hatte überhaupt keine Chance. Er war diesem Land ausgeliefert, war benützt, manipuliert und schlussendlich fallen gelassen worden, wie ein unnütz gewordener Gegenstand. Pauls Gedanke, dass hier nur alles gut ging, so lange man sich selber helfen konnte, durchfuhr ihn erneut. Ja, sie waren in diesem Land willkommen, sie sollten beim wirtschaftlichen Aufbau mithelfen, aber das war's dann auch. Hilfe in der Not konnte man nicht erwarten, und Gerechtigkeit war hier sowieso ein Fremdwort. Wer auch immer hinter Renés Schicksal stand, der brauchte nichts zu befürchten. Je schneller der Unbequeme, ja Unbrauchbare, verschwand, umso besser.

Diese Gewissheit nagte an Paul, und dass er dabei hilflos zusehen musste, schmerzte noch mehr. Was konnte er denn noch tun? Die Aktion mit Hadia war schon verteufelt gefährlich gewesen. Was nützte es, wenn sie nun wussten, dass der Unfall eben kein Unfall gewesen war. Wer dahinter steckte, war völlig unklar. – Oder doch nicht?

Er brauchte einen Drink!

So traf ihn Rini, als sie eilig durch die Vordertür hereinkam. „Liebling, es tut mir leid. Ich habe ganz die Zeit..."

„Schon gut! Möchtest du auch einen?" Ach zum Teufel, er hatte wieder einmal vergessen, dass sie keinen Alkohol trank. „Tut mir Leid, komm setz dich zu mir!"

„Einen Moment, ich will nur schnell Anweisungen für das Abendbrot erteilen."

Paul beobachtete sinnend wie Rini durch die Hintertür verschwand und nach Bibi rief. Wie immer war das Kribbeln da, wenn er die zierliche Gestalt betrachtete. Sofort relativierte er die vorherigen Überlegungen und dachte, dass ihre Liebe sicher alle solche Probleme meistern konnte. Man durfte einfach die Augen nicht verschließen. Vielleicht hatte Rini etwas Neues erfahren, was etwas Licht in die Geschichte um René brachte.

Dann kam Rini mit einem Glas Wasser in der Hand zurück und kuschelte sich an seine Seite. Ihr Haar duftete nach exotischen Blüten und die Haut fühlte sich wie Samt an. Solch eine Frau war das pure Glück.

„Wie bist du nach Hause gekommen?", fragte sie aber ganz unromantisch.

„Ach, problemlos, per Taxi natürlich."

„Pak Adang ging noch zur Mesjid, zum Abendgebet. So musste ich warten. Aber jetzt bin ich ja da."

„Und?", wollte Paul wissen, „wie war's bei Tati?"

„Ach, keine glückliche Situation", antwortete Rini. „Tati scheint ziemlich durcheinander, und die Familie ist nicht gerade beruhigend."

„Braucht sie Hilfe?", erkundigte sich Paul. Er erinnerte sich jäh an seine Gedanken, wobei er mit ungutem Gefühl merkte, dass er kaum je etwas für René und seine junge Familie getan hatte.

„Ich glaube nicht. Tati scheint sich irgendwie mit der Situation abzufinden. Es ist einfach traurig, dass sie ihren Mann auf seiner Reise nicht begleitet. Ich empfinde das, wie wenn sie ihn im Stich lassen würde."

„Hat sie denn etwas über die Gründe gesagt? – Auch darüber wie es zu dem Unfall kam?"

„Nein, dazu sagt sie kein Wort. Es ist so wie wenn das Geschehene einfach angenommen, ja sogar unterdrückt würde. Wie weit der Einfluss der Familie da reicht, kann ich schlecht beurteilen, aber sicher ist da etwas dran. Die machen jetzt auf streng religiös."

Paul schüttelte den Kopf. „René war doch zum Islam konvertiert. Also scheint mir das nur normal. – Oder war da vielleicht etwas nicht wie es sein sollte?"

„Ich weiß es auch nicht."

„Moscheebesuche, Koranlehre, islamische Rechte und Rituale?", sinnierte Paul. „Wie streng sind die denn hier? – Wenn man an die arabischen Staaten denkt, kann man sich schon fragen..."

„Ach, komm schon!", eiferte sich Rini. „Unser Islam ist doch sehr moderat. Wir bringen doch einen Ungläubigen nicht gleich um. Uns passiert ja auch nichts."

„Schon, aber es ist nun einmal Tatsache, dass auf René ein Anschlag verübt wurde, auch wenn das offiziell nicht zugegeben wird. Wir wissen das, am Auto wurde manipuliert."

„Aber warum? Es macht doch alles keinen Sinn."

„Nun denk doch mal nach! Motive gibt es gleich mehrere. Zum Beispiel der Streit im Betrieb, die Unruhen der Arbeiter, die ablehnende Familie und vielleicht auch noch Probleme mit dieser Religion. Irgendwo muss jemand sein, der nicht zögerte, diesen Ausländer zu beseitigen. Wer in Renés Umfeld profitiert denn dabei am meisten?"

„Tati! – Du spinnst wohl."

„Hm, kann schon sein, aber irgendwie geht mir nicht aus dem Kopf, dass René an jenem Abend allein unterwegs war. Was wollte er im Hotel Panghegar?"
„Eine gute Frage. Wir sollten dort vielleicht mal nachfragen."
„Genau, gleich morgen, bevor beim Personal dort alles in Vergessenheit gerät."

Mit viel Geschick versuchte Rini am anderen Vormittag ihr Glück bei den Rezeptionistinnen des Hotels. Die drei jungen Frauen bemühten sich sehr. Wie Rini selbst, stammten sie aus West Java und sprachen das gleiche Sundanesisch.

Eigentlich war es untersagt, Fremden einen Einblick in das Gästebuch zu geben, aber, wie gesagt, man war ja nicht wirklich Fremde, und wenn niemand zusah, konnte man schon ein Auge zudrücken.

Der Name „René Gasser" war aber am fraglichen Datum überhaupt nicht zu finden. – Sollte er sich vielleicht mit falschem Namen eingetragen haben? Die Frage nach seinem Aussehen konnte Rini nur vage beantworten. Ein Orang Buleh, ein Weißer halt, die sahen doch alle etwa gleich aus. Ein Foto! Natürlich, das würde helfen. Warum hatten sie nicht gleich daran gedacht? Aber woher jetzt nehmen?

Rini bedankte sich höflich und blickte durch die Halle. Quer gegenüber der Rezeption, hinter einem verzierten Gitter, klangen leise die Töne einer Gamelan-Musik hervor. Die Bar war um diese Zeit verweist. – Hatte René vielleicht den Abend hier verbracht, und hatte sich erst spät auf den Heimweg gemacht? Paul hatte Rini des Öfteren hierher geführt, dann, wenn sie nach einem Restaurantbesuch den Abend bei einem Drink beschließen wollten. Meistens war eine hübsche Solistin da und unterhielt die Gäste mit heiterem, anmutigem Gesang. In solch gelöster Stimmung bat Paul die Sängerin manchmal zu einem Drink, und so hatte man bald Freundschaft geschlossen. Herty, so war ihr Name, könnte sich vielleicht an René erinnern, sofern die Bar an jenem Sonntagabend nicht brechend voll war. Aber eben, erneut, das Foto fehlte.

Rini kehrte zur Rezeption zurück und bat um die Benützung des Telefons.

„Aber natürlich Ibu, bitte!", antwortete die hübsche Frau freundlich und rückte den Apparat näher.

„Danke!"

Ibu, ja sah sie jetzt schon wie eine ehrwürdige Frau und Mutter aus, dachte Rini und lächelte dankbar zurück.

Paul war im Büro, und der Anruf wurde sofort umgeleitet. „Rini, ist alles in Ordnung?"

Sie lachte. „Natürlich, Liebling. Mir ist einfach danach zu Mute, deine Stimme zu hören."

Jetzt lachte auch Paul und neckte: „Wie schön, aber warte nur, bis du mich dann auch siehst!"

„Gut, aber da ist tatsächlich ein Grund warum ich anrufe. Wir sollten unbedingt ein Foto von René haben. Ein Weißer ist für uns Asiaten genauso schwierig zu unterscheiden, wie ihr Mühe habt mit unseren Gesichtern. Du weißt schon, alle sehen gleich aus."

„Du wirst mich doch hoffentlich noch erkennen!", spöttelte Paul, wurde dann aber ernst. „Du hast völlig Recht. Dass wir nicht früher daran gedacht haben. Tati hat sicher einen Schnappschuss."

Rini zögerte. „Ich denke, das ist keine gute Idee. Denk daran, was wir gestern Abend besprochen haben. Tatis Familie würde sich wohl sehr wundern, wenn wir plötzlich nach einem Foto von René fragen würden."

„Ja, da hast du nochmals Recht. – Warte mal, vielleicht haben wir hier in der Firma eine Kopie seines Passes. Ich erinnere mich, die legten damals auch für mich eine Akte an, die Arbeitsbewilligung, du weißt schon. Ich werde mich darum kümmern."

„Brauchte René denn eine solche, für die kurze Zeit?"

„Ich glaube schon, bin natürlich auch nicht sicher. Pak Arjono müsste das wissen. Ich werde ihn fragen."

„Pass auf, Liebling, nicht dass dabei auf einmal Fragen gestellt werden. – Vielleicht wäre PT. Tromax die richtige Adresse."

„Kaum, da würden unweigerlich Fragen auftauchen. Bei Arjono kann ich mich einfach herausreden, das Schweizer Konsulat habe angefragt. Also keine Sorge, ich pass schon auf."

Es war leichter als er gedacht hatte. Ein Mädchen der Personalabteilung suchte ihm die Akte heraus und kopierte das Blatt mit Renés Foto ohne weiteres. Das Bild in Schwarzweiß war recht gut und würde genügen. Paul entschied sich, auf dem Heimweg bei einem der vielen Kopierläden eine Vergrößerung machen zu lassen. So kam er gegen sechs Uhr mit dem Resultat in der Hand durch die Türe und begrüßte Rini gut gelaunt: „Da, schau meine Liebe, so einen Service! Die stecken selbst eine einzelne Kopie in eine Plastikhülle. Eine völlige Verschwendung. Hab deshalb gleich ein halbes Dutzend machen lassen."

„Ha, das nenn ich aber auch Verschwendung!", konterte Rini lachend. „Willst du gleich an jeder Ecke einen Steckbrief aufhängen?"

„Spotte nicht, meine Liebe! Schließlich hast du gesagt, ihr könntet einen Orang Buleh von einem anderen nicht unterscheiden. Hier, das ist René, und wenn ich an seine Situation denke, ist mir überhaupt nicht ums Lachen."

„Du hast Recht, es ist traurig und erschreckend was da passiert ist", entgegnete Rini. „Lass uns nach dem Abendessen zum Panghegar fahren und versuchen, ob Herty etwas weiß. Vielleicht war er wirklich dort in der Bar."

Der Abend endete aber mit einer weiteren Enttäuschung. Niemand schien René gesehen oder erkannt zu haben. Herty kannte den Mann nicht und konnte sich nicht an so einen Gast erinnern. Da sie normalerweise ja auch geblendet im Scheinwerferlicht stand, war das auch nicht außergewöhnlich. Der Tag endete also mit genauso wenigen Erkenntnissen, wie er begonnen hatte.

Kapitel 11

Langsam wickelte sich der Draht auf den Zylinder. Hans Sollberger hatte nicht lange gezögert und unverzüglich die Führung übernommen. Überraschend war an diesem Vormittag auch Onang, der Mechaniker, wieder aufgetaucht und stand nun dem neuen Mann hilfreich zur Seite.

Paul überlegte sich, ob er nicht die Personalabteilung bitten sollte, den Querulanten zu entlassen, entschied sich aber dann dagegen, denn im Moment war die Instandstellung der Maschine wichtiger.

Sich der Gruppe nähernd, nickte Paul dem neuen Monteur zu. „Herr Sollberger, ist alles in Ordnung?", fragte er den Maschinenlärm übertönend.

„Klar!", erwiderte der Angesprochene und deutete Onang weiter zu machen. „Schade um die versaute Rolle, aber das werden wir schon schaffen. Der Mann da versteht sein Handwerk und ist mir eine große Hilfe."

Mit Mühe hielt Paul an sich. „Also dann, es freut mich, wenn wir bald wieder mit normaler Produktion rechnen können. Die weiteren Revisionen sollten somit problemlos möglich sein?"

„Klar, keine Sorge, ich bin ja jetzt dafür da."

Wie wenn René nie gewesen und jetzt sowieso abgeschrieben wäre, dachte Paul und wandte sich zum Gehen. Der Mann war ihm unsympathisch, aber hatte er nicht erst kürzlich Pak Azis erklärt, dass man halt auch mit verschiedenen, auch schwierigen Charakteren arbeiten müsse.

Die nächsten Tage vergingen ereignislos, auch über Renés Überführung und Zustand war nichts Neues zu erfahren. In der Fabrik machte die Arbeit guten Fortschritt. Es war deshalb nicht außergewöhnlich, dass Pauls Widerwille gegen den neuen Monteur etwas verrauchte. Dazu kam natürlich der Umstand, dass man in der Fremde einen Landsmann und Schweizer nicht einfach überging und diesem selbst auch in seiner Freizeit behilflich war. Pauls Einladung zu einem sonntäglichen Ausflug auf den nahen Vulkan war deshalb durchaus verständlich. Sie brachen kurz nach zehn Uhr vom Hotel auf.

Paul fuhr den Suzuki Jeep selber. Er hatte sich für das geländegängige Fahrzeug entschieden, denn er wusste, dass die Straße hinauf bis zum Krater einem ausgewaschenen Bachbett glich und der Vierradantrieb eine große Hilfe sein dürfte. Neben ihm saß natürlich Rini, und auf dem Rücksitz hatten Hans und seine plötzlich aufgetauchte Freundin Platz genommen. Man war längst zum vertraulichen Du übergegangen und nannte sich beim Vornamen. Hans Sollberger hatte eines Tages einfach darauf bestanden, das sei schließlich unter Landsleuten üblich. Diese Darlegung fand Paul etwas strapaziert, aber er ließ sich gutmütig darauf ein. Etwas mehr erstaunte ihn aber die Frau, welche heute neben ihm aus dem Hotel trat. Sie hieß Wati und kam in einem luftigen Kleidchen und hochhackigen Schuhen daher.

„Du hast sicher nichts dagegen, wenn meine Freundin mitkommt?", erklärte Hans.

„Natürlich nicht", antwortete Paul. „Sie sollte sich aber vielleicht etwas Wärmeres überziehen. Dort oben ist es empfindlich kalt."

Auch Rini pflichtete bei, aber nach einer kurzen Diskussion zwischen den beiden indonesischen Frauen, winkte Wati leichtfertig ab: „Ach was, es wird schon gehen. Ich kann ja auch hier bleiben, wenn ihr nicht wollt."

Davon war natürlich nicht die Rede, und so fuhr man los. Nach einer halben Stunde erreichten sie Lembang, den Höhenort gleich unterhalb des Vulkanes mit dem eigentümlichen Namen „Tangkubanperahu". Rini betätigte sich als ortskundige Touristenführerin und erklärte über die Lehne ihres Sitzes ausführlich den eigentlichen Sinn dieses Namens.

„Tangkuban Perahu heißt nichts anderes als gekentertes Schiff", erklärte sie. „Der Vulkan hat von weitem gesehen tatsächlich die Form eines riesigen Kiels gegen den Himmel."

„Die schöne, aber verzogene Tochter des Sultans hieß Dayang Sumbi. Eines Tages entschied sie, dass derjenige, der ihr den verlorengegangenen Lieblingsfächer zurückbringe, ihr angetrauter Gatte werden solle. Es kam aber der Hund Tumang, ein Halbgott mit magischen Kräften, mit dem Fächer im Maul daher und verlangte die Erfüllung des Versprechens. Sie heirateten und Tumang schenkte seiner Frau ewige Jugend und einen Sohn, den sie Sangkuriang nannten.

Als der Junge groß genug war, schickte die Mutter ihren Sohn auf die Jagd, damit er ihr frisches Fleisch bringe. Da er aber den ganzen Tag kein Glück hatte und keinem Hirsch begegnete, tötete er seinen Hund, der ja sein Vater Tumang war, und brachte das Fleisch nach Hause. Dayang Sumbi erkannte den schrecklichen Frevel, züchtigte ihren Sohn, schlug ihn bis er blutete und jagte ihn aus dem Haus.

Viele Jahre waren vergangen, und Sangkuriang hatte seine Herkunft längst vergessen, als er sich in eine wunderschöne Frau verliebte – in seine eigene Mutter. Am Tag vor der Hochzeit erkannte Dayang Sumbi aber ihren Sohn an der von ihr stammenden Narbe und wusste, diese Verbindung durfte nicht sein. Sie sann auf eine Bedingung, deren Erfüllung unmöglich war. Sie verlangte, dass der Mann in einer Nacht einen See entstehen lasse und ein Schiff baue, welches noch bevor der Hahn krähte, vollendet sei. Dann würde sie mit ihm hinausfahren und seine Wünsche erfüllen.

Sangkuriang, welcher natürlich auch magische Kräfte geerbt hatte, errichtete einen Damm, füllte den See und baute das Schiff.

Mit Schrecken erkannte die Mutter, dass ihr Sohn das Unmögliche schaffen würde. Mit ihrem hell leuchtenden Schal täuschte sie deshalb, noch vor Morgengrauen, die aufgehende Sonne vor, so dass der Hahn aufgeschreckt krähte.

Als Sangkuriang erkannte, dass er vorsätzlich getäuscht worden war, geriet er außer sich vor Wut. Er trat mit aller Kraft gegen das Schiff, welches sich überschlug und zu einem Vulkan wurde. Der Damm brach und der See wurde zur weiten Ebene, in welcher heute die Stadt Bandung (Damm) liegt."

Oberhalb von Lembang war der Berg nur noch zu erahnen, und die eben gehörte Geschichte einer unglücklichen Liebe ging im Rütteln des Fahrzeuges unter. Eine schmale, von Schlaglöchern übersäte Straße führte zwischen moosbewachsenen Böschungen steil hinan. Die Vegetation wurde immer karger. Dichter Urwald, Farne und Ginstergestrüpp wichen porösem Lavagestein. Ein übler Schwefelgeruch lag in der Luft.

Als sie die Höhe von gut zweitausend Metern erreichten, öffnete sich vor ihnen ein kleines, kahles Hochplateau. Junge Männer, selbsternannte Parkwächter, standen bereit, hängten sich an die Autotür und wiesen den Ankommenden einen Platz zu. In guter Laune feilschte wohl kaum jemand um die verlangte Gebühr. Auch Paul ließ einige hundert Rupien springen. Bis zum Rand des Kraters waren es nur wenige Meter, aber diese waren durch Verkaufsstände aller Art dicht gesäumt. Noch waren nur wenige Besucher angekommen, umso mehr bemühten sich die Verkäuferinnen um die Fremden, denen man unbedingt Schnitzereien, Stickereien oder Töpfereien andrehen wollte. Schon leicht genervt erreichte die Gruppe das wackelige Geländer und blickten endlich in den Schlund des Vulkans.

Das riesige Loch, einer gigantischen Kiesgrube gleich, endete unten in einem kochenden Tümpel. Übel, nach faulen Eiern riechende Dämpfe stiegen empor und trieben die Besucher weiter. Paul wusste von einem einfachen Pfad, der zuerst über den Kraterrand, dann zur anderen Seite hinunter zu heißen Quellen führte. Die kleine Wanderung würde allen gut tun.

Jetzt hatte er aber die Freundin von Hans vergessen. Die stand zitternd da und klammerte sich an den Mann.

„Ich komme da nicht mit", lamentierte sie. „Ich warte im Auto."

Paul, dem die Übergabe der Schlüssel nicht besonders gefiel, stimmte widerwillig zu: „Also gut, wir werden bald wieder zurück sein."

Zu dritt machten sie sich auf, erklommen den Grat und folgten dem gut ausgebauten Weg, immer den drohenden Krater unter sich. Milchige Nebelschleier zogen über die gegenüberliegenden Abhänge hinauf, und es wurde noch kälter. Irgendwie ging das Interesse an der Wanderung bald verloren, und sie entschieden sich nach einer halben Stunde zur Umkehr.

Nachdem sie das Spießrutenlaufen entlang den Souvenirständen erfolgreich hinter sich gebracht hatten, erreichten sie den Parkplatz, nur um festzustellen, dass ein Kleinbus eine ganze Gruppe junger Mädchen hinauf gebracht hatte. Das Fahrzeug versperrte unbekümmert die Ausfahrt. Wati stand mitten in der giggelnden Gruppe, lachte laut und übermütig, was Hans veranlasste, sich dazu zu gesellen.

Rini und Paul betrachteten die Szene belustigt und ließen die jungen Leute gewähren. Man war nicht in Eile, und der Ausblick in die Ferne war einfach herrlich. Etwas später beobachteten sie, wie Hans von den Mädchen umzingelt die Aufmerksamkeiten sichtlich genoss. Wati hingegen eilte mit steinernem Gesicht zum Auto und setzte sich auf den Rücksitz. Das war das Signal zum Aufbruch.

Kaum waren sie auf dem steilen Weg nach unten, wurde das Getuschel hinter ihnen lauter, und nicht lange danach schrie Wati ungehemmt: „Was erlaubst du dir! ... Willst du dir eine andere angeln? ... Nicht mit mir, du du..."

Noch versuchte Hans die Frau zu beruhigen, aber es gelang ihm immer weniger. Wie eine Furie legte diese los und gipfelte schließlich mit der Drohung: „Nicht mit mir! Eher bring ich dich um, du Saukerl!"

Für die beiden auf den Vordersitzen wurde die Szene völlig absurd. Rini saß mit versteinertem Gesicht da. Vermutlich verstand sie von den teilweise in indonesischer Sprache angebrachten Beschuldigungen weit mehr, als die beiden Ausländer. Wie konnte das Paar sich derart in die Haare geraten, ohne Rücksicht auf die Gastgeber? Sollte man nicht einfach anhalten und die Streitenden ihrem Schicksal überlassen. Was ging sie diese Eifersüchteleien überhaupt an? Die Frau war völlig außer Kontrolle, und Hans wand sich in der Bemühung, den minimalsten Anstand zu waren. Nun war natürlich nicht von der Hand zu weisen, dass er sich in einer der letzten feuchtfröhlichen Nächte eine mehr als fragwürdige Dame angelacht hatte. Es wäre jetzt aber wirklich allerhöchste Zeit, sich von dieser zu trennen. Nur, auf der Höllenfahrt vom Vulkan hinunter war natürlich weit und breit kein Taxi zu finden, und es blieb ihnen nichts anderes übrig, als weiter zu fahren.

Paul hatte vorgesehen, die Gäste zu einem Ausflugsrestaurant in der Nähe von Lembang zum Essen zu führen und überlegte angestrengt, wie das wohl unter diesen Umständen zu bewältigen wäre. Sollte man nicht einfach zurück zum Hotel fahren und die Beiden dort kommentarlos entlassen.

Inzwischen war es auf der Hinterbank zu einem eisigen Schweigen gekommen. Während Paul durch den Ort Lembang manövrierte, entschied Rini flüsternd, das Restaurant doch aufzusuchen. Schließlich war man ja auch jemand und wollte sich durch die unwürdige Szene nicht den Tag verderben lassen. Außerdem hatte man Hunger, und es war längst nach Mittag.

Auf dem gekiesten Parkplatz, vor dem sundanesischen Restaurant, blieb der Trotzkopf steinern im Auto sitzen und weigerte sich am Essen teilzunehmen. Auch gut, dachte Paul und strebte zum Eingang. Rini und Hans folgten schweigend.

Sie bestellten Reis, Fisch, Frikadellen aus Mais und natürlich das Grünzeug mit der scharfen Sauce, welches man hier Lalab nannte. Als aufgetischt war, kam Paul nicht umhin, die Situation anzusprechen.

„Hans", begann er. „Bei allem Verständnis, aber glaubst du nicht auch, es wäre besser, wenn sich Wati verabschieden würde und ein Taxi zurück in die Stadt nähme?"

Sollberger, welcher sich eine Flasche Bier bestellt hatte, knurrte nach einem mächtigen Schluck ungehalten. „Klar, ja, wenn du meinst."

„Ein Taxi, aber etwas dalli!", kommandierte er den wartenden Kellner. „Mach schon!"

Der Mann im traditionellen Kostüm stand verständnislos da, so dass Rini sich mit vermittelnden Erklärungen in Sundanesisch beeilte. Paul aber winkte ab. Er hatte beobachtet, dass Wati durch den Eingang auf ihren Tisch zukam.

Es wurde eine schweigsame Mahlzeit. Die Frikadellen waren kalt, der Fisch hatte tausend Gräte, und selbst das Grünzeug rührten die Frauen kaum an. Wati stieß den Stuhl bald unzufrieden zurück und verließ den Tisch auf klappernden Sandaletten. Hans, der eben sein zweites Bier bestellt hatte, ließ es stehen und eilte ihr, etwas Unverständliches auf den Lippen, nach.

„Manchmal kann ich diese Ausländer wirklich nicht verstehen", flüsterte Rini, während Paul die Rechnung beglich. „Unhöfliche Menschen und dazu arrogant."

„Schon gut", entgegnete Paul schroffer als er wollte. „Die Dame ist ja auch nicht gerade eine Leuchte der Gesellschaft." Er ärgerte sich maßlos, sie beide in diese peinliche Situation gebracht zu haben. Keineswegs durfte er aber seinen Ärger jetzt an Rini auslassen. Deshalb meinte er versöhnlich: „Komm lass uns die Beiden zurück zum Hotel bringen und danach den verpfuschten Ausflug vergessen." Im Stillen aber beschloss er, diesen Sollberger so schnell wie möglich los zu werden. Pak Rudi Ali würde sicherlich Verständnis aufbringen und auf diplomatische Weise für einen Ersatzmann sorgen. Leute wie dieser Hans Sollberger waren für jede Firma nur eine Belastung und trugen dem Ansehen der Ausländer keineswegs bei.

Sie schafften die Fahrt hinunter in die Stadt in eisigem Schweigen. Vor dem Hotel verließen die Gäste das Fahrzeug und eilten grußlos hinein.

„Idiot!", brummte Paul und steuerte den Suzuki schwungvoll aus der Einfahrt. „Wieso jagt der diese Nutte nicht einfach weg?"

„Nutte?", meinte Rini leise. „Sie sagte, sie sei seine Frau..."

KAPITEL 12

Pak Rudi Ali nahm sachte einen Schluck aus dem heißen Teeglas und lehnte sich zurück. Die indonesische Art des Teetrinkens kannte Paul schon zur Genüge. Grob gemahlene Teeblätter wurden mit heißem Wasser aufgegossen, und dann wartete man bis die grünen Partikel abgesunken waren. Erst dann schlürfte man den ungesüßten Tee aus dem Glas. Eigentlich eine Art Getränk, wo man immer sicher sein konnte, abgekochtes Wasser zu erhalten.

Der Leiter der Handelsniederlassung von Bandung hatte es sich im Sessel bequem gemacht und kam nach ein paar unbedeutenden Floskeln zur Sache. „Ja, Herr Gasser ist wohlbehalten angekommen und wurde sofort in die Zürcher Universitätsklinik eingewiesen."

„Gott sei Dank!", antwortete Paul. „Die Entscheidung zur Verlegung in die Schweiz war also doch richtig. Ich hatte weit Schlimmeres befürchtet."

Das Gespräch fand eine Woche nach Pauls Abschied von René statt und beendete eine Zeit der Ungewissheit und Ohnmacht. Es gab keinen Zweifel mehr, René war in guter Obhut und bekam jede erdenkliche Hilfe.

„Sein Zustand hat sich aber nicht verändert", fuhr Rudi Ali fort, wie wenn er die Hoffnung etwas dämpfen wollte. „Er ist nach wie vor im Koma, und man weiß nicht, wann er daraus wieder erwachen wird. Unser Geschäftsführer in Zürich hält uns aber laufend auf dem neuesten Stand. Da sind auch noch Angehörige, ein Bruder, soviel ich weiß. Die werden alle für ihn da sein."

„Gut, hoffen wir einfach, dass René bald genesen wird. Vielen Dank für die Information. – Es gibt aber einen weiteren Grund warum ich hier auftauche, Pak Rudi. Dieser Herr Sollberger, der macht mir Sorgen."

„Ach, wieso?"

„Ich kann eigentlich nichts Konkretes gegen ihn einwenden, aber der Mann ist ein Querulant. Er untergräbt den Arbeitsfrieden in unserer Firma und ist außerdem sehr arrogant."

Pak Rudi Ali überlegte. „Eigentlich wurde er uns als kompetenter Fachmann geschildert. Er arbeitete seit drei Monaten in Jakarta, und es gab keine Beanstandungen."

„Durchaus richtig, fachlich habe ich nichts auszusetzen, aber er hat einen schlechten Einfluss auf unsere Leute. Er scheint ein dicker Freund von einem unserer Mechaniker zu sein, den wir offensichtlich der Sabotage überführten."

„Sabotage! – Ein starkes Wort Mr. Paul. Sind sie sicher?"

„Ja, der Mann heißt Onang und hat damals bewusst die Arbeit von René sabotiert. Der Schaden, der Verlust einer Drahtrolle, ist nicht erheblich, aber nachträglich will er dieses Malheur René in die Schuhe schieben, und Sollberger unterstützt ihn dabei sogar. Ich weiß aber genau, dass das nicht stimmt."

Rudi Ali schüttelte den Kopf. „Hm, so gesehen ist das durchaus unangenehm. Wahrscheinlich ist es das Beste, Sie entlassen den Mann so bald als möglich. Wie sagten Sie? – Onang."

„Ja, das denke ich auch – und den Sollberger gleich mit."

„Na ja", überlegte Pak Rudi und nippte erneut an seinem Tee. „Es wird uns wohl nichts anderes übrig bleiben. Aber die Arbeit in ihrer Firma ist doch noch nicht beendet."

„Schon, die besagte Maschine läuft wieder. Da sind noch fünf weitere, die eine neue Garnitur brauchen, aber im Moment ist das nicht so dringend. Uns wäre geholfen, wenn Sie bei Gelegenheit einen anderen Techniker beordern könnten. Wie gesagt, es eilt aber nicht sehr."

Pak Rudi Ali nickte. „Gut, schicken Sie den Mann morgen zu mir. Es wird sich ein Ausweg finden. – Ach bevor ich vergesse, haben sie Morgen abends etwas vor?"

„Nein..."

„Ausgezeichnet! Sie wissen ja, es ist Chinesisches Neujahr. Wir geben ein kleines Dinner für unseren besten Kunden. Das heißt für Oy Tang Sun und seine Familie. Es würde uns freuen, wenn sie mit ihrer Frau daran teilnehmen könnten. Wir haben einen Tisch im „Queens Garden" reserviert."

Solche chinesische Dinners waren für Paul nicht fremd. Dass aber auch die Frauen dabei waren, unterschied den Anlass von einem eigentlichen Geschäftsessen und kam einer besonderen Ehre teil. Es wäre also äußerst unhöflich, eine solche Einladung abzulehnen. „Sehr gerne, Pak Rudi. Vielen Dank!", antwortete er deshalb geradeaus.

„Gut", bestätigte Pak Rudi und lächelte. „Wir erwarten Sie also um halb acht Uhr im Queens." Er erhob sich und reichte Paul die Hand. „Grüßen Sie ihre Frau Gemahlin! Auf Wiedersehen Pak Paul."

Kurz nach halb acht hielt Pak Adang an der auch abends dicht bevölkerten Straße, an welcher das bekannte chinesische Restaurant „Queens Garden" lag. Aus dem Fond kletterten Paul und Rini. Die letztere hatte über das einfache Sommerkleid eine seidene Jacke gezogen, denn in diesen Lokalen liefen die Klimaanlagen meistens auf Hochtouren. Das Restaurant hatte auch nichts mit einem Garten zu tun, wie man anhand des Namens hätte annehmen können. Nein, es war ein hell erleuchteter Raum mit roter Kassettendecke und reich verzierten Säulen. Rote und grüne chinesische Motive herrschten vor, und überall warfen Spiegel das Licht und die Farben zurück. Große Runde Tische mit einfachen Stühlen aus Stahlrohr war das vorwiegende Mobiliar. In den Ecken und an den Wänden entlang hingen chinesische Lampen mit roten Quasten und feinen Zeichnungen verziert. An den meisten Tischen herrschten schon eifrige Gelage, und der Raum war erfüllt vom Lärm der Gäste, der Kellner und dem klappernden Geschirr.

Pak Rudi Ali und dessen Frau Sue empfingen ihre Gäste an einem großen Tisch in der hinteren Ecke. Den leicht behinderten Sohn kannte man flüchtig. Die Begrüßung war kurz aber herzlich. Umso intensiver wurde mit dem Kellner der Menüplan besprochen. Man war zum Essen hier, und das war das Wichtigste. Besonders dem geistig zurückgebliebenen Jonny schien das so. Dann, als Oy Tang Sun mit seinem Gefolge eintraf, entstand kurz Unruhe. Man kannte sich, aber die Sitzordnung verlangte, dass der Ehrengast so platziert wurde, dass er den Saal überblicken konnte. Es entstand also ein kurzes Gerangel, obwohl eigentlich klar war, wem diese Ehre gehörte.

Für Paul und Rini waren aber doch nicht alle ankommenden Gäste bekannt. Neben Oys Ehefrau erschien deren Sohn Purnaran, welcher eben aus Amerika zurückgekehrt sei. Ein junger Mann um die fünfundzwanzig mit sehr westlichem Auftreten. Er begrüßte denn auch Paul in perfektem Englisch und wurde gleich neben diesen platziert. Man könne sich ja bestens unterhalten. Neben dem jungen Mann nahm Mr. Liem Platz. Er trug ein buntes Hemd, welches lose über die Hose hing. Die junge, scheue Frau daneben schien seine Tochter zu sein. Sie saß schweigend mit gesenktem Blick am Tisch. Seidenes, schwarzes Haar verdeckte ein fein geschnittenes Gesicht. Sie trug ein rotes hoch geschlossenes chinesisches Seidenkleid, welches ihre grazile Gestalt betonte.

Sehr zu Pauls Erstaunen erschien als Letzter sein Freund Hadia, jedoch ohne seine deutsche Frau. Er winkte Paul und Rini verschmitzt zu und fand schräg gegenüber Platz. Seine Anwesenheit war ungewöhnlich und musste wohl mit seinen geschäftlichen Beziehungen zu Pak Rudi zu erklären sein, vielleicht aber auch ganz einfach, damit die Runde komplett wurde. Es saßen nun elf Personen um den Tisch, eine gute Gästezahl. Das Essen konnte beginnen.

„Stäbchen, oder doch lieber Messer und Gabel?", erkundigte sich Purnaran lächelnd. Seine feingliederigen Finger spielten geschickt mit dem chinesischen Essutensil.

„Es geht schon", versicherte Paul. „Wie war Ihr Aufenthalt in den Staaten?"

Das Lächeln ging in ein verstecktes Grinsen über. „War schon toll. Es sind auch viele unserer Landsleute drüben. Da lässt es sich ganz gut leben. – Jetzt bin ich aber wieder hier, und ich gedenke zu bleiben."

Irgendwie erinnerte sich Paul, einmal von Oy gehört zu haben, dass sein Sohn noch immer in den USA zur Schule ginge. Sollte dieser nun tatsächlich das Studium abgeschlossen haben. Eine heikle Frage, die er besser nicht stellte.

„Schön, dass Sie wieder zu Hause sind", meinte er ausweichend.

„Na ja, werde hier wohl gebraucht", entgegnete Purnaran und schob sich eine Garnele in den Mund.

Schräg gegenüber schmatzte Jonny laut und schaufelte sich ungeniert den Rest von der Platte. Dann ging es aber Schlag auf Schlag. Abalone, Kaylan, Huhn mit Nüssen, Beef an scharfer Sauce und der Höhepunkt die Pekingente. Die Drehscheibe in der Mitte wurde hin und her geschoben, und die feinsten Häppchen landeten immer wieder in den Essschalen der Ehrengäste.

Etwas peinlich berührt empfing Paul immer wieder solche Bissen von den Stäbchen des jungen Purnaran. Liem hatte lautstark Bier bestellt und goss ein. Hadia grinste von gegenüber und prostete Paul heimlich zu. Na ja, schwemmte man halt das fremde Essen mit großen Schlucken hinunter. Die drei Frauen am Tisch stocherten im Essen und beteiligten sich kaum an den Gesprächen, welch in lautem Chinesisch quer über den Tisch hallten. Feine Tischmanieren nach westlichem Vorbild waren nicht gefragt, und die Themen waren wohl, gemessen am lauten Gelächter, auch nicht sehr tiefschürfend.

„Mr. Paul, waren Sie schon mal in Los Angeles?", wollte Purnaran wissen.

„Einmal, aber nur kurz auf einer Urlaubsreise."

„Ja, da gibt's ein Chinatown mit allem was man sich wünschen kann. Restaurants, Bars, Nachtclubs, Sie wissen schon." Er fuchtelte mit den Stäbchen und redete laut. „Das kann man sich nicht entgehen lassen, oder?"

„Ich weiß nicht..."

„Schade, dass es nun vorbei ist. – Aber eben, die Pflicht ruft."

Hadia beteiligte sich kaum an den Gesprächen, stocherte in seiner Schüssel und blickte verstohlen zu der zierlichen Gestalt, welche links schräg gegenüber saß. Hinter dem schwarz glänzenden Schleier des Haares, ertappte er einen sekundenschnellen Blick, der ihn unversehens verwirrte. Wer war dieses elfengleiche Wesen, das dort neben dem laute Sprüche klopfenden Liem saß? Hatte er richtig verstanden, war ihr Name Linn, die Tochter des Chinesen? Sie war wirklich eine betörende Erscheinung, gestand sich Hadia, aber rasch wandte er seinen Blick ab und konzentrierte sich auf das Essen. Eben war der Fisch serviert worden, und der war wie immer köstlich. Gedämpft, butterweich und mit feinen Kräutern bedeckt. Die Drehplatte ging hin und her, und alle schnappten sich die besten Happen. Als daraufhin der Reis auf den Tisch kam, war das das Zeichen, dass die Mahlzeit zu Ende war. Wer noch hungrig war, der füllte damit noch den Magen, aber wer war das schon, nach all den vorangegangenen Köstlichkeiten. Oy rülpste auch laut, und irgendwie gaben alle zu verstehen, wir satt und zufrieden man war.

Linn legte die Stäbchen sachte auf den Tisch und hob den Kopf. Im hellen Licht der Restaurantbeleuchtung erschien ihr Gesicht wie eine fein geschnittene perfekte Maske. Sie schenkte dem Gastgeber Rudi Ali ein dankendes Lächeln. Es war wie wenn die Maske plötzlich in sanften Farben und in leuchtendem Goldstaub erstrahlen würde. Hadia durchfuhr der Anblick elektrisierend. Ja, sie war wunderschön. Wie wenn ihm der letzte Brocken im Halse steckengeblieben wäre, würgte ihn der Gedanke, wie es doch wäre, so eine Frau in die Arme zu schließen, um sich gleich zu schelten und festzustellen, dass wohl jeder Mann von solchen Gedanken nicht gefeit sei. Er hatte eine herrliche Frau zu Hause und zwei Kinder, welche er abgöttisch liebte. Eine perfekte Familie, auch wenn Angelika immer ein wenig fremd blieb. Er liebte seine deutsche Frau. Es war verständlich, dass sie an solchen Einladungen wie heute wenig Gefallen fand. Manchmal waren die vulgären Sprüche der Gäste, besonders gegenüber einer fremden Frau, auch wirklich unpassend. Sie fand deshalb meistens, dass sie die Kinder nicht alleine lassen könne, oder noch für die Schule vorarbeiten müsse. Ihre Stelle bei der Deutschen Schule war ihr besonders wichtig, denn sie meinte, den Kontakt zu der deutschen Gemeinde müsse unbedingt gepflegt werden. Als Lehrerin war sie sehr beliebt bei Kindern und bei Eltern. Ihre wache Intelligenz erlaubte ihr auch, die indonesische Sprache innerhalb eines Jahres fast perfekt zu erlernen. Nur die leicht harte Aussprache unterschied sie von den Einheimischen, welche oft mit einer weichen, klangvollen Betonung sprachen.

Angelika, die Tochter einer angesehenen Hamburger Familie, war ihm ohne Zögern nach Indonesien gefolgt und hatte ihn bevor das erste Kind geboren wurde geheiratet.

„Du bist erwachsen und weißt was du tust", meinte die Mutter duldsam, wobei klar wurde, dass sie nach dem frühen Tode ihres Mannes nun nicht auch noch ihre einzige Tochter verlieren wollte. Sie hegte keine Feindseligkeit gegenüber Hadia, dem äußerst höflichen Chinesen, der ihr mit größtem Respekt begegnete. Trotzdem nagten die Zweifel an ihr. „Nach dem Studium wird er zurück in seine Heimat wollen. Bist du sicher, dass du den Rest deines Lebens dort verbringen willst?"

„Mutter, ich hab' dir doch erzählt, dass seine Eltern ein florierendes Geschäft in Bandung betreiben und ich keineswegs irgendwo im Dschungel lande. Außerdem ist Hadia bald mehr Deutscher als wir selber."

„Du hast ja Recht", entgegnete die alte Frau. „Er spricht hervorragend Deutsch, aber dass er Bier trinkt und Würstchen mag, macht ihn noch lange nicht zu einem der Unseren."

„Das ist doch lächerlich!"

„Entschuldige, meine Liebe. Wie unbedacht von mir, er ist ein liebenswerter Mensch, und das zählt ja schlussendlich. – Du liebst ihn doch wirklich?"

„Natürlich, was denkst du denn? Wir sind jetzt schon beinahe ein Jahr zusammen. Meine Studienzeit ist im Sommer zu Ende. Mit meinem Abschluss in Germanistik sollte ich problemlos eine Stelle an der Deutschen Schule in Bandung bekommen. Es ist meine Zukunft, und die will ich leben so wie ich will. – Du kommst uns einfach öfters besuchen."

„Es ist aber so weit weg..."

„Ach wo! Heutzutage springt man einfach ins nächste Flugzeug, und die ganze Welt steht dir offen. Indonesien ist ein herrliches Land, und das Klima ist in Bandung hervorragend. Dort, auf rund

800 Meter über Meer, ist es zwar tropisch, aber trotzdem kühl. Wir werden ein großes Haus haben, mit mehreren Gästezimmern. Du wirst jederzeit willkommen sein."

„Ach Angelika, ich bin nicht mehr die Jüngste. Schon die Reise zu meiner Schwester nach München wird mir manchmal zu viel."

„Ich will aber mit Hadia nach Indonesien. – Es geht um mein Glück."

„Meine Liebe, natürlich geht es um dein Glück. Ich will keineswegs davor stehen. Alles was ich will ist, dass du glücklich wirst."

KAPITEL 13

Hinter der Spinnerei 2 befand sich die firmeneigene Wasseraufbereitungsanlage, welche eigentlich hauptsächlich wegen der geplanten Färberei gebaut wurde. Aber auch für die Klimaanlagen der anderen Betriebe wurde sauberes, enthärtetes Wasser gebraucht. Dies war Pak Pontos Bereich und Paul dachte sich schon, dass er den Mann dort finden würde.

Er brauchte fast zehn Minuten, um vom Büro, an den großen Gebäuden vorbei, dahin zu kommen. Die Sonne brannte auf die staubigen Fahrstraßen. Diese waren breit genug für den Lastwagenverkehr angelegt und mit hartem Kies befestigt. Sie hatten auf beiden Seiten große Gräben, um das Wasser der oft mächtigen Regengüsse aufzufangen. Wasser war eines der größten Probleme hier. Einerseits kamen während der Monsunzeit wahre Fluten vom Himmel, auf der anderen Seite brauchten die Reisfelder auch in der trockenen Zeit genügend Wasser. Das Bewässerungssystem der Bauern war eine ausgeklügelte Angelegenheit von hunderten von kleinen Läufen und Kanälen mit genauer Zuteilung für die einzelnen Felder. Wehe, wenn da einer unerlaubt den Schieber zu seinem Vorteil öffnete. - Und jetzt! Da holten sich die chinesischen Fabriken einfach ungefragt tausende von Litern. Ganz so stimmte das natürlich nicht. Die Firma hatte eine Konzession, um Grundwasser zu pumpen. Bandung liegt in einem großen Kessel zwischen den Hügeln, und in geringer Tiefe darunter befindet sich ein riesiger Grundwassersee. Zur Besänftigung der Landbevölkerung pumpte PT. Indosun das Doppelte des Benötigten hoch und leitete es in die Brunnen und Bewässerungskanäle. Dass der Grundwasserpegel dabei aber stetig sank wurde dabei vernachlässigt. Eine politische Frage wohl, inwieweit der Aufbau einer Wirtschaft auf Kosten der Umwelt betrieben werden soll.

Noch lagen die Reisfelder glänzend, in zartem Grün, dort hinter den Fabrikmauern und erstreckten sich bis an die Abhänge der Ausläufer der Vulkane rund um Bandung. Der Kontrast könnte nicht grösser sein. Vorne fensterlosen Bauten mit glänzenden Blechdächern, staubige neue Straßen und die allesumgebenden Mauern. Hinten und weiter östlich erstreckte sich ein Land, welches sich hunderte von Jahren kaum verändert hatte. Zart und sanft lag es da, wie eine zierliche Sundanesin, und die feinen Halme grüßten wie beim traditionellen Selamat. Einige einsame Palmen ragten schräg über die kunstvollen Dämme wie Puppenspieler des Wayang Golek.

Ein weiteres Problem kreuzte Pauls Gedanken. Des Öfteren hatte er auf Oy eingeredet, dass auch das Abwasser gereinigt werden müsse. Noch war die Färberei nicht in Betrieb, aber es konnte nicht angehen, dass die Brühe einfach in die Bäche geleitet würde. Dort hinten, wo die Mauer beinahe fertiggestellt war, dort gehörte die Kläranlage hin. Die Pläne lagen bereit, nun musste endlich begonnen werden. Er musste mehr Druck machen.

"Selamat Pagi!", begrüßte Paul den stattlichen Mann, welcher eben die Regeneration der Enthärtungsanlage beaufsichtigte. Pak Ponto war etwas grösser als Paul, mit dunkler Hautfarbe, die manchmal fast schwarz schimmerte. Sein Gesicht war zerfurcht, und die schwarzen Haare standen in alle Richtungen. Seit sie die Uniformen eingeführt hatten, trug auch Ponto die khakifarbene Hose und das lindengrüne Hemd mit dem Firmenlogo, ein verschlungenes rotes S. Es stand für Sun, den dritten Namen des Besitzers, aber auch für das englische Wort Sonne. Die Uniform war für viele der Arbeiter und Arbeiterinnen ein wichtiger Bestandteil der Entlohnung, enthob diese sie doch der Sorge um eine anständige Bekleidung. Auch die Mahlzeiten in der Kantine und der Transport gehörten zu diesen Extras.

Zwei Helfer schütteten den Inhalt eines schweren Sackes sorgfältig in einen Trichter. Es war wichtig, dass das Salz nicht versehentlich in das Brauchwasser geriet.

"Selamat Siang", brummte Ponto. Ach so, es war ja fast Mittag. War der Mann vielleicht verärgert?

"Alles in Ordnung, Pak Ponto?"

"Na ja, wenn nur nicht der Liem sich überall einmischen würde. Das Salz brauchen wir einfach", knurrte der Mann. Paul ahnte schon was da kommen sollte. Schon maulte der weiter: "Sparen ist schon richtig, aber dieses Zeug taugt doch nichts, zu viel Dreck drin."

Er hatte ja Recht, aber Paul war nicht deshalb hier. "Schon gut, Pak, ich wollte dich aber etwas anderes fragen."

"Ja?"

Ponto warf den Putzlappen den beiden Arbeitern zu und folgte Paul ein paar Schritte zur Seite.

"Was ist los?"

"Ach, ich weiß auch nicht, aber die Geschichte mit René geht mir nicht aus dem Kopf."

"Klar, war auch ein guter Mann. - Wie geht's ihm denn?"

Paul zögerte. "Ich weiß auch nicht, nichts Neues. Er wurde in die Schweiz überführt, aber ich denke er liegt immer noch im Koma."

"Traurige Sache", brummte Ponto. Dann fragend: "Wie konnte so etwas nur passieren?"

Vorsicht, mahnte sich Paul. Das Geheimnis durfte er nicht preisgeben. Was Hadia und er herausgefunden hatten, das musste unter allen Umständen bewahrt werden.

"Pak Ponto", begann er. "René hatte doch Streit mit diesem Mechaniker, diesem Onang. Weißt du etwas mehr darüber. Was war denn der Grund dazu? Hat der tatsächlich Renés Arbeit gestört?"

"Genau weiß ich das auch nicht, aber man hört so einiges. Dieser Onang ist ein Schwieriger, den sollten wir so schnell als möglich loswerden. Mit dem gibt's noch mehr Ärger. Der hat die Drahtrolle absichtlich versaut."

"Tatsächlich, es war also doch Sabotage!"

"Langsam, langsam, man hört manches, aber ich möchte lieber nichts gesagt haben. Der Kerl ist ein Politischer."
"Ein was...?"
"Ein Politischer, das heißt, der war einmal bei der PDI, das waren die Kommunisten. Die veranstalteten damals in den siebziger Jahren einen Putschversuch, aber Präsident Suharto hat sie gnadenlos verfolgt und viele von ihnen eliminieren lassen. Die Anhänger sind noch heute registriert und geächtet."
"Aber diese Partei gibt es doch auch heute, wenn man den Zeitungen glauben darf. Es ist doch die Demokratische Partei von Indonesien. - Macht in letzter Zeit sogar einige Schlagzeilen. Ja, ich denke schon, dass diese eher sozialistisch geprägt ist."
"So ist es", bestätigte Ponto. "Sie gewinnen wieder an Einfluss, und Suharto ist nicht mehr so sicher im Sattel. Auf jeden Fall sind das nicht nur Sozialisten, sondern auch Nationalisten und Islamisten. Wir sind also besser auf der Hut."
"Ich dachte immer, die gemäßigte Golkar, die Partei des Präsidenten, wäre übermächtig und jeder sei dabei."
Ponto lachte. "Klar, jeder der in seinem Amt gut Geld verdient ist dafür. Dir ist doch klar, dass die Korruption in diesem Land alltäglich ist."
"Das sagst du, ein Landsmann, ein Pribumi?"
"Du vergisst, ich komme aus Ambon, den Molukken. Wir wollten damals unsere Freiheit, wurden aber militärisch besetzt. Außerdem sind wir Christen. Nicht ganz Indonesien ist eine Einheit. Denk nur an Timor-Timur oder an Acheh. Der vielgelobte Pancasila Grundsatz verspricht eigentlich allen die gleichen Rechte, aber in Tat und Wahrheit ist dieses Indonesien eine vorwiegend islamische Diktatur."
Diesem politischen Statement war wenig entgegenzuhalten. Das Schweizer Modell der Demokratie und des Föderalismus mit vier Landessprachen nahm sich im Gegensatz zu den gigantischen Ausmaßen eines indonesischen Staatsgebildes, mit über 200 Millionen Einwohnern, wie eine liebliche Puppenstube aus. Paul schwieg.
Ponto fuhr aber unbeirrt fort: "Paul, du musst dir bewusst werden, dass wir, Christen, die Chinesen und du als Ausländer nicht in

dieses Konzept passen, und wenn die PDI an die Macht kommt, haben wir nichts mehr zu lachen."

"Ja glaubst du denn, dass wir bedroht sind? Ja könnte es sein, dass Onang in diese Richtung arbeitet und Renés Unfall sogar gewollt war?"

"Nichts ist auszuschließen. Im Gegensatz zu den Chinesen seid ihr Ausländer aber eher sorglos und unvorsichtig, ihr glaubt an das Recht wie es bei euch herrscht. Die Chinesen, die wissen nach verschiedenen Pogromen ganz genau, wie zerbrechlich der Frieden ist. Bitte sei auch du vorsichtig."

Paul lachte beklommen. "Aber bitte mein Freund, ich bin mit einer Sundanesin verheiratet, und deren Familie ist sehr freundlich mit mir."

Paul beobachtete die Arbeiter hinten bei der Mauer, wie sie die letzten Steine setzten und Stacheldraht auf der Krone befestigten. Ihm gefiel die Wendung dieses Gespräches überhaupt nicht. Hatte er da tatsächlich seine Situation unterschätzt? Natürlich, er hatte in eine fremde Kultur hinein geheiratet, und fragende Gedanken über die Zukunft hatten sich auch schon, wie unscheinbare Samen, zuhinterst in seinen Kopf verirrt. Sollten diese nun tatsächlich Nahrung bekommen und zu keimen beginnen? - Ach was, das war doch alles Schwarzmalerei!

"Pak Paul, du hast hier eine außergewöhnliche Arbeit geleistet, und ich bin sehr dankbar dabei zu sein. Viele von uns wissen auch ganz genau, dass wir hier viel mitbekommen und lernen, aber dann gibt es natürlich immer Neider und Besserwisser. Viele arbeiten für einen wahren Hungerlohn von ein paar Tausend Rupien, derweil die Chinesen das große Geschäft machen."

Paul wollte auffahren. "Aber ich doch nicht und auch René nicht. Wir helfen doch einfach und geben unser Wissen weiter."

Das Gefühl eines heimlichen Gewissens pochte leise an, und wenn er ehrlich war, so beschlich es ihn immer dann wieder, wenn er an sein eigenes Salär dachte. Gut, das sah ja niemand. Es wurde problemlos über die Bank abgewickelt und ein Teil in die Schweiz überwiesen. Trotzdem es war ein Vielfaches gegenüber den Arbeitern, aber das brauchte er ja auch. Ohne Geld konnte man die Tochter nicht zum Studium nach England schicken, einen Haushalt mit

Bediensteten führen oder ein Auto kaufen. Jedes Jahr reiste man nach Europa oder verbrachte Urlaub in einem schönen Hotel. - Nein, mit 150 Tausend Rupien monatlich war das sicher nicht zu schaffen.

Ponto hieb aber weiter in die Kerbe: "Du bist in der gleichen Situation wie alle Ausländer. Irgendwann übernimmt die Unzufriedenheit, und dann hilft dir auch die sundanesische Familie nicht mehr."

Paul gab sich keine Blöße und versuchte das Gespräch wieder in die ursprünglichen Bahnen zu lenken. "Ist ja gut mein Freund, aber was ist nun wirklich mit René passiert. Wurde er tatsächlich Opfer eines politischen Anschlages?"

Der Mann aus Ambon wand sich offensichtlich. Wie sollte er auch anders. Er würde in Teufels Küche kommen, wenn herauskam, dass er dem Orang Asing, dem Fremden half. Es konnte noch einige Zeit gut gehen, denn das Land war immer noch im Aufbau und brauchte dafür Hilfe, woher auch immer. Sollten aber die aufrührerischen Kräfte an Einfluss gewinnen, dann war nichts mehr sicher. Am besten er würde rechtzeitig seine Rückkehr nach den fernen Molukken ins Auge fassen.

"Pak Paul", fasste er zusammen, "René hatte offensichtlich Probleme mit Onang, unserem Politischen, und der neigt zu Gewalt. Aber war das Ganze nicht einfach ein Unfall? - Wenn nicht, wie um alles in der Welt kann das bewiesen werden - und vor allem wofür soll das gut sein?"

Nein, er durfte dem Mann ihre Feststellungen am Autowrack nicht verraten. Das war er Hadia schuldig. Tatsache war, dass René in etwas Hineingeraten war, dessen Ursache nicht so einfach auf der Hand lag. Waren da wirklich politische Motive dahinter, dann ließen sie um Gottes Willen die Hände davon. Ja, klar, da war ja auch dessen angebliche Ergebenheit zum Islam. Nach Pontos Ausführungen müsste René ja noch besser dastehen als er selber, der sich ausdrücklich gegen diese Staatsreligion gestellt hatte...

Paul verabschiedete sich und strebte der Spinnerei zu. Er betrat den Betrieb durch den Seiteneingang der direkt zu den Carden führte. Der Lärm der Maschinen empfing ihn, aber er registrierte ihn kaum. In Gedanken wanderte er durch die Gänge, grüßte da und dort einen Arbeiter oder eine Spinnerin, welche mit flinken Händen Spulen wechselte. Dort heulten tausende von Spindeln und produzierten in hoher Geschwindigkeit Baumwollgarn. Jedes Mal erfüllte ihn der Anblick der weißen Spulen mit Zufriedenheit. Es war gute Qualität mit hoher Produktivität. Ein nicht unwesentlicher Teil am Aufbau dieses schönen Landes.

Er verließ das Gebäude und eilte zum weiter vorne gelegenen Büro. Eine Idee fraß sich in seine Gedanken. Hier in der Fabrik würde er nicht mehr erfahren. Die Antworten zu Renés Unfall mussten in dessen näheren Umgebung zu finden sein, in seiner Familie vielleicht.

Im Auto auf der Heimfahrt sinnierte er weiter. Wie unsichtbare Schatten streiften die Konturen der Häuser und des Verkehrs vorüber. Pak Adang, der Fahrer, beobachtete ihn besorgt im Rückspiegel. Paul bemerkte es und lächelte zurück, schwieg aber.

Es war praktisch unmöglich, dass er zu Tati und deren Familie fuhr, um Fragen zu stellen. Er würde auf eine Mauer des Schweigens und der Freundlichkeiten stoßen. - Vielleicht konnte Rini...

"Nein, das ist unmöglich!", entfuhr es Rini. "Ich kann doch Tati nicht über ihren Mann ausfragen." Sie war in einen einfachen blauen Rock gekleidet, was ihr ein robustes westliches Aussehen verlieh. Scheinbar hatte sie mit den Angestellten eben die Fenster gereinigt. Sie hinterließ bei Paul den Eindruck eines richtigen Hausmütterchens. - Ach, was sollte das ganze Grübeln, sie stand hundertprozentig auf seiner Seite.

"Aber..."

"Warum willst du dich da einmischen? - Soviel ich weiß stand die Beziehung sowieso auf wackeligen Füssen."

"Ach ja?"

"Ich hörte nur, dass getuschelt wurde, René würde den Islam nicht mehr so richtig ernst nehmen. Tati wollte unbedingt die Pilgerreise nach Mekka machen, aber René sei dagegen."

Paul konnte nicht an sich halten. "Na ja, da hätte ich genauso Einwände."

"Also warum denn eigentlich?" Rini schloss die Fenster zum Garten. "Sie wären dann Hadjis und hätten ein höheres Ansehen."

"Ha!", konterte Paul. "Was soll das? Nur weil sie dort sieben Mal um dieses schwarze Ding laufen und Steine an eine Säule werfen, soll das hohes Ansehen bringen? - Dabei kommen jedes Jahr Tausende in dem Gerangel um, und das Ganze kostet dazu noch ein Heidengeld. Vermutlich hätte René auch noch die ganzen Tanten mitnehmen müssen."

Das Lächeln war aus ihrem Gesicht verschwunden. Jetzt hatte er einfach übertrieben, schalt sich Paul. Aber das ganze Theater jedes Jahr, auch dieser Monat Ramadan, das ging einfach über jegliche Vernunft.

"Du verstehst das nicht", entgegnete Rini ruhig. "Für uns sind diese Rituale wichtig. Ihr feiert ja auch Weihnachten. Außerdem hätten die Kosten den René sicher nicht umgebracht."

"Ja, aber dieser Anschlag, der hätte!", entgegnete Paul bitter. "Hat er vielleicht sogar. Wir haben immer noch keine Nachricht wie's ihm geht."

"Paul, ich verstehe ja deine Sorgen. Es ist auch nicht so, dass ich das Benehmen von Tati gut heiße. Sie hat ihn einfach im Stich gelassen. Das Kind und die Familie waren ihr wichtiger."

Paul brummte: "Ja, und sie sich selber genauso. Blitzschnell ein neues Auto schien ja ebenso wichtig, so wie ich gehört habe."

Das Letztere hatte ihm Pak Adang verraten. Woher der das wusste, war genauso ein Rätsel. Überhaupt, die ganze Geschichte war ein undurchsichtiger Nebel mit so vielen Fragen und keinen Antworten geworden. Hatte sich René vielleicht auch bei den Gläubigen Feinde geschaffen? Dass Islamisten nicht zimperlich waren war ja allgemein bekannt.

"Liebling, lass gut sein", flüsterte Rini dicht vor ihm. "Wir können nicht immer alles wissen. Das Schicksal ist nicht steuerbar, und wir müssen nehmen was es uns bereitet."

Eine gute Woche später kam die traurige Nachricht, René war aus dem Koma nicht mehr aufgewacht und war an einer Lungenentzündung im Universitätsspital Zürich verstorben. Nochmals türmten sich die Fragen vor Paul auf, wie eine Barriere dunkler Berge die unüberwindbar waren. Wie konnte das Leben eines jungen Menschen so einfach enden. Ein Mann, der voller Zuversicht an das Gute geglaubt hatte, selbst Schranken der Kulturen, der Religionen überwand, seine Arbeit und seine Familie über alles liebte und dann einfach so sang- und klanglos von der Bildfläche verschwand. Niemand schien es zu kümmern, das tägliche Leben ging weiter, so wie Gott oder Allah es wollten.

Der Fatalismus und die Verschlossenheit hinter einer freundlich lächelnden Fassade waren in diesem Land Tatsachen. Seit einiger Zeit zeichneten sich aber immer mehr unterschwellige extreme Strömungen ab, die zu denken gaben.

KAPITEL 14

Es waren anstrengende und wirre Monate vergangen, als an einem Sonntagvormittag, kurz vor Weihnachten, Gäste gemeldet wurden.

Bibi eilte zurück in den Vorraum, um Tee und Gebäck zu servieren und die Männer um einen Moment Geduld zu bitten, bis sie der Tuan empfangen könne.

Paul und Rini gingen gemeinsam nach vorne, um die drei zu begrüßen. Der erste war in khakifarbener Uniform gekleidet, mit Abzeichen, welche für Paul keinen Sinn machten. Das Hemd spannte sich leicht über seinen Bauchansatz, und die Manschetten der Ärmel standen offen, wie wenn die Konfektionsgröße um eine Nummer zu klein gewählt worden wäre. Er blickte den Eintretenden prüfend entgegen. Die beiden andern waren Zivilisten, stämmige große Männer in dunkler westlicher Kleidung, in Hose und Hemd. Ihre Mienen wirkten undurchdringlich und unbeteiligt.

Ganz kurz erhoben sich die Gäste zum traditionellen Gruß. Ohne die sonst üblichen Floskeln ließen sie sich wieder nieder, und der Uniformierte begann: "Mein Name ist Sukajono, ich bin Leiter der Immigrationsbehörde Daerah Bandung." Er hielt inne, wie wenn er der Aussage mehr Gewicht geben wollte.

"Semuhun...", begann Rini im ihrem weichen Sundanesisch. „Ja..., wir hoffen, dass alles in Ordnung ist, und dass Sie nicht unnötig den Weg zu uns gemacht haben."

"Bitte Ibu, sprechen wir besser in unserer Landessprache. - Wir nehmen doch an, dass der Tuan die versteht?" Ohne abzuwarten fuhr er fort: "Es ist eigentlich eine bloße Formalität, wir müssen überprüfen, ob die Aufenthaltsbewilligung des Herrn Paul Wiederkehr seine Richtigkeit hat. Dürfte ich sie deshalb um ihre Pässe bitten."

"Natürlich", sagte Paul und nickte Rini zu. "Würdest du schnell..."

Während Rini nach hinten verschwand, überlegte Paul verzweifelt, warum diese Kerle ausgerechnet am Sonntag hier auftauchten. Eigentlich müsste er sie doch um eine Legitimation, um ihre Ausweise, bitten. Das war doch nicht normal, üblicherweise wurde man doch für so etwas zur Behördenstelle gerufen.

"Ich verstehe nicht ganz", begann er. "Normalerweise wird diese Angelegenheit doch von der Firma betreut, und die Unterlagen, auch die der Arbeitsbewilligung, liegen doch dort..."

Mit einem schiefen Lächeln unterbrach ihn Sukajono: "Aber natürlich Pak, es ist ja auch nur eine routinemäßige Überprüfung. Wir sind überzeugt, dass alles seine Richtigkeit hat."

Na ja, wenn sich das so verhielt, - aber warum kreuzte der dann mit einer halben Schwadron hier auf. Ein Anruf bei Indosun hätte doch genügt. - Hatten die vielleicht etwas vergessen. Vielleicht war das notwendige Geld nicht in die richtigen Kanäle geflossen. Man wusste ja, dass zwischen den chinesischen Unternehmern und den Behörden alles gut geschmiert werden musste. Das war aber nicht sein Problem, da hielt er sich besser draus. Der Kleber im Reisepass mit dem KIM'S war mit einem Datum im Juni nächsten Jahres versehen. Die Aufenthaltsbewilligung war also keineswegs abgelaufen. Diese Situation war völlig rätselhaft.

Der Beamte hatte sich bequem zurückgelehnt und trommelte mit den Fingern der rechten Hand gegen die Lehne. Seine Sekundanten verharrten wie erstarrt. Hinten im Hause hörte man ein geschäftiges Klappern. Vermutlich waren die Vorbereitungen zu Mittagessen im vollen Gange. Wo blieb denn Rini?

Endlich kam sie zurück. In den Händen hielt sie drei Dokumente, zwei rote und ein grünes.

"Bitte", sagte Rini und übergab die Pässe dem Mann. "Bitte entschuldigen Sie die Verzögerung, Bibi brauchte ein paar Anweisungen in der Küche. - Möchten Sie noch etwas Tee?"

"Danke", entgegnete Sukajono, ohne weiter darauf einzugehen. Er studierte kurz den indonesischen Pass und legte diesen bald zur Seite. Pauls Dokument durchblätterte er eingehend, las die vielen Einträge und die eingeklebte Aufenthaltsbewilligung. Nervös dachte Paul, dass er doch besser einen neuen Pass bei der Schweizer Botschaft beantragen sollte. Der da in den Händen des Beamten war tatsächlich fast bis auf die letzte Seite voll.

"Hm, ja, Sie sind ja schon einige Jahre hier."

Was sollte das? Es stand doch alles dort im Pass. Paul zögerte. "Ja, es sind inzwischen wohl fast zehn Jahre."

"Sie sprechen unsere Sprache gut. Sind ja schon beinahe ein Orang Sunda."

"Es geht so, Pak. Ich habe eine vorzügliche Lehrerin."

"Sicher, und die Sundanesinnen sind auch sehr schön. Da wo ich herkomme, in Central-Java natürlich auch, aber ich sehe schon..."

Du meine Güte, was sollte dieses Geplänkel jetzt? Komm zur Sache, Mann!

Dann nahm er den dritten Pass und hielt ihn in die Höhe. "Ibu ist Schweizerin?"

Rini lächelte. "Nein, eigentlich nicht. Ich bin doch eine waschechte Pribumi, geboren in Bandung. Das steht ja auch in meinem Pass."

"Aber in dem da nicht!"

Nun fühlte Paul, dass er eingreifen musste. "Pak Sukajono, meine Frau ist natürlich Indonesierin geblieben. Es ist einfach so, dass bei der Heirat, und die haben wir ganz offiziell auf dem Zivilstandsamt gemacht und in der Schweiz registriert, sie automatisch das Schweizerbürgerrecht bekommen hat. Heute ist das nicht mehr so, die Gesetze wurden geändert, aber erst seit dem letzten Jahr."

"Ich verstehe", meinte Sukajono. "Es ist einfach so, dass die Republik Indonesia kein Doppelbürgerrecht kennt. Ibu, sie müssten den Schweizerpass zurückgeben."

"Ja, das könnte sie", ereiferte sich Paul. "Es ist aber so, dass ein Schweizer sein Bürgerrecht nie verlieren kann. - Er hat es praktisch lebenslänglich."

"Aber dann müssten wir sie ja als Ausländerin behandeln!"

"So ein Blödsinn!" Paul verstand die Welt nicht mehr. "Was die Schweiz für ihre Bürger tut, geht Sie doch überhaupt nichts an."

Rini versuchte ihn zu bremsen. "Paul, bitte, wir werden schon einen Weg finden, diese Angelegenheit zu lösen. Man muss doch einsehen, dass ich immer noch braun bin, schwarze Haare habe, und dass meine Eltern Indonesier sind."

"Sehr gut Ibu, wir wollen nichts überstürzen", sagte Sukajono. "Ich werde diese Dokumente vorerst einbehalten und den Sachverhalt sorgfältig abklären, insbesonders auch die außergewöhnlich lange Dauer Pak Pauls Aufenthaltsbewilligung." Damit wandte er sich an seine Begleiter: "Saudara, ich denke wir wollen nicht länger stören. Der Tuan und die Ibu haben sicher noch anderes vor."

Bleich und mit ernster Miene verabschiedete Paul die Besucher und verschwand hinten im Schlafzimmer. Er schaltete die Klimaanlage ein und warf sich aufs Bett. Die ganze unmögliche Sache zerrte an seinen Nerven, wie ein Schwarm aufsässiger Mücken. Waren die denn völlig übergeschnappt? Ja wollten sie ihre eigenen Landsleute vertreiben? Ja, es schien sogar, dass sich die Lage immer mehr zuspitzte. Seit die PDI vor allem in Jakarta demonstrierte wurden die nationalistischen Strömungen immer deutlicher. - Und die westliche Welt beklatschte diese Bewegungen auch noch. Klar, unter Suharto war das hier keine Demokratie, aber trotzdem hatte der Frieden über Jahrzehnte gehalten. Wachstum und ein bescheidenes Wohlergehen waren nicht zu leugnen. Hungernde Leute oder Bettler waren in diesem Lande kaum zu sehen. Rund 75 Prozent des Staatsbudgets wurde durch die Einnahmen vom indonesischen Erdöl bestritten. Steuern gab es für die arbeitende Bevölkerung praktisch nicht. Die Korruption war aber tatsächlich ein Krebsgeschwür auf allen Ebenen. Ob sich aber die Bevölkerung durch mehr Demokratie davon abhalten ließ, war keineswegs sicher. Es wären einfach andere

Nutznießer am Zuge, so wie dieser Sukajono, dieser Spitzbube. Es war ja offensichtlich auf was die Geschichte da hinauslief. Sollte das nun ihre Zukunft sein?

Zum ersten Mal tauchten in Paul leise Zweifel an ihrer Zukunft in diesem Lande auf. Die Vorstellung, dass es einfach so weitergehen würde und sie hier einen geruhsamen Lebensabend verbringen könnten, kam ins Wanken. Wie das leise Surren der Klimaanlage mit dem Ausfall von Strom ersterben musste, so war dieses Leben hier keineswegs gesichert. Noch surrte es aber einlullend...

Plötzlich schreckte er hoch. Fuhren da schon die ganzen Panzer auf? - Mein Gott, er hatte geträumt. Sein Herz raste, er fror.

Das Geräusch ebbte ab, und Paul erkannte die vorbeifahrenden Motorräder. Ein paar Jugendliche machten sich einen Spaß daraus donnernd durch die Straße zu jagen. Während er versuchte die Bilder seines Traumes einzufangen, entdeckte er Rini neben sich in eine Decke gekuschelt. Wie Nebelfetzen verflogen die Bilder. Waren da nicht wild schreiende Horden...

Auch Rini blinzelte nun verschlafen. "Was war das?"

"Ach nichts!" antwortete er erschlagen. Er musste die Klimaanlage ausschalten. Wie immer wurde es viel zu kalt. Während er die Fernbedienung suchte, erinnerte er sich an den heutigen Besuch.

"Wieviel Uhr ist es denn?" fragte er unnötigerweise, denn seine Armbanduhr zeigte auf Halbzwei.

Inzwischen schälte sich Rini aus der Decke und zog Paul zu sich aufs Bett. "Komm, bleib etwas. Heute ist doch dein freier Tag."

Ja, der zierliche Frauenkörper lockte schon, aber Paul war in einer nervösen Stimmung und entzog sich den weichen Händen. "Ich hab keine Lust", brummte er kurz. "Das war aber auch sublöd vorhin."

"Wie meinst du das?"

"Die Geschichte mit den Pässen", konterte er. "Musstest du wirklich deinen Schweizerpass zeigen?"

"Wieso?"

"Weil... Das hat den Kerl ja erst auf die Idee gebracht, das mit der Doppelbürgerschaft. Der hätte doch gar nichts gemerkt."

"Ach so, nun ist alles meine Schuld. - Wieso hast nicht du die Pässe geholt? Ich wollte doch immer Indonesierin bleiben, das war doch von Anfang an klar. Außerdem, da hat uns doch jemand gemeldet. Von sich aus kommt doch keiner so vorbei und erkundigt sich über unsere Verhältnisse."

Solche Gedanken waren Paul natürlich auch schon gekommen, aber das war doch Unsinn. Wer hätte denn Grund, sie in Schwierigkeiten zu bringen. Na ja, in der Firma mischte sich der Sohn des Oy öfters ein und tuschelte mit dem undurchsichtigen Liem. Das waren aber Chinesen, und die würden sich hüten bei der Fremdenpolizei vorstellig zu werden. Außerdem man brauchte ihn dort draußen im Betrieb je länger je mehr. Die Weberei musste organisiert werden, es gab Schwierigkeiten mit diesen japanischen Maschinen und die Kläranlage lief auch noch nicht.

Laut sagte er: "Ich werde in der Firma mit Oy darüber sprechen. Da findet sich sicher eine Lösung. - Könnte natürlich etwas kosten."

"Paul, lass uns das genau überlegen. Was glaubst du wie lange würde das halten? Die Politik kann sich ändern, und deine Firma wird dich auch nicht ewig beschützen können."

Paul setzte sich auf den Bettrand. "Das ist wohl so", meinte er. "Mein KIM'S läuft im Juni aus, und dann geht das Theater wieder von vorne los, auch wenn es diesmal nochmals gut gehen sollte. Irgendwann ist es vorbei, und dann können wir nur noch Leine ziehen."

"Wo willst du dann hin?"

"Was weiß ich, zurück nach Europa, in die Schweiz, nach Hause."

"Und ich?"

"Du kommst natürlich mit. Welche Frage, du bist meine Frau und gehörst zu mir."

"Dort bin ich aber eine Fremde", entgegnete Rini kleinlaut.

"Ach wo! Du bist Schweizerin genauso wie ich. Europa steht uns offen, auch dir."

Es entstand eine Pause in der Paul beklommen fühlte, dass das Gesagte nicht uneingeschränkt mit der Wirklichkeit übereinstimmte. Aber was sollte er tun. War ihre wunderbare Idylle geplatzt wie eine farbig schillernde Seifenblase? - Und warum hatte Rini Angst vor der Vorstellung mit ihm nach Hause zu fahren. Es waren wunderschöne, gute Jahre gewesen, auch finanziell durchaus zufriedenstellend, aber ein Ende schien sich abzuzeichnen.

"Ach Paul", begann Rini. "Ich denke wir finden schon noch eine Lösung. Du brauchst einfach ein KIM, nicht die vorübergehende, sondern die permanente Aufenthaltsbewilligung. Du bist schon zehn Jahre hier, sprichst die Sprache und bist mit einer Sundanesin verheiratet. Arm sind wir ja auch nicht. Das sollte doch eigentlich reichen."

"Du meinst wir könnten privat ein KIM beantragen?"

"Warum nicht? - Und ich weiß auch schon wer uns da helfen kann. Pak Ramon kennt doch einen Minister in Jakarta."

Rinis Augen leuchteten zuversichtlich. "Ach wer weiß, vielleicht wirst du sogar eingebürgert, und dann kann uns niemand mehr vertreiben."

Paul grinste ob dieser Vorstellung. "Ach, ich bin dann ein Indonesier und du wirst ausgewiesen."

Nun lachte auch Rini. "Das mit dem roten Pass ist doch eine Bagatelle. Notfalls verbrenn ich den öffentlich..."

Diese Vorstellung brachte Paul wieder zurück auf den Erdboden. Also, das war ja das reinste Sakrileg. Den Schweizerpass konnte man nicht einfach so mir nichts dir nichts verbrennen. Einem Schweizer zerriss es bei dieser Vorstellung das Herz.

Gleich am Montagmorgen betrat Paul das Büro des Besitzers. Er hatte eine unruhige Nacht hinter sich, war früh aufgebrochen und hatte Pak Adang angewiesen, ihn zur Jalan Subroto zu fahren. Dort befand sich das Hauptbüro der Firma, und es war allgemein bekannt, dass Oy Tang Sun immer früh im Büro anzutreffen war. Selbst zu dieser frühen Stunde musste sich das Auto durch den dichten Verkehr quälen. Die Rufe der Bejakfahrer drangen ins Innere, und überfüllte Busse bahnten sich ihren Weg rücksichtslos durch das Gewühl. Alle schienen mit dem gleichen Ziel unterwegs, nur so schnell als möglich diesen neuen Tag zu beginnen.

Oy begrüßte ihn in bester Laune. "Ah, Mr. Paul, schön Sie so früh am Morgen zu begrüßen."

"Good Morning Sir!" erwiderte Paul, wohlwissend, dass Oy sich gerne in Englisch anreden ließ. Das gab dem kleinen Mann scheinbar einen Hauch von Wichtigkeit. Dieser hatte das aber überhaupt nicht notwendig, denn Paul schätzte den Besitzer des kleinen Imperiums sehr. Er war nicht nur bescheiden und höflich, sondern auch sehr intelligent und aktiv. Auf sein Wort war Verlass.

An diesem Vormittag trug Oy ein buntes Batikhemd, was darauf schließen ließ, dass er sich mit indonesischen Persönlichkeiten zu treffen gedachte.

"Ja, Pak Paul, was kann ich für Sie tun?", fragte er sofort. "Im Betrieb läuft doch alles bestens."

"Natürlich", antwortete Paul. "Die Produktion ist wie immer, und die Auslieferungen pünktlich. Es ist eine Freude alles immer weiter wachsen zu sehen. Na ja, auch die Weberei wird in Ordnung kommen."

So ging das Geplänkel hin und her, eine Bürohilfe brachte Tee, bis dann Paul endlich zum eigentlichen Grund seines Besuches kam. "Ich bin heute zu ihnen gekommen, da wir gestern einen unerwarteten Besuch hatten. Ein Beamter der Fremdenpolizei sprach bei uns vor."

Oy Tang Sun grinste schelmisch und rieb sich die Hände. "Na, was wollte der wohl!"

"Ganz so einfach war das nicht", fuhr Paul fort. "Der wollte unsere Reisepässe sehen und hat sie auch gleich eingezogen. Angeblich soll mein KIM'S überprüft werden und der Status meiner Frau gab zu reden."

"Ach machen Sie sich nur keine Sorgen", beschwichtigte Oy. "Ich kenne den Kepala Imigrasi gut, und das ist im Handumdrehen erledigt."

Paul musste nun seinerseits ein Lachen unterdrücken. Der Vergleich mit dem Handumdrehen und einem substantiellen Bakschisch war geradezu greifbar. So schnell war das also erledigt, und er hatte die ganze Nacht gegrübelt wie sie sich aus dieser Situation wieder befreien könnten.

"Dann bin ich beruhigt und danke sehr. Dachten wir schon, die wollen uns aus dem Land jagen."

"So schnell geht das nicht, Pak Paul, auch wenn wir uns vorsehen müssen. Die Einheimischen sind in letzter Zeit wieder richtig aufsässig, aber wir passen schon auf."

Was meinte er mit Einheimischen? Seine Rini war doch auch Indonesierin und Oy, wenn man das objektiv betrachtete, ja ebenfalls. Obwohl, er war natürlich ein Chinese. - Na ja, die Politik schien in letzter Zeit etwas aus dem Ruder zu laufen, die beunruhigenden Demonstrationen in Jakarta rissen nicht ab und waren sogar auf Surabaya übergeschwappt. Die Chinesen wurden nervös. Das war nur verständlich.

"Sie haben sicher bemerkt, dass wir in der Firma wieder vermehrt unsere Leute einsetzen", fuhr Oy fort. "Auch unsere Fahrer müssen wir vorsichtiger auswählen, denn da auf den Straßen sind wir besonders gefährdet."

Es war Paul durchaus aufgefallen, dass der Liem Verstärkung bekommen hatte, und auch der Sohn Purnaran mischte sich zusehends ein. Nicht dass der mit Sachkenntnis und Erfahrung überzeugen würde, aber er hatte Einfluss, nicht zuletzt über seine Mutter. Die Letztere tauchte seit einiger Zeit immer häufiger auf und erließ Befehle, denen sich niemand zu widersetzen getraute, nicht einmal ihr Mann. Sie stellte die Büroeinrichtung um, nach dem Prinzip des Feng Shui, oder die roten Palmen neben dem Eingang mussten durch gelbe ersetzt werden, weil nur diese Glück und Erfolg versprechen würden. All das hatte natürlich mit dem eigentlichen Betrieb nichts zu tun, aber trotzdem war offensichtlich, dass die Chinesen mehr Kontrolle übernehmen wollten.

"Ja glauben Sie denn, dass es noch schlimmer kommen könnte?", erkundigte sich Paul.

"Das kann schon sein", erwiderte Oy zögernd. "Sie haben ja selber erlebt, wie schnell jemand verschwinden kann."

Nun war Paul hellwach. "Sie meinen René Gasser?"

"Na ja, so ganz wissen wir ja nicht, wie das damals passiert ist. Vielleicht war's einfach ein unglücklicher Zufall."

"Ha! Es war Mord!" Pauls Gedanken überschlugen sich. Was wussten die Chinesen über Renés Tod?

"Wie bitte?" Oy erhob sich und starrte ihn an. "Wer behauptet so etwas?"

Jetzt war alles egal. Paul konnte einfach nicht länger schweigen. Er erzählte dem kleinen Mann die ganze Geschichte, wie er und Hadia der Sache nachgegangen waren und schlussendlich die Beweise fanden, dass bei dem Unfall nachgeholfen worden war. Er kam auch auf die merkwürdige Rolle der Ehefrau Tati zu sprechen, welche keineswegs in Trauer versunken war, sondern aus dem tragischen Ereignis ein durchaus komfortables Leben ergattert hatte. Seit Monaten stank die Angelegenheit zum Himmel.

Oy hatte sich wieder in seinen Sessel sinken lassen und hörte aufmerksam zu. Das undurchdringliche chinesische Gesicht zeigte keine Regung. Es war, wie wenn der Tod eines Menschen eine Geschichte wäre wie jede andere auch.

Als Paul geendet hatte, beugte sich Oy vor. "Ich kenne Pak Hadia, er ist Chinese, und er wird sicher nichts weiter erzählen. Ich rate auch ihnen Pak Paul dringend, niemandem von dem etwas anzuvertrauen. Weiß ihre Frau Bescheid?"

"Ja, klar!", entfuhr es Paul. "Warum sollte sie nicht?"

"Ist schon in Ordnung. Ich denke, da haben wir nichts zu befürchten."

Paul kam ein Gedanke. "Wissen Sie vielleicht mehr über den Hintergrund dieser Ereignisse?"

Seinen eigenen Ratschlägen folgend sagte der Mann zögernd: "Ach, man macht sich so seine Gedanken, aber Konkretes weiß ich auch nicht. Bei den Einheimischen sind Politik, Religion und Korruption nahe beisammen. Irgendjemand hat sich wohl einen Vorteil daraus erhofft und nicht gezögert. - Fragen Sie doch einmal Pak Rudi, der weiß da vielleicht mehr. In seiner Position als Handelsvertreter hat er sehr viele nützliche Verbindungen. - Aber wie gesagt, seien Sie vorsichtig."

Als ihn der Fahrer etwas später im Auto Richtung Rancaekek zum Betrieb fuhr, grübelte Paul über das Gespräch mit Oy nach. Waren die Chinesen nicht schon beinahe paranoid? - Oder hatte sich die Lage tatsächlich so zugespitzt? - Ja, wem konnte man denn eigentlich noch trauen. Sogar seiner eigenen Frau sollte man besser nicht zu viel erzählen. Dem Fahrer, Pak Adang, ja konnte man ihm vertrauen? Selbst Oy hatte ihm nicht alles erzählt, das spürte man einfach. Wie verhielt der sich gegenüber seiner Frau? Na ja, sie war Chinesin, und die Familie war für sie heilig. Trotzdem war es ganz offensichtlich, dass auch da nicht alles harmonisch ablief. Der reiche Fabrikbesitzer schien zu Hause recht untertänig, wenn er aber auf Geschäftsreise war, dann gehörten üppige Dinners und hübsche Damen immer zum Bild. Man sprach unter Männern sogar ganz offen davon, dass man nach Taiwan zum Vergnügen fahre.

Irgendwie war er zwischen die verschiedensten Lebensweisen und Kulturen geraten und verstand alles immer weniger. Indonesier, Sundanesen, Chinesen, Christen, Mohammedaner und Europäer. Es fehlten nur noch die Japaner. Waren denn seine eigenen Ansichten über Ehrlichkeit, Vertrauen und Standhaftigkeit hier nicht vereinbar? Es blieb ihm nichts anderes übrig als weiterzumachen und auch bei Pak Rudi Ali nochmals nachzuhaken.

KAPITEL 15

"Frohe Weihnachten!", so begrüßte Pak Rudi Ali, Paul am frühen Nachmittag. "Kommen Sie, setzten wir uns da nebenan. - Tee? Oder doch lieber Kaffee?"
Rudi Ali führte Paul in den Teil des Gebäudes, welches er mit seiner Familie bewohnte. Im Gegensatz zum Büro, war dieser Raum gemütlich eingerichtet. Da befand sich eine komfortable Sitzgruppe aus hellem Rattan, mit weißen Kissen. Große Fenster gaben den Blick in einen üppigen Garten frei. Hibiskus, Frangipani, Jasmin, verschiedene Farne, wild wuchernder Bambus und Palmen in großen Töpfen gruppierten sich um einen kleinen Teich mit Lotusblumen.
"Oh!", entfuhr es Paul. "Das ist ja wunderschön hier."
Pak Rudi lächelte und deutete auf die Sitzgruppe. "Bitte, nehmen Sie doch Platz. Ich will nur schnell meiner Frau Bescheid geben. - Kaffee - ja?"
Paul nickte und ließ sich nieder. An der gegenüberliegenden Wand befand sich ein einzelnes Bild. Die drei Tiger konnten eigentlich nur von Rolf Knie sein. Die Tiere schienen unruhig, ohne Ziel umherzuwandern, wie wenn sie überlegen würden, wie es weitergehen sollte.

Kurze Zeit darauf kehrte der chinesische Hausherr mit seiner Frau zurück. Paul begrüßte die feingliedrige Dame höflich und erkundigte sich nach dem Wohlergehen. Erneut realisierte er, dass Pak Rudis Gattin tatsächlich eine echte Indonesierin und keine Chinesin war.

Sie bestätigte dieses auch gleich mit einem höflichen: "Selamat Siang Pak Paul."

Nachdem der Kaffee serviert war, und auch ein Teller mit Gebäck auf dem Tischchen stand, empfahl sich die Dame mit einem leichten Kopfnicken und verschwand nach hinten. Paul hatte aber immer noch das eindrückliche Tigerbild vor Augen. "Sie haben da einen Rolf Knie, Pak Rudi. Sie kennen den Künstler?"

"Ach das. Das habe ich in Zürich erworben. Na ja, den Künstler kenne ich natürlich nur dem Namen nach. Ich weiß, dass er aus einer Artistenfamilie stammt und sich mit allerlei versucht hat."

"So ist es", bestätigte Paul. "Der Familie Knie gehört der gleichnamige Schweizer Nationalzirkus. Die Bilder sind bei uns gut bekannt. Es gefällt mir sehr."

"Ja, gut, es hat mich auch beeindruckt. Eigentlich wollte ich es für das Besprechungszimmer, aber irgendwie passte es da dann doch nicht hin. Die Tiger erinnern mich zu sehr an unsere Kunden. Sie schleichen auf samten Pfoten herum, anmutig und doch lauernd. Ihr Fell ist seidenweich glänzend, dass man es vertraulich streicheln möchte. Und doch ist man nie ganz sicher, ob sie uns nicht doch gefährlich werden."

"Erstaunlich", bestätigte Paul. "Tatsächlich kann man diesen Eindruck bekommen. - Was mich jetzt eigentlich zum Grund meines Besuches führt. Ich hoffe sehr, dass ich nicht zu ungelegen gekommen bin."

"Ach wo! Sie sind uns doch immer willkommen", entgegnete Pak Rudi höflich. "Ja, warum haben Sie nicht auch ihre Frau mitgebracht? Es ist doch Weihnachten."

Na ja, gestern war Heiliger Tag, aber was sollte das ganze Theater? Es waren doch praktisch alle Muslime - ja gut, ein paar Chinesen natürlich nicht, aber warum waren denn die Geschäfte voller Weihnachtskram?

Laut sagte er: "Meine Frau ist zu ihrer Mutter gefahren. Ich denke aber wir besprechen alles zuerst mal unter uns."

"Sie machen mich richtig neugierig."

"Es geht um René, ja, um René Gasser, den Servicemann von Karaht."

"Ach, den armen Pak René. Er ist vor ein paar Wochen verstorben, leider..."

"Genau, es lässt mir keine Ruhe. Wir haben bis heute niemandem etwas erzählt, aber jetzt sagt Oy Tang Sun, Sie wüssten mehr über den unerwarteten Tod meines Freundes."

Pak Rudi zeigte sich erschrocken. "Wie kommt der auf so etwas?"

"Nun, wir haben festgestellt, dass René leider nicht selber verunfallt ist, sondern dass jemand nachgeholfen hat."

"Wie das? Sie sprechen von Mord! Das ist eine ungeheuerliche Aussage. - Sind Sie sicher?"

Paul erklärte es ihm und endete: "Es ist bewiesen, dass am Auto manipuliert wurde und René den Unfall nicht selber verursacht hat. Leider haben wir keine Ahnung wer da dahinter steckt."

Pak Rudi schwieg eine ganze Weile. Im Gesicht des Chinesen arbeitete es, aber ob er mehr wusste, war nicht zu erkennen. Schließlich beugte er sich vor, griff zur Tasse und trank den Rest des Kaffees. Eigentlich musste der längst kalt geworden sein, aber das schien ihm Zeit zu geben, seine Gedanken zu ordnen.

Leise klirrend stellte er die Tasse zurück und sagte zögernd: "Paul, ich kann das alles kaum glauben."

Es war das erste Mal, dass er diese direkte Anrede ohne das förmliche Pak gebrauchte. "Es geschehen in diesem Land schon die merkwürdigsten Sachen", fuhr er fort. "Ich müsste jetzt eigentlich fragen, warum ihr nicht sofort zur Polizei gegangen seid, doch das war wahrscheinlich besser so. Du und Hadia wäret in Teufels Küche geraten."

"Genau das dachten wir auch, Pak Rudi."

"Nun nenn mich doch einfach Rudi", korrigierte der Chinese. "Es ist ja so, dass wir hier eine Minderheit darstellen, die zusammenhalten muss."

Etwas ungewöhnlich war das schon, war er doch als Chinese genau so verschieden von Paul, wie sie beide von den Einheimischen.

"Also, von den lokalen Behörden ist da wohl keine Hilfe zu erwarten", überlegte Rudi. "Aber ich denke ich weiß, wer sich damals im Hotel Panghegar mit René getroffen hat."

"Sie... du weißt wer das war?", fuhr Paul auf. "Wir konnten uns einfach nicht vorstellen, warum René an jenem Abend zu diesem Hotel fuhr. - Und wer war das?"

"Ich denke es war dieser Sollberger."

"Was... wer... der...?"

"Ja, da bin ich mir ziemlich sicher. Pak René war nämlich ein paar Tage vorher bei mir und hat nach diesem, seinem Kollegen, gefragt. Er wollte wissen, ob er wirklich nach Bandung kommen würde und wenn ja, zu welcher Firma. - Ich dachte damals, das sei reine Neugier eines Freundes, der wissen wollte, ob er diesen bald sehen würde. Ich konnte René auch keineswegs bestätigen, dass Sollberger zu einer Firma nach Bandung beordert worden sei. Da war nichts dergleichen geplant. Erst nach dieser dummen Geschichte bei Indosun kam mir der Gedanke, dass Sollberger René vielleicht aus seiner Position drängen wollte."

"Ist ihm auch vortrefflich gelungen", knurrte Paul.

"Halt, Vorsicht! Wir können diesem Sollberger, wie hieß der noch mit ganzem Namen? - Ah, Hans Sollberger. Wir können ihn nicht gleich des Mordes bezichtigen. Die Aktion ist ihm nämlich völlig misslungen. Nach den Ereignissen bei euch redete ich mit dem Leiter unserer Niederlassung in Jakarta. Pak Minder bestätigte, dass das ein schwieriger Mensch sei, und dass er dafür sorgen würde, dass dieser aus Indonesien abgezogen würde. Der ist also längst weg und hätte mit so einer Aktion absolut keinen Erfolg gehabt."

"Ist auch gut so", brummte Paul. "Das heißt aber immer noch nicht, dass er da bei René nicht seine Hände im Spiel hatte."

"Auch das scheint mir eher unwahrscheinlich. Stell dir mal vor ein Europäer machte sich auf dem Parkplatz hinter dem Panghegar Hotel an einem Auto zu schaffen. Da sind doch immer viele Augen, die Parkwächter, die wartenden Fahrer und weitere Herumtreiber. Er wäre nie unbeachtet geblieben."

Paul überlegte. Die Tiger auf dem Bild schlichen leise knurrend umher. Was hatten die im Sinn, was erwarteten sie, wie würden sie im nächsten Moment reagieren? Wie war das an jenem Abend abgelaufen? Hatte Sollberger vielleicht Helfer? Wer würde bei so etwas mitmachen, wer würde davon profitieren?

"Gut", gab Paul nach. "Das Motiv, das bleibt aber bestehen, damals wusste der Mann ja noch nicht, dass seine Pläne nicht aufgehen würden."

"Richtig", bestätigte Rudi. "Da ist noch etwas. Wäre der wirklich so blöd, sich selber als Lockvogel hinzugeben und ein Treffen im Panghegar zu veranstalten, wenn er den Anschlag geplant hätte? Es kann also durchaus sein, dass er es überhaupt nicht war und jemand anders die Situation ausgenützt hat, ja sogar unabhängig von Sollbergers Vorhaben ein anderes Motiv bestand."

Paul hasste die Tiger. Konnten die denn nicht endlich zum Sprung ansetzen, damit man sah, auf wen sie es abgesehen hatten. Tiger würden für ihn für den Rest seines Lebens die niederträchtigsten Kreaturen sein.

"Damit sind wir wieder am Anfang", resignierte Paul. "Wer noch hätte einen Vorteil an Renés Tod? - Tati!", gab er sich die Antwort gleich selbst.

"Tati? - Du meinst seine Frau?"

"Ja, die Frau ist absolut undurchsichtig. Je länger ich darüber nachdenke, umso mehr scheint es mir unwahrscheinlich, dass sie über Renés Vorhaben an jenem Abend nichts gewusst haben soll. Normalerweise sagt man seiner Frau doch wohin man geht und wen man trifft, wenn man am Abend nochmals weggeht."

"Normalerweise schon", antwortete Rudi. Aber war das auch wirklich eine normale Familie? Man munkelt da, dass die alle sehr religiös seien und täglich zur Moschee rennen. Auch René haben die doch zum Islam bekehrt."

"Ja war denn das nicht sein eigener Wille?"

"Was macht man nicht alles, wenn's um das gefundene Glück geht. Soviel ich gehört habe, war René kurz davor, diese Konversion wieder rückgängig zu machen."

"Auah! Das wusste ich überhaupt nicht", klagte Paul. "Das wäre ja noch so ein Motiv. Die Muslime sind nicht gerade zimperlich, und einem Abtrünnigen droht laut Koran der Tod."

"Bitte Paul, wir befinden uns in einem islamischen Staat, und bei diesen Gedanken bewegen wir uns auf sehr dünnem Eis. Wir Christen haben seit langem gelernt zu schweigen und nicht aufzufallen. Alles andere ist viel zu gefährlich."

"Klar, das hat René ja am eigenen Leib erfahren. Trotzdem, dieser Tati muss man einmal so richtig auf den Zahn fühlen. Die spielt sich heute auf, wie wenn sie das große Los gezogen hätte. Soviel ich weiß, stammt sie von einer einfachen Familie aus Surabaya."

"Nochmals Paul, ich mahne zur Vorsicht. Diese Frau hat Beziehungen zu hohen islamischen Würdenträgern. Die haben eine unglaubliche Macht in diesem Lande. Ich befürchte sogar, dass wenn die PDI mehr Einfluss gewinnt, sich die Islamisten gewaltige Vorrechte sichern werden."

"Denkst du, dass es so schlimm wird?"

"Ich befürchte ja, viele unserer Leute blicken seit einiger Zeit nach Hongkong, Taiwan oder China als Alternative. Indonesien wird langsam unsicher. Sogar Australien wird als mögliches Ziel betrachtet. Das sind Tatsachen, und leider merken wir das auch in unserem Geschäft. Kaum einer will noch investieren."

Es war eigentlich längst zu erahnen, aber man versuchte solche Gedanken immer zu verdrängen. Paul erschauerte. Wie würde sich das alles auf sein Leben auswirken. Hatte er Alternativen, so wie die schlauen Chinesen?

Noch war Paul aber überzeugt, dass sich eine Lösung finden würde. Rinis Schwager würde ihm eine dauerhafte Aufenthaltsbewilligung verschaffen, und in der Firma war er nach wie vor unabkömmlich. Es galt, sich einfach in politischen Belangen und gegenüber dem Islam neutral zu verhalten, dann konnte man ihm nichts anhaben. Diese Chinesen waren einfach zu selbstgefällig mit ihren Geschäften und ihrem Lebensstil. Das musste die einfachen Leute ja geradezu provozieren. Er aber hielt sich bescheiden zurück, half dem Land mit dem Aufbau und hatte eine indonesische Frau.

Bei seiner Rückkehr bemerkte er schon, dass der Suzuki nicht in der Einfahrt stand. Rini war also noch nicht zurück.

Bibi bestätigte seine Annahme. "Ibu ist noch nicht zurück. Möchte der Tuan einen Tee?"

"Nein danke Bibi", lehnte er ab. "Bitte sag Pak Adang, dass ich ihn heute nicht mehr brauche. Er kann Feierabend machen."

"Ja, Tuan."

Seine Lust auf Tee war bescheiden, und sich mit einem Bier allein ins Wohnzimmer zu setzen begeisterte auch nicht. Kurz entschlossen rief er Hadia an.

Nach kurzem Klingeln nahm dieser auch ab und meldete sich. "Hadia Donjaya."

Er war einer der wenigen, die sich mit Namen meldeten. Normalerweise war das hier ein knappes "Halo!" oder "Ja!"

"Hallo Hadia! - Frohe Weihnachten! Ich wollte dich natürlich nicht von der Familie wegholen, aber hättet ihr vielleicht Lust auf einen Drink?"

"Klar, komm doch auch. Ich sitz hier im Braga Permai und beobachte die hübschen Passantinnen."

Aha, er war also am Mobile. Er war einer der Wenigen, die so ein neues Ding hatten, aus Geschäftsgründen, wie er betonte. - Was machte der an der Jalan Braga?

"Hübsche Mädchen!", lachte Paul. "Ja feierst du vielleicht eine besondere Weihnacht?"

"Komm doch einfach vorbei!"

"Gut, ich komme. Rini ist sowieso noch bei ihrer Familie. Das kann noch dauern. Ich nehme mir ein Taxi. Bis dann!"

Plötzlich waren die nagenden Gedanken vergessen. Paul freute sich auf ein schönes Bier und eine gemütliche Zeit mit seinem Freund. Hadia war wirklich sein bester Kumpel, er sprach nicht nur hervorragend Deutsch, sondern war auch gebildet. Er hatte ein Maschinenbaustudium in Hamburg abgeschlossen und hatte die Germanistikstudentin und spätere Lehrerin geheiratet.

Es dauerte fast eine halbe Stunde, bis Bibi endlich ein Taxi von der Hauptstrasse weiter oben ergatterte und zum Haus dirigierte. So war es beinahe fünf Uhr, als er das verabredete Lokal erreichte. Das Braga Permai liegt an der schmalen Straße wo sich Restaurants, Cafés und Bars reihen, welche hauptsächlich von Touristen besucht werden. Das Gebäude war etwas zurückgesetzt, so dass sich davor ein kleiner Vorplatz bildete, wo ein halbes Dutzend Tischchen sich hinter staubigen Topf-Palmen und unter großen Schirmen verbargen. Es war gut besetzt, aber Paul entdeckte Hadia sofort. Er saß mit einem Mädchen am Tisch und unterhielt sich angeregt. Beim Näherkommen erkannte Paul die zierliche Tochter des Chinesen Liem. Den Namen hatte er vergessen, aber er erinnerte sich gut, dass auch ihm die Schönheit beim Essen im Queens aufgefallen war. - Sollte da Hadia vielleicht...?

Kaum war die höfliche Begrüßung vorbei, verabschiedete sich die Dame mit einem flüchtigen Lächeln und verließ das Lokal in Richtung Hauptstrasse.

Paul entschuldigte sich: "Hadia, es tut mir leid, ich wollte nicht stören. - Das war doch Liems Tochter nicht wahr?"

"Ja natürlich", erwiderte Hadia verlegen. "Sie heißt Linn Su, sie war rein zufällig hier."

"Zufällig!", grinste Paul gutmütig. "Solchen Zufall wünscht sich wohl jeder richtige Mann." Dann wurde er unsicher. "Ich hab doch neulich beim chinesischen Essen bemerkt, dass du die Augen nicht von der kleinen Linn lassen konntest. Ist da was?"

"Ach wo! - Natürlich gefällt sie mir. - Ja, ich gebe ja zu, wir waren verabredet."

"Es tut mir leid. - Ich wollte dich nicht in Verlegenheit bringen. Sie hätte auch nicht gleich wegrennen müssen."

Die eingetretene Blockade überbrückten sie, indem sie bei der Kellnerin laut ihr Bir Bintang bestellten. Das Bier wurde hier lokal gebraut und war eigentlich ganz gut. Allerdings vermisste man in diesem Land den Offenausschank und musste sich mit Flaschen begnügen. Sie prosteten sich zu und ließen sich Zeit mit einem kräftigen Schluck.

Pauls Gedanken kreisten in einem undurchsichtigen Nebel von Fragen, Mutmaßungen und Erinnerungen. Warum saßen sie beide eigentlich an Weihnachten hier in diesem merkwürdigen Lokal und gossen sich Bier in die Kehle. Es fühlte sich an wie ein lumpiger Verrat an der biblischen Geschichte. Zu Hause hätten am heutigen Abend nochmals die Kerzen am Weihnachtsbaum geleuchtet, man hätte Lieder gesungen, und die Kinder hätten, schon etwas freier als am Vortag, ihre Verslein nochmals aufgesagt. Mutter trug dann eine einfache Suppe auf, man hatte ja am Vortag so richtig üppig geschlemmt und war froh um die einfache Mahlzeit. Leuchtende Augen widerspiegelten den Schimmer der Kerzen, und plappernde Kinder verteidigten die unübertroffenen Vorteile ihrer erhaltenen Geschenke. Glückliche Weihnachtsabende im Kreise der Familie. Wo waren die geblieben?

Pauls Mutter war vor 14 Jahren an einem Herzversagen verstorben. Sein Vater verkaufte das alte Haus und zog ins Altersheim, wo er nach wenigen Jahren des Alleinseins ebenfalls verschied. Die einzige Schwester lebte seit vielen Jahren in England. Die traute Familie existierte also nicht mehr. Er selber war aus beruflichen Gründen in dieses Land gekommen. Er hatte sich verliebt, hatte geheiratet, aber eine eigentliche Familie hatte er doch nicht bekommen. War es einfach das Schicksal einer weltoffenen Generation, mit allen nur erdenklichen Möglichkeiten, aber ohne eine liebenswerte vertraute Heimat wie damals?

Nach einem weiteren langen Schluck erklärte Paul: "Rini ist bei ihrer Familie. Sie feiern da."

Ja, verdammt, was feierten die da eigentlich? Das waren doch alles Moslime. Isa, der Jesus, war ihnen doch völlig unwichtig. Damit wollte er nichts zu tun haben. Weihnachten, das war etwas ganz anderes.

"Ich versteh das nicht ganz", argumentierte er weiter. "Auf die Feier kann ich gut verzichten. - Aber du, du solltest doch bei deiner Familie sein."

Hadia schwieg beklommen. - Dann raffte er sich auf. Seine Augen blickten ernst. "Paul, ich muss es dir erzählen, du bist mein Freund und hast ein Anrecht darauf, es ist ja sowieso nicht zu verheimlichen. Angelika ist fort. Sie ist zurück nach Deutschland."

"Nach Deutschland?" - Welch dumme Frage, wohin den sonst? Paul schüttelte den Kopf. "Aber doch nicht wegen dieser kleinen Chinesin, dieser Linn Su?", entfuhr es ihm.

"Nein", parierte Hadia. "Natürlich nicht. Sie war schon länger nicht mehr zufrieden hier."

"Aber warum denn, um Himmels willen? - Und was ist mit den Kindern, deinen Töchtern?"

"Sie sind auch weg."

"Hadia, ich kann das kaum glauben. Warum hast du nichts gesagt, vielleicht.... Ach was, ihr hattet doch ein gutes Leben, ein Geschäft, ein Haus, und Angelika hatte doch eine tolle Arbeit an der Deutschen Schule. Ich versteh das alles nicht."

"Die Schule soll geschlossen werden. Angelika hatte Probleme mit dem Stiftungsrat und hat den Bettel hingeschmissen. Sie verlieren immer mehr Schüler. Da waren ja nicht nur deutsche Kinder, sondern vor allem auch chinesische und sogar indische. Es war eigentlich eine internationale Schule. Seit einiger Zeit wechseln aber viele zur lokalen Grundschule, denn es soll nach Gesetz keine Bevorzugung für ausländische Kinder mehr geben. Einige chinesische Familien verlassen bereits Indonesien."

Das hatte Paul ja schon einmal gehört. Sollte sich die Lage tatsächlich verschlimmern. Fast sehnte man endlich die Wahlen herbei. Sie sollten nächsten August stattfinden. Dann würde wieder Klarheit herrschen, so oder so.

"Aber ihr könntet doch sicher auch ohne Angelikas Lohn leben, dein Geschäft geht doch gut."

Hadia nickte. "Klar, wir müssten sicher nicht hungern, aber du kennst doch Angelika. Bei ihr geht's ums Prinzip. Sie fühlt sich gedemütigt, außerdem verliert sie ohne Arbeit die permanente Aufenthaltsbewilligung. Wir werden schikaniert von allen Seiten, vom Lura, dem Quartierchef, Wasser- und Stromversorgung soll geändert werden, der Parkplatz vor dem Haus ist nicht genehmigt und schließlich sind kaum begründete horrende Gebühren zu entrichten. Ohne KIM bekommt sie den Führerschein nicht mehr, und mit einem Chinesen zum Mann sei sowieso keine Zukunft. Sie habe die Nase voll. Es fehle nur noch, dass sie einen Judenstern verpasst bekomme, meinte sie empört."

Du meine Güte, was für ein Schlamassel! Waren jetzt alle total verrückt? - Aber da fehlte doch etwas Entscheidendes. Vorerst musste aber nochmals Bier her!

"Prost! Hadia, ich versteh ja all diese Schwierigkeiten, aber du bist doch immer noch ihr Mann. Lässt sie dich jetzt einfach so im Stich?"

"Nun, ganz so ist es natürlich nicht. Ich könne ja mit nach Deutschland reisen, sagt sie. Dort wären wir sicher. Nur ich habe mein Unternehmen hier in Bandung, es läuft ganz gut, das kann ich doch nicht einfach aufgeben. Meine ganze Arbeit, mein Einsatz, mein Geld, alles ist da drin. Dies ist mein Land, ich bin Indonesier, ich habe auch ein paar Verwandte hier, so schnell lasse ich mich nicht verjagen. Wir Chinesen haben schon einige Pogrome miterlebt und werden es auch diesmal überstehen."

"Ich bewundere deinen Mut, aber ist es wirklich wert, deine Familie, deine Kinder dafür zu opfern? Die sind doch viel wichtiger als ein Geschäft."

"Paul, lieber Freund, das ist die typische Meinung von euch Europäern, du kennst uns Chinesen noch zu wenig. Für uns ist der geschäftliche Erfolg das Wichtigste, alles andere hat zurückzustehen. Die Familie hat hundertprozentig dahinter zu stehen und mitzuhelfen. Ich denke, dass Angelika ihre Situation später nochmals überdenkt und hierher zurückkommt. Ich kann sie aber nicht dazu zwingen. Sie ist jetzt seit fünf Wochen weg und berichtet, dass sie alle bei ihrer Mutter in Hamburg vorerst gut aufgehoben seien und die Mädchen in die Schule aufgenommen wurden. Hier versuche ich nun alleine durchzukommen."

Ha, alleine, dachte Paul. Diese Linn Su verriet etwas anderes, wenn auch durchaus bekannt war, dass die erste Frau eines Chinesen, wie auch immer, einen bevorzugten Status einnahmen, was eine Konkubine nicht zu gefährden vermochte. Trotzdem, die schöne, wenn auch etwas kühle Angelika und die reizenden Kinder konnte man doch nicht einfach so aufgeben. Außerdem, Hadia war ja auch kein richtiger Chinese.

Unterdessen war die Nacht hereingebrochen, rasch und erbarmungslos, wie es in diesen tropischen Breitengraden üblich war. Die wenigen Lampen unter den Palmen verbreiteten ein düsteres Licht, und innen im leeren Lokal flackerte aufgeregt eine Neonröhre. Obwohl die nachmittägliche Hitze nicht so schnell aus der engen Gasse wich, wurde es draußen zunehmend ungemütlich.

"Weißt du was, Hadia, lass uns etwas essen gehen. So schnell vermisst uns jetzt ja niemand. Meine Frau wird sicher auch noch zum Maghrib an der Mohamed Toha bleiben. - Was meinst du, Koreanisch?"

"Klar, gute Idee!", rief Hadia erleichtert und sprang auf. Rasch streckte er der herbeieilenden Kellnerin einen Geldschein entgegen und winkte ab.

Wie wenn die beiden Freunde dem leidigen Thema entfliehen wollten, eilten sie die Straße hinunter zu einem Eingang, an dem lustige farbige Lampions hingen. Eine Treppe führte hinab in ein helles Restaurant mit einfachem Mobiliar. Ein schwacher fremdländischer Geruch verriet die zu erwartenden ungewöhnlichen Gerichte. Es war noch früh am Abend und nur ein einsamer Tisch war durch ein Paar besetzt. Eine Kellnerin, in einem traditionellen, knöchellangen, roten Kleid mit hochgezogener Taille, welche unmittelbar unter der Brust saß, brachte mit leisen Schritten die Karte. Das Gesicht mit den hohen Backenknochen lächelte scheu, und die glänzenden schwarzen Haare waren straff zurückgekämmt und zu einem Knoten gebunden. Die Frau erinnerte Paul an ein zierliches Püppchen, welches sich auf einer leise klingenden Spieldose drehte.

Sie wussten schon, was sie wollten. "Bulgogi, weißen Reis und reichlich Gimchi", bestellte Hadia deshalb sofort. "Ja, und natürlich Bier!"

Kurze Zeit danach schichtete die Bedienung das hauchdünn geschnittene Rindfleisch mit Holzstäbchen auf den kleinen Tischgrill. Es dauerte nur ein paar Augenblicke, bis das zarte Fleisch in der Schale landete. Sie griffen sofort zu und genossen die Köstlichkeit, welche etwas nach süßlicher Sojasauce schmeckte. Das fermentierte Gemüse, welches Paul als "koreanisches Sauerkraut" bezeichnete, passte ausgezeichnet. Die beiden Gäste genossen die Mahlzeit und bedankten sich höflich bei der hilfreichen Dame.

"Köstlich", brummte Hadia und schob sich eine weitere Portion in den Mund.

"Ausgezeichnet", bestätigte auch Paul. "Wenn's auch nicht gerade ein Weihnachtsessen darstellt."

"Ja möchtest du denn lieber einen Truthahn mit Preiselbeeren, Rosenkohl und Kartoffeln?"

"Hör' auf damit!", protestierte Paul. "Ich mag keinen Truthahn, dessen Keule schaut ja aus wie das Bein eines Kleinkindes. Widerlich!"

"Wär' aber schon schön so ein Festessen, mit allem Drum und Dran."

"Ja hast du denn noch nicht genug? - Ich könnte keinen Bissen mehr hinunter bringen. - Noch ein Bier?"

"Klar, das Gimchi gibt auch ordentlich Durst. Ja, klar, noch ein Bier bitte!"

Mittlerweile tat der viele Alkohol seine Wirkung. Paul fühlte sich leicht schwindlig und musste unbedingt zum Klo. Als er zurückkam, saß Hadia zusammengesunken vor sich hin starrend am Tisch. Er zuckte zusammen, als Paul ihn ansprach.

"Träumst wohl von deiner kleinen Linn... was auch immer. Kann ich gut verstehen... ist ja auch sehr hübsch."

"Paul, du Spitzbube, du bist doch auch nicht besser. Du, du bist mir ja nur neidisch!"

Schweigend grübelten beide über das Gesagte. Was waren sie doch für Gestalten. Hadia sprach es mit schwerer Zunge aus: "Wir, wir sind hoffnungslose Idioten. Ich... du... nein du und ich wir vergeuden unsere Zeit... auch der René war so einer..."

KAPITEL 16

Der Wagen schaukelte wie ein Schiff auf unruhiger See. Die hellgrünen Plastikpolster waren eigentlich viel zu weich für einen Eisenbahnwaggon. Vermutlich stammte alles noch aus der holländischen Kolonialzeit, als die Nederlands Indische Spoorweg die Bahnstrecke zwischen Bandung und Jakarta baute. Heute heißt die Bahn Kereta Api, was eigentlich "Feuerwagen" heißt.

Die blumige, bildliche Sprache amüsierte Paul immer wieder. Sie war dadurch auch leicht zu erlernen, denn die Wörter gaben auch gleich eine einfache Eselsbrücke her. Bunga Api war zum Beispiel eine Feuerblume, das Feuerwerk oder Gunung per Api der Feuerberg, ein Vulkan. Solche Wortspiele gingen Paul durch den Kopf, als er durch das zerkratzte Fenster in die herrliche Landschaft hinausblickte. Kaum hatten sie die Außenquartiere von Bandung hinter sich gelassen, rumpelte der Zug ein langes Tal hinunter an dessen Hänge sich hunderte von Reisterrassen schmiegten. Schmale Wasserläufe waren dazwischen ausgeklügelt angelegt, wie wenn sie auch das letzte bescheidene Pflänzchen erreichen wollten. Manchmal spiegelte sich das Wasser von einer besonderen Fläche, wo die Keimlinge gezogen wurden, bevor sie ins eigentliche Feld verpflanzt wurden. Das war alles knochenharte Handarbeit, und oft sah man Frauen gebückt im Wasser waten um einen Steckling nach dem andern anzudrücken. Das wurde mit einer Gleichmäßigkeit und Genauigkeit gemacht, so dass das Feld danach wie ein herrlich gemusterter hellgrüner Teppich aussah. Dazwischen wechselten sich kleine Dörfer mit Palmenhainen, Bananenstauden oder anderen exotischen Fruchtbäumen ab. Die bezaubernde Landschaft ließ für einen Moment die Sorgen verblassen und erahnen, wie ein Leben im Einklang mit der Natur und den Elementen sein könnte. Die Frage stellte sich unweigerlich, waren die armen Reisbauern vielleicht glücklicher als die, die dauernd dem Erfolg und Reichtum nachjagten. Aber sogleich rief sich Paul zur Ordnung. Das waren doch Parolen einer PDI, der linken sozialistischen Bewegung, die mit aller Gewalt an die Macht wollte. Dem Gefühl folgend, waren diese Ideen schon richtig, aber durch Proteste, Aufruhr und Revolution wurde ein Fortschritt unwahrscheinlich.

Während die Bahnfahrt rumpelnd und schaukelnd weiterging, beobachtete Paul sein Gegenüber. Pak Ramon saß mit geschlossenen Augen in die Ecke gelehnt und schien zu schlafen. Obwohl er kaum fünfzig war, sah er mit seinen schütteren Haaren und dem jetzt leicht offen stehenden Mund, der eine Reihe plombierter Zähne freigab, eher alt aus. Er war in ein steif gebügeltes braun-blaues Batikhemd und eine schwarze Hose gekleidet und kam damit der verlangten Form bei einem Besuch eines Ministers nach.

Paul kamen die ersten Zweifel, ob diese Aktion auch wirklich sinnvoll war. Gut, Pak Ramon war der Chef der Hauptpost in Bandung und damit in einer wichtigen Position, aber ob das reichte, um beim Minister der Immigration Einfluss zu haben, das war doch eher fraglich. Rini meinte zwar zuversichtlich, in Indonesien seien solche Beziehungen das Ein und Alles und zusammen mit den üblichen Schmiergeldern die einfachste Art etwas zu bekommen. Paul hatte deshalb seinem Beistand auch einen dicken Umschlag anvertraut. Für einen Orang Asing, einen Ausländer, war so ein Bittgang sehr ungewöhnlich und kaum durchführbar. Paul fragte sich noch immer, ob Ramon den Minister nicht besser alleine aufsuchen sollte. Rinis Schwager meinte aber, er müsse dabei sein, denn diese Politiker würden sich immer gerne weltoffen und den Ausländern gegenüber zuvorkommend geben. Es blieb Paul also gar nichts anderes übrig, als die Reise nach Jakarta und die Übernachtung im Hotel

Indonesia zu organisieren. Dabei war Pak Ramon natürlich herzlich eingeladen. Dem Termin am heutigen Nachmittag sah er aber zweifelnd entgegen.

Unterdessen hatte der Zug Purwakarta erreicht. Von da an ging's durch flaches Gelände. Weite trockene Felder und immer mehr Industriebauten tauchten auf, je näher sie sich ihrem Ziel Jakarta näherten. Die Klimaanlage kämpfte bereits hoffnungslos gegen die zunehmende Hitze. Paul fühlte sich jetzt schon wie erschlagen von der langen Reise, der stickigen Luft im Waggon und der Aussicht auf eine nervenaufreibende Fahrt zum Regierungsgebäude. Sein weißes Hemd klebte am Rücken und am Plastikbezug des Sitzes. Es präsentierte sich bereits nicht mehr rein und frisch wie am Morgen, als er das Haus verlassen hatte.

Es kam genauso wie befürchtet. Nachdem alle Vorzimmer und Adjutanten endlich überwunden waren, hieß es, der Minister sei momentan beschäftigt. Das wurde alles in der weitschweifigen überaus zuvorkommenden Art vorgetragen. Mehrere Male, man solle doch bitte draußen im Korridor warten, es könne nicht mehr lange dauern.

Es dauerte geschlagene zwei Stunden bis sie endlich vorgelassen wurden. Pauls Geduld war schon ziemlich am Ende, aber Pak Ramon beschwichtigte mahnend und nahm die Hürden in seiner fernöstlichen fatalistischen Art. Man komme hier mit Recht und Effizienz nicht weit, so sei das nun einmal. Erneut die lächelnde überschwängliche Begrüßung. Man kannte sich, ja, und das sei der Mann, der die Schwägerin geheiratet hatte.

Pak Ramon legte los: "Saudara Mentri yang terhormat..."

Für Paul wurde es schwierig, dem Gespräch zu folgen. Tatsache war, dass die indonesische Sprache, dieses Bahasa Indonesia, oft als einfach und simpel betrachtet wird. Im folgenden Gespräch entpuppte sie sich aber von einer ganz anderen Seite. Eine Rede von unglaublichen Höflichkeitsformen und indirekten Begriffen machte sie für den Fremden fast unverständlich. Kam dazu, dass der javanische Hochadel noch gezierter sprach. Und der Minister war ein Javanese, Pak Sondono.

"Ja, das ist natürlich für alle nicht einfach", sagte der Letztere. Die Republik Indonesia sei ein aufstrebendes Land und das

Knowhow aus dem Ausland sehr willkommen. Personen wir Mr. Paul würden dringend gebraucht, nur müsse man bedenken, dass irgendwann einmal Einheimische ihre Funktionen übernehmen müssten. Die Gesetze seien unklar, teilweise stammten sie noch aus der Kolonialzeit und wären noch nicht angepasst, leider, man arbeite daran. Ein Fall wie dieser war bedauerlich und müsse sicher ernsthaft geprüft werden. Er liege aber eindeutig in der Kompetenz der regionalen Behörden.

Pak Ramons Einwand, Paul habe doch in seine Familie hinein geheiratet und wäre eigentlich sogar für eine Einbürgerung durchaus qualifiziert, quittierte der Minister im Aufstehen lächelnd: "Ah, Saudara Paul, schon beinahe ein Sundanese. Dass Sie aus Bandung kommen, hört man aus ihrer Sprache ganz deutlich."

Wie das? dachte Paul im Stillen. Er hatte ja kaum zwei Worte gesprochen. Was sollte dieses sinnlose Gerede. Die Ahnung, dass man hier keine Ergebnisse oder gar Hilfe erwarten konnte, verstärkte sich zunehmend.

Der Minister geleitete die beiden zur Tür und riet: "Pak Ramon, Pak Paul, beantragen Sie doch ihr KIM bei der Imigrasi Bandung. Der Mann dort heißt Sukajono, ich werde ihn anrufen."

Nach nur gerade zehn Minuten standen sie wieder im Korridor und suchten den Ausgang. Paul schüttelte den Kopf. "Was war jetzt das? Haben wir etwas erreicht, Pak Ramon?"

"Na ja, man wird sehen", entgegnete Ramon unsicher. "Komm, lass uns gehen, es wird bereits dunkel, ich möchte noch zur Moschee."

Kaum hatten sie die Lobby des Hotels erreicht, entschuldigte sich Pak Ramon: "Ich bin dann zum Abendessen wieder zurück. Ich möchte nach dem Gebet noch ein paar Worte mit dem Imam wechseln. Es wird nicht lange dauern." Damit ließ er Paul stehen und verschwand durch den Seitenausgang.

Planlos stand Paul einen Moment in der Hotelhalle. Sollte er jetzt hinauf ins Zimmer und abwarten? Während er den Schlüssel entgegennahm, entschied er sich anders. Ja, warum gönnte er sich nicht einen Drink in der Bar. Die ganze Geschichte konnte man eigentlich nur mit einem guten Schluck Bier hinunterspülen. Der bittere Nachgeschmack über die tollpatschige heutige Aktion musste weg. Waren die den alle so blöd, Pak Ramon inbegriffen, dass sie nicht merkten wie unprofessionell und scheinheilig das alles war. Das war ja zum Kotzen. Ja, am liebsten würde er sich besaufen.

Während er zielstrebig zur beachtlichen Theke ging, musterte er die wenigen Gäste. Da blieb sein Blick an der Gestalt auf dem Hocker gegenüber hängen. Ja, war das nicht der Sollberger! Dieser hatte ihm den Rücken zugewandt und starrte allein in sein Glas, aber im Spiegel hinter den Flaschen war er deutlich zu erkennen. Noch hatte er Paul nicht entdeckt, es war noch Gelegenheit zu verschwinden.

Paul war aber nicht in einer defensiven Stimmung, der Ärger stieg in ihm hoch. Na warte! Der kommt mir gerade richtig! Der soll mich jetzt einmal richtig kennen lernen! Er steuerte geradewegs auf den Mann zu.

"Ach, Herr Sollberger", sprach er ihn an. "Sie sind noch hier? Wir dachten Sie wären längst außer Landes."

Der Angesprochene drehte sich zögernd um. "Herr... eh, Paul, du bist das", sagte er schleppend.

"Klar, ja, ich bin's, und im Gegensatz zu dir bin ich hier auch durchaus am richtigen Ort."

"Wieso? Habe ich dir etwas angetan? Wir sind doch Landsleute, wir sollten uns vertragen? - Die Firma Kewalram brauchte dringend unseren Service, da bin ich noch geblieben, aber nächste Woche bin ich weg."

"Na also", knurrte Paul etwas ruhiger und bestellte bei der jungen Dame hinter der Bar ein Bier. "Wo ist denn deine Frau?", konnte er sich nicht verkneifen. Es war wohl allen klar, woher die damalige Begleitung stammte.

"Die ist weg...", versuchte Sollberger betreten zu erklären, "Na ja, ist wohl besser so... war ja auch saublöd." Er kippte den Rest aus seinem Glas und schob es fordernd über die Theke. "Noch eins bitte! - Und das da geht auf meine Rechnung."

Paul winkte ab: "Nicht notwendig, danke. Ich hätte eigentlich nur ein paar Fragen, dann bin ich gleich wieder weg."

"Klar, frag schon, ich habe nichts zu verbergen."

Inzwischen waren mehr Gäste aufgetaucht, vorwiegend Herren in schlichten Hemden oder Anzügen. Hier traf sich vor allem die internationale Geschäftswelt, aber auch ein paar Touristen belagerten die Bar. Frauen fehlten, waren die Herren doch meist allein unterwegs, und die einheimische muslimische Gesellschaft mied solche Lokale. Westliche Musik rieselte aus versteckten Lautsprechern und wurde durch die Teppiche und Polster gedämpft.

Irgendwie war Pauls Wut verraucht, und der Mann neben ihm sah auch bemitleidenswert aus. Er trug ein zerknittertes blaues Hemd, und seine dunkelblonden Haare standen in alle Richtungen. Der Alkohol ließ sein Gesicht schwammig und bleich erscheinen. Der Kerl war nicht glücklich, das war deutlich zu erkennen.

"Verdammt noch mal, Hans, was war da vor sechs Monaten im Hotel Panghegar", begann Paul frontal. "Ich weiß, dass du dort warst, und gleich darauf war René tot. Ich will wissen, warum du ihn dorthin gelockt hast und was dann passiert ist."

Ja, bereits ein halbes Jahr war vergangen, jetzt war die Gelegenheit, die Wahrheit musste endlich ans Licht. "So sag's schon! Was war da?"

Hans Sollberger war noch bleicher geworden. Seine Stimme klang kratzig, und erst nach mehrmaligem Räuspern war er zu verstehen. "Ich... habe nichts mit dem zu tun. Ich... meine, der Unfall, davon weiß ich nichts..."

"Aber du warst wahrscheinlich der Letzte, der René lebend gesehen hat. Nochmals, warum kam René zum Panghegar?"

"Das war geschäftlich..."

"Was, geschäftlich! Willst du mich verarschen? Du hast doch versucht René zu verdrängen. - Ist dir auch hervorragend gelungen." In Paul stieg wieder der Ärger hoch.

"Hör' auf!" Hans war dem Heulen nah. Der Alkohol ließ seine Stimme schwanken. "Ja, ich geb' ja zu, ich war scharf auf seinen Job. Wollte hier bleiben, du weißt ja, diese Wati. Ich war verrückt. Aber das war nicht der Grund."

"So, und was war dann der Grund zu diesem heimlichen Treffen im Hotel?"

"Ich wollte ihn warnen..."

Paul war, wie wenn sich da auf einmal so etwas wie eine riesige Welle auf ihn zu bewegen würde. Eine unsichtbare Woge baute sich auf, hinter der er nicht einmal erahnen konnte, was ihn erwartete.

Dieser jämmerliche Mann da neben ihm schien mit diesen Brechern zu kämpfen und drohte darin unterzugehen. Es ist seine eigene Schuld, flüsterte die Unbarmherzigkeit in Paul. Er hätte längst verschwinden müssen und vor allem seine Finger von den Nutten lassen sollen.

"Hans, nun erzähl' schon!", meinte er versöhnlicher. "Wieso wolltest du René warnen?"

"Dieser Ona..., du weißt schon, dieser Mechaniker bei euch, der machte so Anspielungen über René. Genau weiß ich auch nicht, was er meinte, aber er soll sogar für die Familie nicht mehr tragbar gewesen sein. Der Mann hatte wahrscheinlich seine islamischen Obliegenheiten nicht allzu ernst genommen. Der Mechaniker meinte, der würde nicht mehr lange im Land bleiben. - Ja, ich wollte seine Stelle, aber nicht um jeden Preis. Wir arbeiteten schließlich für gleiche Firma, ich musste ihn warnen."

"Du hast ihn also ins Panghegar bestellt um ihm mitzuteilen, dass er vorsichtig sein soll und du ihm seinen Job nicht streitig machen würdest."

"Ja, wir trafen uns in meinem Zimmer und unterhielten uns etwa eine Stunde. Er war mir sehr dankbar. Wir tranken zwei Bier, und dann verließ er mich in bester Stimmung."

"Was alles natürlich niemand bestätigen kann", warf Paul ein.

"Klar!", fuhr Hans genervt auf. "Du glaubst mir natürlich nicht, aber es stimmt alles. René war ein Kollege, und es tut mir sehr leid, aber ich habe nichts mit seinem Tod zu tun."

Pauls Gedanken rasten. "Angenommen, das stimmt alles, du hast doch mit diesem Onang zusammengearbeitet, das habe ich selber gesehen. Ihr habt bewusst die Rolle Draht versaut, um René in ein schlechtes Licht zu rücken. Auch wenn dabei kein weltbewegender Schaden entstanden ist, das war aber doch wirklich saugemein. - Überhaupt, woher kanntest du den Mechaniker denn?"

"Der war früher doch bei der Kewalram, ich war neu im Land und allein. Er kam ein paarmal mit auf eine Kneipentour. Er kannte auch Wati."

"Ach, daher...", feixte Paul. "Ja, ja, Jakarta hat so seine besonderen Orte für Nachtaktivitäten."

Hans hing an der Bar und sprach stockend. Das Getränk war inzwischen lau und schal geworden. Paul winkte der Bedienung und bestellte zwei frische Bir Bintang.

"Klar, ich war ein richtiger Blödmann. Inzwischen weiß auch ich, dass die Mädchen im Tanamur keine Heiligen sind."

"Aha...", sagte Paul und nahm einen langen Schluck.

Hans fuhr auf. "Was ist schon dabei!", maulte er. "Ich bin auch nur ein Mann, und die Wati war ja auch eine besondere Nummer."

Dann sackte er zusammen. Er war bleich, und das Bier schien ihm nicht mehr zu schmecken. Ja, ein Mann, dachte Paul, einer, der am ehesten einen Tritt in den Hintern verdiente. Hatte sich der Dummkopf wohl tatsächlich in eine der billigsten Nutten verknallt. So ein Blödmann! Am besten ließ man den reden, vielleicht kam er endlich von selber zur Besinnung.

"Seit Neujahr ist sie weg...", kam es kläglich. Dass dabei auch ein Bündel Rupien mitgingen, verschwieg er wohlwissend. "Ich möchte eigentlich nur noch nach Hause."

Das war wohl das Beste, dachte Paul. Widerstrebend begann er die ganze Geschichte für möglich zu halten. Nur, damit war das Rätsel um Renés Tod noch unklarer geworden. Wenn René tatsächlich an jenem Abend einen guten Grund hatte, um zum Hotel zu fahren, dann musste noch jemand davon gewusst haben, und dieser hatte sich vermutlich auch an den Bremsschläuchen zu schaffen gemacht. - Dieser Onang käme dafür eigentlich in Frage. Der war Mechaniker. - Aber warum?

Bevor die Nebel des Alkohols über ihnen beiden zusammenschlugen, musste er ihn noch fragen: "Hans, wusste den Onang von diesem Treffen?"

"Der Ona...?" Hans schluckte. "Du meinst, der war der gemeine Mörder? - Nein, der wusste von nichts. Ich war doch nicht so dumm, denjenigen einzuweihen, vor dem ich René warnen wollte."

"Mmh..., das macht wirklich keinen Sinn. Außerdem, was sollte der für ein Interesse haben. Politische islamistische Hirngespinste vielleicht?"

"Na ja, der war schon Einer dieser neuen Partei, die jetzt hier in Jakarta immer wieder demonstrieren."

Paul nickte. "Die PDI meinst du, diese nationalistischen roten Aufwiegler, oder die, die dabei hoffen, den Gottesstaat im gleichen Zuge zu errichten. - Ach wo, das ist doch alles bei den Haaren herbei gezogen."

Er überlegte angestrengt. "Aber doch noch eine weitere Frage: Wo steckt dieser Onang jetzt eigentlich?"

"Ja ist er denn nicht bei euch?"

"Nein, der ist seit einiger Zeit weg. - Werde morgen gleich bei der Personalabteilung nachfragen, ob die wissen, was aus dem geworden ist."

Kapitel 17

"Semuhun", akzeptierte der Mann unterwürfig und beobachtete, wie die Teeblätter im Glas langsam nach unten sanken. Er saß gegenüber Ibu Sofi und ließ die Strafpredigt gebeugt über sich ergehen. Für einen ersten Schluck war das Wasser noch zu heiß, und der Tee noch nicht aromatisch genug. Sein Blick fixierte die Wand gegenüber. Da hingen ein Spiegel in einem schweren Rahmen und gleich daneben das gestickte Bild der Kabah in Mekka. Die weißen schlanken Türme der Moschee schienen wie mit langen Fingern auf ihn zu zeigen und zu fordern, sich im Spiegel der eigenen Seele zu stellen und Allah zu loben. Er würde das Abendgebet verpassen, wenn das hier so weiterging.

Ibu Sofi fuhr unbeirrt fort: "Du drückst dich jetzt seit Wochen hier herum und weißt immer noch nicht was du willst. Es wird Zeit, dass du wieder arbeitest, schließlich sind wir hier alle keine wohlhabende Fürsten. Geh zurück nach Bandung, dort bekommst du am ehesten eine Arbeit."

Achmed schien noch mehr in sich zusammen zu sinken. Sein einmal weißes Hemd hatte Flecken von Schmutz und Schweiß. Er trug seit Tagen die gleiche ausgebleichte Hose, und die Zehen klemmten sich in ausgeleierten Gummisandalen fest. Seine Haare klebten wirr am Kopf.

"Wann hast du dich eigentlich das letzte Mal gewaschen?", nörgelte die Alte weiter. "Du stinkst, und dein ungewaschenes Hemd ist eine Schande."

Ein Sundanese legte Wert auf Sauberkeit, selbst in ärmlichsten Verhältnissen, das wusste Achmed nur zu gut. Aber was sollte er machen, er konnte einfach nicht riskieren, nach Hause zu fahren und dort seinen Kumpanen, vielleicht dem Lura oder sogar der Polizei unter die Augen zu kommen. Er hatte sich da in etwas hineinziehen lassen, das ihm über den Kopf gewachsen war. Diese Aktion gegen Indosun war schön blöd gelaufen und hatte überhaupt nichts gebracht. Einige, die so dumm waren und sich erwischen ließen, schmachteten inzwischen sicher irgendwo in einem Militärgefängnis, und von da kamen die wenigsten wieder nach Hause. Ja, wenn endlich die neue Ordnung der Demokraten an die Macht käme, dann würde vieles anders aussehen. Dann wäre Schluss mit der Schinderei der Ärmsten, der Bevorzugung der Reichen, der Sonderrechte für Chinesen, der willkürlichen Machtkonzentration und mit der verfluchten Korruption auf allen Ebenen. Die Zeit würde kommen, aber wie lange das noch dauern würde, das stand in den Sternen. Ja, vielleicht konnte er es riskieren, wenn alles in Vergessenheit geraten war - ja, vielleicht wenn er in die große Stadt, nach Bandung ginge, aber dann war da noch das mit diesen Ausländern...

Laut sagte er: "Minta maaf, Ibu Sofi. Es tut mir leid. Ich weiß, ich beanspruche Eure Gastfreundschaft und Eure Geduld über die Massen. Ich musste hier bleiben, ihr seid hier ja meine Familie, und arbeiten möchte ich natürlich gerne. Nur, hier in Garut findet sich einfach keine Stelle. - Semuhun Ibu, du hast ja Recht, vielleicht versuche ich es besser in Bandung oder sogar in Jakarta."

Er nippte am heißen Teeglas und stellte es wieder vorsichtig zurück auf die Glasplatte des Tischchens. Ein blechernes Deckelchen gehörte darauf, um das Aroma zu erhalten. Eigentlich gefiel es ihm hier nicht besonders. Das Haus war überfüllt mit Mobiliar jeglicher undefinierbarer Sorte und Bestimmung. Kaum eine Ecke war frei, und die Spielsachen der Kinder lagen überall. Mehrere Bewohner mussten im gleichen Zimmer nächtigen, Frauen teilten das Bett mit ihren Kindern. Das alte Sofa belegte Sofis Mann, wenn er mal hier nächtigte. Niemand machte dem Suami dieses Vorrecht streitig, auch wenn er öfter über Nacht wegblieb. Bad und Küche waren dunkle Löcher, und ein ungestörtes Baden war praktisch unmöglich. Wo zum Teufel sollte er sich da verkriechen? Der Warung vorne an der Straße war noch das Angenehmste. Das war zwar auch eine Bretterbude von einem Kiosk, aber man war wenigstens unter Gleichgesinnten. Des Öfteren saß man dort am Abend auf dem erhöhten Podest, trank Kopi Tubruk und diskutierte bis in die Nacht hinein.

Die alte Frau dachte sich ihren Teil. Es war in diesem Lande keineswegs üblich, dass die Männer die uneingeschränkte Macht hatten. Gerade in der Familie war es meist die Frau, die bestimmte. Man stelle sich vor, dass selbst in der Präsidentenfamilie die Frau Suharto eine besondere Stellung einnahm. Sie wurde deshalb sehr verehrt und liebevoll "Ibutin" genannt, also so etwas wie eine Landesmutter. Es war somit durchaus angebracht, dass sie, Ibu Sofi, ihre Autorität ausspielte und den jungen Achmed in die Schranken wies.

"Ich frage mich sowieso die ganze Zeit, was mit dir los ist", bohrte sie deshalb unnachgiebig. "Hast du etwas ausgefressen, Probleme mit der Frau, mit der Polizei vielleicht?"

"Ach wo!"

"Achmed, wenn da etwas ist, dann jetzt heraus mit der Sprache! Oder muss ich tatsächlich zu Ibu Nuria und deiner Frau nach Cimerah fahren, um zu erfahren was da los ist?"

In Achmed regte sich Widerstand. Was dachte sich das Weib eigentlich, die hatte doch keine Ahnung. Er wusste doch selber, was los war, und Ibu Nuria ließ man besser aus dem Spiel. Dieser blöde Lura von Cimerah hatte alles angezettelt. Dabei strich der weiterhin gutes Geld ein und lachte sie wahrscheinlich heimlich alle aus. So einer musste dann zuallererst verschwinden. Das war ein elendiglicher Blutsauger, und der war sicher auch gegen die neue Bewegung, die demokratische Partei.

Langsam setzte sich der Gedanke durch, er, Achmed, musste sich mit den neuen Kräften zusammentun, und er wusste endlich auch wo er hin musste. Seine Familie aber, die durfte auf keinen Fall mit hinein gezogen werden. Ibu Nuria wäre die erste, die Zeter und Mordio schreien würde.

"Ibu", begann er sicherer. "Tante Nuria hat nichts damit zu tun. Sie weiß überhaupt nichts. Bitte lass sie aus dem Spiel und auch meine Frau. - Ich habe mich entschlossen, mich der neuen demokratischen Bewegung anzuschließen. Sie wird dieses Land reformieren und uns allen zu mehr Freiheit und Wohlstand verhelfen. Die jetzigen Machthaber sind durchwegs korrupte Schurken, die das Land ausplündern, allen voran Suharto. Der ist der schlimmste, scheffelt Geld und schafft es ins Ausland. Wir, die Bevölkerung, haben nichts von den Einnahmen der Ölquellen, welche rund zwei Drittel der Staatseinnahmen ausmachen. Es verschwindet alles irgendwo, wie wenn es gleich neben der sprudelnden Quelle wieder im Boden versickern würde. Die Chinesen machen große Geschäfte, betreiben Industrien mit unseren billigen Arbeitskräften, und die Ausländer helfen dabei kräftig mit. Das muss sich jetzt endlich ändern, wir sind nahe dran, und ich will dabei sein."

Die alte Frau gegenüber schüttelte den Kopf. "So einen Unsinn habe ich schon lange nicht mehr gehört", sagte sie. "Du, und ein Weltverbesserer. Spinnst du eigentlich? - Dann warst du also dabei bei den Unruhen in Bandung. So etwas Blödes! Ja glaubt ihr denn, ihr bekommt Arbeit, wenn ihr die Firmen bedroht. Neue Machthaber werden vor den gleichen Problemen stehen wie die vorherigen. Dieses Land kann uns sehr wohl ernähren, aber nur wenn wir alle fleißig arbeiten und bescheiden leben. Seit die Kolonialherren, die Holländer, vertrieben wurden, hat sich auch nicht viel geändert. Auch die hatten damals Indonesien ausgeplündert, aber auch da ging es uns nicht eigentlich schlecht. Viele denken heute, es ging uns damals sogar besser. Also, was wollt ihr? Das Schlechte gegen etwas Schlechtes austauschen? - Außerdem, zum großen Teil sind die Ölfelder im Meer draußen und nicht an Land."

Nun war höchste Zeit für einen Schluck Tee. Das verschaffte Achmed einen Moment, um sich zu fassen. Die Frau ihm gegenüber war schlagfertig wie immer, aber auch sehr gut informiert. Er grinste verstohlen. "Ja gut, natürlich im Meer draußen fließt es halt ins Wasser und verursacht eine riesige Umweltkatastrophe. So oder so, das ist doch ein Verbrechen an uns allen."

"Vermisch jetzt nicht alles! Was die PDI will ist eine Revolution und neue Machthaber. In Bandung, Jakarta und Surabaja gibt es bereits Demonstrationen, die meist in üble Krawalle ausarten. Das wird natürlich von Extremisten ausgenützt, und das sind in eurem Fall die Linken, Kommunisten."

"Ibu Sofi, wir wollen Demokratie! Verstehst du das Wort? Das Volk soll bestimmen, das sind wir, du und ich."

Nun war es an Ibu Sofi zu lachen. "Also, ich werde wohl keine Ibutin und du auch kein Präsident." Dann fuhr sie aber ernster fort: "Unsere Bauern und Arbeiter werden auch nicht auf einmal Minister und Beamte, die ein 200 Millionen Volk führen könnten. Das ist ein Prozess, der viel Zeit und Bildung voraussetzt. Revolution und Krawalle zerstören nur, und die Korruption bekommt dadurch neue Nahrung. Veränderungen sollen Fortschritte bringen, keine Rückschläge."

"Ach, du hast doch keine Ahnung. Ohne das Aufstehen der Jungen, Studenten und Arbeiterführer wird sich nie etwas ändern. Wir wollen endlich Freiheit und Gleichheit. Ihr Alten habt immer nur gehorcht, gekuscht und den Chinesen, Reichen, den Ausländern und Mächtigen geglaubt. Die Zeiten sind endgültig vorbei."

Ob solcher Verachtung der Vergangenheit, des Alters und der Traditionen erschauderte Achmed selber.

Ibu Sofi saß mit niedergeschlagenen Augen auf dem Sofa, schwieg und blickte nach innen. Ja, ihre Zeit war bald abgelaufen, das war nicht von der Hand zu weisen. Trotzdem, war denn alles so schlecht gewesen? Erinnerungen an die Zeit vor der Invasion der Japaner, da wurde auf dem großen Platz, dem Alun-Alun, getanzt, gefeiert und gelacht. Die Holländer waren freundlich, und manch junge Frau verliebte sich gerne in einen der Fremden. Die Wayang Golek Puppenspiele waren immer gut besucht, und das Publikum erfreute sich nächtelang an deren lustigen, aber oft auch gesellschaftskritischen Aufführungen. Ein Dalang oder Puppenspieler war sehr geachtet und verehrt. Viele dieser Traditionen bestanden bis zum heutigen Tag, zum Beispiel auch die Angklung Musik. Die sanften Töne der Bambusrohre gaben eine wunderbare klangvolle Melodie...

Die Invasion der Japaner 1943 brachte aber eine Zeit des grausamen Terrors. Das unmenschliche Leid, das dieses dem Land beschied, war besonders für die feinfühligen Sundanesen ein Horror.

Keine Familie, die nicht schreckliche Erfahrungen in diesen drei Jahren zu ertragen hatte. Der spätere Präsident Sukarno kollaborierte teilweise mit dem Feind und rief, nach deren Rückzug am 17. August 1945, den unabhängigen Staat aus. Er führte eine Ideologie ein, welche hauptsächlich auf Nationalismus, Kommunismus und Diktatur basierte. Seine Macht dauerte mehr als zwanzig Jahre, bis er von General Suharto in einer blutigen Übernahme abgelöst wurde. Suharto war westlich, konservativ gesinnt, aber nicht minder unnachgiebig, eine Opposition duldete er bis heute nicht. Trotzdem, das Land öffnete sich für Investoren, und ein wirtschaftlicher Aufschwung war nicht zu leugnen. Wer sich politisch ruhig verhielt, hatte nichts zu befürchten, und das war eigentlich genau im Sinne der Sundanesen, die einem Konflikt nach Möglichkeit immer auswichen. - Und jetzt wollten die jungen Hitzköpfe plötzlich rebellieren. Wussten die denn nicht wohin das führen konnte. Konnte man denn nicht einfach alles in Ruhe besprechen und bereinigen?

Leise sagte Ibu Sofi: "Erinnerst du dich denn nicht an den 17. August, unseren Nationalfeiertag. Da geloben wir doch unserem Land Treue und die Grundsätze der "Pancasila" hoch zu halten."

"Ha, diese fünf Prinzipien gehen doch auf Sukarno zurück, Nationalismus, Humanismus, Demokratie, Soziale Wohlfahrt und Glaubensherrschaft", proklamierte Achmed. "Das ist es doch, alles genauso wie wir es wollen."

"Also, warum dann die ganze Aufregung?"

"Weil Suharto ein verdammter Diktator ist und das Land ausbeutet. Er hat genug geschadet, er muss weg!"

"Große Worte", seufzte Ibu Sofi. "Aber was hat das alles mit dir zu tun? Dass du hier herumlungerst und ehrliche Arbeit scheust. Geh endlich, und übernimm Verantwortung für dich, deine Frau, Familie und so Allah will auch für dieses Land. Du bist ein Pribumi, ein gebürtiger Indonesier. Dieses Land ist einzigartig und unsere wunderbare Heimat. Tausende von Inseln, große und kleine, umspült vom glasklaren Wasser des Meeres, mit Schwärmen von Fischen und Gärten von leuchtenden Korallen. Die Fischer werfen das Netz aus und ernähren ihre Familien. Die Bauern ernten Reis, Tapioka und alle Arten von Früchten. Gewürze wie Pfeffer und Nelken reifen an den Bäumen. Kokosnüsse, Bananen, Papaya, Durian werden reichlich geerntet. Unsere Quellen versiegen nie, und die Sonne wärmt unsere Knochen. Wir leben mit einer Natur wie sie nur hier erblüht. Siehst du die hellgrünen Reisfelder, die Terrassen hoch hinauf zu den Bergen. Allah ist so gütig zu uns."

Ach, jetzt berief sich die Alte auch noch auf Gott den Allmächtigen. Sie schien keine Ahnung zu haben, was Allah wirklich will und was klar und deutlich im heiligen Buch steht. Es war Pflicht, den Islam in aller Welt zu verbreiten. Indonesien war zu neunzig Prozent muslimisch, jedoch hingen viele noch immer den alten traditionellen Sitten nach. Naturmächte, Aberglaube und Wahrsagerei waren noch sehr verbreitet. Chinesen und andere Ausländer hingen beinahe unbeachtet anderen Glauben, wie Buddhismus oder Christentum, an. Das war zu eliminieren, was immer es kostete. Ein islamischer Staat und die Scharia waren das unumstößliche Ziel. Dafür galt es zu kämpfen, wenn notwendig mit Gewalt. Der Imam sagt immer wieder, dass die Ungläubigen zu vernichten seien, so stehe es geschrieben. - Es war Zeit fürs Abendgebet. Er musste gehen.

"Minta Maaf, Ibu Sofi, ich muss zur Mesjid. Ich kann nicht länger deinen Worten lauschen. Ich verspreche Dir, dass ich morgen nach Bandung fahren werde. Du hast Recht, ich darf nicht länger untätig bleiben. - Selamat Sore 'Bu."

Während Achmed durch den kleinen Vorhof und die schmale Gasse davoneilte, saß Ibu Sofi in Gedanken auf dem Sofa und haderte mit sich selber. Irgendetwas stimmte mit dem Mann nicht. Sie fühlte genau, dass er nicht die Wahrheit redete. Natürlich ging es nicht allen so hervorragend, wie sie behauptet hatte, das erlebte sie ja selber jeden Tag. Aber so schlimm war es nun auch wieder nicht. Es gab kaum jemand, der hungern musste, und an ein einfaches Leben war man doch gewöhnt. Es war doch das oberste Gebot, dass man im Frieden miteinander lebte, auch mit Andersdenkenden. Die Chinesen hatten tatsächlich den Großteil der Wirtschaft in den Händen, zahlten magere Löhne und verdienten viel Geld. Ob es aber richtig war, Menschen deshalb zu verfolgen und zu töten, das konnte sie einfach nicht glauben. Es waren kaum einige Jahre her, da fielen die Hitzköpfe über die Geschäfte her, zertrümmerten alles und ermordeten Unschuldige, so dass das Militär eingreifen musste. Was hatte das gebracht? - Nichts! - Überhaupt nichts. Vor allem, ein einfacher Mann wie Achmed konnte da auch nichts ändern. Der brachte sich nur in Schwierigkeiten, ins Gefängnis oder noch schlimmer. Der war ja völlig von Sinnen, vergaß seine Frau und Familie, die schlussendlich alle zu leiden hatten. Da musste etwas geschehen, sie musste zu Ibu Nuria, man durfte da nicht länger zusehen.

KAPITEL 18

Das Tor zur Einfahrt stand offen, und ein Motorrad lehnte an der Mauer dahinter. Wie bei vielen der Häuser in diesem Quartier, war gleich neben der Garage auch der Seiteneingang, welcher von der Familie und den Bediensteten aus reiner Bequemlichkeit gerne benützt wurde. Man kam hier gleich in die hinteren Räume, wo das eigentliche Familienleben stattfand. In einem Hinterhof befanden sich dann auch die Quartiere einer Haushalthilfe oder eines Gärtners, sofern vorhanden. Die Gegend war nicht als ärmlich zu bezeichnen, aber wirklich luxuriös auch nicht. Bedienstete waren meist arme Verwandte, welche für wenig Geld und einfache Unterkunft der Ibu im Haushalt und im Garten halfen. Es war das typische Haus eines höheren Angestellten, der über die Jahre zu etwas Geld gekommen war.

Paul hatte Pak Adang geheißen vorn an der Ecke, etwa hundert Meter vor dem Ziel, anzuhalten und auf ihn zu warten. Nicht dass er nicht vor das Haus hätte fahren können, aber die enge Straße einer Sackgasse wollte er nicht blockieren. Wie immer lehnte sich Pak Adang bequem auf dem Fahrersitz zurück und wartete geduldig.

Es war kurz nach fünf Uhr, denn Paul war direkt von der Fabrik hierher gekommen. Eine Ausrede für den unerwarteten Besuch hatte er sich schon zurechtgelegt. Noch immer klangen ihm aber die

Mahnungen von Pak Rudi in den Ohren, nur vorsichtig zu sein und die muslimischen, nationalistischen Einflüsse nicht zu unterschätzen. Diese Tati hier war aber eine äußerst undurchsichtige Person, und Paul hatte sich geschworen, herauszufinden was hinter Renés Tod steckte.

Auf den ersten Blick erschien das Haus ruhig und düster. Das musste an der späten Tageszeit liegen. Gegen sechs Uhr wurde es in diesen Breitengraden schnell dunkel. Er öffnete das kleine Törchen, ging auf den wenigen Platten zur Eingangstür und drückte auf die Klingel. Flüchtig grinste er. Eine Klingel, das musste noch Renés Werk gewesen sein. Indonesische Häuser hatten das kaum.

Just als die Türe vorsichtig geöffnet wurde, hörte Paul einen Motor aufheulen, und als er sich danach umdrehte, schoss ein Motorrad laut knatternd die Straße entlang. Wer da so eilig davonraste, war nicht auszumachen.

"Selamat sore", grüßte Paul. Es war offensichtlich das Dienstmädchen. "Ist Ibu Tati zu Hause?"

Sie ließ ihn eintreten und verschwand stumm durch die hintere Tür. Der Raum war düster und eng, das schwere rote Sofa viel zu groß. Auf dem Glastischchen befanden sich ein weißes, gesticktes Deckchen und eine Vase mit künstlichen Lilien. Ein weiterer Sessel mit geschnitzten Lehnen stand gegenüber, und darüber an der Wand hing das obligatorische Bild von Mekka. Als sich Paul in den Sessel fallen ließ, hatte er Mühe sich vorzustellen, dass sein Freund René in dieser Umgebung gelebt haben sollte.

Als sich die Türe erneut öffnete, überkam ihn ein Gefühl völliger Fremde. Zwei Frauen erschienen im traditionellen Sarong und mit weißen gestickten Kopftüchern. Die vordere, kleinere entpuppte sich tatsächlich als Tati. Es war kaum vorstellbar, dass diese Muslimin, früher Renés Frau, eine lebenslustige einfache Person gewesen war, die bei jedem fröhlichen und ausgelassenen Fest dabei gewesen war.

"Selamat datang Pak Paul", begrüßte sie ihn. Die Fingerspitzen berührten sich kaum beim traditionellen Gruß. "Wir freuen uns, dass du den Weg zu uns gefunden hast. - Das ist Ibu Durya, meine Tante aus Surabaya."

"Selamat Sore", antwortete Paul höflich. "Ich hoffe, ich störe nicht."

"Keineswegs Pak Paul. Wir haben noch genügend Zeit bis zum Maghrib."

Warum nur nannte diese Frau ihn nicht einfach beim Vornamen, wie früher. Was sollte dieser Aufzug? Na ja, Pak Rudi hatte ihn ja schon gewarnt. Hier geriet er in ein Umfeld, dem er nicht gewachsen war. Dass es ein paar Monate nach Renés Tod hier aber so aussehen würde, das hatte er nicht erwartet. Auch dass kein Tee angeboten wurde, war mehr als befremdlich. Früher trank man sogar ein Bier zusammen.

"Tati", begann er etwas unbeholfen. "Ich wollte einfach mal sehen..."

"Pak Paul", unterbrach ihn die Tante, deren Namen er schon wieder vergessen hatte. "Ibu ist es nicht gewohnt, so direkt angesprochen zu werden. Bitte..."

"Ich dachte ich schau einmal vorbei, um zu sehen wie es dir geht", fuhr Paul an Tati gewandt trocken fort. "Außerdem fehlen uns in der Firma ein paar Unterlagen, die René wahrscheinlich zu Hause aufbewahrt hatte. Es handelt sich um Arbeitsanleitungen für die neuen Garnituren. Hast du vielleicht so etwas in seinen Sachen gefunden?"

Tati schien leicht verlegen. "Ach, danke der Nachfrage. Mir geht es gut. Ich hab alle Unterstützung, die ich brauche, und mit Allahs Hilfe werden wir zu Dhi l-Hiddscha auch nach Mekka reisen. Der Haddsch ist unsere Pflicht, wir fahren Ende April."

"Schön", antwortete Paul. "Ich wünsche viel... - Ja, wie sagt man denn da? - Viele Vergnügen wohl nicht. - Ist das nicht recht gefährlich? Vor ein paar Jahren wurden dort doch Tausende niedergetrampelt."

"Ich glaube kaum, dass du viel davon verstehst. Es ist keine Ferienreise, sondern eine Prüfung im Namen Allahs. Ich bin auch nicht allein, meine Tante kommt mit und auch meine Mutter."

"Wollte das René damals auch?"

"Lassen wir René doch aus dem Spiel. Heute ist eine andere Zeit, und ich bin bereit den rechten Weg mit Allah zu gehen. Männer haben eine andere Art, besonders fremde."

"Aber René war doch dein Mann. Er hat Dich geliebt und geheiratet. Er hätte alles für Dich getan."

Tati schüttelte den Kopf. "Nein, er hätte nicht alles für mich getan. Ein Orang Asing, ein Fremder, passt einfach nicht hierher, da fehlte einiges."

"Das sah aber vor ein paar Monaten anders aus. Was ist denn geschehen Tati? - Was war los, als er an jenem verhängnisvollen Abend wegfuhr?"

Nun war die schwerwiegende Frage gestellt, und Paul war sich nicht sicher, ob er zu weit gegangen war. Nun, das Schlimmste was ihm passieren konnte war, dass er kühl und höflich hinausbegleitet wurde und keine Antwort bekam. Dass die beiden Frauen jetzt Hilfe von Männern herbeirufen würden, die ihn mit Gewalt hinauswerfen könnten, glaubte er eigentlich nicht. Man konnte aber nie wissen. Irgendwie hatte er das Gefühl, einen empfindlichen Nerv getroffen zu haben. Auf jeden Fall saß Tati zusammengesunken auf dem Sofa, und die Tante rückte näher.

"Tati!" Er ignorierte die vorherige Zurechtweisung. "Was war, bevor René zum Café Venezia fuhr?"

Tati blickte erstaunt auf. "Wieso? - Café Venezia?" Da begriff sie, dass sie in die Falle getapt war. "Ja, ich gebe zu, ich wusste, dass er zum Panghegar wollte. Er hatte es mir ja erzählt. Er wollte sich dort mit einem Arbeitskollegen treffen."

"Ja, das wissen wir. Wann hat er dir davon erzählt?"

"Was soll diese Fragerei? - Ein paar Tage vorher. Ist das so wichtig?"

"Schon, weil René ja von diesem Ausflug nicht mehr heil zurückkam. Der Unfall ist immer noch nicht richtig geklärt."

Die Frau wurde nervös. "Aber es war doch ein Unfall. Selbst die Versicherung hat das akzeptiert. René ist verunfallt."

Nein, er würde ihr nichts von seinen Vermutungen erzählen. Wenn sie von diesem Ausflug wusste, dann war die ganze Auswahl der möglichen Verdächtigen wieder offen. Es hatte keinen Sinn, weiter zu fragen.

"Es tut mir aufrichtig leid. Sein Tod hat uns alle sehr erschüttert, und so schnell vergessen wir ihn nicht. - Nun aber noch zu den vorhin erwähnten Unterlagen. Befinden sie sich noch hier?"

"Ich weiß nicht", entgegnete Tati leise. "Da ist eine Kiste in der Garage. Vielleicht dort..."

"Darf ich...?"

Leise redete die Tante sundanesisch auf Tati ein und protestierte offensichtlich. Paul vermutete, dass sie einem Fremden keine Erlaubnis erteilen sollte, die Sachen zu durchsuchen.

Tati winkte ab. "Lass schon, da ist nichts von Bedeutung drin, Tante. Geh' du schon vor und bereite dich für das Gebet vor. Ich zeige Paul die Kiste."

Damit standen alle auf. Tati folgte Paul über die Einfahrt und öffnete das Garagentor. Dort stand ein neu glänzendes weißes Auto. Ein Toyota der LX Klasse. Es stimmte also, was erzählt wurde, dass die Frau des verstorbenen Fremden wohlhabend geworden war. Nun gut, das war nicht seine Sache. Er wusste weder über Renés Erbfolge, noch über die Versicherungen Bescheid. Pauls Aufmerksamkeit wurde aber sofort von der Kiste in der Ecke geweckt. Scheinbar hatte man in aller Eile Renés Sachen aus dem Weg geräumt und hier achtlos deponiert.

Tati war am Tor stehen geblieben, kam jetzt aber auf Paul zu. "Paul, was soll das?", fragte sie mit verhaltener Stimme. "Du willst doch wohl hier nicht herumspionieren."

Das war nun wieder die alte Tati, wie er sie von früher kannte. All das heuchlerische Getue war also nur Maskerade.

"Du hast hier überhaupt nichts zu suchen", protestierte sie lauter hinter ihm. "Begreif doch einfach, René ist tot, und durch deine Fragerei wird er nicht mehr lebendig."

"Da sprichst du tatsächlich die Wahrheit", sagte Paul über die Schulter und machte sich an der Kiste zu schaffen. Unter ein paar Kleidungsstücken und Schuhen lagen zwei Ordner mit der deutlichen Firmenbezeichnung "Karat".

"Darf ich die mitnehmen?"

"Klar, was soll ich damit? - Nimm sie!" Die Frau wurde zunehmend nervöser. "Jetzt mach schon und geh!"

"Moment mal!" An die Seitenwand gelehnt fand Paul die CPU-Einheit eines Computers und eine Tastatur. "Da gehörten doch auch ein Monitor und ein Drucker dazu, oder nicht? Liegt das jetzt vielleicht woanders?"

"Das ist doch alles nicht mehr zu gebrauchen. - Völlig veraltet, heutzutage benützt man doch einen Laptop."

"Der da gehört aber seiner Firma", blufte Paul. "Ich bring den zur PT. Tromax, der Vertretung. Die werden wissen was damit zu tun ist. - Ist da noch mehr? - Eine Kamera vielleicht, Messgeräte oder Werkzeug?"

"Was erlaubst du dir eigentlich?", erwiderte die Frau aufgebracht. "Das gehört doch alles mir. Nun nimm was du brauchst und verschwinde!"

Es war höchste Zeit die Übung abzubrechen, bevor die aufgebrachte Frau alles verweigerte. "Gut, Tati, ich mach mich auf den Weg. Könnte mir vielleicht jemand tragen helfen?"

"Es ist niemand da, und außerdem komme ich jetzt wirklich zu spät zum Maghrib-Gebet."

"Ach, es geht schon. Ich stell alles vor das Tor und rufe meinen Fahrer zu Hilfe. Ich danke dir Tati. Ja, und noch etwas, wenn du noch irgendetwas über Renés Tod vermutest, dann lass es mich bitte wissen. Du weißt wo ich zu finden bin."

"Ich weiß nichts. Und jetzt gute Nacht!"

Es war inzwischen tatsächlich dunkel geworden, und wie gerufen stand Pak Adang nahe dem Haus an einem Zaun und rauchte seine Kretek.

Währen Tati im Haus verschwand, ergriffen sie die Beute und eilten zum wartenden Auto. Paul atmete auf und folgte Pak Adang mit den Ordnern unterm Arm.

"Hat sich wohl gelohnt", erlaubte sich Adang die Bemerkung.

Paul lachte erlöst auf. "Ja, war ein hartes Stück Arbeit. Wir wissen natürlich noch nichts über den Inhalt."

"Da ist vorhin einer wirklich in die Flucht geschlagen worden", meinte der Fahrer beiläufig.

Paul hatte das völlig vergessen. Natürlich, der Motorradfahrer! "Hast du gesehen wer das war?", fragte er und ließ die Ordner in den Kofferraum fallen.

"Der mit der alten Kawasaki? - Der hatte es eilig. Ich glaube das war einer den ich schon mal in der Firma gesehen habe."

"Du glaubst du kennst ihn. Erinnerst du dich an seinen Namen?"

"Nein, aber den würde ich mit Sicherheit wiedererkennen. Ein ziemlich unangenehmer Typ. Was hatte der denn da zu suchen?"

"Eine gute Frage", antwortete Paul und stieg ein. "Los, fahren wir nach Hause. Rini wird sicher schon warten."

Es war Sonntag, kurz nach elf Uhr, als Paul das unhandliche Gerät durch die Tür zu Hadias Werkstatt trug. Hadia empfing ihn gespannt und deutete auf den Schreibtisch. Seit seine Frau abgereist war, verbrachte er die meiste Zeit hier, arbeitete an einer Maschine, schrieb Rechnungen oder grübelte über dieses und jenes. Dass Paul anrief und seine Hilfe erbat, kam ihm gerade recht. Sonntage waren meist langweilig und einsam, da die Arbeit eigentlich ruhte. Sein Mechaniker war nach Cirebon gefahren, und die Aufträge waren nicht dringend. Er hatte also Zeit für seinen Freund.

"Was haben wir denn da?", grinste er, als er das alte Modell sah. "War das wirklich Renés Computer, diese Kiste?"

"Klar, das ist er. Fehlen nur noch das Keyboard und der Monitor. Ich dachte du kannst vielleicht aushelfen. - Wäre doch interessant, was der Mann da so alles gespeichert hatte."

"Moment, ich schau mal nach!"

Hadia verschwand durch die hintere Türe und tauchte nach kurzer Zeit mit einem verstaubten Bildschirm wieder. Die Tastatur nahm er kurzerhand von seinem eigenen Gerät. Während er mit Kabeln und Steckern hantierte, die Stromversorgung anmachte und gespannt auf ein Zeichen wartete, ob das Ding überhaupt funktionierte, erzählte Paul von seinem Besuch bei Tati.

Der Bildschirm flimmerte, aber zeigte nichts an. Hadia fluchte: "Verdammt, die Datenübertragung funktioniert nicht richtig. - Was sagst du da? - Die Tati wusste von Renés Ausflug. Hatte sie da vielleicht die Finger im Spiel. - Das wäre ja ein Ding. Meine Frau ist ja auch weg, aber gleich umbringen..."

"Moment mein Freund, nicht so schnell. Diese flotte Tante mag ja nicht unsere Kragenweite sein, aber einen Mord, das ist doch etwas weit hergeholt. Die kann doch nicht selber unter das Auto gekrochen sein und den Bremsschlauch durchgeschnitten haben. Wobei nicht ausgeschlossen ist, dass sie einen Helfer hatte."

"Ha, jetzt hab ich's!", rief Hadia. "Der Stecker passt." Damit hämmerte er ein paarmal auf die Tasten. Es flackerte und ein paar unverständliche Zeilen in englischer Sprache erschienen. "Diese alte Kiste wird doch nicht ein Passwort benötigen. Dann wär endgültig Schluss. Dann brauchen wir einen Experten. - Also, nochmals: Reset."

Paul stellte sich hinter ihn und blickte gespannt über den Rücken auf den Monitor. In grünen Schriftzeichen tauchten ein paar Linien auf. Tatsächlich, eine Auswahl von Anwendungen. Er klopfte Hadia auf die Schulter. "Na also, wusste ich doch, du bist der Experte."

Hadia hämmerte weiter und grinste spitzbübisch. "Was glaubst du denn? Die paar Bits und Bytes sind doch kein Problem. Nur, die Kiste ist so langsam, da brauche ich Wochen. - Ja was suchst du denn eigentlich? Glaubst du, da steht drin was für Feinde unser René hatte?"

"Na ja, so etwas in der Richtung. Ich denke da an Dokumente über seine Arbeit, Abrechnungen, Reisepläne, Einnahmen und Ausgaben. Klar, am besten gleich ein Tagebuch, wo alle seine Geheimnisse drin stehen."

"Da reichen Wochen nicht, eher Monate!", stöhnte Hadia.

"Ha, du hast ja jetzt Zeit wo deine Frau..." Paul stoppte abrupt. "Ach, Scheiße, es tut mir leid."

Kapitel 19

Eine Million Rupien waren ein Notenbündel von rund einem Zentimeter dicke. Das entsprach ungefähr dem Gegenwert von dreihundert amerikanischer Dollar. Es gab keine größeren Scheine als Zehntausender, so dass bei sechs Millionen ein ansehnliches Paket zusammen kam. Für Paul war es eine peinliche Situation, als er sein monatliches Geld überreicht bekam. Nachzählen wäre noch unangenehmer. Purnaran schien dies offensichtlich grinsend zu genießen, während er sich in seinem Drehsessel demonstrativ räkelte. Wenn man bedachte, dass ein normaler Arbeiter monatlich vielleicht zweihunderttausend verdiente, war dies tatsächlich ein unglaublicher Betrag. Damit wurden die riesigen gesellschaftlichen Unterschiede in diesem Lande nur allzu deutlich sichtbar.

Paul hatte natürlich dafür gesorgt, dass sein Geld per Giro auf die Bank kam, wo er ein Konto eingerichtet hatte. So konnte Rini und er jederzeit kleinere Beträge abheben, um den Lebensunterhalt zu bestreiten oder sie zahlten mit der Kreditkarte.

Vor ein paar Wochen kam Rini verstört vom Einkauf zurück und erzählte, dass die Karte im Toko Setiabudi nicht akzeptiert werde. Auch im nächsten Laden konnte sie damit nicht bezahlen. Paul beruhigte sie, solche Schlamperei und administrative Hürden waren in diesem Land normal. Er würde umgehend bei der Bank

BNI vorsprechen und die Sache bereinigen. Auf dem Konto musste noch mehr als genug Geld liegen. Das alles musste ein Missverständnis sein. Ja, wenn's das gewesen wäre. Mit der sprichwörtlichen sundanesischen Freundlichkeit teilte ihm die Bankangestellte mit, dass das Konto leider nicht mehr weiter geführt werden dürfe, da ihm die dazu notwendige permanente Aufenthaltsbewilligung für Indonesien fehle. Wenn diese vorliege, wäre man natürlich gerne bereit, den geschätzten Kunden weiter zu bedienen.

Das war also jetzt das Resultat dieser Kerle der Immigration. Der Besuch beim Minister war, trotz dem lieben Ramon und seinen guten Beziehungen, ein Misserfolg gewesen. Weitere Anfragen in Bandung verliefen zunehmend im Sand, und es war nicht abzusehen, ob sich eine Lösung finden würde. Warum von der Firma keine Hilfe geboten wurde, lag völlig im Dunkeln. - Oder doch nicht? Dieser junge Spross ihm gegenüber spielte eine merkwürdige Rolle. Wäre da nicht sein Vater Oy Tang Sun, der Paul mit aller Kraft unterstützte und oft davon redete, dass ihm seine "Rechte Hand", wichtiger denn je sei, könnte man meinen, seine Zeit bei Indosun wäre bald abgelaufen. Irgendwie hatte Paul das Gefühl zwischen die Fronten geraten zu sein, und dass keiner mit offenem Visier antrat. Purnaran würde in der Firma eine gewisse Rolle spielen, das war klar. Er hatte sein Studium in den Vereinigten Staaten abgebrochen, verbrachte einige Zeit in Japan und war eindeutig der Liebling seiner Mutter. Es erstaunte eigentlich nicht, dass ihm ein firmeninternes Büro eingerichtet wurde, wo er seine Zeit mit Telefonieren, Gäste empfangen und wie man munkelte, mit riskanten Devisengeschäften verbrachte. Die blinde Protektion seiner Mutter schien sogar der Vater nachsichtig zu akzeptieren. Vor allem hatte der Junge keine Ahnung von einem Textilbetrieb, so dass Paul sich nicht bedrängt fühlen musste, und die Leitung der Fabrik wie eh und je ganz in seinen Händen lag. Die beiden Spinnereien liefen hervorragend, und die Weberei würde, nach anfänglichen Schwierigkeiten, sicher bald volle Leistung erbringen. Die japanischen Webmaschinen waren technisch einwandfrei, nur herrschte bei der Wahl der richtigen Schlichte noch Unsicherheit. Zwei japanische Monteure waren aber intensiv beschäftigt und versprachen bald gute Resultate.

Bevor sich Paul erhob, beugte sich Purnaran erneut vor und sagte: "Pak Paul, wir geben heute Abend ein Essen für unsere japanischen Freunde. Es würde uns freuen, wenn Sie dabei sein könnten. Um sieben Uhr, im Queens."

Der Mann sprach immer Englisch und hatte dadurch etwas Affektiertes an sich. Seine Hand mit der goldenen Uhr balancierte einen teuren Kugelschreiber wie eine Waage. Schmale glanzlose Augen blickten aus dem bleichen Gesicht, und der Mund hatte weibliche weiche Züge. Nur dass er zugleich mit einem Taschenrechner herumspielte, zeigte eine gewisse Unsicherheit.

Paul bedankte sich: "Vielen Dank, ich komme gerne. - Wer ist denn alles dabei?"

"Ach ein paar Freunde und unsere japanischen Techniker. Ganz informell unter uns."

"Gut, ich werde da sein." Paul nickte und deutete auf das Paket im braunen Wickelpapier. "Und vielen Dank für das. - Ich hoffe, dass es bald wieder direkt über die Bank gehen kann."

"Klar doch, das sollte kein Problem darstellen."

Damit war Paul entlassen. Er verließ das Büro mit raschen Schritten. Sein Schreibtisch stand weiter vorne, näher bei den Produktionshallen. Die Sekretärin schlug die Augen nieder, doch ohne Zweifel hatte auch sie das unförmige Paket bemerkt.

Es war Zeit nach Hause zu fahren, und wenn er nicht zu spät zur Verabredung kommen wollte, musste er sich beeilen. - Ach, und Rini musste er noch anrufen, damit sie keine Pläne für den Abend machte, dies war wohl eine reine Männerangelegenheit.

Henrietta, die Sekretärin, erledigte das im Flug und rief auch Pak Adang mit dem Wagen herbei.

Auf dem Rücksitz sinnierte Paul über den bevorstehenden Abend. Er hoffte, dass wenigstens Oy Tang Sun oder Pak Rudi dabei wären, denn ein paar vernünftige Worte mit dem einen oder anderen wären schon angebracht. Die Geschichte um die Aufenthaltsbewilligung nagte ständig an seiner Seele. Oft waren diese Essen aber mühselig und langandauernd, mit vielen Gängen und noch mehr Alkohol. Es schien manchmal, als hätten die anwesenden Chinesen nur eines im Sinn, den Weißen auf seine Trinkfestigkeit zu prüfen. Mit dem wiederholten Spruch Campai oder bottom-up, wurde immer wieder mit dem Opfer angestoßen, wobei die einfachen Wassergläser teuren Brandy enthielten. Dass dabei aber oft mit Tee gemogelt wurde, war auch Paul schon lange klar. Er drehte deshalb gerne den Spieß um, solange offensichtlich noch Hochprozentiges im den Gläsern war. Er machte seinerseits die Runde. Das bekam den meisten Gästen nicht so gut, da Chinesen eigentlich nur wenig Alkohol vertragen.

So auch an diesem Abend. Es wurde einfacher als Paul gedacht hatte. Obwohl die erwünschten Herren Oy und Rudi nicht dabei gewesen waren, war er gut gelaunt, als er sich mit einem Taxi auf den Heimweg machte. Das Essen war erstaunlich gut gewesen, und besonders der gedämpfte Fisch mit den zarten Kräutern hatte ihm hervorragend geschmeckt. Die Japaner gaben sich auffallend ruhig, saßen mit gebeugten Köpfen über den Schüsseln und antworteten nur einsilbig. Es schien als ob sie der englischen Sprache nur wenig mächtig wären. Umso mehr redete der Freund von Purnaran, ein Mister Timothy, natürlich ein Chinese. Paul kannte den Mann nicht, erfuhr aber, dass er ein Kommilitone aus den Staaten sei und von Finanzen einiges verstehe. Man nenne ihn der Einfachheit halber Tim. Purnaran unterhielt sich mit ihm angeregt und laut. Erstaunlicherweise waren Pak Ponto und Pak Arjono mit dabei. Sie saßen gleich neben Paul. Das war ungewöhnlich, da beide keine Chinesen waren, aber vermutlich sollte damit die Zusammengehörigkeit der verschiedenen Völker unterstrichen werden. Japaner, Chinesen, Europäer und Indonesier, alle friedlich vereint um einen Tisch. Ponto und Arjono sprachen über den Betrieb und vertraten eifrig den raschmöglichsten Bau der geplanten Kläranlage, da eine Weberei, und später noch mehr die Färberei, Unmengen von unweltgefärdendem Abwasser liefern würden. Paul konnte dem nur zustimmen und versprach, Oy Tang Sun nochmals auf die Dringlichkeit dieses Vorhabens hinzuweisen.

Es war bereits gegen halb elf, als das Taxi vor der Einfahrt hielt. Die Hibiskusbüsche in der Einfahrt warfen dunkle Schatten in den dahinter liegenden Garten. Die Fenster des Hauses waren aber hell erleuchtet, wie wenn da eine große Feier im Gange wäre. Paul entlohnte den Fahrer, gab ein großzügiges Trinkgeld, eilte zum Eingang und trat ein. Der erwartete Lärm einer späten Gesellschaft blieb aber zu seiner Überraschung aus. Nichts deutete darauf hin, dass sich hier ein paar von Rinis Freundinnen einen fröhlichen Abend gemacht hätten. Da waren keine Schuhe im Eingang, keine wirr liegen gelassene Jacken, keine achtlos verschobene Stühle, auch keine halbvolle Gläser oder Tassen auf dem Tisch. Die Stille des hell erleuchteten Hauses wirkte gespenstisch, wie wenn die Bewohner Hals über Kopf geflohen wären.

"Rini!", rief Paul verwundert. "Rini, wo bist du?"

Leichter Ärger stieg in im hoch. Alles weit offen und erleuchtet und keiner da. Es war schon nach elf Uhr. Wo war sie denn?

Lauter: "Rini!"

Er durchquerte den Raum zur Hintertür. Da hörte er ein entferntes Murmeln. Aha, da hinten bei Bibi war die Frau.

Da kam sie ihm auch schon eilig entgegen. "Paul! - Du bist schon da?"

"Wie du siehst", sagte er ungehalten und küsste sie flüchtig. "Was ist denn hier los?"

"Ach, nichts weiter", antwortete sie leise und begann die Lichter zu löschen. "Meine Mutter und Ibu Sofi sind gekommen. Sie sind hinten und bleiben über Nacht."

Es war Paul schon bekannt, dass die Besucher der Verwandtschaft lieber in den Räumen der Bediensteten hausten, als im Gästezimmer des Hausherrn. "Na ja, was wollten die denn so spät am Abend?"

"Sie kamen kurz nach deinem Weggehen. Ibu Sofi war ganz aufgeregt. - Sie möchte unbedingt zum Haddsch. Bis nächste Woche muss die Reise gebucht sein."

"Hm, dann soll sie, wo liegt da unser Problem?" Paul ahnte nichts Gutes.

"Ja...", Rini wand sich, "ja, Ibu will auch mit."

"Sooo... und auf einmal hat sie so viel Geld, dass sie sich das leisten kann?"

"Ich hab's ihr gegeben."

Paul erstarrte. "Du hast was! - Du hast deiner Mutter all die Millionen gegeben, die so etwas doch kostet?"

"Ja, fünf Millionen und dazu kommt noch der Aufwand für die Feierlichkeiten nach der Rückkehr."

Bleich und ungläubig fauchte Paul: "Du hast alles was ich heute nach Hause brachte den beiden Weibern in den Rachen geschmissen. Ja hast du sie denn noch alle?"

"Es ist unsere Pflicht, diese Pilgerfahrt..."

"Zum Teufel ist es! Ich bin nicht bereit für so etwas aufzukommen. - Ja, verdammt! Ich werde nicht einmal gefragt. So geht das nicht Rini! Ich habe die Ausbildung deiner Tochter in England finanziert, weil ich das für die Jungen wichtig finde, aber das da, das geht zu weit."

"Ach so, nun hältst du mir das auch noch vor. Ani wird in ein paar Wochen zurückkommen und dir nicht weiter zur Last fallen. Du kannst jetzt wettern wie du willst, meine Mutter wird die Pilgerfahrt machen."

Der Zorn hatte Paul fest im Griff. "Ja, haut nur alle ab! Ich will Euch morgens nicht mehr hier sehen. Wenn Ihr glaubt Ihr könntet einen Orang Asing so schamlos ausnehmen, dann habt Ihr euch alle getäuscht. Geht mir aus den Augen!"

Die kleine Frau schien zu wachsen und ihre Augen funkelten. "Schrei nicht so! Das ganze Quartier kann Dich ja hören. Was glaubst du eigentlich, wer du bist? Du hast hier niemanden wegzujagen. Wenn einer geht, dann wohl eher Du."

"Ach ja, so ist das also! - Klar, eure Bemühungen um meine Aufenthaltsbewilligung sind wohl deshalb nicht gerade erfolgreich. Kann schon sein, dass dieses Land mich auf die Länge nicht mehr braucht. Immerhin, einen von uns, den René, seid Ihr ja schon erfolgreich losgeworden. Noch bin ich aber hier der Brotgeber und der Hausherr, ob's Euch nun passt oder nicht, und idiotische Pilgerreisen bezahle ich nicht."

"Lass René aus dem Spiel! Ich bin nicht Tati, und was auch immer da vorgefallen ist, mit dem Mord haben wir nichts, aber auch gar nichts, zu tun."

"Mit den Pilgerreisen aber schon!", knurrte Paul, verschwand ins Schlafzimmer und schlug die Tür krachend zu.

Er stellte die Klimaanlage auf Hochtouren, schleuderte die Schuhe und die Hose in eine Ecke und warf sich aufs Bett. So eine Scheiße. Mord! Zum ersten Mal war dieses schreckliche Wort aufgetaucht. Ja, verdammt noch mal, ja, es war Mord und niemand schien sich darum zu kümmern, sich daran zu stören, dass ein Menschenleben heimtückisch ausgelöscht wurde. Wie konnte man da einfach zur Tagesordnung übergehen? Gab es denn hier keine Polizei, keine Richter und keine Gerechtigkeit? Die Fakten waren so offensichtlich, dass sie geradezu nach einer Untersuchung schrien. Nur was konnte da ein Ausländer tun? Ihnen waren die Hände gebunden, und sie mussten sehen, dass sie selber nicht in Teufels Küche kamen. Die Chinesen hatten Recht, wenn sie nicht mehr an eine Zukunft in diesem Lande glaubten und einfach still verschwanden. Selbst Hadia schien nicht mehr überzeugt. Seine Frau war bereits geflohen, und was hatte er gesagt? - Wir vergeuden nur unsere Zeit hier...

Die Klimaanlage surrte eintönig vor sich hin und verbreitete langsam eine eisige innere Kälte, die ihn in eine bodenlose Tiefe zog. Dunkel, kalt und lebensfeindlich klammerte sich die Erkenntnis an ihn, in eine unbekannte Welt geraten zu sein, aus der es kein Entrinnen gab...

Dann auf einmal spürte er eine Wärme, sich sachte nähernd, dann ihn fest umhüllend. Eine sanfte Stimme holte ihn aus der eisigen Tiefe zurück. Leise flüsternd wärmte sie seinen erstarrten Leib.

"Paul, du frierst ja. - Paul, es tut mir leid. Minta Maaf. Ich bin's, deine Frau."

"Rini", murmelte er. "Die Klimaanlage."

"Ich hab sie ausgemacht. Komm nahe zu mir, ich wärme Dich."

Durch die halb geöffneten Lider erkannte er den fahlen Schimmer des Morgens vor dem Fenster. Noch war die Nacht nicht besiegt, aber dies war der unschuldige Moment eines neuen Tages, in dem die Zeit stillsteht und man sich wünschte, es würde so bleiben für alle Ewigkeit.

Rini schmiegte sich an ihn, sie war nackt. Er tastete nachtwandlerisch nach ihren Brüsten und liebkoste die herrlichen Nippel. Willenlos ließ er es zu, dass sie ihre Hand an sein Glied legte. Hitze stieg ihm hoch, als sie leise seufzte und sich auf ihn schob. Sie war leicht wie eine Feder, aber bestimmend wie eine Göttin, die sich ihres Zieles sicher war. Hart wie er war, nahm sie ihn in sich auf und wand sich auf ihm wie eine Nixe. Sie bäumte sich auf und grub die

Nägel in seine Brust. Wortlos erkämpften sie miteinander schwindelerregende Höhen. Die Welt zerbarst um das Paar, was kümmerte sie die Probleme dieser Menschheit, die Verschiedenheit der Kulturen, der Rassen, des Standes oder des Glaubens. Nichts konnte sie trennen, sie waren eins, Fleisch und Blut verschmolzen, wie in einem riesigen Tiegel, vereint für immer und ewig.

KAPITEL 20

Eine Woche verging, ohne dass etwas von Hadia zu hören war. Geduld, mahnte sich Paul, er hatte ja gesagt, es würde dauern. Als aber zehn Tage vergangen waren und seine vielen Anrufe nicht beantwortet wurden, machte sich Paul Sorgen. Auf der abendlichen Rückfahrt aus dem Betrieb, bat er Pak Adang kurz entschlossen, den Umweg zur Werkstatt seines Freundes zu fahren. Sicherlich hatte dieser schon einiges Interessantes entdeckt, wenn auch die ganze Auswertung der Festplatte seine Zeit dauern konnte.

Kurz vor sechs Uhr, es dämmerte bereits, erreichten sie die Einfahrt. Das Tor war verschlossen, und in der zunehmenden Dunkelheit war dahinter nichts auszumachen. Da schimmerte kein Licht und es herrschte Totenstille. Irgendwo in der Ferne rief der Muezzin zum Abendgebet. Ein weiterer Lautsprecher fiel krächzend ein. - Na ja, es war Feierabend, und vermutlich war Hadia irgendwo unterwegs. Er musste morgens nochmals vorbeikommen. Hadia war meist schon früh bei seiner Arbeit.

Nachts quälten Paul düstere Gedanken, während er sich schlaflos im Bett drehte. Was war nur geschehen, dass ihm dieses Land immer fremder vorkam? Es hatte den trägen Liebreiz von einst verloren und schien einer Katastrophe entgegen zu schlittern. Noch war seine Arbeit in der Firma zweifelslos erfolgreich, aber wenn er ehrlich war, seit dieser junge Purnaran sich einmischte, war auch hier keine glückliche Zusammenarbeit mehr möglich. Der Kerl erlaubte sich immer mehr unvernünftige Böswilligkeiten und das mit der Unterstützung seiner Mutter. Unwichtige Kleinigkeiten, sagte sich Paul, wie zum Beispiel die gepflanzten Fächerpalmen vor dem Eingang. Gelb war der falsche Farbton, sie mussten durch Rote ersetzt werden. Büros mussten umgestellt werden, da die Einrichtung nicht dem Feng-Shui entsprachen, wie ein von der Ibu beauftragter Chinese feststellte. Oy Tang Sun nahm das alles gelassen und versicherte Paul hinter vorgehaltener Hand lachend, das sei ja alles nicht bedeutend, und sie beide könnten dabei den wichtigen Angelegenheiten nachkommen. Das stimmte natürlich, und flugs verreiste Oy wieder nach Taiwan, wo er sich, wie gemunkelt wurde, eine Mätresse hielt. Das chinesische Feng-Shui schien auch nicht wirklich zu wirken, denn vor ein paar Tagen wurde ins Bürogebäude eingebrochen und ein Teil der Lohnsumme geklaut. Ja, die Löhne wurden auch immer mehr zum Gegenstand von Diskussionen, gerade weil Paul sich entschieden für bessere Bezahlung einsetzte. Diese Abteilung war aber fest in den Händen von Liem und der Frau Oy, welche beide kein Nachgeben kannten. So verlor Paul im Betrieb immer wieder die besten Kräfte, welche in der Lehrwerkstatt ausgebildet worden waren, um wichtige Positionen einzunehmen. Pak Ponto beklagte sich über die beiden Japaner in der Weberei, die sich eigenmächtig in seine Arbeit einmischen würden. Die Zusammenarbeit war schwieriger geworden, was aber wahrscheinlich auch mit dem schnellen Wachstum der Firma zu tun hatte.

Auch die Stimmung im Lande verschlechterte sich zunehmend. Der Mord an René war offensichtlich ein Teil davon. Er wurde weder untersucht, noch aufgeklärt. Unbeantwortete Fragen türmten sich auf. War es eine private Aktion, Bereicherung dieser Tati? War es ein Arbeitskonflikt, einen Rivalen auszuschalten? War es eine politische Auswirkung, Fremdenhass? Sogar islamitische Kräfte waren nicht auszuschließen, war René dieser Religion gerecht geworden? Oder war alles einfach eine unglückliche Verstrickung gewesen? Nichts wusste man, nichts und nochmals nichts...

Oder doch? Was hatte Hadia gefunden? Würde aus Renés Aufzeichnungen etwas erkennbar sein. Warum nur war Hadia nicht erreichbar...

Schweißgebadet wachte Paul auf. Sein Körper fühlte sich an, wie wenn er durch eine Mühle gedreht worden wäre. Bleiern lag er da und versuchte die Bruchstücke seiner Träume einzufangen. Der Kopf schmerzte und hämmerte. Hoffentlich hatte er sich nichts zugezogen, eine Erkältung oder gar Grippe war das letzte was er jetzt gebrauchen konnte.

Rini war schon auf. Draußen hörte man sie mit Bibi reden. Es geht weiter, befahl sich Paul. Aus dem Bett, unter die Dusche.

Um halb sieben fuhren Adang und Paul los. Rini stellte keine Fragen, blickte ihnen aber nachdenklich nach. Seit dem Streit über die Pilgerreise war sie ruhig und verschlossen geworden. Paul war klar, dass ein Rückzieher, ohne völligen Gesichtsverlust, unmöglich war. Er würde in den sauren Apfel beißen müssen und diesen Unsinn bezahlen. Er konnte die Kosten verkraften, und Rini hatte vielleicht eine Lehre daraus gezogen.

Der Morgen war grau, ein schmutziger Nebel hing über der Stadt, und die Hänge Richtung Westen lagen verschwommen in der Ferne. Die hohe Feuchtigkeit ließ das Hemd am Leibe kleben, wie wenn es nicht frisch aus dem Schrank gekommen wäre, sondern ein mehrtägig getragenes schmutziges Trikot wäre. Selbst die Polsterung des Autos klebte an den Armen. Paul fühlte sich unwohl und müde. Sicher würde es am Nachmittag regnen.

Der zähe Morgenverkehr nervte. Die Bejakfahrer schienen sich noch aggressiver den Weg durch die Autos und Motorräder zu bahnen. Es war allgemein bekannt, dass man sich besser so einem nicht in den Weg stellte, da sie einer Mafia gleich organisiert waren und kein Pardon kannten. Endlich endete die zermürbende Fahrt vor den Toren der Werkstatt.

Es schien sich nichts verändert zu haben. Alles lag verschlossen und ruhig da. Eigenartig, verwunderte sich Paul, Hadia musste doch da sein. Er hieß Pak Adang warten und zwängte sich durch eine enge Lücke neben dem Gebäude. Ein Gang führte der hohen Mauer entlang nach hinten. Solche kaum einen Meter breite Wege dienten oft der Entwässerung und dem Zugang dahinter liegender Areale.

Wie bei vielen chinesischen Gebäuden, wurde darauf geachtet, dass der Vordereingang bescheiden schmal ausfiel und erst dahinter der Platz üppig groß gestaltet wurde. Hadias Werkstatt war nicht anders angelegt. Paul wusste von einer schmalen Seitentür, welche sich quietschend und sperrig aufstoßen ließ.

Es war offensichtlich niemand da. Eine abgemagerte beige Katze schreckte auf und verschwand hinter einem Gebüsch. Um einen Stapel Graugussteile und über eine Blechplatte gelangte er ungehindert in die Werkstatt. Wie ein Geisterschiff lag der Betrieb vor ihm. Die Maschinen standen gleich Statuen, sauber gepflegt, aber leblos.

"Hadia!" Pauls Ruf hallte durch die Anlage. "Hadia!" Einmal, zweimal, zwecklos, da war niemand.

"Hadia?" Was um alles in der Welt war hier los? Paul durchquerte den Raum, immer darauf gefasst, dass plötzlich jemand auftauchte und ihn wegen seinem unbefugten Eindringen attackierte. Aber alles blieb totenstill. Er ging zögernd zur angelehnten Tür welche ins Büro führte, halb erwartend, dass er Hadia dort über seine Rechnungen gebeugt auffinden würde. Der Schreibtisch war aber leer und Renés Computer verschwunden. Nichts deutete darauf hin, dass Hadia hier tätig war.

Dann entdeckte Paul das Gerät. Es stand achtlos neben ein paar Motoren und einem Getriebe. Die Rückwand war entfernt worden, und Paul brauchte nicht lange, um zu verstehen, dass Festplatte und Hauptplatine fehlten. Nach kurzem Suchen entdeckte der die Letztere zertrümmert und zerstört im Abfalleimer neben der Tür. Soweit also das ersehnte Resultat der Untersuchung. Wütend trat er mit dem Schuh gegen das nutzlose Gehäuse und erschrak ob dem gewaltigen Lärm, den er verursachte. In einer Gruft weckte man aber keine Toten. Niemand erschien und verlangte eine Erklärung über den Einbruch.

Wieder auf der Straße schüttelte Paul auf Pak Adangs Fragen nur den Kopf. "Hadia ist nicht da. - Bitte fahr jetzt zur Firma."

Was hatte das alles zu bedeuten? Man konnte sich schlecht vorstellen, dass sein Freund einfach Hals über Kopf, vielleicht in den Urlaub, gefahren sei. Hatte er denn keine Aufträge mehr, welche bald abzuliefern waren? Wo waren seine beiden Mittarbeiter? War Hadia vielleicht krank? Steckte er im Bett, in seinem verlassenen

Heim? War da nicht einmal die Rede von Verwandten? Paul hatte keine Ahnung wo die alle waren, und Bandung war eine Zweimillionenstadt. Auf ein Verbrechen hatte er keine Hinweise gefunden. Es gab kaum einen liebenswürdigeren und bescheidenen Menschen als Hadia. Unvorstellbar, dass ihm jemand Schaden zufügen wollte. Von der geplanten Untersuchung des Computers wusste kein Mensch, außer ihnen beiden.

Er musste in Ruhe nachdenken. Hadia war all die Jahre immer ein treuer Freund gewesen. Man konnte sich auf ihn verlassen. Sie hatten manche fröhliche Stunde miteinander verbracht. Natürlich, nach der Abreise seiner Angelika war für ihn eine Welt zusammengebrochen. Dennoch, er hatte ausgeharrt und gehofft. Er war vielleicht etwas schweigsamer geworden, aber an ihrer Freundschaft hatte sich nichts geändert. Ja, wenn man die Lage objektiv betrachtete, war Hadia sogar sein einziger richtiger Freund. In dieser fremden Umgebung waren richtige Freunde nur schwer zu finden. Man hatte viele Bekannte, aus jeder Ecke der Welt, aber die meisten strebten nach ihren eigenen Zielen, waren mit sich selber beschäftigt und pflegten nur oberflächliche Kontakte. Man wusste ja nie, wohin einem das Leben weiter verschlug. Hadia träumte so wie Paul davon, in diesem Lande eine glückliche Familie zu haben und in Frieden hier zu leben. Ob das bis zum Lebensende reichte, das wusste natürlich keiner von ihnen, aber immerhin, man konnte es doch versuchen. Waren diese schönen Träume in letzter Zeit tatsächlich ins Wanken geraten?

Inzwischen hatte ein heftiger Regen eingesetzt, so dass Pak Adang nahe an den Eingang des Bürogebäudes fahren musste. Paul spurtete hinein und hinterließ trotzdem Lachen im Vorzimmer. Lächelnd beobachtete ihn die Sekretärin und folgte ihm in sein Büro. Gegenüber der adrett gekleideten hübschen Frau fühlte er sich richtig belämmert mit seiner nasser Hose und glucksenden Schuhen.

Drinnen schob sie einen Umschlag über den Tisch. "Das wurde vor einer Stunde für den Tuhan abgegeben", sagte sie.

"Danke Henrietta", murmelte Paul geistesabwesend. "Was ist das denn?"

"Keine Ahnung. Soll ich den Umschlag öffnen?"

"Ach, nein danke, ich mach das schon."

Leise verschwand die Frau und schloss die Türe hinter sich. Hatte er sie jetzt vielleicht erzürnt? - Ach was, lass diese Spitzfindigkeiten, schalt er sich und warf sich auf den Stuhl. "Wird schon nichts Wichtiges sein." Er hatte die gestrigen Produktionszahlen zu kontrollieren.

Der dicke Umschlag harrte aber auf der Tischplatte, wie wenn er meinte: Was wartest Du? Wichtig oder Unwichtig, mach mich endlich auf!

Umständlich suchte Paul nach dem Messer. Er hasste es, wenn Leute ihre Umschläge einfach mit dem Finger zerfetzten und den Brief lieblos zerknitterten. Ein sauberer Schnitt, und dann kam der Inhalt unversehrt zum Vorschein. Heraus glitt etwas Flaches, Metallenes. Wie ein elektrischer Stromstoß durchfuhr es Paul. Eine Computer Festplatte! Zum Teufel, war das...!

Er drehte den Umschlag, auf der Suche nach einem Hinweis woher der kam. Aber da stand einfach in schwarzer Blockschrift sein Name: Mr. Paul.

Im Umschlag fand er einen Stapel Dokumente und einen gefalteten Brief. Er erkannte sofort Hadias Schrift. Zitternd las er:

Lieber Paul,

Du wirst über diese Nachricht erstaunt sein, aber es ging nicht anders. Wenn du diese Zeilen in der Hand hältst, bin ich schon in Australien. Es tut mir unendlich leid, dass ich mich nicht verabschieden konnte, aber du wirst mich verstehen.

Die beiliegende Festplatte ist hoch brisant, und der Ausdruck der Dokumente nur für deine Augen bestimmt. Bitte vernichte alles, sobald du den Inhalt verstanden hast. Es kann auch für Dich gefährlich werden. Renés Ermordung war geplant, denn er hatte sich vom Islam abgewendet. Aus seinen Unterlagen geht hervor, dass er beim kommenden Umsturz im Dschihad hätte aktiv werden sollen. Das hat er kategorisch abgelehnt und hat sogar mit einer Anzeige gedroht. Damit war er von den Extremisten zum Tode verurteilt. Wer dieses dann ausführte, können wir natürlich nur ahnen.

Leider hat irgendjemand mitbekommen, dass wir dem Unfall nachgingen und mein Jeep muss aufgefallen sein. So bekam ich seit einer Woche Morddrohungen, was ich nicht ignorieren konnte. Ich habe mich deshalb entschlossen, sofort zu verschwinden und bin zusammen mit Linn Su nach Australien gereist.

Irgendwo muss etwas durchgesickert sein, wir waren wahrscheinlich zu naiv und unvorsichtig. Ich rate dir deshalb ebenfalls das Land zu verlassen, bevor es zu spät ist. Wir Chinesen sind es beinahe schon gewohnt, immer wieder abzuhauen, denn Rechte konnten wir noch nie einfordern.

Ich wünsche dir alles Gute und viel Glück für die Zukunft, wo immer das ist.

Dein Freund Hadia.

PS. Linn und ich sind glücklich.

Völlig versteinert saß Paul an seinem Schreibtisch und starrte auf die ausgebreiteten Schriftstücke und die Festplatte. Sein angeborener Gerechtigkeitssinn rebellierte und schrie auf. Was für Menschen waren das, die ohne Gnade mordeten, unterdrückten und vertrieben. Nicht einmal wilde Tiere verhielten sich so.

KAPITEL 21

Graue träge Wolken hingen tief über der Ebene, und die wenigen Palmen ließen kraftlos schwere Tropfen von den herunterhängenden Fächern fallen. Nicht dass es stark regnete, aber die Luft war so voll von Feuchtigkeit, dass kein Flecken trocken blieb. Der frühe Mittwochnachmittag lag wie ein schwerer Mantel über den angrenzenden Feldern.

Sie beobachteten eine graue, verlassene Halle, wo nun vor dem Eingang mehrere Lastwagen hielten. Dutzende Männer sprangen von den Ladeflächen und strebten rasch durch das, einen Spalt weit offene, Tor ins Innere. Außer dem gelegentlichen Aufheulen eines geplagten Motors war nichts zu hören. Die Ankömmlinge waren durchwegs einfache junge Männer in gewöhnlicher Kleidung. Auffallend viele trugen aber rote Mützen oder eine entsprechende Kopfbinde. Sie hielten sich nicht lange auf, sondern verschwanden in der Halle. Es war offensichtlich, da war eine Versammlung der aufstrebenden PDI im Gange. Dass die Ankömmlinge eher ruhig und unauffällig waren, war ein Zeichen, dass man halt doch nicht so sicher war, ob nicht Polizei oder gar Regierungstruppen aufkreuzen und dem ganzen Spuk ein Ende bereiten würden. Die PDI, die Demokratische Partei Indonesiens, war nicht verboten, doch unbewilligte Demonstrationen und Versammlungen wurden nicht toleriert.

Im Aufruf zu diesem Treffen hieß es beruhigend, man hätte die Erlaubnis und die moralische Verpflichtung zur Teilnahme. Ganz sicher war sich aber wohl keiner.

Der Ort war gut gewählt. Er war nahe genug der Metropole Jakarta, zwischen Bekasi und Purwakarta, wo auch einige wichtige Universitäten und viele Fabriken lagen. Viele der Besucher waren deshalb auch Studenten und Arbeiter. Die Halle stand im Gelände einer stillgelegten Chemiefabrik. Liegengebliebene Fässer und staubige, tote Areale erinnerten daran, dass hier mit dem Umweltschutz wohl nicht besonders sorgfältig umgegangen worden war. Es war also eher unwahrscheinlich, dass man hier gestört wurde.

„Wir sollten auch gehen", meinte Achmed zögernd. Er hatte sich vor zwei Stunde im nahen Warung mit Onang, dem Mechaniker, getroffen. Man wusste nicht so genau, ob dieser Kiosk schon immer da stand, oder ob ein geschäftstüchtiger Anhänger der Partei die Gelegenheit nutzte, um zusätzlich etwas zu verdienen. Die zahnlose Frau hinter dem einfachen Tresen grinste undurchsichtig und strich die paar Rupien mit flinken Handbewegungen ein. So ein Warung war schon etwas Gutes. Der Aufbau der leichten Bambuswände und der paar Bänke dauerte weniger als eine Stunde, und genauso schnell war alles auch wieder verschwunden. Zurück blieben dann meistens viel Unrat, Plastik und leere Flaschen. Aber das kümmerte hier niemanden. Mittlerweile hatte die Frau einen zischenden Gasbrenner angezündet und stellte einen zerbeulten Topf darauf. Sie reihte Bierflaschen und Gläser mit Limonade auf den Tresen. Nach der Versammlung in der Halle, erhoffte sie sich wohl das große Geschäft.

Onang maulte ungehalten: „Ach, das hat noch Zeit. Hab sowieso wenig Lust, mir das Geschwätz anzuhören."

„Aber das ist doch wichtig", entgegnete Achmed unsicher. „Die Rede von Megawati sollten wir uns schon anhören. Sie wird unsere Bewegung zum Ziel führen. Sie ist einfach unübertrefflich."

„Ha, eine Frau!" Onang kramte eine Kretek aus der zerdrückten Packung und steckte sie gekonnt mit einem Schwefelhölzchen an. Er rauchte die funkensprühende Zigarette eine Weile und spuckte verirrte Tabakkrümel aus. „Die ist doch wie alle Politiker, die reden viel, den ganzen Tag lang! - Natürlich hätte die das Zeug dazu, denk' mal, ihr Vater war einmal Präsident und das nicht allzu zimperlich. Das waren noch Zeiten, Bung Soekarno hat damals nicht lange gefackelt. Er und Hatta haben die Ausländer hinausgeworfen und eine nationale, kommunistische Gesellschaft eingeführt. Leider ist nach zwanzig Jahren, so um 1967, das Weichei Soeharto an die Macht gekommen. Der hat dann mit seiner westlichen Politik das Land gehörig ausgenommen. Man sieht ja, wie's heute steht. Die Chinesen und Ausländer regieren wieder, für uns keine Arbeit, viel Armut und kaum einen Teller Reis. Ja, die Tochter unseres Helden Soekarno, das wäre schon ein Zeichen, aber mit viel reden und diskutieren ist es nicht getan. - Außerdem ist die Wati eine richtige Vogelscheuche."

Onang grinste und zog den duftenden Rauch tief in die Lungen ein. „Eine hübsche Lady, das wär was anderes, aber die, die erregt doch keinen richtigen Mann."

Wie wenn er das Stichwort gegeben hätte, rauschte plötzlich eine Kolonne dunkler Autos daher, zog einen großen Bogen vor der Halle und hielt, so dass die schwarze Limousine genau vor dem Tor stand. Aus dem Wagen kletterte eine kleine Gestalt im traditionellen Sarong und der weißen, gestickten Kebaya, einer eleganten anliegenden Bluse. Ihr schwarzes Haar war straff nach hinten gekämmt und zu einem Knoten aufgesteckt. Sie trug weder einen Schal noch ein Kopftuch und demonstrierte dadurch die moderne freie Frau. Dennoch war ihre etwas pummelige Gestalt wenig auffallend.

Zusammen mit einer Gruppe Männer eilte die Frau zum Eingang und verschwand hinter dem Tor. Die Wagenkolonne fuhr langsam davon.

„Komm schon!" rief Achmed. „Wenn sie das Tor schließen, kommen wir nicht mehr hinein."

Widerwillig bequemte sich Onang und folgte ihm in die Halle. Diese war gut besetzt, man hatte Klappstühle und Bänke aufgestellt, aber viele hatten sich einfach auf dem Boden niedergelassen. Die Beiden ergatterten sich eine Sitzgelegenheit nahe der linken Wand. Über ihnen ragten die massiven Eisenträger der Dachkonstruktion auf. Sie waren in regelmäßigen Abständen angeordnet und trugen das ganze Wellblechdach. Zwischen den Pfeilern waren die Wände gemauert und grob verputzt. Von der Wand bis zum Dach war jeweils eine Lücke offen, welche genügend Licht ins Innere ließ. Trotzdem, und weil draußen sowieso schon graues Wetter herrschte, war es in der Halle düster und unbehaglich. Es war die gewöhnliche und wohl auch die kostengünstigste Bauweise für Fabrikanlagen. Was immer hier früher produziert wurde, davon war aber nichts mehr zu sehen.

Vorne war ein einfaches Podium aufgebaut. Ein einsames Mikrofon stand in der Mitte, und dahinter befand sich eine Reihe mit rotem Plüsch bezogene Sessel. Einige einfache Glühlampen warfen ihr bescheidenes Licht auf die Szene. Eben verteilten sich die prominenten Ankömmlinge auf ihre Plätze, und einen Moment lang verstummte das Stimmengewirr der Anwesenden, um dann orkanartig in einen Begrüßungssturm auszubrechen. Plötzlich wurden rote Banner mit einem schwarzen Stierkopf in die Höhe gehalten. Rote Fahnen wurden geschwenkt und die Menge fing an zu rufen: „PDI, PDI perjuangan! PDI, unser Kampf!"

Es dauerte eine geraume Weile, bis die Rufe abebbten und einer der Männer sich Gehör verschaffen konnte. Die Lautsprecheranlage knackte und pfiff markerschütternd, aber als dann Ibu Megawati Soekarnoputri ans Mikrofon trat wurde es mäuschenstill.

„Saudara, Saudara, yang terhormat…", begann die Rede und dauerte eine geschlagene Stunde. Sie sprach von der Einheit des Landes und der Würde der Menschen, egal welcher Klasse oder Religion, vom Stolz jedes Einzelnen, dass soziale Gerechtigkeit notwendig sei und die Ausbeutung durch Fremde zu beenden sei. Die Regierung Soeharto geißelte die Rednerin als machtgierig, korrupt und kriecherisch vor dem Westen. Das Land und die Ressourcen gehörten dem Volk und nicht nur ein paar Reichen und ausländischen Konzernen. Ein Volk von um die 200 Millionen dürfe sich nicht so unterdrücken lassen. Dafür stehe die neue Partei PDI-P, nun bereit, den Kampf aufzunehmen.

Es ist in diesem Land äußerst unhöflich, einen Redner oder in diesem Falle eine Rednerin zu unterbrechen, dennoch hörte man hie und da halblaute Zwischenrufe und Bekräftigungen aus dem Publikum. Als sie aber geendet hatte, brach ein Sturm los. Jeder sprang auf und streckte die geballte Faust in die Höhe. Die Fahnen wurden stürmisch geschwenkt, die roten Banner noch höher gestreckt. Wie ein Schrei klang es durch die Halle:

„PDI perjuangan! Kami akan menang! - Wir werden siegen!"

Auch Achmed und Onang wurden von der Begeisterung mitgerissen. Sie schrien mit und stießen sich gegenseitig begeistert in die Rippen. „Wir werden siegen!", schrie Achmed immer wieder.

Geduldig wartete der junge Mann, der nach einiger Zeit ans Mikrofon getreten war. Megawati lächelte müde, winkte aber der aufgewühlten Menge immer wieder zu. Es dauerte fast eine Viertelstunde bis etwas Ruhe einkehrte und sich der Mann am Mikrofon durchsetzen konnte.

„Das ist Bambang, der das hier alles organisiert", wusste Onang. „Den hat die Polizei schon einmal geholt. Sie konnten ihm aber nichts nachweisen. Dennoch war er für eine ganze Woche verschwunden. Seine Schwester Siti ist auch da, die ist eine scharfe Nummer, die gefällt mir."

„Ach, hör' doch auf!", entgegnete Achmed. „Dass du ob den ganzen politischen Problemen auch noch an Weiber denken magst, ist doch kaum zu glauben. Mir reicht die ganze Aufregung hier mehr als genug."

„Wart's ab, es kommt noch besser. Die wohnt nämlich in Bandung und sie meinen, wir sollten dort zusammen aktiv werden. Möchte ich ganz gerne, wenn ich an den prallen Hintern denke. - Aber lassen wir das. Der Bambang hat noch andere Pläne."

Tatsächlich putschte der junge Mann die Menge nochmals gewaltig auf. Im Chor schrie die Menge die Slogans für eine bessere Zukunft, und als Bambang dann zu einer Demonstration vor dem Parlament aufrief, flammte die Begeisterung hoch lodernd auf.

„Indonesia! Kami akan melawan! Nieder mit dem Regime! Soeharto, verschwinde! Indonesien dem Volk! Demokratie - PDI!"

Bambang rief mit letzter Kraft alle auf, sich am Freitag nach dem Gebet auf dem großen Platz vor dem Nusantara Parlamentsgebäude zu versammeln und den Willen des geplagten Volkes zu demonstrieren.

Die Anwesenden brüllten erneut auf, wie ein verwundeter Stier, und schwenkten die Fahnen, auf denen tatsächlich ein schwarzer Bulle prangte, stürmisch über den Köpfen. Die Menge wogte wie ein Orkan, so dass die Halle zu schwanken schien. Megawati und ihre Bewacher waren längst verschwunden. Ein paar Mutige sprangen wie Krieger auf das Podium, warfen die Arme in die Luft und schüttelten die Fäuste. Es gab kein Halten mehr, ein Tsunami war entstanden und rollte unaufhaltbar dem verfluchten ungeliebten System entgegen.

Achmed zerrte verzweifelt am Ärmel von Onang, welcher sich nach vorne drängte. „Komm! Das bringt doch nichts! Lass uns verschwinden."

Onang stolperte und wäre beinahe hingefallen. Fatal in diesem Tumult. Im letzten Moment fing er sich und drehte ab. Einen Moment zögerte er, aber dann folgte er Achmed ins Freie. „Scheiße!", krächzte er. „Das bringt wirklich nichts, das ganze Gekreische. Das bringt höchstens noch die Polizei auf den Platz. - Ja, lass uns verschwinden."

Mittlerweile war es Abend geworden, der regnerische Tag verabschiedete sich mit dunklen Schatten und Wolken. Der Warung stand noch an seinem Platz, aber die Frau war verschwunden. Sie hatte wohl vor dem ganzen Aufruhr Angst bekommen. Die paar Flaschen würden schlussendlich sicher den Plünderern zum Opfer fallen.

Onang grinste: „Kein gutes Geschäft heute. - Komm, dort hinter der Mauer steht mein Motorrad."

Achmed war mit dem Bus gekommen und erhoffte sich nun eine Mitfahrgelegenheit. „Fährst du zurück nach Bandung? - Nimmst' mich mit?"

In der Ferne hörte man eine Sirene. „Klar, komm schnell, wir hauen ab!"

Es brauchte schon einigen Mut, um in Cimerah aufzukreuzen. Nach fast vier Stunden Fahrt durch die schnell eingebrochene Nacht, erreichten sie gegen neun Uhr halb erfroren die Abzweigung des schmalen Fahrweges, welcher zum Haus von Ibu Nuria und Achmeds Frau hinauf führte. Am Straßenrand waren immer noch einige der Kioske offen. Sie waren mit gleißenden Petrollampen hell erleuchtet. Onang hielt beim Erstbesten. Auf der zugigen Fahrt war ein Gespräch kaum möglich gewesen, weshalb die Aussicht auf einen Kaffee und ein paar Worte hier genau richtig war. Außerdem zog es Achmed nach all der langen Zeit wenig nach Hause. Das würde wohl ein Theater geben, und man konnte nur hoffen, dass die Geschichte mit dem Aufstand vor der Textilfabrik etwas in Vergessenheit geraten war.

„Wo bleibst du eigentlich die Nacht?", erkundigte sich Achmed nach einer Weile und fügte zögernd bei: „Könntest ja bei uns schlafen."

Der Kopi Tubruk war heiß und kräftig und belebte die von der Fahrt erschöpften Geister. Das Motorrad erkaltete mit knackenden Geräuschen neben der Straße. Der Betreiber des Warung hatte eine Plastikwand installiert, so dass die beiden späten Gäste geschützt in einer Ecke sitzen konnten. Die Unterhaltung stockte, und der Wirt hielt sich zurück. Es war wie wenn zwei Heimatlose eine schützende Ecke gefunden hätten. Der laute Anlass von Jakarta mit all dem Geschrei und Getue war auf der langen kalten Fahrt wie weggeblasen worden. Die lauten Parolen und flatternden roten Fahnen verblassten hier in der Wirklichkeit des einfachen Daseins an der Straße außerhalb Bandung.

Endlich antwortete Onang: „Nicht notwendig. Ich fahr nachher zu meinem Bruder in Cimahi."

„Bist du da zu Hause?", erkundigte sich Achmed, der plötzlich merkte, wie wenig er von diesem Mann wusste.

„Klar", brummte Onang. „Jedenfalls meistens. Seit ich aus der Fabrik rausgeschmissen wurde, bleibe ich eigentlich auch da nie lange."

„Du meinst die Indosun? - Ist nicht gerade eine noble Firma."

„Genau diese!", lamentierte der Mann gegenüber. „Hat nicht viel gebracht, als dort demonstriert wurde. Der Chinese hat einfach zu gute Beziehungen zum Militär. - Ich wüsste aber schon noch etwas, womit man denen eins auswischen könnte."

Mit ungutem Gefühl erinnerte sich Achmed an den damaligen Aufstand, und dass er eben dabei war, in sein Haus zurückzukehren, ohne zu wissen wie er dort empfangen würde. Er hoffte sehr, dass in der Zwischenzeit Ruhe eingekehrt war, und man nicht mehr danach fragen würde, was seine Rolle bei der ganzen Geschichte gewesen war. Heute würde sich das erweisen. Jetzt müsste er unverzüglich gehen, sonst würde er die Familie unnötigerweise aus dem Schlaf reißen und dann sicher noch weniger mit offenen Armen empfangen werden.

„Onang, ich muss nun wirklich gehen", entschuldigte sich Achmed. „Es wäre nicht gut, wenn ich erst mitten in der Nacht ankomme."

„Verstehe. Soll ich dich hinauffahren?"

„Nein danke. Ich geh' zu Fuß. Es ist ja nicht weit. - Fahren wir am Freitag nach Jakarta?"

„Klar doch! Ich komm dann so um sieben Uhr vorbei und hol' dich ab."

Mit diesen Worten startete Onang das Motorrad und brauste davon.

KAPITEL 22

Dangdut ist in Indonesien eine populärere Musik- und ein beliebter Tanzstil, indischer, arabischer und auch immer mehr westlicher Prägung. Es handelt sich dabei um einen einfachen Rhythmus im 4/4-Takt. Die vorwiegenden Instrumente sind Keyboard, E-Gitarre, Schlagzeug, die indische Trommel „Tobla" und die indonesische Bambusflöte „Suling". Die manchmal etwas erotische Interpretation der Sängerinnen ist natürlich den streng religiösen islamischen Kreisen ein Dorn im Auge.

Onang, Siti und Achmed trafen sich ein paar Tage später, am Mittwoch, außerhalb von Bandung an der Jalan Bypass, wie die Umfahrungsstraße genannt wurde. In einer Seitenstraße befand sich ein Lokal welches sich „Café Dangdut" nannte. Siti Susilo fuhr einen älteren Toyota mit Nummernschildern von Jakarta. Da der Platz vor dem Lokal völlig überfüllt war, stellte sie den Wagen einfach an den Straßenrand, halbwegs im Rinnstein. Es war gegen zehn Uhr und die Nacht noch lange. Achmed beobachtete vom Rücksitz aus, wie Siti den Spiegel herunterklappte und ihr Gesicht kontrollierte. Dabei trafen sich ihre Augen, und sie lächelte dem Spiegelbild zu. Achmed durchlief ein heißer Schauer. Sie war wirklich eine tolle Frau, hohe Wangenknochen, schräge grüne Augen und ein Blick der alles versprach. Als sie beim Verlassen des Autos den kurzen

Mini Jupe glattstrich, konnte er die schlanken Beine ausgiebig bewundern.

„Pass auf, dass dir die Augen nicht herausfallen!", raunte Onang und stieß den Freund in die Seite. „Kommt, lasst uns hineingehen. Das verspricht ein toller Abend zu werden."

Achmed dankte Allah, dass am Freitag alles gut gekommen war und sie alle drei wohlbehalten davongekommen waren. Die Demonstration war gigantisch gewesen. Ein Meer von vermutlich über hunderttausend Teilnehmern blockierte den ganzen riesigen Platz und die Straßen vor dem Nusantara Gebäude. Fahnen und Banner wogten wie riesige Wellen eines aufgewühlten Ozeans im Wind, und Sprechchöre brausten wie anrollende Brecher heran.

Dann kam die Polizei. Noch hielt die vorderste Reihe mit den Transparenten mutig stand. Laute Befehle per Megaphon ertönten, und die in Kampfmontur steckenden Ordnungshüter formierten sich. Die Menge schrie auf, streckte die Fäuste in die Höhe und drängte nach vorne.

„Kami akan menang! PDI perjuangan! Soeharto go! go!, go!"

Die Sprechchöre wurden lauter, und das Gedränge eskalierte. Achmed und Onang schoben sich seitwärts hinaus, und als die ersten Militäreinheiten eintrafen, verdrückten sie sich in eine Seitenstraße. Hinten ertönten die ersten Schüsse, und die Sirenen der Krankenwagen verstärkten das Inferno.

Später am Abend, zurück in Bandung, saßen sie in einem Lokal und beobachteten, aus der Ferne und in Sicherheit, die Szenen auf dem Bildschirm des Fernsehers. Die Ordnungshüter standen wie eine Mauer mit Schildern, Helm und Schlagstöcken. Steine flogen, Feuer loderte auf, und Molotow-Cocktails flogen durch die Luft. Radikale, mit schwarzen Masken getarnt, griffen an und verletzten einen Polizisten. Militär und Polizei formierten sich und rückten vor. Tränengas schwappte durch die Reihen der Demonstranten. Nur noch aggressiver wurde zurückgeworfen, Steine flogen durch die Luft wie Handgranaten. Schüsse ertönten. Die Front der Demonstranten wurde durchbrochen, erste Verhaftete lagen am Boden. Verwundete mussten gerettet werden. Blut und Tränen flossen, und nichts, aber auch gar nichts war gewonnen.

Der Nachrichtensprecher berichtete, die Unruhen vor dem Parlamentsgebäude hätten großen Schaden angerichtet. Die Situation sei jetzt aber unter Kontrolle. Ein Toter und unzählige Verletzte seien zu beklagen. Die PDI habe die unbewilligte Demonstration provozierend angezettelt, und diese sei völlig außer Kontrolle geraten. Die Ordnungskräfte hätten mehrere Personen verhaftet, darunter auch den Anstifter Bambang Susilo. Die Verantwortlichen würden umgehend zur Rechenschaft gezogen und müssten mit rigorosen Verfahren der zuständigen Justizbehörden rechnen. Ein Sprecher der „Kepolisian Negara Republik Indonesia", kurz POLRI, erklärte, dass die Einheiten wachsam wären und solche Ausschreitungen in Zukunft mit allen Mitteln zu verhindern wüssten. Die Einheit und Stabilität des Landes sei für die Regierung und den Präsidenten oberstes Gebot, und man würde solche Aktionen von militanten Chaoten nicht tolerieren.

„Mein Bruder wieder im Gefängnis!", begehrte Siti auf. „Diese Bluthunde werden ihn diesmal nicht so schnell freilassen. Er hat doch nichts getan. Wir sind ein freies Volk, das dürfen wir uns doch nicht gefallen lassen."

Onang schüttelte den Kopf: „Da ist im Moment überhaupt nichts zu machen. Wir können froh sein, dass wir glimpflich davongekommen sind. Der Kampf wird weitergehen, und wir werden gewinnen."

Dass sie sich an diesem Abend aber sorglos ins Vergnügen stürzten, schien Achmed schon etwas komisch. Nachdem er aber zu Hause bei seiner Rückkehr mit tausend Vorwürfen und viel Gezeter empfangen worden war, war ihm dieser Ausflug gerade recht. Die flotte Siti ließ ihn für eine Weile das unerträgliche Gezänke seiner Frau vergessen. Siti war schon ein paar Gedanken wert. Außerdem hatte nicht er einen Bruder im Gefängnis, wo der vielleicht sogar mit Folter rechnen musste, sondern sie. Es war ihr Bruder, und wenn sie das nicht kümmerte, soll's ihm auch keine großen Sorgen bereiten. Mal sehen, was sich da entwickelt.

Sie erreichten den Eingang, ohne von den anwesenden Bewachern aufgehalten zu werden. Siti schien sich auszukennen und erklomm zielstrebig die paar Stufen zu einem großen Saal. Laute Musik dröhnte ihnen entgegen, zuckende Scheinwerfer warfen ihre von

Rauchschwaden zerrissenen Strahlen über eine tanzende, sich wiegende Menge. Sofort fiel die Sängerin auf. Viel nackte Haut zeigend, klammerte sie sich an ein Mikrofon und wiegte sich dem Publikum entgegen. Ihre Stimme kämpfte gegen die laute Musik an, wobei aber wohl ihre wiegenden erotischen Bewegungen bedeutend wichtiger waren. Die Meute schrie und sang lautstark mit, die Männer mit leuchtenden Augen, die Damen bemüht, selber Aufmerksamkeit zu erhaschen.

Siti packte Achmed an der Hand und zog ihn durch das Gewühl zu einem freien runden Tisch. Onang strebte sofort der Bar zu und flirtete dort bald ganz offen mit einer hübschen Tänzerin. Siti warf ihr Bolero auf den Stuhl und zog Achmed sofort auf die Tanzfläche. Bald wiegten sie sich zwischen allen anderen im einfachen Takt der dröhnenden Musik. Man brauchte keine besonderen Kenntnisse des Tanzes, um in der Menge einfach mitgerissen zu werden. Sitis Bewegungen wurden immer anmutiger und sinnlicher. Sie lächelte betörend, und ihre Lippen formten herzförmige lockende Formen. Es dauerte deshalb nicht lange, lagen sich die beiden eng umschlungen in den Armen und wiegten sich vereint. Das kümmerte aber niemanden, alle waren mit sich selber beschäftigt, und selbst Onang rückte seiner Tänzerin etwas näher. Die Gitarre heulte auf, und die Trommeln hämmerten ihren Rhythmus, dass das Herz beinahe Sprünge machte. Die Sängerin sank in die Knie und schrie mit letzter Leidenschaft ihre Liebesschwüre ins Mikrofon.

Erstaunlicherweise brauchte es kaum Alkohol, um die Anwesenden in einen solchen Rauschzustand zu versetzen. Siti hatte wohl einen Drink bestellt, aber auch Achmeds Bier blieb praktisch unberührt. Musik, Tanzen und körperliche Nähe waren das Wichtigste.

Irgendwann, Stunden später, zog Siti Achmed zum Hinterausgang. Vorbei an den Toiletten führte ein Korridor nach hinten. Siti zögerte nicht lange und stieg eine steile Treppe hoch. Auch Achmed zauderte nicht. Er folgte der Frau und wusste, er war am Ziel. Diese herrliche Gestalt gehörte noch diese Nacht ihm.

Onang hatte den Abgang der Beiden aus den Augenwinkeln mitverfolgt. Na also, dachte er, das war ja einfacher als gedacht. Siti, das Goldstück, war schon eine Nummer für sich. Die tat alles für das gemeinsame Ziel. Eifersucht kannte er aber nicht. Sie würde zu gegebener Zeit wieder zu ihm zurückfinden. Sie wusste, wo sie hingehörte, und seine Qualitäten waren auch nicht zu unterschätzen. Dieser Achmed hingegen, der war ein Weichei und eine leichte Beute. Jetzt war er ausgeliefert, ein Instrument in ihren Händen, man würde sehen, wie es zu gebrauchen war. Seine, ihre gemeinsamen Pläne standen fest. Sie würden das Ziel erreichen und dieses Land nach Allahs Willen gestalten, egal mit welchen Mitteln.

KAPITEL 23

Mitte Juni würde die Arbeitsbewilligung tatsächlich ablaufen, aber die Firma kümmerte sich darum.

„Keine Sorge Pak Paul", versicherte Liem beruhigend. „Wir sind im engen Kontakt mit den Immigrationsbehörden, wir brauchen einfach etwas Zeit."

Na ja, Zeit und etwas Geld, dachte Paul. Er konnte selber nichts tun, und außerdem war er voll und ganz mit dem Betrieb beschäftigt. Die Weberei lief noch immer nicht zufriedenstellend. Man musste endlich eine Lösung finden, und Paul ahnte schon wo das Problem lag.

Alles hatte gut begonnen. Oy Tang Sun bewies Stärke und Mut, als er entschied, dass ab jetzt nur noch für neue moderne Maschinen investiert werde. Die Zeit der bescheidenen, risikoreichen Anfänge mit Gebrauchtanlagen, welche ihm aber hervorragende Ergebnisse geliefert hatten, war nun endgültig vorbei.

Es war die Zeit der revolutionären Geschwindigkeitserhöhungen beim maschinellen Weben. Neue Technologien, wie zum Beispiel das Luftdüsenverfahren, erlaubten bis zu fünfmal höhere Schusseintragungen. Diesem Fortschritt zu folgen war eine durchaus richtige Entscheidung. Die japanische Toyoda JAT-600 war so eine Webmaschine. Die Bezeichnung „Webstuhl" war mittlerweile sehr verpönt und wurde gemieden. Webstühle gehörten ins Museum, und die berühmten „Schiffchen" lagen nun eher auf dem Regal im Wohnzimmer eines ehemaligen Webmeisters, als im Fach einer Webmaschine.

Seit Anfang Jahr war die neue Anlage in Betrieb, kämpfte aber mit Schwierigkeiten. Die japanischen Techniker bemühten sich redlich, einen vernünftigen Wirkungsgrad zu erreichen, scheiterten aber immer wieder an den vielen Kettfadenbrüchen. Der Chefmonteur, Kajino-San, kam immer öfter zu Paul ins Büro und klagte sein Leid. Der ältere kleine Mann war zu bedauern. Er war ein umgänglicher, höflicher Mensch mit viel Sachkenntnis und Engagement. Ihm waren aber scheinbar die Hände gebunden. Zum heutigen Treffen hatte Paul außer Kajino auch Pak Ponto in sein Büro gebeten, den Leiter der Unterhaltsbrigade.

Nach der Begrüßung kam Paul sofort zur Sache: „Uns ist allen bekannt, dass die Weberei mit einem Wirkungsgrad von knapp sechzig Prozent zu wünschen übrig lässt. - Auch die Ursachen scheinen klar zu sein. - Nicht wahr Kajino-San?"

„Ja, natürlich Paul-San. Wir wissen alle, dass die vielen Kettfadenbrüche schuld sind. Das gibt auch fehlerhafte Ware, denn jeder Stillstand bedeutet eine Unregelmäßigkeit im Fertigprodukt. Nebst der niedrigen Produktion erhalten wir auch noch Stoff von geringer Qualität."

„Außerdem brauchen wir viel mehr Bedienungspersonal, um die Maschinen einigermaßen am Laufen zu halten." Paul wusste selber, dass das ein schwaches Argument war, die höheren Lohnkosten waren ein kleiner Teil des Misserfolges.

Ponto mischte sich ein. „Das Ganze fängt doch viel früher an", brummte er. „Man kann doch nicht einfach dem Maschinenzustand, der Klimaanlage oder der Druckluftversorgung Schuld geben. Sicher ist noch nicht alles perfekt, aber wir sind fortlaufend an der Arbeit und versuchen das Beste."

Klar, dass Ponto sein eigenes Revier verteidigte. Er war aber einer, der sich sehr einsetzte. Doch da lag sicher noch Verbesserungspotential.

„Pak Ponto sind Sie sicher, dass die Kompressoren in Ordnung sind. Ungleichmäßigen Druck oder gar Kondenswasser wären außerordentlich schlechte Voraussetzungen für einen reibungslosen Betrieb. Feuchtigkeit in den Düsen wäre fatal."

„Aber klar doch!", eiferte sich der Mann. Das ist alles in Ordnung. Die Anlage ist groß genug, um das Doppelte der Webmaschinen zu versorgen, und die Trockner sind längst in Betrieb. Da ist kein Wasser mehr drin."

„Kajino-San, es wäre doch der erste Verdacht, dass die vielen Fadenbrüche durch die Maschine verursacht werden. Ist da wirklich alles wie es sein sollte. Ich denke da an die Litzen fürs Fach, die doch durch die hohe Geschwindigkeit um ein Mehrfaches beansprucht werden. Noch haben wir vier Monteure vor Ort. Es sollte doch…"

„Meine Herren", wehrte Kajino-San ab. „Es ist doch offensichtlich, dass mit der Schlichterei etwas nicht stimmt. Die Kettfäden sind einfach für diese enorme Belastung bei den Geschwindigkeiten zu schwach. Wir haben aber Garn von hervorragender Qualität mit hoher Reißfestigkeit. Daran kann es nicht liegen. Nein, die Herstellung der Zettelbäume, und damit meine ich die Schlichterei, ist das Problem."

Ponto nickte zustimmend: „Richtig, und wenn mich jemand fragen würde, die Lumpenware von Schlichte kann nichts Gescheites hervorbringen. - Aber der Chef will das ja nicht wahrhaben."

Paul wusste, dieser Ponto war kaum zu bremsen. Er war direkt, sagte ungeschminkt die Wahrheit, war undiplomatisch und deshalb bei vielen auch unbeliebt. Paul schätzte den Mann aber sehr, denn auch er selber war für Offenheit und Klarheit. Der Erfolg gab ihnen Recht.

Trotzdem bremste Paul: „Pak Ponto, wir wollen nichts überstürzen. Soviel ich weiß, liegen noch einige Säcke dieses Stärkeprodukts im Lager. Wieviel, wissen Sie das?"

„Na ja, genau weiß ich das auch nicht. Aber bestimmt noch für ein weiteres halbes Jahr."

Nun mischte sich Kajino-San ein: „Das Zeug kommt aus Taiwan, und wir wissen nicht genau wie es zusammengesetzt ist. Eine gute Schlichte ist aber enorm wichtig, einerseits muss es dem Faden die notwendige Festigkeit geben, anderseits sollte es wieder leicht auswaschbar sein, sonst gibt's später Probleme in der Färberei. Wir hätten besser ein japanisches Produkt genommen."

Paul grinste heimlich in sich hinein. Ist ja klar, dem Japaner waren ausschließlich seine eigenen Produkte heilig. Alles andere war minderwertig. Sind wir doch ehrlich, dem Schweizer schmeckt auch nur die Schweizer-Schokolade. Nun, damit hatte er kein Problem, aber es half hier auch nicht weiter.

„Warum probieren wir denn nicht einfach einmal ein japanisches Produkt?", stellte er die naheliegende Frage.

Nun kam Ponto richtig in Fahrt: „Weil der blöde Liem nicht will oder kann. Der Einkauf geht über ihn und wird von der Ibu abgesegnet. Die verstehen von der Sache überhaupt nichts und lassen sich einfach etwas aufschwatzen."

Kajino-San nickte: „Es ist schon so. Natürlich haben wir Empfehlungen abgegeben, aber es hieß dann, die Schlichte aus Taiwan sei genauso gut und bedeutend billiger. Das kann für normale Webereien durchaus stimmen, aber für unsere Hochgeschwindigkeitsmaschinen taugt das nichts. Es fehlt an der notwendigen Stärke und Elastizität."

„So - dann muss das dringend geändert werden", überlegte Paul. „Ich werde mit dem Chef sprechen."

Damit war das Problem eigentlich vom Tisch, und jeder konnte wieder zurück auf seinen Posten. Nur, den Chef konnte Paul nicht sprechen, denn dieser war wieder einmal im Ausland, blieb der junge Purnaran. Und da biss sich Paul die Zähne aus.

Er traf den Junior im Büro von Oy, wo er sich im Sessel seines Vaters lümmelte und sich mit dem jungen Chinesen, den Paul beim letzten Dinner kennengelernt hatte, lachend unterhielt. Gleichzeitig tippte er Zahlen in einen Rechner und balancierte einen teuren Füller zwischen den Fingern.

„Oh, Pak Paul!", war die Begrüßung kollegial. „Sie kennen ja Tim, meinen Freund aus unserer gemeinsamen Studienzeit."

„Guten Tag!", begrüßte Paul die Beiden. „Ich hoffe, dass ich nicht ungelegen komme. Ich wollte eigentlich mit Ihrem Vater sprechen, Pak Purnaran."

Lächelnd entgegnete Purnaran: „Ach, kein Problem, wir hatten eine kleine finanzielle Diskussion. Tim ist unser neuer Finanzverwalter. - Worum geht's denn?"

Paul stand vor dem großen Pult und wusste nicht so recht wie er es anstellen sollte. „Na ja, es geht um die Weberei. Die Anlage ist seit ein paar Wochen in Betrieb, aber der Wirkungsgrad lässt zu wünschen übrig..."

„Ich weiß!", fuhr ihm Purnaran dazwischen. „Ich habe schon mit den Japanern gesprochen, die werden das in Ordnung bringen müssen."

Etwas überrumpelt entgegnete Paul: „Tatsächlich, - weniger als sechzig Prozent Nutzeffekt ist schlecht. Wir glauben, die Ursache ist in der mangelhaften Schlichte zu suchen und möchten versuchsweise ein Produkt aus Japan einsetzen."

„Das wird nicht notwendig sein. Die japanischen Techniker versichern mir, dass sie alles in Ordnung bringen werden."

„Aber Kajino-San war ja selber dabei, bei unseren Abklärungen. Auch er meint, die Schlichte aus Taiwan sei ungenügend."

Purnaran winkte unwillig ab: „Ach, Kajino, - keine Sorge Pak Paul, wir haben alles unter Kontrolle."

Paul stand leicht frustriert da und wollte sich schon verabschieden, als Purnaran nochmals loslegte: „Ach ja, Pak Paul, haben sie die neuesten Nachrichten gehört?"

„Heute? - Nein noch nicht..." Wie auch, er war ja den ganzen Tag im Betrieb.

„Es hat erneut Unruhen gegeben", erzählte der junge Mann. „Vorwiegend in Jakarta, aber auch in Bandung ist es nicht mehr sicher. Wir müssen uns vorsehen. Seien Sie vorsichtig, es kann auf der Straße durchaus gefährlich werden. Wir machen uns große Sorgen. - Ist ihr Fahrer auch wirklich zuverlässig? Er ist doch ein Einheimischer, oder nicht?"

„Pak Adang ist aus Bandung und gehört zur Familie. Er war früher beim Militär und ist über jeden Zweifel erhaben."

„Ach, ein ehemaliger ABRI Angehöriger. Ja dann..."

Die Erwähnung des Militärs hatte seine Wirkung nicht verfehlt, wenn Paul auch nichts Genaueres wusste und nicht mal den ehemaligen Dienstgrad seines Schwagers kannte. Rinis Familie war immer noch eine wenig beachtete Angelegenheit und mit Sicherheit eine sehr komplizierte Geschichte. - Aber, was ging das diesen aufgeblasenen Kerl hier an? Der Hinweis auf das Militär schien ihm aber doch etwas Respekt einzuflößen.

„Dann ist es gut", dämpfte Purnaran seine Vorbehalte. „Es ist nur so, dass wir für uns zur Sicherheit nur noch eigene Leute einstellen.

„Ja, natürlich", entgegnete Paul. „Es wird schon nicht so schlimm werden. - Ich möchte nun zurück in den Betrieb."

„Klar, danke!"

Damit war Paul entlassen. Er nickte dem Chinesen Tim zu und verließ leise den Raum. So ein widerlicher Kerl, tobte es in seinem Inneren. - „Eigene Leute" hieß doch einfach Chinesen. Wie wenn die etwas Besseres wären. Was für eine Anmaßung und Arroganz. Der Mann war ihm wirklich unsympathisch. Es blieb nichts anderes übrig, als auf Oys Rückkehr zu warten. War man jetzt so weit gekommen, dass offensichtlich auf dem Tisch liegende Mängel nicht behoben wurden, weil so ein Nichtsnutz sich aufspielte.

Eine Woche später trat Paul ins gleiche Büro. Oy Tang Sun war zurück, und in Paul stieg die Hoffnung, dass die leidige Angelegenheit mit der Schlichte endlich erledigt werden könnte.

„Pak Paul!", begrüßte ihn der kleine Mann. „Schön sie wiederzusehen, wie geht's Frau und Kindern?" Dabei grinste er spitzbübisch, denn er wusste genau, dass Rini und er keine gemeinsamen Kinder hatten.

„Danke der Nachfrage", entgegnete Paul erleichtert und ließ sich in den angebotenen Sessel fallen. „Wir sind alle wohlauf, aber das mit den eigenen Kindern, daraus wird wohl in unserem Alter nichts mehr."

„Nicht so bescheiden Pak Paul. Sie haben noch alle Zeit, wir Männer haben alle Möglichkeiten bis ins hohe Alter."

Wenn er jetzt auf seine regelmäßigen Abstecher nach Taiwan anspielte, wo er bekanntlich eine junge Mätresse unterhielt, dann, so dachte Paul, sollte das Thema besser ruhen. Er hatte Wichtigeres zu besprechen.

„Na ja, wenn schon von Möglichkeiten die Rede ist, möchte ich doch gerne erfahren, wie es mit uns hier in Indonesien weiter gehen soll. Die Immigrationsbehörden scheinen Schwierigkeiten zu machen und wollen meine Aufenthaltsbewilligung nicht verlängern."

Der Chinese winkte ab. „Machen Sie sich doch keine unnötigen Sorgen", sagte er. „Liem sollte das doch regeln. Aber wie gesagt, keine Sorgen, ich werde mich darum kümmern. Wäre doch gelacht, wenn mein bester Mann und Freund nicht bleiben könnte."

„Vielen Dank Pak", entgegnete Paul. Es war Balsam für seine Seele, denn es war eigentlich überhaupt nicht üblich, von einem Chinesen „Freund" genannt zu werden. Irgendwie verband die beiden ungleichen Männer ein besonderes Band der letzten Jahre, während denen sie zusammen einen Betrieb vom brachen Reisfeld bis hin zur bedeutenden Textilfabrik aufgebaut hatten. Er, der Geldgeber und Besitzer, Paul der Fachmann und Erbauer.

Leider war da aber ein weiteres, fast noch schwierigeres Problem zu besprechen, aber es musste sein.

„Pak Oy, da ist leider noch etwas", begann Paul vorsichtig. „Die neue Weberei ist noch nicht wie es sein sollte. Ich habe das bereits mit Pak Purnaran besprochen. Der Wirkungsgrad ist nicht zufriedenstellend."

„Hm... Ist mir bekannt", bestätigte Oy. „Die Japaner scheinen da Mühe zu haben."

Es wäre sehr verwunderlich gewesen, hätte der Inhaber nichts von den Problemen der Weberei gewusst. Information war für die chinesischen Unternehmer ein und alles.

„Ich habe so meine Zweifel, dass die japanischen Monteure das in den Griff bekommen. Die vielen Kettfadenbrüche haben die Ursache in der Schlichterei. Kajino-San, Ponto und ich sind uns einig, die Schlichte taugt nichts."

„Ja, warum haben Sie denn nicht ein gutes Produkt eingekauft?" fragte Oy ohne Umschweife.

Der versteckte Vorwurf war schon nicht ganz von der Hand zu weisen aber...

„Leider hat Pak Liem ein Schlichtemittel aus Taiwan eingekauft, und das taugt einfach nichts."

„Wie kommt Liem dazu, eigenmächtig zu entscheiden?"

Ja konnte der Mann denn nicht ahnen, was da ablief? Er war doch nicht blind. Es blieb Paul nichts anderes übrig, als es auszusprechen: „Liem wird von Purnaran und seiner Mutter unterstützt. Sie haben einfach ohne Rücksprache eingekauft."

Oy Tang Sun saß ruhig mit ausdrucksloser Miene da. Er wäre kein Chinese gewesen, wenn man ihm eine Regung angemerkt hätte. Gerüchten zu Folge, war seine Frau diejenige, mit dem Heft in der Hand. War ja auch nicht verwunderliche, wenn man an Oys Eskapaden dachte. Die erste Frau wusste sich zu wehren, und ihr Sohn war ihr Schild.

Oy atmete tief durch und gestand: „Pak Paul, es bleibt doch unter uns. Seit Purnaran aus Amerika zurück ist, möchte er in der Firma mitreden. Mir ist schon bewusst, dass er weder Wissen noch Erfahrung mitbringt. Um ehrlich zu sein, er hat sein Studium drüben nicht einmal zu Ende gebracht. Trotzdem will seine Mutter, dass er hier einsteigt."

Paul schwieg. Ein solches Geständnis und solche Offenheit hätte er von seinem Gegenüber nie erwartet. Für ihn hatte der Mann sehr an Gesicht gewonnen, im Gegensatz zu dem was bei den Chinesen allgemein angenommen wird.

„Pak Paul", fuhr der Mann leise fort. „Wir beide wissen genau, was wir hier geschaffen haben, und ich bin Ihnen sehr zu Dank verpflichtet. Wir können die Dinge aber nicht aufhalten und werden uns arrangieren müssen. Ich werde mich weiterhin um die zukünftige Entwicklung der Firma bemühen und möchte, dass Sie mir dabei helfen. Sie werden dann von den täglichen Angelegenheiten entlastet und agieren einfach als mein persönlicher Berater."

Ob diesem Angebot war Paul wie versteinert. Vergebens suchte er eine Antwort.

Oy war aber wieder der Alte und grinste: „Ich hab da auch schon ein Projekt im Auge, ein Betrieb in Taichung."

KAPITEL 24

Nach dem Freitagsgebet in der Mesjid Hadjia trafen sich die beiden ungleichen Freunde im bekannten Warung unten an der Straße. Jetzt, am späten Nachmittag, herrschte reger Verkehr in Richtung Garut, man strebte von der Arbeit in Bandung nach dem ländlichen Zuhause. Lärm und Staub wurden teilweise von den kümmerlichen Bäumen am Straßenrand absorbiert. Eben donnerte ein überfüllter Bus vorbei und hinterließ eine Fahne von Diesel- und Gummigerüchen. Die paar verbliebenen Palmenwedel sahen grau und erschöpft aus.

In der geschützten Ecke des Kiosks saßen die Beiden allein. Der Inhaber war mit den Vorbereitungen für das abendliche Angebot an Sate Ayam, kleine Hühnerfleischstückchen am Spieß, mit feiner Erdnuss-Sauce, beschäftigt. Er setzte eben umständlich einen kleinen Grill mit schwarzem Rost in Gang. Daneben platzierte er einen Blechbehälter mit dem bereits marinierten Fleisch.

Der kräftig gebaute Onang saß breitbeinig auf der Bank und schlürfte an seinem Kaffee. Er überlegte, ob er sich eine Portion Sate gönnen sollte oder sich doch eher mit Tahu goreng zufrieden geben sollte. Tahu war auch nicht schlecht. Die in heißem Öl gebratenen Tofuwürfel, zusammen mit ein klein wenig süßem Ketschup und einer scharfen Chilischote, waren auch nicht zu verachten. Ja, hatte der Mann das überhaupt im Angebot, oder musste man auf eine der fahrenden Küchen warten. Die gab's hier draußen weniger als in der Stadt, aber es kam doch manchmal einer vorbei. Er konnte warten.

Achmed, der etwas Schmächtige, hing anderen Gedanken nach. Seine außerordentlichen Erfahrungen in der Nacht vom Mittwoch ließen ihn nicht los und versetzten ihn immer wieder in Erregung. Diese Siti war eine sexuelle Bombe. Unersättlich hatten sie die Nacht verbracht, bis in die frühen Morgenstunden. Nachdem sie sich getrennt hatten, war er nicht nach Hause, sondern zum Alun-Alun, dem großen Platz, gefahren und hatte sich dort bis am Abend herumgetrieben. Er hatte sich in eine ruhige Ecke hinter der großen Moschee gelegt und den Tag in wilden Träumen verstreichen lassen. Die Gedanken an seine Familie schob er weit von sich, auch wenn sie sich immer wieder meldeten. Der Vergleich zwischen der stänkernden Ehefrau und der willigen Siti war so absurd, dass Achmed verstohlen grinste.

„Es scheint dir ja ausgesprochen gut zu gehen", brummte Onang. „Hast ja allen Grund dazu."

„Wie meinst du das?"

„Frag doch nicht so dumm! - Die Siti hat dir wohl den Kopf verdreht. Kann ich gut verstehen, sie ist auch ein ganz besonderes Weibsstück. Wie geht's jetzt weiter?"

Achmed quälte sich um eine Antwort: „Weiß ich doch nicht."

„Na ja, hast ja auch noch eine Frau und Kinder", meinte Onang leicht missbilligend.

„Lass das!", fuhr Achmed auf. „Das ist etwas anderes."

„Ha, denkst du! - Was glaubst du, was deine Frau zu dieser Einstellung sagen würde?"

„Die erfährt doch nichts…" Achmed war plötzlich unsicher.

Onang grinste: „Nein, natürlich nicht, von mir ganz sicher nicht."

„Aber?"

„Kein Aber! - Trotzdem, so ganz sicher bin ich mir doch nicht. Ich hab' nach dem Gebet da oben etwas munkeln gehört. Man möchte, nach allem was in Jakarta passiert ist, in Bandung auch aktiv werden. Die PDI braucht dringend Verstärkung. Die Siti ist doch die Schwester vom Bambang. Der sitzt seit letzter Woche im Gefängnis. Du magst die Siti doch und könntest ihr vielleicht helfen."

„Ich! ...wieso ich?"

„Klar, nach allem was die Siti für dich getan hat, ist das nur fair, und deine Frau muss ja auch nichts erfahren."

„Soo... und was soll ich deiner Ansicht nach tun? Du willst mich doch nicht etwa erpressen?"

Onang tat entrüstet. „Ich!? Wo denkst du hin? Ich möchte dich einfach um einen Gefallen bitten."

„Und der wäre?"

„Du weißt schon, die Indosun ist uns allen etwas schuldig geblieben. Denen muss einmal gezeigt werden, wer Herr in diesem Lande ist. Deine Schwester, die arbeitet doch da..."

„Lass meine Schwester aus dem Spiel!", begehrte Achmed auf.

„Nun sei doch nicht so empfindlich. Deine Schwester könnte uns einfach ein paar Informationen liefern. - Zum Beispiel, wann die Löhne bezahlt werden und welche Bank sie da bedient. Auch der Fremde dort bezieht doch ein enormes Salär."

Achmed schüttelte den Kopf. „Ihr wollt denen die Lohnsumme klauen! - Nicht schlecht, aber wer ist denn Ihr?"

„Wir sind eine Gruppe von Männern, die nicht einfach zusehen wollen wie unser Land ausgebeutet und unsere Lebensweise zu Grunde gerichtet wird. Wir werden kämpfen. Du hast ja selber gehört, der Imam hat betont, dass der heilige Dschihad der legitime Weg Allahs zur Verwirklichung des weltweiten Islams sei. Dafür lohnt es sich sogar zu sterben."

„Natürlich habe ich das gehört, aber dass wir denen nun das Geld stehlen sollen, davon hat er nichts gesagt. Außerdem denke ich, wir sind nicht für die ganze Welt zuständig, und meine Schwester werde ich da bestimmt nicht mit hineinziehen."

Onang beugte sich vor und raunte: „Was denkst du denn? Du bist schon mitten drin, oder willst du deine Siti verraten? Sie bedeutet dir doch Einiges. Außerdem, deine Frau..."

„Lass endlich meine Familie aus dem Spiel!", schrie Achmed aufgebracht.

„Nun beruhige dich doch!

Achmed kämpfte mit seinem Zorn. Dieser verdammte Onang, hatte er doch geahnt, dass bei dem etwas nicht stimmte. Ein schöner Freund, der in da erpressen wollte.

Donnernd fuhr ein Lastwagen vorbei, so dass der ganze Warung erzitterte. - Was war das für eine Organisation von der er redete. Mit Terrorismus wollte er, Achmad, nichts zu tun haben. Dennoch, der Kerl konnte ihn ganz schön in Bedrängnis bringen. Der Gedanke an die Siti bekam einen echt schalen Geschmack.

Er konnte doch nicht einfach seine Familie zerstören. Seine Frau Jetti hatte ihm zwei Kinder geschenkt, Momon und Sorina. Die beiden liebte er über alles. Momon war bald erwachsen, aber Sorina war sein Liebling. Mit 9 Jahren ging sie noch in die Grundschule SD, hoffte aber, noch in diesem Jahr den Übertritt in die SMP zu schaffen. Stolz erfüllte ihn: Seine Tochter in der Oberschule!

Ja, Jetti war ein anderes Kapitel. Nach der Geburt des zweiten Kindes eröffnete sie ihm klipp und klar, dass sie jetzt ihre Pflicht erfüllt und keine Lust auf weitere amouröse Aktivitäten mehr habe. Sie war aber eine hervorragende Hausfrau, betreute die Kinder mit Liebe, und manchmal gelang es ihm doch noch ein paar Zärtlichkeiten zu erhaschen. Ihre Mutter, die Ibu Nuria, war hingegen eine richtige Nervensäge. Auf die könnte er ganz gut verzichten.

Dennoch, das ging zu weit. Ja, er hatte sich mit Siti eingelassen, aber das war etwas, was viele andere auch machten, ohne dass gleich die ganze Familie hineingezogen wurde. Er ahnte selber, dass diese Entschuldigung sehr fadenscheinig tönte. Dennoch, die Familie musste er schützen.

Vielleicht konnte er seiner Schwester die verlangten Informationen entlocken, ohne dass sie das merkte. - Oder noch besser, er erzählte dem Onang einfach etwas, ob das dann zutraf oder nicht. Im gleichen Moment verwarf er den Gedanken wieder. Nein, das war viel zu gefährlich. Wenn das herauskam, dann war er geliefert. So wie der Mann erzählte, war mit dieser Gruppe nicht zu spaßen. Verdammt, er war wirklich in der Klemme.

Achmed verlegte sich aufs feilschen: „Aber was denkst du eigentlich? Sindi ist doch nur eine kleine Arbeiterin in der Firma. Die hat doch überhaupt keine Möglichkeit so etwas herauszufinden.

Außerdem, wenn das herauskommt verliert sie mit Bestimmtheit ihre Stelle. Nein, das geht doch nicht!"

„Natürlich geht das", entgegnete Onang. „Die Weiber in so einem Betrieb sind doch alles Klatschbasen. Sie braucht sich doch einfach mit einer vom Büro anzufreunden, und schon erfährt sie das Notwendige. Ich will wissen, wann der nächste Geldtransport stattfindet und wann die Saläre ausbezahlt werden."

„Das kann ich doch nicht so schnell!", wehrte sich Achmed verzweifelt. „Ich brauche Zeit…"

„Zeit, Zeit, Zeit! Was glaubst du, wie lange wir noch warten und zusehen wollen, wie sie uns ausbeuten und uns wie den größten Dreck behandeln? Streng dich etwas an und liefere die Angaben, aber bald!"

Achmed wand sich. Ihm war die Lust auf Sate Ayam gründlich vergangen. „Was habt ihr denn wirklich vor? - Einen Raubüberfall? Das könnte schief gehen und außer Kontrolle geraten. - Es könnte Tote geben…"

„Jetzt schau mal einer, der kleine Held hat Schiss. Klar, das wird kein vergnügtes Unternehmen, so wie dein kürzliches, erotisches Abenteuer, aber lass das mal unsere Sorge sein."

„Ich will das zuerst überdenken", wehrte sich Achmed erneut: „Wenn das aber kriminell wird, werde ich die Polizei…"

„Einen Scheiß wirst du!", fuhr Onang böse auf und drohte: „Du wirst das tun, was wir dir sagen, sonst…"

Achmed wurde bleich. In was war er da nur hineingeraten? Es war durchaus bekannt, dass es Leute in diesem Land gab, die vor nichts zurückschreckten, selbst vor Mord nicht. Er musste sich im Moment fügen und dann sehen wie es weiterging. Er brauchte einfach Zeit zum Nachdenken.

„Wann?", fragte er leise.

„In drei Tagen", antwortete sein Gegenüber. „Oben bei der Moschee, um zehn Uhr. - Und mach keinen Unsinn!"

„Viel zu wenig Zeit", lamentierte Achmed. „Ich weiß ja nicht einmal, welche Schicht Sindi gerade arbeitet. Es könnte sogar sein, dass sie frei hat."

„Das ist dein Problem", brummte Onang und erhob sich. „Ich muss jetzt gehen. Also, dann am Montag um zehn Uhr!"

Achmed blieb wie gelähmt zurück. Er registrierte kaum, wie Onang sich auf seine Kawasaki schwang und donnernd davonbrauste. Es war unglaublich, eben, in den letzten paar Minuten, hatte sich sein Leben völlig verändert. Er war nicht mehr selber Herr über sich, sondern war zum Spielball unsichtbarer Mächte geworden. Er hatte keine Ahnung, wohin das führen würde. - Eines konnte er aber noch tun, er konnte mit Siti sprechen und versuchen, herauszufinden, was das für eine Organisation war, die ihn jetzt durch Onang unter Druck setzte. Sie hatte ihm nämlich in jener Nacht, vielleicht leichtsinnigerweise verraten, wo sie wohnte, und wenn diese Angabe stimmte, würde sie ihm ein paar Fragen beantworten.

Von der Jalan Kayu Agung gleich neben dem Warung Jomblo führt ein schmaler Durchgang in einen Hinterhof. Achmed fand den Ort ohne Probleme. Es war Abend geworden, und die Dunkelheit war, wie immer, rasch hereingebrochen. Er war mit dem Bus bis zur Buah Batu gefahren und war von dort zu Fuß zur Kayu Agung gelangt. Kayu Agung heißt „Großes Holz". Es war wahrscheinlich eine Straßenbezeichnung aus der Vergangenheit, als hier viele Holzhändler und Tischler angesiedelt waren. Jetzt säumten aber einige Warungs, Suppenküchen, ein Motorradhändler und Benzinverkäufer den Straßenrand. Zischende Petrollampen und provisorisch angebrachte farbige Glühbirnen erleuchteten eine kunterbunte Szene, in der die Besitzer auf die abendliche Kundschaft warteten.

Der Hinterhof war schwach beleuchtet. Es lagen einige alte Baumstämme und Bretter da, wie wenn sie in der Vergangenheit vergessen geworden wären. Der Eingang zum Haus Nr. 8a lag gleich gegenüber. Dort kauerten aber ein paar junge Männer, rauchten Kreteks und spielten, im Licht einer einzelnen Glühlampe, Karten.

Achmed zögerte. Die Adresse stimmte, und die Eingangstür stand offen. Inzwischen hatte die Gruppe den Ankömmling entdeckt und hielt im Spiel inne. Der erste erhob sich, und die anderen folgten ihm betont lässig. Der Anführer, bekleidet in einem schwarzen T-Shirt und gewöhnlichen Jeans, stämmte die Hände in die Hüften und blickte Achmed entgegen. Er war von kräftiger Statur und hatte ein verächtliches Grinsen im Gesicht.

„Ja, wen haben wir denn hier?", sagte er nachlässig und starrte Achmed direkt ins Gesicht.

„Entschuldigung", antwortete Achmed unsicher. „Ich möchte die Bewohnerin im Haus 8a besuchen. - Wenn Sie gestatten."

„Wen meint der Herr wohl?", spöttelte der Mann an die Runde um ihn. Sie standen kompakt vor dem Eingang, und an ein Vorbeikommen war nicht zu denken.

„Das geht Sie nichts an!", entfuhr es Achmed zwangsläufig. Im nächsten Moment verwünschte er sich. „Ich möchte zu Siti Susilo, ich denke, sie wohnt da hinten", korrigierte er schnell.

„So, wohnt sie da?", feixte der Große. „Kann schon sein, aber für dich ist sie sicher nicht zu sprechen."

„Ich glaube nicht, dass Sie das entscheiden. Lassen Sie mich jetzt bitte vorbei."

Achmed versuchte um die Männer herum zu kommen, wurde aber kurzerhand abgedrängt. Sie rückten bedrohlich näher. Er suchte einen Ausweg. Sollte er rufen und hoffen, dass die Bewohner des Hauses aufmerksam würden, oder einfach weglaufen und die Sache auf sich beruhen lassen, bevor sie außer Kontrolle geriet?

Der Große rückte näher und rempelte ihn an: „Hast du nicht verstanden, du sollst Leine ziehen. Hier kommt uns keiner und meint er könne machen was er wolle. Los schon, hau ab!"

„Lassen Sie mich los!", schrie Achmed aufgebracht und stieß den Mann weg. „Ich will jetzt da hinein."

Der Schlag traf ihn unvorbereitet mitten ins Gesicht. „Der Kerl will einfach nicht begreifen", grunzte der Mann und schlug nochmals zu.

Diesmal traf er Achmed an der Schulter, da sich dieser reflexartig wegdrehte. Achmed versuchte den Schläger mit einem Gegenangriff abzuwehren, erreichte aber, dass er das Gleichgewicht verlor und strauchelte. Sein Gegner schlug ihn daraufhin brutal zu Boden. Jetzt waren auch seine Kumpane da und stießen Achmed johlend Fußtritte in die Rippen. Der Schmerz und die Bestürzung über die erniedrigende Behandlung fuhren durch Achmeds Körper. Er versuchte sich aufzurappeln, aber erreichte damit, dass ein Tritt voll in seinem Magen landete. Die Luft blieb ihm weg. Nun prasselten die Schläge erst recht brutal auf ihn ein. Die Arme schützend über dem

Kopf und zusammengekauert wie ein Säugling, versuchte er die Qualen zu mindern und zu verdrängen. Als die Schläge zunahmen und auch seinen Kopf trafen, war er bald am Rande des Bewusstseins. - Sollte er so sterben?

„Aufhören!", schrie eine Stimme wie aus weiter Ferne. „Seid ihr verrückt geworden? Die Polizei kommt!"

Plötzlich hörten die Schläge auf, und sich rasch entfernende Schritte waren zu hören. Die Qual, die blieb. Wie eine geschändete Kreatur blieb Achmed liegen. Die Schmerzen wallten durch seinen Körper und schienen in seinem Kopf zu explodieren. Er wollte einfach in die Dunkelheit der barmherzigen Bewusstlosigkeit abgleiten und nie mehr zurückkehren.

Jemand rüttelte ihn aber unsanft. Er schrie auf. Eine Frauenstimme rief beschwörend: „Achmed, steh auf! Du musst hier weg! - Komm, ich helfe dir."

Nun hörte auch Achmed die lauter werdenden Sirenen. Sein Gehirn signalisierte automatisch Flucht. Sein Körper verweigerte den Befehl.

„Achmed!", rief die Stimme wieder. „Wir müssen hinein! Komm, halt dich an mir fest, steh auf!"

Langsam kämpfte sich Achmed auf die Knie. Er hatte die Stimme erkannt. „Siti…", murmelte er.

„Ja, ich bin's! Nun leg deinen Arm um meine Schulter! Ja, so und jetzt steh auf!"

Mit letzter Kraft kam er hoch und hing schwer an Sitis Seite. Stöhnend bewegte er die Beine und schleppte sich unter fürchterlichen Schmerzen zur Tür. Als diese endlich hinter ihm zufiel, sackte er wie eine Stoffpuppe zusammen und sank in eine gnädige Bewusstlosigkeit.

Das Licht kam langsam, aus weiter Ferne zurück. Lass mich, wehrte sich der Körper, denn die Schmerzen kehrten ebenso unerbittlich wieder. Was war? Wo bin ich? Der Geist brauchte länger, um zu realisieren was geschehen war. Er lag auf einer Matratze, und über ihm brannte eine Glühlampe.

Achmed stöhnte, als er mit der Hand zum Kopf fuhr. Jede Bewegung schien eine Qual. Dennoch, er erinnerte sich. Er hatte überlebt, und jemand hatte ihn gerettet. - Siti!

In diesem Moment ging eine Tür. Der Schatten einer Frau näherte sich. - Siti!

„Hallo Liebster!", flüsterte sie. „Da bist du ja wieder. Wie geht es dir?"

„Mein Kopf…", stöhnte Achmed.

„Ja, ich weiß, du hast wahrscheinlich eine Gehirnerschütterung."

„Wo bin ich? - Was ist passiert? - Wie lange schon…?

„Du warst für kurze Zeit bewusstlos, aber jetzt bist du in Sicherheit", lächelte Siti. „Du bist bei mir, und die Schlägertypen werden dir nicht mehr in die Quere kommen."

„Aber da kam doch die Polizei?"

„Keine Sorge, die sind wieder weg. Jemand vorn auf der Straße hatte eine Schlägerei gemeldet. Sie haben aber nichts Besorgniserregendes entdeckt und sind wieder abgezogen.

„Ich verdank dir mein Leben…"

„Nun sei nicht so dramatisch. Ich konnte dich noch im richtigen Augenblick ins Haus schaffen, das ist alles. - Hier, ich hab' dir einen Tee mitgebracht. Trink, das wird dir guttun."

Sie stützte ihm den heftig brummenden Kopf und half ihm mit dem Teeglas. Er nippte vorsichtig am heißen Getränk. Langsam bekamen die verstörten Geister wieder Oberhand. Er bemerkte, dass er in einem kahlen, schmucklosen Raum lag. Das einzige Fenster war mit einem schweren schwarzen Tuch verhangen. Oben in der Ecke entdeckte er den bekannten Pfeil Kibla, Richtung Mekka. Er zeigte, in welche Richtung der Gläubige zu beten hatte. - Lag er in einem Gebetsraum?

Sein Körper fühlte sich an, wie wenn er in eine Mühle geraten wäre. Am Schlimmsten fühlte sich sein Kopf an. Jeder Pulsschlag versetzte ihm tausend Stiche, so dass das Hirn nur unter größter Anstrengung arbeitete. Die Schläger mussten ihn fürchterlich zugerichtet haben. Er versuchte Arme und Beine zu bewegen, zuckte zusammen, stellte aber erleichtert fest, dass scheinbar nichts gebrochen war. - Wenn nur der Kopf…

Vorsichtig spähte er zur Seite. Da kauerte Siti dicht an der Matratze und hielt das Teeglas. Sie lächelte besorgt.

„Geht's etwas besser?", erkundigte sie sich. „Ich möchte schnell über die Straße zur Apotheke. Du brauchst ein Schmerzmittel."

Sein bittendes Lächeln war eher eine Grimasse, aber sie nickte, erhob sich und huschte aus dem Raum.

Achmed lag allein, und die Bilder der letzten Stunden tauchten schonungslos vor ihm auf. Wie konnte er nur in so ein Schlamassel geraten. Der Erpressungsversuch von Onang war das Allerletzte, aber warum war er nicht einfach hart geblieben und hatte dem Kerl eine klare Abfuhr erteilt. Die Drohung, seiner Frau die Geschichte mit Siti zu erzählen, war ja lächerlich. Onang hätte absolut gar nichts davon und er, wenn er ehrlich war, seine Jetti war doch längst über den Punkt hinaus, wo sie ihm noch eine eifersüchtige Szene machen würde. Sie war froh, wenn er sie in Ruhe ließ. - Seine Schwester aber, die würde er um keinen Preis in so etwas hineinziehen. Überhaupt, wie kam der darauf, dass er bei diesem blöden Unternehmen mitmachen würde. Raub, Diebstahl, das war doch unglaublich, die hatten sie wohl nicht mehr alle…

Die Sache mit Siti, das war etwas anderes. Der Gedanke daran ließ ihm heiße Schauer durch den Körper fahren. Was spielte sie für eine Rolle? Was hatte ihn dazu getrieben, hier aufzukreuzen? Klar, als Schwester des PDI-Anführers Bambang hatte sie vermutlich die gleichen politischen Ziele, wie ihr Bruder. Dagegen war ja auch nichts einzuwenden, aber kriminelle Vorhaben, das war etwas anderes. War sie da vielleicht auch dabei? Die Vorstellung schmerzte beinahe mehr als die Schläge, die er eingesteckt hatte.

Was für eine Frau war diese Siti, durchfuhr es ihn erneut. Erst lernte er sie als richtigen Vamp kennen, jetzt entpuppte sie sich als fürsorgliche, praktische Person, die ihm ohne zu zögern half.

Bei diesen beruhigenden Gedanken driftete er langsam in einen Schlaf der Erschöpfung.

Stunden später erwachte er und versuchte sich zu orientieren. Es war finstere Nacht, und die Schmerzen kamen in Wellen zurück. Er stöhnte leise und versuchte sich aufzurichten. Sanfte Hände drückten ihn zurück ins Kissen.

„Bleib liegen, Liebster!", flüsterte die Frauenstimme. „Es ist noch zwei Stunden bis zum Sonnenaufgang."

Achmed entspannte sich und ließ seinen Gedanken freien Lauf. Siti schien die Nacht neben ihm verbracht zu haben. Bewachte sie ihn vielleicht? Was hatte es für eine Bewandtnis mit diesem Haus? War die Schlägerbande vielleicht immer noch da und wartete nur, bis er wieder herauskam? Viele Fragen hatte ihm Siti zu beantworten und noch einige dazu. Was machte sie überhaupt hier? Warum hatte sie ihn nicht einfach seinem Schicksal überlassen? - Liebster? Warum nannte sie ihn so? Die leidenschaftliche Nacht, hatte die eine größere Bedeutung, als einfach ein sexuelles Erlebnis?

Als endlich die ersten Lichtstrahlen den Weg neben dem Vorhang in den Raum fanden, küsste ihn Siti sachte auf die Stirn, raffte die Kissen zusammen und verließ den Raum. Kurz darauf hörte er Stimmen und Klappern, wie aus einer Küche. Er setzte sich vorsichtig auf. Sein Kopf brummte bedenklich, aber es ging. Er stand schwankend über dem zerwühlten Nachtlager und versuchte sich zu orientieren. Die Türe stand halb offen, und die Stimmen zweier Frauen drangen herein. Vorsichtig tappte er hinaus und folgte dem Gang nach hinten. In der Küchentür hielt er sich am Rahmen fest und versuchte die aufkommenden Schwindel zu bekämpfen.

„Achmed!", rief Siti erschrocken. „Was machst du? Du solltest liegen bleiben."

„Es geht schon", behauptete er unsicher. „Du bist nicht allein?"

„Nein natürlich nicht", entgegnete sie und führte ihn zum Tisch. „Bitte setzt dich, bevor du hinfällst!"

„Danke!"

„Das ist Bibi, meine Haushalthilfe. Sie macht uns das Frühstück. Magst du Kaffee? - Und Eier gibt es auch."

„Gerne", murmelte er. Es roch verführerisch, und Achmed fühlte plötzlich Hunger. Noch wichtiger erschien ihm aber die Frage: „Ist da noch jemand?"

Siti lachte unbekümmert. „Keine Sorge, da ist niemand, und Bibi ist harmlos."

Die Letztere lachte verstohlen, schlug die Augen nieder und stellte Tassen auf den Tisch. Sie war gekleidet wie eine einfache Frau vom Lande, in einen einfachen Sarong und ein gestricktes

Oberteil. Die breiten Füße steckten in einfachen Gummilatschen. Das geschwärzte Haar war straff nach hinten gebunden. Achmed schätzte ihr Alter auf über fünfzig.

Jetzt erst beachtete Achmed auch Siti. Der Unterschied war so frappant, dass er ein schiefes Grinsen nicht verdrücken konnte. Siti trug enganliegende Jeans und ein Top, das nichts von ihren Kurven verheimlichte. Das lange Haar fiel ihr wie ein Schleier über die Schultern und glänzte verführerisch. Das fein geschnittene Gesicht, mit den etwas schräg stehenden schwarzen Augen, verschlug ihm den Atem. Sie war eine Traumfrau!

Siti war sein Blick nicht entgangen und lächelte wissend. „Komm Achmed, jetzt iss mal zuerst und dann reden wir. - Nimm noch eine Schmerztablette, ich hab' sie gestern extra besorgt."

Eier, etwas Nasi Goreng und viel Kaffee weckten Achmeds Geister endgültig. Ein paar Reiskrümel klebten am Mundwinkel, während er abwehrte: „Ich brauch die Tabletten nicht, danke, es geht auch so."

„Ein Held!", spöttelte sie. „Die blauen Flecken sprechen eine andere Sprache. - Aber wie du willst."

„War schon eine höllische Nacht", gestand er. „Es fühlt sich an, wie wenn mich ein Lastwagen überfahren hätte. - Was wollten die Kerle da draußen denn?"

„Die Frage ist doch eher, was wolltest Du gestern hier? Du bist unerwartet aufgetaucht und wolltest zu mir."

„Das hat seinen guten Grund, aber eins nach dem andern. Wer waren die Schlägertypen? Sollte ich nicht bei der Polizei Anzeige erstatten?"

Siti stand immer noch auf der anderen Seite des Tisches. Ihr Gesicht wurde ernst. Ein harter Zug erschien. „Das wirst du schön bleiben lassen. Ich hab' dich nicht hereingeschleppt und wieder aufgepäppelt, damit du dann zur Polizei rennst."

„Ich hätte aber allen Grund dazu", brummte Achmed. „Sei nicht so empfindlich. Ich möchte einfach wissen, wer das mit mir angestellt hat."

„Das waren Freunde."

„Freunde!", äffte Achmed. „Schöne Freunde! Freunde von wem? - Etwa von dir?"

„Ach lass das doch!", verteidigte sich Siti. „Du weißt doch die PDI. Bambang hat die Männer organisiert, damit sie auf mich aufpassen."

„Und jeden zusammenschlagen, der dir in die Nähe kommt?"

„Nein, natürlich nicht. Sie haben völlig überreagiert, und das wird Folgen haben. Aber du bist ja auch so unerwartet gekommen. Warum eigentlich?"

Sie setzte sich und wartete gespannt.

Mittlerweile hatte sich Achmed umgesehen. Bibi war nach hinten verschwunden. Das Haus erschien grösser und schöner, als er es erwartet hatte. Draußen im Korridor führte sogar eine Treppe in ein oberes Stockwerk. Es war kaum vorstellbar, dass hier eine einzelne Person lebte.

Er reagierte deshalb mit einer Gegenfrage: „Wer wohnt denn noch alles hier?"

„Ha, du meinst die Kerle von gestern die wohnen bei mir? So ein Unsinn, natürlich nicht. Dies ist das Haus meines Vaters, Bambang und ich bewohnen es. Vater ist vor zwei Jahren gestorben."

Achmed kam sich schäbig vor. „Oh, es tut mir Leid, das mit deinem Vater. Ich konnte ja nicht wissen…"

„Schon gut", antwortete sie versöhnlich und streckte die Hand über den Tisch.

„Ich hatte gestern ein Gespräch mit Onang", begann er einlenkend. Der Kerl erpresst mich."

„Du meinst Onang, der an jenem Abend mit dir war?"

War sich die Frau gegenüber bewusst, dass „Jener Abend" genau die Ursache für seine Probleme war? Seine Gedanken kamen immer wieder dahin zurück, an diese unvergessliche Nacht. Er bereute keine Minute und ersehnte eine Fortsetzung jeden Tag. Die Frau gegenüber trieb ihn in den Wahnsinn, in den Himmel und in die Hölle.

Er griff nach ihrer Hand und sagte: „Siti, die Nacht nach dem Dangdut? Wir haben doch nichts Unrechtes getan. Für mich war das einmalig und wunderschön. Aber jetzt erpresst mich dieser Onang und will meine Frau informieren, wenn ich nicht mache was er will."

Lange blickte Siti in seine verzweifelten Augen. Seine Frau, wie wichtig war sie ihm?

Leise sagte sie: „Die Nacht war wunderschön, und das kann uns niemand stehlen, auch kein Onang."

KAPITEL 25

Momon hatte sich zeitig auf den Weg gemacht. Das war seine Chance, und die durfte er nicht aufs Spiel setzen und zu spät kommen. Er war allein, und es drängte ihn zu rennen. Aber das war nicht die Art, wie man zur Vorstellung kam, außer Atem und verschwitzt. Er zwang sich also zu einer Gangart wie ein Erwachsener, der sich seiner Sache sicher war. Eine aufkommende Angst unterdrückte er tapfer, wenn er sich auch innig wünschte, Ayah wäre dabei und würde ihn begleiten. Sein Vater war aber seit Tagen nicht zu Hause, und das Angebot seiner Mutter lehnte er vehement ab. Das wäre ja noch schöner, wenn er im Schlepptau seiner Mama erschiene. Er war Mann genug, um selber nach Arbeit zu fragen.

Er hatte sich deshalb heute in die einzige lange Hose gezwängt und das frisch gebügelte blaue Hemd übergezogen, welches ihm Ibu bereitgelegt hatte. Richtige Schuhe hatte er keine, so mussten die gründlich gereinigten Sandalen reichen. Die Mahnungen klangen noch in seinem Ohr: „Lauf nicht wie ein Bauernlümmel, und spring nicht in jede Pfütze."

Eigentlich hatte Sindi, seine Tante, ihm die Sache eingebrockt. Kam die doch vor ein paar Tagen aufgeregt nach Hause und verkündete, dass man unten in der Fabrik wieder Lehrlinge einstelle. Schon das Wort sagte ihm wenig, ja überhaupt nichts. Lehrlinge, das klang doch sehr nach Schule, und die hatte er im Herbst endgültig verabschiedet. Sollte das vielleicht eine Art Studium sein? Eigentlich wollte er jetzt endlich ehrliche Arbeit und Geld verdienen. Tante Sindi meinte, dass anfangs schon wenig an Lohn zu haben sei, aber später hätte er eine Ausbildung, die ihm weiterhelfen würde. Die hatte gut reden, die arbeitete schon lange dort in diesem Chinesenbetrieb. Sie jammerte zwar nicht, aber soviel er wusste, reich wurde sie da auch nicht.

Nun gut, man würde sehen. Man konnte immer noch abhauen. Sie hatten ihm zwar alle eingehämmert, nicht gleich aufzugeben und den komplizierten Anstellungsvorgang geduldig zu ertragen.

Er war bereit, aber sein Herz hämmerte wie wild, als er sich den großen, hinter den Mauern versteckten Anlagen näherte. Das riesige Tor war geschlossen, einzig links davon befand sich eine schmale Tür neben einem kleinen Gebäude. Oh Allah! Da stand einer in Uniform wie ein Soldat, breitbeinig und groß.

„Selamat pagi!", grüßte Momon schüchtern.

„Mau apa?" fragte der Wachmann kurz.

„Ich werde um acht Uhr erwartet. Ich möchte Lehrling werden."

„Aha, einer für Ibu Hannah in der Personalabteilung", brummte der große Mann. Ohne in die Höhe zu schauen, konnte Momon gerade mal seine Brust mit dem Abzeichen der Firma sehen. Wahrscheinlich war er einer aus Ambon, überlegte Momon, mit dem krausen schwarzen Haar und der fast schwarzen Haut. Die kamen von einer Insel im fernen Osten des Landes, waren gefürchtete Krieger und dazu auch noch Christen.

Der Mann grinste aber und meinte: „Du bist zu früh. Die Personalabteilung ist noch zu. - Du kannst hier warten." Dabei zeigte er auf eine abgewetzte Bank an der Mauer.

Folgsam setzte sich Momon hin und wartete. Eine Viertelstunde verstrich. Das konnte er erkennen, da durch die Tür des Gebäudes eine einfache Uhr zu sehen war. Die Minuten verflossen zäh, wie Latex aus einem Gummibaum. Leute passierten, teils ungehindert, andere wieder nur nach eingehender Kontrolle. Zwei weitere Wächter erschienen, öffneten das große Tor und ließen einen schwer beladenen Lastwagen hinaus. Krachend fiel das Tor wieder zu. Momon harrte aus. Eine weitere Viertelstunde verstrich und noch eine.

Hatte man ihn vergessen? Nervös suchte er seinen Mann aus Ambon. War der abgelöst worden? Sollte er nicht besser einfach wieder verschwinden?

Endlich, bereits gegen neun Uhr, kam ein Junge, kaum älter als Momon auf ihn zu. „Bist du der Anwärter?", verlangte er zu wissen.

„Ich denke schon", antwortete Momon. „Ich wurde herbestellt um nach Arbeit zu fragen."

„Ja, ja, schon gut. - Name?"

„Momon Moriano", antwortete der Gefragte sofort.

„Gut, komm mit!"

Momon beeilte sich, dem Davoneilenden zu folgen. Staunend erblickte er die breite Zufahrt zu den riesigen Fabrikanlagen. Die breiten Blechdächer der Gebäude glänzten im Sonnenlicht wie gigantische Spiegel. Leises Brummen war zu hören, und ein paar Arbeiter eilten ihres Weges. Links befand sich ein großes zweistöckiges Bürogebäude mit einem beeindruckenden Eingang aus Marmor, flankiert von roten Zierpalmen.

Ihr Weg führte aber vorbei, entlang Blumenrabatten, zu einem langgezogenen niedrigen Gebäude. Die verschiedenen Eingänge waren beschildert und offensichtlich Büros. Gleich eines der ersten schien das Richtige zu sein. Der Anführer hieß ihn erneut warten und betrat das Gebäude.

Kurze Zeit darauf erschien er wieder und meldete: „Du sollst warten, Ibu Hannah wird dich rufen lassen."

Momon kauerte sich in der typischen asiatischen Stellung an die Wand und übte sich in Geduld. Sindi hatte ja gewarnt, dass er sich gedulden müsse. Es herrschte ein reges Kommen und Gehen. Hier wurde gearbeitet, das war offensichtlich. Ihm fiel die einheitliche Kleidung auf, so etwas wie eine Uniform. Die Arbeiter trugen eine beige Hose und ein hellgrünes Hemd. Diejenigen mit dem weißen Hemd mussten die Angestellten sein. Sofort war klar, wo Sindi mit dem grünen Hemd hingehörte. Er hatte sich schon gewundert, warum sie immer gleich gekleidet aus dem Haus ging. Nun, seine eigenen Kleider waren wohl eher fehl am Platz. Die schwarze Hose war schäbig, und das blaue Hemd passte überhaupt nicht.

„Momon Moriano!", tönte es plötzlich ungeduldig aus der Tür. „M o r i a n o!"

Er sprang auf und eilte hinein. Kühle umfing ihn. Irgendwo brummte eine Klimaanlage. Im Raum befanden sich mehrere Schreibtische. Nur zwei waren besetzt, aber die Berge Papier ließen darauf schließen, dass hier fleißig gearbeitet wurde. Auf jedem Tisch stand ein Teeglas mit Deckelchen. Der Junge von vorhin, in Momons Alter, machte eben die Runde mit einem Krug und füllte nach.

„Setzen Sie sich da hin!", befahl die resolute Stimme. Sie gehörte einer fülligen, nicht mehr ganz jungen Frau.

Vorsichtig ließ sich Momon auf den zugewiesenen Stuhl nieder. Er hatte keine Ahnung, was jetzt auf ihn zukommen würde und wie er sich verhalten sollte.

Schüchtern sagte er: „Selamat siang `Bu."

Die Frau hatte sich gegenüber niedergelassen und lächelte freundlich. „Du kannst mich Hannah nennen. Wir sind hier nicht so formell. Du bist also Momon und möchtest arbeiten?"

„Semuhun `bu... Entschuldigung... ja ich bin Momon.

„Hm, ja, ich erinnere mich, - Sindi, das ist wohl deine Tante?"

„Ja."

Hannah schlug einen dünnen Ordner auf. „Also, sie hat mir deine Zeugnisse von der SMP Schule gebracht." - „Viel ist das allerdings nicht", stellte sie fest. „Du hast noch nie gearbeitet und keine praktische Erfahrung?"

„Nein Ibu."

„Dir ist schon bewusst, dass wir hier ausgebildete Fachleute brauchen. Die Maschinen, Anlagen und die Verfahren sind modern und anspruchsvoll. Wir brauchen Mechaniker, Elektriker und Textilfachleute. Reinigungskräfte haben wir mehr als genug."

Momon war dem Weinen nahe. Das war einfach unmöglich, zu viel und unwirklich. Er hatte sich verrannt, und die blöde Sindi hatte ihn da hineinmanövriert.

„Ich würde alles machen...", flüsterte er.

„Nun gib nicht gleich auf!", mahnte ihn Hannah. „Wir haben bei uns noch die Möglichkeit einer Lehre."

„Davon hat Sindi etwas erzählt." Momon hatte immer noch keine Ahnung was es damit auf sich hatte.

„Pak Paul hat das eingeführt. Er richtete eine Lehrwerkstatt ein und engagierte einen Meister, einen Abgänger der ITB, der hiesigen Polyteknik Mekanik Swiss. Wir sind da sehr erfolgreich. Aber ich bin nicht sicher, ob das für dich das Richtige ist."

Natürlich klammerte sie die Tatsache aus, dass viele der Ausgebildeten nach der Lehre schnell verschwanden und eine neue gut bezahlte Stellung suchten und auch fanden.

Momon fühlte sich völlig überfordert. Was redete die Frau da? Er wollte einfach arbeiten und Geld verdienen.

Hannah fuhr unbeirrt weiter: „Wir bilden junge Leute aus. Wie gesagt, Mechaniker und Elektriker, damit sie in Wartung und Unterhalt der Maschinen eingesetzt werden können."

Momon nickte ergeben.

„Während der Ausbildungszeit zahlen wir natürlich nur einen kleinen Lohn, eigentlich ein Taschengeld, denn außer Unkosten bringt uns das eine ganze Weile überhaupt nichts. Du bekommst aber eine Uniform und das Essen in der Kantine. - Was meinst du?"

Momon nickte erneut.

„Pak Sukano wird einen kurzen Eignungstest mit dir machen. Er besteht darauf, seine neuen Lehrlinge zuerst kennen zu lernen."

„Sind denn noch mehr?", getraute sich Momon leise zu fragen.

„Natürlich", antwortete Hannah. „Es sind noch einige die's versuchen wollen. Pak Sukano wird entscheiden wer geeignet ist. Zuerst musst du aber dieses Formular ausfüllen."

Sie schob ihm ein Blatt über den Tisch. „Hast du einen Stift?"

Am liebsten hätte sich Momon verkrochen. „Nein, habe ich vergessen."

„Macht nichts, hier nimm den!"

Es war dann aber halb so schlimm. Die Fragen waren einfach, und die paar Personendaten kannte man ja. Einzig beim Beruf seines Vaters wusste er nicht was hinschreiben. Was war der denn? Was hatte sein Vater? - Ein Reisfeld, ein paar Bananenstauden. Das war doch kein Beruf. Momon ließ die Zeile offen und schob das Formular wieder über den Tisch.

„Hm, na ja", brummte die Dame. „Eine schöne Schrift, das ist schon mal etwas. - Dein Vater arbeitet nicht?"

„Weiß ich nicht", antwortete Momon verlegen.

„Macht nichts!", schob sie die Frage beiseite. „Mit was beschäftigst du dich denn den ganzen Tag?"

„Ich? - Nichts… Ach doch, ich mag Sport, Fußball, Ibu."

Hannah konnte ein Grinsen nicht verkneifen. „Sport ist immer gut, aber hast du noch andere Hobbies?"

Das neumodische Wort verwirrte ihn. Ein Hobby war doch etwas für die Reichen. Die Leute im Kampung, die hatten keine Hobbies, sie mussten arbeiten und Geld verdienen, um ihre Familie zu ernähren.

„Ich weiß nicht. - Was denn? - Ach ja, manchmal helfe ich Ibu in der Küche, hole Wasser oder fege den Vorplatz."

Nun lachte Hannah offen. ‚Kampungan', nannte man das, einer vom Dorf. Aber der Junge machte einen guten Eindruck, der war sicher willig und nicht dumm.

„Also gut", sagte sie. „Agnet wird dich zu Pak Sukano bringen, sobald sie Zeit hat. Ich hoffe, du schaffst es und wünsche dir viel Glück."

„Terima kasih `Bu!", stammelte er. „Ich werde Sie nicht enttäuschen."

„Danke besser Pak Sukano, wenn er dich akzeptiert.", lächelte Hannah und wandte sich ab. Die eben erlebte Situation war für sie nichts Neues. Fast immer waren die Bewerber völlig unbeschriebene Blätter. Sie kamen irgendwo aus den Dörfern der Umgebung und hatten keine Ahnung wie es in so einem Betrieb zu und her ging. Ihr einziges Ziel war einfach angestellt zu werden, um Geld nach Hause zu bringen. Es war immer eine Herausforderung festzustellen, wer von ihnen wirklich willig und bereit war, für eine ungewohnte Arbeit und Zukunft. Immer wieder passierte es, dass das anfängliche Strohfeuer rasch erlosch oder, dass ein Anwärter sogar uneinsichtig glaubte, für ihn sei diese Arbeit unwürdig. Dann hieß es oft mit viel Fingerspitzengefühl so jemanden wieder hinauszubefördern. Dieser Momon aber, da hatte sie den Eindruck, der würde es schaffen. Zwar war er noch sehr kindlich und voller Komplexe, aber was schlussendlich zählte, war der Wille zu lernen, und das schien ihr bei diesem Jungen durchaus vorhanden. Sie nahm sich vor, ein Wort mit Pak Sukano zu wechseln.

Nun wusste Momon natürlich nichts von seiner Gönnerin, außerdem ließ man ihn lange warten, bis sich endlich eine Angestellte bequemte, ihn nach hinten zu den Produktionshallen zu bringen.

Sie umrundeten die erste Halle, aus der lauter Maschinenlärm zu hören war. Drei große Ungetüme auf dem Blechdach schickten weiße Wolken in den Himmel, - wie große Kochtöpfe.

„Kühltürme!", schmunzelte die Begleiterin, als sie sah, wie Momon verwundert hochblickte. „Komm jetzt! Die Lehrwerkstatt ist in der Spinnerei zwei."

Das Gebäude war noch grösser. Gleich neben dem Eingang lagen Büro- und Laborräume hinter Glasfenstern. Unbekannte Einrichtungen und Geräte waren zu sehen. Gegenüber befand sich ein riesiges Lager mit Ballen und Spulen. Weiter hinten schien ihr Ziel zu liegen, eine Werkstatt.

Pak Sukano wartete schon und sagte ungeduldig: „Komm schon, alle warten. Wir wollen beginnen."

Er entließ das Laufmädchen und schob Momon durch eine Glastür in so etwas wie ein Schulzimmer. An einem langen Tisch saßen fünf junge Männer und blickten ihnen gespannt entgegen.

„Setz dich da hin!", befahl Pak Sukano und deutete auf einen freien Stuhl.

Er ging zu einer Wandtafel und schrieb in großen Lettern:

„SELAMAT DATANG DI INDOSUN TEX".

Dann begann ein Frag- und Antwortspiel über die Pläne, Wünsche und Hoffnungen der Anwesenden und der Firma. Pak Sukano zeigte ihnen Werkzeuge, Materialien, Schmierstoffe, Listen und Skizzen. Nach gut einer Stunde verteilte er nochmals Formulare zum Ausfüllen.

Kurz vor Mittag beendete Pak Sukano die Schulstunde mit den Worten: „Ihr könnt das Essen in der Kantine bekommen, aber vorher machen wir einen Rundgang durch den Betrieb. Bleibt zusammen und berührt nichts!"

Die Werkstatt war hell und es herrschte peinliche Ordnung. Die Werktische waren verlassen, wohl für die Mittagspause. Momon staunte ob all den Geräten und Maschinen. Von den meisten hatte er keine Ahnung zu was sie zu gebrauchen waren. Immerhin, das da drüben war eine Bohrmaschine. So etwas hatte er mal im Geschäft eines chinesischen Metallwarenhändlers in Bandung gesehen. Nur, diese hier war neu und super modern. Es war wohl ein Wunder notwendig, wenn er das alles verstehen und auch noch damit arbeiten sollte. Trotzdem faszinierte ihn der Gedanke, dass er hier einmal arbeiten könnte. Er würde mit Eifer alles lernen.

Kaum hatten sie die Werkstatt verlassen, empfing sie ein Maschinensaal, wie eine neue utopische Welt. Lange Ungetüme rauschten mit ohrenbetäubendem Lärm dahin. Flinke Frauen waren damit beschäftigt, Spulen mit weißen Fäden in Kisten zu legen.

„Das ist die Spinnerei!", rief Pak Sukano gegen den Lärm an und führte die staunende Gruppe weiter.

Sie passierten weitere unbekannte Maschinen, wo zuckende Bänder über einen Tisch liefen. „Das alles ist unser Betätigungsfeld", fuhr Sukano fort. „Die Maschinen müssen gewartet, überholt und oft auch repariert werden. - Arbeit genug für uns alle."

Momon stellte sich vor, die Reparatur eines Fahrrades, vielleicht eines Motorrades, das war möglich, aber diese Monster hier! Irgendwo unter den grün gestrichenen Abdeckungen mussten tausende von Rädern, Hebel, Motoren, Riemen und Kabel sein. Unglaublich!

Pak Sukano war bewusst, dass die jungen Männer kaum wussten, was sie sahen. Er kürzte deshalb den Rundgang ab und entließ sie in Richtung Kantine. „Ihr werdet von der Personalabteilung Nachricht bekommen. Ich denke am Montag ist Arbeitsbeginn."

In der Kantine war es laut und hektisch. Die sechs Neulinge drückten sich mit je einem Blechteller voll Nudeln an den nächst besten Tisch und begannen hastig zu essen. Ein paar belanglose Wortfetzen gingen zwischen den jungen Männern hin und her, aber man hatte sich eigentlich nichts zu sagen. Jeder war in Gedanken damit beschäftigt, ob er die heutige Hürde geschafft hatte und ob ihm die Zukunft in diesem Betrieb überhaupt zusagen würde. Im Moment war aber das Wichtigste die Mahlzeit. Das Nudelgericht war nicht gerade umwerfend, aber füllte den Magen.

An den Tischen saßen vorwiegend Frauen. Routinemäßig beendeten sie ihr Mahl und strebten in Gruppen zurück zur Arbeit. Ihre Schicht war noch nicht zu Ende. Am Nebentisch saßen drei Männer und rauchten ihre Kreteks. Die gehörten vermutlich zum Unterhaltspersonal. Ihre Hemden waren nicht sehr sauber und hatten vereinzelt Ölflecken. Sie grinsten zu den Neulingen hinüber und einer spottete: „Sieh einer an, da bekommen wir ja bald Verstärkung. Seid ihr denn schon angestellt, oder esst ihr uns da etwa die Suppe weg?"

Keiner getraute sich zu einer Entgegnung. Sie hatten offiziell ihre Essmarken bekommen und hatten nichts zu erklären.

„Recht so!", fotzelte der Mann weiter. „An eurer Stelle wäre ich auch ruhig. Viel ist hier sowieso nicht zu holen."

„Wir sind aber die neuen Lehrlinge, Pak", getraute sich einer der Gruppe schüchtern.

„Aha, Lehrlinge!", grinste der Mann. „Dacht' ich's mir doch. Na, dann mal viel Glück. Der Sukano wird euch richtig dran nehmen."

Ein Zweiter stimmte ein: „Ja, und das jahrelang für einen Hungerlohn."

Betretenes Schweigen.

„Was glaubt ihr wohl", fuhr der Erste fort. Wenn am Dienstag die Löhne kommen, da ist für euch mit Sicherheit nichts dabei."

„Lass das!", bremste der Andere. „Die Jungs haben doch auch noch nichts gearbeitet. Außerdem, die Löhne bekommen wir doch erst am Mittwoch."

„Klar, schon, aber das Geld wird doch am Tag zuvor geholt."

„Ach, woher willst du das wissen?", wandte der Dritte ein.

Nun warf sich der Anführer in die Brust. „Ich weiß das! Mein Bruder fährt doch mit dem Transport, immer am Tag zuvor um zehn Uhr bei der BNI. Ich weiß Bescheid."

„Solltest aber besser die Schnauze halten", tadelte der Kollege, erhob sich, trat die Zigarette aus und verschwand.

KAPITEL 26

Die Schweizer Botschaft von Indonesien liegt in Kuningan, einem neuen Bezirk im südlichen Jakarta. Hohe Gitterzäune schützten ein massives Gebäude, wie einen Hochsicherheitstrakt. Ein bescheidenes Schweizerkreuz kennzeichnete den Eingang und bestätigte Paul, dass er am richtigen Ort war.

Es war mitten am Vormittag, und über der Stadt hing der übliche graue Schleier wie eine Dunstglocke, so dass die Gebäude und Straßen noch schmutziger erschienen als sie in Wirklichkeit schon waren. Selbst die paar Palmen neben dem Eingang schienen unter der schwülen Luft zu leiden und sahen grau und leblos aus. Paul klebte das am Morgen noch weiße Hemd am Körper, und seine Hose fühlte sich schwer an, wie mit Blei gefüttert.

Er zögerte. Zum hundertsten Mal kreisten seine Gedanken wie wild im Kopf herum. War es richtig was er hier vorhatte? - Aber er brauchte einfach Rat und fundierte Informationen. Oy Tang Suns Vorschläge waren verlockend, aber halfen die ihm wirklich aus dem Dilemma. Die Probleme mit den Immigrations-Behörden waren immer noch nicht vom Tisch, und die politische Situation schien sich weiter zuzuspitzen. Klar, die Chinesen lösten diese Angelegenheiten pragmatisch, meist mit genügend Geld und waren es gewohnt, als Minderheit in der Klemme zu stecken. Ob deren Auswege und Schutzmaßnahmen aber immer legitim waren, das kümmerte sie wenig. Bei mehreren Pogromen hatten sie aber viel zu leiden gehabt.

Diesen Tatsachen konnte sich Paul nicht entziehen. Er arbeitete für Chinesen, er war selber ein Ausländer, ja er war als Weißer sogar praktisch allein der gegenwärtigen Situation ausgesetzt. Der Fall von René war Beispiel genug, auch wenn die Umstände seines Todes immer noch nicht ganz geklärt waren.

Paul hatte sich zu sehr auf eine, für ihn selbstverständliche, Rechtssicherheit, wie sie in einer Schweiz herrschte, verlassen. Nun musste er sich eingestehen, er war in dieser verworrenen Situation gefangen und wusste nicht mehr weiter.

Oder doch? - Irgendwo in seinem Kopf keimte ein Gedanke, den er bisher weit von sich gewiesen hatte. - Er konnte immer noch nach Hause fahren. - Nach Hause? In die Schweiz? - Die ganze Zeit hatte er sich eingeredet, dies hier, Indonesien, sei nun sein Zuhause. Er hatte geheiratet, hatte eine verantwortungsvolle Arbeit, hatte das Haus gekauft und liebte das Leben in Bandung. Warum sollte er hier nicht glücklich sein…? Glücklich bis an das Ende…?

Nachdem der Wächter ihn prüfend abgetastet hatte, ließ er ihn, mit dem Hinweis sich am Schalter zu melden, passieren. Auf dem kurzen Weg dorthin kam ihm bedrückend zu Bewusstsein, dass er nichts dabei hatte, außer seinen Fragen, überhaupt nichts, nicht einmal die Reisepässe. Die lagen irgendwo in Bandung bei den Behörden. Wohl hatte er sich hier gestern telefonisch angemeldet, aber würde man ihn überhaupt empfangen und noch wichtiger, ihm auch glauben.

„Der Herr Botschafter ist außer Haus", antwortete die hübsche Empfangsdame in guter Deutschen Sprache. Es erstaunte Paul immer wieder, wie leicht die Einheimischen diese Sprache lernten, viel besser als zum Beispiel Englisch, Französisch oder gar Chinesisch. Es hieß, das komme von der holländischen Kolonialzeit, und dass das Bahasa Indonesia in Schrift und Aussprache dem Deutschen nahezu entspreche.

Sie sah ihm die Enttäuschung wohl an. „Herr Wiederkehr, Sie sind Schweizer", stellte sie fest. „Sie haben nicht zufällig ihren Pass dabei?"

„Leider nein, der liegt…"

„Macht nichts, warten Sie, ich melde Sie Herrn Buchmüller, er müsste eigentlich da sein."

Während sie telefonierte, überlegte Paul: Buchmüller? Kannte er den? War es überhaupt sinnvoll, die ganze Geschichte einem Unbekannten zu erzählen…

„Ja", bestätigte das Mädchen strahlend. „Er ist da und bittet Sie einen Moment im Wartezimmer Platz zu nehmen. - Bitte, dort drüben durch die Tür."

„Vielen Dank!", erwiderte Paul und wandte sich ab. Ist ja wie beim Arztbesuch, fuhr es ihm durch den Kopf. Ha, Schweizer Gründlichkeit und Organisation. Daran musste man sich erst wieder gewöhnen.

Lange ließ man ihn nicht warten, da öffnete sich die gegenüberliegende Tür und ein Herr in weißem Oberhemd, dezenter Krawatte und dunkler Hose trat ein. Das lächelnde Gesicht war glatt rasiert, und der Scheitel lief schnurrgerade durch das dunkelblonde Haar.

„Herr Wiederkehr", sagte er und kam mit ausgestreckter Hand auf Paul zu. „Ich bin Konrad Buchmüller, der Botschaftssekretär. Der Herr Botschafter lässt sich entschuldigen. Er wurde unerwartet ins Ministerium gerufen. Er meint, dass ich ihnen behilflich sein kann."

Na ja, diplomatisch gesagt: Die zweite Reihe genügt vollauf. Ohne sich den diabolischen Gedanken anmerken zu lassen, erhob sich Paul und ergriff die dargebotene Hand: „Guten Tag!"

„Ich habe uns ein Sprechzimmer reserviert", fuhr der Diplomat unbeirrt weiter. „Wenn Sie mir folgen wollen."

Nachdem die Türe hinter ihnen zugefallen und das rote Licht eingeschaltet war, ließen sie sich am Tisch nieder. Der Botschaftssekretär bot Kaffee an und gab die Order unverzüglich an die Rezeption weiter.

Paul wusste nicht so recht, wo er beginnen sollte, aber der freundliche Diplomat half: „Nun, Herr Wiederkehr, ich habe mich vorhin kurz informiert. Sie sind schon länger in Indonesien."

„Na ja, mittlerweile sind es mehr als zehn Jahre. Ich habe auch geheiratet und lebe in Bandung. - Aber das ist sicherlich alles vermerkt."

„Schon", warf Buchmüller ein. „Ich selber bin erst seit letztem Jahr hier. Sie kennen dieses Land also viel besser. Sie sprechen sicherlich auch die Sprache. Dies ist ein wunderbares Land, und es ist herrlich hier zu leben."

Ha, für euch Diplomaten stimmt das wohl, dachte Paul im Stillen. Laut sagte er: „Ja, sicher, es lebt sich ganz gut hier, aber seit einiger Zeit häufen sich die Anzeichen, dass es nicht immer so weiter gehen kann…"

Damit begann er mit seiner Geschichte, fing mit den ersten Anzeichen der Unsicherheit für Ausländer und Chinesen an und schilderte Renés Tod und Hadias Entdeckungen. Die Ungereimtheiten in der Firma kamen zur Sprache und schlussendlich auch die Probleme mit den Immigrationsbehörden und dem Status von Rini.

Am Ende ereiferte er sich sogar mit der Aussage: „Ja, wollen die denn ihre eigene Staatsangehörige aus dem Land werfen?!"

Der Botschaftssekretär hörte ruhig zu und unterbrach Paul kaum. Einzig bei der Erwähnung der Firma Indosun interessierte er sich ausführlicher über deren Tätigkeit und Organisation. Ein typischer Chinesenbetrieb stellte er fest und ließ Paul weiterreden.

Nach fast einer Stunde war Paul am Ende. Der ganze Bericht hatte ihn zutiefst aufgewühlt. Diese kompakte Zusammenfassung verlieh der Geschichte ein Bild der Hoffnungslosigkeit. Was wollte er überhaupt hier? Er wusste doch selber, wohin das alles führen musste. Man konnte getrost alles auf den Punkt bringen: Seine Zeit in Indonesien war abgelaufen.

Das Gesicht des Diplomaten war ernst geworden. Er schien nach rechten Worten zu suchen.

Endlich sprach er: „Herr Wiederkehr, ich will hier nicht einfach ein paar beschönigende Worte anbringen. Ich begreife ihre Situation sehr gut. Es gibt aber dafür keine Patentlösung, und schon gar nicht eine schweizerische."

Er beugte sich vor und fuhr fort: „Wir müssen vor allem akzeptieren, dass wir hier Gäste sind. Das gilt vor allem und ganz besonders auch für uns Diplomaten. Wir sind Gäste in einem Land, wo Politik, Tradition und Rechtssicherheit einen anderen Stellenwert einnehmen als bei uns in der Schweiz."

Paul dachte sich seine Sache. Was sollte das Ganze Gerede?

Buchmüller fuhr unbeirrt weiter: „Sehen Sie Herr Wiederkehr, dieses Land besteht erst einige Jahrzehnte als Ganzes. Früher waren hier tausende von Stämmen, Sultanate, Inseln und Regionen. Erst die Kolonialzeit hat diese etwas zusammengeführt. Als die Holländer dann nach dem Krieg abzogen, waren das für das frei gewordene Land eine politische Mammutaufgabe und eine Zerreißprobe, blutig und brutal. Der Machtwechsel von Sukarno zu Suharto war nicht minder grausam. Man kann also kaum erwarten, dass heute schon alles seine Ordnung hat. Damit müssen wir hier leben."

„In der heutigen Welt kann das doch nicht sein!", wehrte sich Paul. „Sicher herrschen hier eine andere Kultur und andere Sitten, aber Willkür, Korruption, Unrecht, Verbrechen, ja sogar Mord kann doch auch hier nicht toleriert werden."

Konrad Buchmüller lächelte und meinte kurz und treffend: „Was wollen Sie dagegen tun? - Wir Ausländer werden uns hüten, uns hier in die Politik oder Justiz einzumischen. Eine wirtschaftliche Zusammenarbeit wird gesucht. Ja, sogar das ist immer noch äußerst schwierig. Stellen Sie sich mal vor, es gibt, nach einem halben Jahrhundert, immer noch gültige Gesetzbücher aus der holländischen Kolonialzeit. Es brauch Zeit, viel Zeit, bis Indonesien einem westlichen Staatsgebilde gleichkommt. - Wenn überhaupt je."

Paul ärgerte sich. Die ganze Diskussion lief doch auf eine allgemeine, eher unschöne Darstellung dieses Landes hinaus. Klar, auch er wusste, dass nicht alles in Ordnung war, aber was kümmerte ihn das. Er wollte Antworten auf seine ganz persönliche Situation. Das Land retten, das konnten andere. Außerdem, alles war nun auch wieder nicht so schlimm. Indonesien hatte doch sehr schöne, liebenswerte Seiten. Wenn man nur an die herrliche Landschaft dachte, mit den zartgrünen Reisfeldern, oder an die warmherzigen Sundanesen, graziös wie fernöstliche Elfen.

Der Diplomat schien Pauls Zerrissenheit zu spüren. Das Gespräch dauerte bereits ungewöhnlich lange, aber er nahm sich Zeit.

„Herr Wiederkehr, ich verstehe ihre Fragen sehr gut und will nicht leugnen, dass Sie wahrscheinlich sehr viel mehr Erfahrung über das Leben hier haben als ich. Außerdem sind die Entscheidungen über ihr Privatleben vor allem auch ihre Angelegenheiten. Es ehrt uns sehr, dass Sie gekommen sind und so offen reden. Ich werde dem Herrn Botschafter umgehend Bericht erstatten. Wir werden genau überlegen, was zu tun ist und lassen einen Schweizerbürger in Not natürlich nicht im Stich."

Blah, blah, bla… dachte Paul. All dieses diplomatische Geschwätz half ihm nicht weiter. Laut sagte er: „Herr Buchmüller, was denken Sie? Was raten Sie mir, besonders in Sachen Aufenthaltsbewilligung?"

„Nun, da können wir natürlich einmal bei der Fremdenpolizei nachfragen. - Aber viel Hoffnung gibt's wohl kaum. Ihre Arbeitsgenehmigung wird beendet sein und damit natürlich auch die Aufenthaltsbewilligung."

„Aber ich bin ja mit einer Indonesierin verheiratet. Das wäre doch ein guter Grund für ein Verbleiben im Land."

„Hm… Sie haben ja selber erzählt, dass ihre Frau jetzt eigentlich als Ausländerin gilt. Natürlich werden wir auch ihr behilflich sein, aber im Moment..."

Paul schüttelte resigniert den Kopf und schwieg.

„Es gibt immer noch die Möglichkeit, dass sie beide als Touristen ins Land kommen. So ein Visum ist für ein halbes Jahr gültig, muss aber im Ausland beantragt werden."

Paul horchte auf. „Na ja, Singapur ist nicht weit. Das würde heißen, wir müssten immer wieder hinfliegen, ein Visum holen und wieder zurück."

„Ja, ungefähr so…"

„Aber das würde doch nur einige Zeit gut gehen", wandte Paul ein. „Spätestens wenn der Pass voll von all den Einträgen, Ausreise, neues Visum und wieder Einreise ist, fliegen wir doch auf."

„Na ja, ein paar Jahre würde das wohl funktionieren, und wer weiß, wie sich bis dann die Lage verändert. - Außerdem, da ist immer noch die Möglichkeit eines neuen Passes. Da wären wir sicher behilflich."

Nun konnte Paul ein Grinsen nicht verkneifen. „Ha, wir schlagen die damit praktisch mit den eigenen Waffen. Eine kleine legale Schwindelei, nicht schlecht!"

Buchmüllers Gesicht blieb ernst. „Nun, wir wissen ja auch noch nicht, wie sich die Dinge hier politisch ergeben. In unseren Kreisen wird heftig diskutiert, ob sich Suharto noch lange halten kann. Viele erwarten in nicht allzu ferner Zukunft einen Umsturz. Das könnte auch für Sie außergewöhnliche Veränderungen ergeben, auch unangenehme, ja es könnte sogar gefährlich werden. Seien Sie also auf der Hut. Wir versuchen, die Schweizer Bürger so gut es geht zu informieren und zu schützen. Aber sie wissen ja selber, wie groß und weit verzweigt dieses Indonesien ist."

„Würde es denn mit der PDI eine größere Ausländerfeindlichkeit geben? - Nicht nur gegen die Chinesen?"

„Das könnte durchaus sein", bestätigte Buchmüller. „Es ist einer der großen Vorwürfe an Suharto, dass er sich zu stark von den westlichen Mächten habe beeinflussen lassen. Der Aufbau, das Wirtschaftswachstum und der Wohlstand einiger Privilegierten ist im Wesentlichen den westlichen Investoren und Abnehmern des Erdöls zu verdanken. Dass dabei Millionen auf Banken des Suharto-Klans geflossen sind, ist nicht auszuschließen."

„Wir sitzen also tatsächlich auf dem sprichwörtlichen Pulverfass", fasste Paul zusammen.

„Na ja, so könnte man es nennen. - Dabei möchte ich Sie noch um etwas bitten. Lassen Sie die üble Geschichte mit ihrem Kollegen, - wie hieß der gleich? - Lassen sie das auf sich beruhen. Wenn auch ein solches Verbrechen verurteilt gehört, hier wird es nichts ändern, wenn Sie sich einmischen. Sie könnten sich nur selbst in Gefahr bringen."

„René Gasser ist also ein ungesühntes Opfer geworden, nach dem niemand sich schert. So als wenn sein Leben kein Pfifferling wert gewesen wäre. Oh Gott, wenn das so ist, was ist aus den Menschen nur geworden?"

„Sie haben natürlich vollkommen recht", sagte Buchmüller. „Es ist aber nicht so, dass wir das nicht zur Kenntnis nehmen. Was Sie uns da berichtet haben, wird in einer Akte zusammengefasst und an das Eidgenössische Departement EDA weitergeleitet. Leider gibt es auf dieser Welt immer wieder solche Fälle, wo uns die Hände gebunden sind, und wir uns nicht in die Angelegenheiten eines fremden Staates einmischen dürfen. - Eines muss ich aber doch noch erwähnen. Hinter dem Anschlag auf Herrn Gasser könnte durchaus auch eine radikale Gruppierung stecken. Es gab auch hier in den letzten Jahrzehnten immer wieder extreme Islamisten. Sie wurden aber sowohl bei Sukarno wie auch durch seinen Nachfolger Suharto massiv unterdrückt. Zum Teil wichen sie deshalb nach Malaysia aus. Jetzt sind sie aber wieder zurück. Zu nennen sind zum Beispiel die Jihad Fighters „Majeli Mujahidia" oder die „Jema'ah Islamiyah". Solche Gruppierungen bekommen jetzt durch die PDI Revolution wieder Aufwind und arbeiten erneut auf die Errichtung eines Islamischen Staates hin. Man kann nur hoffen, dass das bei einem allfälligen Umsturz durch die mehrheitlich moderate islamische Bevölkerung verhindert wird. - Nochmal, seien Sie äußerst vorsichtig, und bleiben Sie in Kontakt mit uns."

Diese abschließenden Worte waren alles andere als beruhigend. Die Besprechung hatte geschlagene zwei Stunden gedauert, und Paul war überrascht, dass sich der Diplomat so viel Zeit genommen hatte. Er verabschiedete sich deshalb mit Dank und Respekt und verließ die Botschaft kurz nach ein Uhr mit heißem Kopf voller wirren Gedanken.

Der Zug schaukelte langsam den Hügeln hinter Purwakarta zu. Bald würde es in das langgezogene Tal hinauf Richtung Bandung gehen. Mit der zunehmenden Höhe und dem anbrechenden Abend würde es endlich etwas kühler werden. Der Waggon war für einmal nur mäßig besetzt. Ein Geschäftsmann schräg gegenüber schrieb etwas in eine Agenda, und weiter vorn hatten sich zwei Frauen umständlich mit Körben und Taschen eingerichtet. Sie schwatzten miteinander vom monotonen Geratter der Räder übertönt. Das verhaltene Gekicher einer Gruppe junger Mädchen, weiter hinten, störte auch nicht.

Paul blickte durch das schmutzige Fenster, ohne etwas zu sehen. Seine Gedanken waren in dumpfer Aufruhr, wie wenn er eben einer reißenden Meute entkommen wäre. Im gewissen Sinne war das immer so, denn auf dem Perron in Jakarta war meist die Hölle los. Laut und rücksichtslos drängte sich eine bunt gemischte Horde Reisender in alle Richtungen, auf dem Bahnsteig, über die Geleise und zu den Zügen. Er hatte aber sein Abteil weit vorne gefunden und hätte jetzt eigentlich die Fahrt in Ruhe genießen können. Normalerweise hatte man nummerierte Sitzplätze, aber die Nummer B21 war nicht zu finden. Er gab sich auch nicht besondere Mühe, sondern ließ sich einfach irgendwo nieder.

Aufgewühlt von all dem Erfahrenen in den letzten Stunden, war er wie im Fieber aus der Botschaft getorkelt und hatte das erstbeste Taxi angehalten. Er hatte Glück, der Fahrer war ein alter, schweigsamer Mann. Er fuhr vorsichtig und langsam. Ohne viel hinzusehen drückte ihm Paul beim Bahnhof einen größeren Schein in die Hand. Rebellen, Terroristen, Mörder, all das war der doch nicht! Ein stiller, sanfter, einfacher Mann. So war doch dieses Indonesien. Oder doch nicht?

Hier in diesem Abteil, da war man doch völlig sicher. Die Frauen, die kamen doch glücklich und zufrieden von einem ausgedehnten Einkaufsbummel und fuhren zurück nach Hause. Der Geschäftsmann brütete wohl über seinen Aufträgen. Was um Himmels Willen war da gefährlich? - Hatte der Botschaftssekretär vielleicht einfach maßlos übertrieben?

Während sie sich Bandung näherten, eilten seine Gedanken voraus. Sollte er nicht einfach wie Hadia kurzerhand verschwinden und nach Hause fahren? Damit wären doch alle Probleme gelöst. Nein, er durfte nicht vergessen, da war auch noch Rini, seine Frau. War das nicht sogar der wichtigste Teil seiner Situation. Angenommen, er müsste dieses Land tatsächlich verlassen, dann würde er zurück in seine Heimat kommen, aber wie sah das für Rini aus? Sie war sehr mit ihrer Familie hier verbunden. Eine Reise ins Ausland wäre für sie nichts Außergewöhnliches, aber dort zu bleiben, zu wohnen, vielleicht für immer? Ja, ja, heutzutage sprach man viel von der klein gewordenen Welt, von einem Katzensprung zwischen Asien und Europa. Mit dem notwendigen Geld konnte man sich Besuche zu Hause sicher leisten. - Besuche? Natürlich, das wären immer nur kurze Visiten, denn der Mittelpunkt ihres Lebens wäre dann weit in der Ferne.

Rini war der entscheidende Punkt. Er musste mit ihr reden, noch heute.

KAPITEL 27

Das Haus an der Jalan Karangsari lag im Dunkeln. Paul bezahlte das Taxi und ging durch den Nebeneingang zum Haus. Hinter der Garage hörte er ein Rumpeln, und ein schwaches Licht leuchtete durch die Tür der Haushalthilfe. Bibi schien da zu sein. - Warum nur mussten die Angestellten in solchem Dämmerlicht hausen? Er nahm sich vor, die Lampen endlich mit stärkeren auszutauschen. Seine Leute mussten doch nicht auf vernünftiges Licht verzichten.

Normalerweise war dieser Teil des Hauses für ihn tabu, aber heute, ob der ungewohnten Dunkelheit und Stille in seinen eigenen Räumen, ging er zögernd nach hinten. Bibi musste ihn gehört haben und erschien in der Tür.

„Guten Abend Bibi!", grüßte Paul. „Wo ist denn Ibu?"

„Selamat Malam Tuan!", erwiderte sie leise. „Ibu ist am Nachmittag weggefahren. Ich glaube sie wollte zu Ibu Tati."

„Mit Adang?"

„Ja Tuan, Pak Adang hat sie gefahren."

„Dann ist es gut", entgegnete Paul, erleichtert, dass der Fahrer mit ihr war. „Sie werden wohl bald wieder zurück sein." Damit begab er sich ins Haus, machte Licht und holte sich ein Bier aus dem Kühlschrank. Da lag auch etwas Käse. Er schob zwei Brotscheiben in den Toaster und setzte sich an den Tisch. Er hatte den ganzen

Tag nichts zu sich genommen und hatte richtigen Hunger. Einmal mehr vermisste er ein bequemes Sofa. Vorne, im Empfangsraum, stand so ein Ding, war aber nur für eventuelle Gäste gedacht. Wenn er Ruhe suchte, musste er sich schon ins Schlafzimmer zurückziehen. Danach war ihm aber im Moment auch nicht. Das Brot war fade und trocken. Das bisschen Käse war's auch nicht. So trank er sein Bier und wartete mit zunehmender Unruhe.

Endlich, eine Stunde später, hörte er das Auto. Er legte die zweite leere Flasche in den dafür vorgesehenen Korb und ging hinaus. Rini kam ihm etwas außer Atem entgegen, küsste ihn rasch auf die Wange und eilte nach hinten. Dort hörte er, wir sie Bibi beauftragte, für Pak Adang ein Essen bereitzustellen und Tee zu kochen.

„Wo warst du denn so lange?", konnte er sich nicht verkneifen. Dann aber etwas versöhnlicher: „Hast du schon gegessen?"

„Ja klar! - Und du? - Wo warst du denn heute? Ich habe angerufen, aber die Sekretärin sagte, du wärest außer Haus."

„Schon, ja ich war in Jakarta", gestand Paul. „Ich war auf der Botschaft."

„Wieso, was wolltest du da? Außerdem, warum hast du mich nicht mitgenommen?"

Er holte sich eine neue Flasche aus dem Kühlschrank und öffnete sie umständlich. „Möchtest du auch etwas?"

„Danke, nein! Du weißt doch, dass ich keinen Alkohol trinke."

„Na dann! - Ja, ich war auf der Schweizer Botschaft. Wollte endlich wissen wo ich hier überhaupt stehe und wie es weitergehen soll."

Sie saßen sich am Tisch gegenüber, wie zwei Unterhändler mit völlig verschiedenen Positionen. Sie wühlte gedankenlos in ihrer Handtasche, und er nahm einen weiteren Schluck aus der Flasche. Mittlerweile stieg ihm der Alkohol langsam in den Kopf.

„Ja, verdammt nochmal, es wird endlich Zeit, dass wir Klartext reden. Die Situation ist derart verfahren. Eigentlich bleibt uns keine Wahl, als nach Hause zu fahren. Das meint auch der Botschafter."

Na ja, der Sekretär natürlich, erinnerte er sich, aber das war ja egal.

„Was meinst du da?", fuhr Rini auf. „So ein Blödsinn! Wieviel hast du denn schon getrunken?"

Sie funkelte ihn mit weit aufgerissenen Augen an.

Ach was, das Bier tat schon seine Wirkung, aber es stimmte doch, und durch das bisschen Alkohol änderte sich überhaupt nichts. Er musste zu einer Entscheidung kommen, und Rini tat gut daran, sich auch Gedanken über ihre Zukunft zu machen. Schließlich war sie seine Frau.

„Ich habe mich entschieden", brummte er benebelt. „Wir fahren nach Hause."

„So -, und wie stellst du dir das vor?"

„Ganz einfach, wir packen unsere Sachen und hauen ab."

Ungläubig schüttelte Rini den Kopf. „Wir hauen ab! - Weißt du überhaupt was du da redest? Wir können nicht einfach abhauen! Du hast doch deine Arbeit, wir haben ein Haus, ein Auto und Familie."

Paul nahm einen langen Schluck. Wegwerfend schlug er die flache Hand auf den Tisch. „Kein Problem, bei Indosun ist seit langem sowieso nur noch alles Quatsch, und das Haus verkaufen wir einfach."

Rinis Gesicht war ernst und bleich geworden. Waren da nicht ein paar Furchen, die man früher nicht beachtete. Das Haar war nach wie vor tief schwarz, wenn vielleicht auch etwas Farbe nachgeholfen hatte. Das „Schmieren", wie man das nannte, war für die meisten indonesischen Frauen bis ins hohe Alter üblich. Sie war kein junges Mädchen mehr, sondern eine gestandene Ibu, eine Frau mit klaren Vorstellungen.

Sie entschied: „Ich denke, wir reden besser morgen weiter."

„Nichts da!", rief Paul unmutig. „Es wird Zeit, dass wir die Situation beim Namen nennen. Sie ist unmöglich geworden. Ich werde bei Indosun kündigen, morgen noch, klar… das ist klar. - Sollen doch dieser Purnaran und die Japaner übernehmen und die Firma ruinieren. Ich hab' genug, basta!"

„Du kannst doch so einen Job nicht leichtfertig wegwerfen!", wandte Rini bebend ein. „Wir brauchen das Geld."

„Ha ja! Für Reisen nach Mekka!", entfuhr es ihm. Sofort tat es ihm leid. „Tschuldige, war nicht so ge… gemeint…"

„Ja, entschuldige dich nur!", sagte Rini wütend. „Der Haddsch ist für uns eine heilige Pflicht. Einmal im Leben müssen wir nach Mekka. - Auch ich."

„Ja…ja…jah…"

Wie kam das nur? Hatten sie nicht in gemeinsamem Einvernehmen geheiratet, dass der unterschiedliche Glaube kein Thema sein würde. Weltoffen und tolerant wollten sie keine Zwänge ausüben und die Sache auf sich beruhen lassen. Nun sollte die muslimische Pilgerreise auf einmal zum Wichtigsten erhoben werden. - Ja sollte er jetzt im Gegenzug zu Ostern mit Asche auf dem Kopf zum heiligen Abendmahl laufen…

Paul schwindelte. Plötzlich fühlte er sich völlig isoliert, fremd und alleingelassen. Er hatte sich verrannt, in etwas das nie gelingen konnte. Erschöpft fuhr er sich mit der Hand durchs Haar. Er gestand sich das ein, was in seinem Geist schon lange lauerte und jetzt an diesem Abend, in verwirrtem, umnebeltem Zustand, unbarmherzig hervorbrach. Er sehnte sich nach einem einfachen, ruhigen Ort, irgendwo in einem kleinen Dorf in der Schweiz. - Heimweh? - Kaum, denn er war viele Jahre durch die Welt geistert und hatte dieses ominöse Wort stets belächelt. Nein, es war eher die Suche nach Ruhe und Geborgenheit, dort wo die Wurzeln lagen.

Fast bittend sagte er leise: „Ich hoffe, dass du verstehst und mit mir kommst. Diese Welt ist nicht mehr die meine."

Bitter antwortete Rini: „Aber meine. Du willst hier alles aufgeben, alles verkaufen und in eine ungewisse Zukunft fliehen. Das nur wegen ein paar lächerlichen Schwierigkeiten."

„Was!", fuhr er auf. „Lächerliche Schwierigkeiten! Du ahnst ja nicht was in der Firma alles läuft."

Mühsam rappelte er sich auf und schwankte zum Kühlschrank. Als er zurückkam, knallte er die Flasche krachend auf den Tisch und knurrte: „Der Mohr hat seine Schuldigkeit getan! - Das Gnadenbrot will mir dieser Oy…y geben. Persönlicher Berater! So ein Blödsinn! Soll ich ihn vielleicht bei der Wahl seiner taiwanesischen Mätressen beraten. Vielleicht gibt er mir dann eine von denen ab, so als Honorar. Der Mann ist ja selber keinen Deut mehr wert. Am Schluss ist auch der weg vom Fenster."

„Hör' doch auf mit dem Gejammer!", bremste Rini.

„Ja, du willst natürlich nichts hören von all der Scheiße hier. Indonesien, das gelobte Land! Hast du noch nicht gemerkt, was los ist? Die Chinesen hauen ab oder verkriechen sich. Hadia ist weg.

Die Ausländer werden schikaniert. Musst du ja am eigenen Leibe erfahren, dass selbst eine Pribumi nicht verschont wird. René hat's erwischt, und die Angst geht um wie eine hinterlistige Schlange. Ich werde nicht warten, bis sie zubeißt."

„Du bist verrück, - und besoffen. Man kann doch für alles irgendwie eine Lösung finden. Gerade hier gibt es viele Möglichkeiten…"

„Ha!", fuhr er dazwischen. „Möglichkeiten, dass ich nicht lache! Was haben wir denn erreicht? Ramons Beziehungen zum Minister? Super! Der Chinesen Beziehungen zur Fremdenbehörde? Aus und vorbei! Die Botschaft in Jakarta? Ha, zum Lachen! Deine Familie…?"

Durch den Nebel des Alkohols erkannte er, dass er zu weit ging. Egal, es musste einmal auf den Tisch. „Ja, was habt ihr je für mich getan? Solange ich alles finanzierte war alles gut, aber jetzt, wo ich nur mein gutes Recht einfordern möchte, da ist weit und breit niemand. Ihr braucht mich hier nicht mehr. Am besten verschwinde ich schon heute, nicht erst morgen."

„Hör' endlich auf!", schrie Rini. „Ich will nichts mehr hören. Hau doch ab du versoffener… Der Rest ging in einem Schluchzen unter. Sie raffte sich auf, verschwand im Schlafzimmer und schlug die Türe krachend zu.

Der Lärm rüttelte Paul auf. - So ein Mist! Immer wenn er zu viel trank, konnte er nicht an sich halten. Wieviel Uhr war es überhaupt? Draußen vor den Fenstern war's stockdunkel. Ein schwerer schwarzer Mantel breitete sich über alles aus und verstärkte den Eindruck der Hoffnungslosigkeit zusätzlich. Er hatte sich den Ausweg zu einfach vorgestellt. - War er rücksichtslos, egoistisch und unbelehrbar? Übertrieb er maßlos und schätzte die Lage einfach falsch ein. Lange Zeit hatte er die Geduld, Sanftheit und Höflichkeit der Sundanesen sehr gelobt. War das anders geworden? Es waren doch noch dieselben Menschen, die Familie, dieselbe Frau, die er liebte. Ein gutes Dutzend Jahre seines Lebens hatte er hier verbracht. - War er nicht mehr glücklich? - War Rini nicht mehr…?

Langsam sank Pauls Kopf auf seine Arme. Die letzten müden Gedanken drehten sich um Rini. - Seine Frau… er musste mit ihr reden… seine Pläne waren ja längst noch nicht endgültig beschlossen… morgen, da mussten sie…

KAPITEL 28

Pauls Kopf brummte fürchterlich als er sich am Morgen zeitig auf den Weg machte. Rini hatte sich im Schlafzimmer verbarrikadiert und reagierte auf sein zögerndes Klopfen nicht. Egal, sie würde sich wieder beruhigen.

Im Auto sank er auf dem Hintersitz tief ins Polster und kämpfte gegen Übelkeit und Kopfschmerzen. Pak Adang fuhr vorsichtig, aber jede Bodenwelle wurde zur Qual. Die Sonne stieg gleißend über den Horizont und blendete ihn unbarmherzig aus östlicher Richtung. Während sie sich Rancaekek näherten, verfluchte Paul seinen Stolz, der ihm eingab, nach einer durchzechten Nacht müsse man, egal wie, pünktlich zur Arbeit erscheinen. Wie gerne hätte er sich für ein paar Stunden ins weiche Bett gelegt und im gnädigen Schlaf alles vergessen. Aber die paar Stunden auf dem harten Sofa im Vorzimmer erschienen ihm, im Nachhinein, nun eher wie eine mörderische Tortur, als eine Erholung.

Jetzt erinnerte er sich wie betäubt an die Debatte des Vorabends. Wie konnte er nur so rücksichtslos aufbegehren und Ultimaten stellen, welche Rini überforderten und schockierten. Wie nur konnte er die verfahrene Situation noch retten? Bilder, scheußliche Szenen, gaukelten vor seinem umnebelten Hirn umher. Er war illegal im Lande und wurde von gnadenlosen Häschern abgeholt, zum

Flughafen geführt und mit Schimpf und Schande aus dem Lande gejagt. Ein grinsender Chinese verhöhnte ihn und schlug eine Türe krachend zu. Ein hoher Beamter mahnte hinterlistig väterlich, geh endlich! Und Rini, - ja, Rini, was tat sie dabei?

Immer wieder verfolgte ihn diese eine qualvolle Frage: Wo stand Rini? - Aber nein, besser musste er sich fragen: Was unternahm er für sie? War er nicht drauf und dran, einfach abzuschleichen und sich dadurch aus der verfluchten Situation zu retten.

Stöhnend gestand er sich ein, er müsste sich eigentlich in die Situation von Rini versetzen. Klar, dass sie nicht einfach alles so mir nichts, dir nichts aufgeben wollte, ihre Heimat, ihre Familie, ihre Kinder, das Haus, ein Auto und ein komfortables Leben. - Oh Gott, welche ausweglose Sch…

Pak Adang blickte verstohlen in den Rückspiegel. Der Tuan schien Probleme zu haben, so wie der bleich und seufzend im Fond lag. Man sollte noch vorsichtiger fahren, damit er nicht noch zusätzlich durchgeschüttelt wurde.

Paul würgte an den scheußlichen Gedanken. Er musste einen Ausweg finden. Vielleicht sollte er einfach doch Oys Angebot annehmen und an dessen Seite eine ruhige Kugel schieben. Ein halbjährlicher Ausflug nach Singapur für ein Visum war ja auch nicht so schlimm. Rinis Probleme und alles Weitere konnte man sicher mit dem notwendigen Geld regeln. Er musste nicht unbedingt selber Autofahren, und auf ein Bankkonto konnte man verzichten, das notwendige Geld konnte man in einen Safe legen. - Blieben die Demonstrationen und die politische Unsicherheit. War das wirklich so dramatisch, wie das die Chinesen wahr haben wollten?

Im Büro angekommen, trank Paul erst einmal gierig ein Glas Wasser. Es war unmöglich, jetzt am Pult zu sitzen und über Produktionszahlen zu brüten. Er musste hinaus, an die frische Luft. Die Pläne für die neue Wasseraufbereitung lieferten den Vorwand.

„Ich bin heute Vormittag im Betrieb", informierte er Henrietta und schlich hinaus.

Die dreihundert Meter an der brütenden Sonne bis zur Spinnerei waren eine einzige Qual. Er erreichte die nördliche Seite gerade rechtzeitig, bevor im schwindlig wurde. Dort warf das Dach Schatten. Er folgte der Wand nach hinten und fühlte sich langsam besser.

Eine leichte Brise strich dort entlang. Am Ende des Gebäudes lag die Baustelle für das große Auffangbecken, daneben entstand ein einfaches Pumpenhaus. Ein paar Maurer waren an einer großen Betonmaschine beschäftigt und nahmen kaum Notiz vom Ankömmling. Paul stand an der Grube und überlegte, dass das hier alles viel zu lange dauerte. Er bemerkte Pak Ponto erst, als dieser neben ihm stand und sich räusperte.

„Ach, guten Morgen Pak Ponto", begrüßte er den Mann.

„Selamat Pagi, Pak Paul", erwiderte Ponto. „Wir brauchen mindestens noch drei Wochen bis hier alles steht. Dieser Kontraktor ist nicht gerade schnell, aber er macht gute Arbeit. Vielleicht sollten wir um mehr Arbeiter bitten, damit es schneller vorangeht."

„Schon gut, es wird wohl termingerecht fertig", antwortete Paul. „Lass uns dort in den Schatten neben dem Pumpenhaus gehen."

Nach einigen Fragen betreffend der vor ihnen entstehenden Anlage, erkundigte sich Paul nach dem allgemeinen Befinden der Abteilung.

„So weit ist alles in Ordnung", drückte sich Ponto um eine direkte Antwort.

„Aber, was ist?"

„Ich weiß auch nicht. Die Lehrwerkstatt. Pak Sukano hat sich bitter beklagt. Er sagt, man hätte seinen Kostenplan drastisch gekürzt. Ohne die Mittel für Werkzeuge und Materialien sei aber ein ordentlicher Lehrbetrieb kaum mehr durchführbar."

„Ach, und wieso das?"

„Er sagt, Liem habe seine Anträge zurückgeschickt, sie seien nicht genehmigt worden."

Paul war entsetzt. „So ein Blödsinn! Ich werde dem sofort nachgehen. Die Lehrwerkstatt ist wichtig, damit sichern wir unseren Bedarf an fähigem Unterhaltspersonal."

„Klar, so ist es."

Die Hitze flimmerte gnadenlos über dem Gelände. Die Hügel dahinter standen wie reglose tote Kreaturen vor dem grell schimmernden Himmel. Das leise Brummen der Fabriken tönte wie durch Watte gedämpft in den Ohren. Pauls bereits arg strapaziertes Hirn fing zu pochen an. Er wusste genau, dahinter steckte wieder dieser

Purnaran. Dieses Duo, Liem und Purnaran musste aufgehalten werden. Es wurde Zeit, dass Oy ein Machtwort sprach.

„Es kommt noch schlimmer Pak Paul, auch die neuen Lehrlinge wurden alle abgewiesen. Sukano denkt daran, die Firma zu verlassen…"

Wie aus weiter Ferne hörte Paul den Bericht seines Freundes. Die Lehrwerkstatt, sie war die Perle dieses Aufbaus, die große Erfolgsgeschichte und auch sein Werk. Dieses hatte Oy immer wieder mit leuchtenden Augen seinen Besuchern vorgeführte. Das alles sollte jetzt irgendwelchen Machtkämpfen geopfert werden. Nicht mit ihm! Was glaubten diese Chinesen denn?

Freundschaftlich klopfte er Ponto auf die Schulter und sprach: „Nur nicht verzagen, wir wollen mal sehen, was der Chef dazu meint. Wir haben hier sehr viel geleistet und aufgebaut. Einen großen Teil hast auch Du dazu beigetragen. Also, Kopf hoch! Ich werde mit Oy sprechen."

Damit verabschiedete er sich und betrat die Spinnerei. Der Rundgang brachte aber wenig. Völlig abwesend wanderte er zwischen den Maschinen durch und beobachtete die Arbeiterinnen, welche flink die Spulen wechselten und Störungen behoben. Die Teile einer Spulmaschine lagen säuberlich geordnet am Boden, und eine Gruppe des Unterhaltspersonals beschäftigte sich mit Reinigen, Schmieren und Reparieren. Das waren routinemäßige Aufgaben, die gut organisiert durchgeführt und notwendig waren. Damit war gewährleistet, dass die Maschinen mit voller Produktivität immer einsatzfähig waren. - Sollte das jetzt durch diese verfluchten Ignoranten im Büro vorne aufs Spiel gesetzt werden?

Ohne mit jemandem ein Wort gewechselt zu haben, das tat er normalerweise immer, ging er zum Ausgang, überquerte den großen Platz und betrat das Bürogebäude. Wortlos ging er an der Sekretärin vorbei und zog die Türe hinter sich zu. Lange saß er am Schreibtisch ohne zu wissen, was er da eigentlich wollte. Vor ihm lagen Pläne, Kostenrechnungen, Produktionsdaten und Materialbestellungen, ohne dass er die Papiere wirklich wahrnahm. Seine Gedanken kreisten unaufhörlich um die beiden Störfaktoren Liem und Purnaran. Wie konnte es geschehen, dass diese beiden Nichtsnutze auf einmal die Herren spielten und alles, was hier entstanden war, plötzlich bedrohten. Es waren kaum ein paar Jahre her, da hatten sie praktisch im Alleingang, mit dem Segen und Geld eines Oy Tang Sun eine Firma aufgebaut, die sich sehen lassen konnte. Es war harte Arbeit gewesen, mit langen Tagen und manchem durchgemachten Wochenende. Sie hatten glühender Hitze und tropischen Schauern getrotzt, waren durch den Schlamm der ehemaligen Reisfelder gewatet und hatten die ersten Bauarbeiten beaufsichtigt. Das war richtige Pionierleistung, auf die man stolz sein konnte. Das war im weitesten Sinne auch Aufbauarbeit für dieses Land. Hunderte von Menschen hatten Arbeit bekommen, und die Infrastruktur war auch den benachbarten Dörfern zu Gute gekommen. Die Straße wurde ausgebaut, die Firma verteilte das hochgepumpte Grundwasser auch in die nahen Häuser, und die Hochspannungsleitung bediente diese mit Strom. Natürlich waren da auch immer Neider, die nie genug bekamen, aber im Großen und Ganzen war die Firma großzügig im Rahmen des Möglichen. Dass Oy gleich auf Anhieb guten Profit machte, lag eher an der damals aufstrebenden Textilindustrie, die nach den Halbfabrikaten wie Garn und Tuch in guter Qualität lechzte und nicht am egoistischen Kostendenken und Geiz des Inhabers. Ja, der eigentliche Besitzer, das war doch die Schlüsselfigur. Wie kam es, dass sich da Andere hineindrängten und verhängnisvolle Entscheidungen trafen. Was war mit Oy Tang Sun?

Der kleine Chinese mit den schütteren Haaren und den lächelnden Augen war seit langem eine Schlüsselfigur für Paul. Er mochte den fröhlichen Mann, der ihm viel Vertrauen und Verantwortung übertragen hatte. Es war schier unglaublich, dass sein Sohn so ein eingebildeter Lümmel werden konnte. Manchmal kam Paul der heimliche Gedanke, dass Oy gar nicht dessen Vater sein konnte. Der Kerl war genau das Gegenteil seines Erzeugers, groß, arrogant und anmaßend. Seine Mutter schien ihm aber alle Türen zu öffnen. Sie war selber eine undurchsichtige Dame, welche ihre Leute wie eine Marionettenspielerin an den Fäden tanzen ließ. Plötzlich schien alles irgendwie fern gesteuert und völlig anderen Zielen verpflichtet als vorher.

Mitten in diese Gedanken platzte Henrietta herein. „Pak Purnaran…". Bevor sie den Satz beenden konnte, drängte der Angekündigte durch die Tür.

„Wie kommen Sie dazu, weitere Lehrlinge einzustellen?", fragte er ohne Umschweife. „Wir haben sowieso schon zu viel Beschäftigte. Ich habe die Personalabteilung gebeten, die Neulinge alle wieder nach Hause zu schicken."

Paul kämpfte um Beherrschung. „Pak Purnaran, bitte setzen Sie sich doch. Möchten Sie einen Tee?"

Der Eindringling schüttelte wegwerfend den Kopf. „Nein danke!"

Darauf war Henrietta entlassen. Paul rief hinterher: „Bitte stellen Sie fest ob Pak Oy im Haus ist. Ich möchte nachher mit ihm sprechen."

„Ja, Tuan, mache ich sofort." Damit zog sie die Türe leise hinter sich zu.

„Was soll das!", nörgelte Purnaran. „Sie können mit mir besprechen, was immer sie wollen. - Außerdem, mein Vater ist außer Haus."

„Gut, wie Sie wollen. - Sie erwähnten die Lehrlinge. Wie kommen Sie dazu, diese wieder nach Hause zu schicken? Waren sie alle ungeeignet? Haben Sie vielleicht bessere Bewerber? Soviel ich weiß werden alle gründlich getestet. Pak Sukano macht da gute Arbeit."

„Ach, Pak Sukano, der bringt doch nichts, außer hohe Kosten. Zudem ist das ein Javanese und politisch nicht über alle Zweifel erhaben."

„Moment, so kann man das nicht stehen lassen. Pak Sukano ist einer unserer fähigsten Leute, er hat eine hervorragende Ausbildung und ist mit der Lehrwerkstatt sehr erfolgreich. - Sie wissen sicher, dass unsere Unterhaltsequipen auf gute Mechaniker und Elektriker angewiesen sind."

Purnaran stand steifbeinig mitten im Raum. Er verzog keine Miene und konterte: „Lassen wir das, wir werden diese Werkstatt schließen. Sie kostet viel Geld für nichts."

Nun sprang Paul auf. „Wie kommen sie darauf? Das ist ein absoluter Unsinn. Wer hat das entschieden?"

„Ich!", entgegnete Purnaran. Ein leises Grinsen huschte über seine Züge. Die weißen Teufel verloren ihre Nerven und damit ihr Gesicht.

„Genau darüber werde ich mich mit Pak Oy unterhalten müssen", schnaubte Paul. „Hier läuft einiges nicht mehr wie es sollte. Bitte lassen Sie mich jetzt alleine, ich habe zu arbeiten."

„Ich auch, Mr. Paul, ich auch."

Mit diesen Worten stolzierte er hinaus, ohne die Türe hinter sich zu schließen. Das besorgte unmittelbar darauf eine verstörte Henrietta. Purnaran war auch der Einzige, der Paul immer wieder mit dem englischen Mister ansprach, wie um zu zeigen, wir welterfahren er sei.

Zwei Tage später saß Paul dem Inhaber der Firma gegenüber. Sie hatten in dessen Büro in den Sesseln um einen ovalen Teetisch Platz genommen. Für einmal war Oys Gesichtsausdruck ernst und besorgt. Minutenlang beschäftigten sie sich mit den Teegläsern, nippten daran, und versuchten nicht die Lippen zu verbrennen. Endlich legte Oy das Deckelchen sachte auf das Glas und begann: „Pak Paul, man hat mir gesagt, Sie hätten Wichtiges mit mir zu besprechen. Ich kann erahnen, was Sie bedrückt, aber bitte schießen Sie los."

Paul begann zögernd: „Vielen Dank, dass Sie sich Zeit für mich nehmen. Zuerst einmal ist da die Angelegenheit um die Lehrwerkstatt. Pak Purnaran verkündete vorgestern deren Schließung. Erstens, ist das absolut schlecht für die Zukunft der Firma, denn ohne geschultes Personal ist der Unterhalt der Maschinen gefährdet. Zweitens, was ich überhaupt nicht verstehen kann, wieso wird so ein Entscheid ohne Rücksprache getroffen. Ich bin entschieden gegen diese Schließung."

Oy saß eine Weile erstarrt da. Dann gab er sich einen Ruck und bekannte: „Es tut mir leid Pak Paul, aber davon wusste ich nichts. Die Lehrwerkstatt bleibt natürlich bestehen, wir Beide wissen was für Vorteile die uns bringt."

Das war eine erstaunliche Wendung, denn dass der Chinese seinen Sohn überstimmte, war doch recht ungewöhnlich. Paul reagierte deshalb mit Erstaunen: „Aber…"

„Purnaran versteht die Situation nicht und will einfach Kosten sparen", fuhr Oy fort. „Das ist eigentlich nicht falsch, aber am falschen Ort gespart. Er wird das noch lernen."

Für Paul schien damit die Angelegenheit gerettet, aber war das tatsächlich so? Es war eher wahrscheinlich, dass der Schaden schon angerichtet war. Man musste mit Pak Sukano nochmals reden, und versuchen die Wogen zu glätten. Neue Lehrlinge fand man sicher wieder, aber das Vertrauen und die Begeisterung hatten enorm gelitten. Es galt dieses erneut aufzubauen.

Damit war gleich das Stichwort für die weitere Diskussion gegeben. Das war weit schwieriger, aber musste sein.

„Es tut mir aufrichtig leid Pak", begann Paul. „Aber es gibt Probleme mit viel weitgreifenderen Folgen. - Ihr Sohn und Liem bestimmen seit einiger Zeit eigenmächtig über Angelegenheiten des Betriebes. Beide scheinen geringe Kenntnisse über die Textilindustrie zu haben und verursachen dadurch mehr Schaden als Nutzen. Die vorherige Angelegenheit betreffend der Lehrwerksatt ist nur ein Beispiel."

„Ich weiß", antwortete der kleine Mann. „Ich versichere Ihnen, dass mir das nicht entgangen ist. Ich verstehe ihre Position auch völlig. Sie haben es mit Gegnern zu tun, diesem Liem, er ist übrigens ein ferner Verwandter, meinem Sohn und nicht zuletzt auch meiner Frau, die nicht zu unterschätzen sind. Sie alle wollen am Erfolg teilhaben. Sie greifen uns an. Es gibt aber eine treffende chinesische Weisheit, die sagt: Wenn man seine Feinde nicht besiegen kann, soll man sich mit ihnen verbünden."

Verwundert lauschte Paul diesen Worten und erkannte plötzlich, dass auch der rührige Unternehmer in der Defensive war. Viel schlimmer noch, der Mann wurde von seiner eigenen Familie angegriffen und aus der Führerrolle gedrängt. Der Sohn und die Mutter wollten übernehmen. Ihm kam ein anderes Sprichwort in den Sinn, wo die Chinesen glaubten, Reichtum halte sich nur zwei Generationen: Der Vater baue auf und erwerbe ihn mit viel Einsatz, der Sohn aber, der benütze und verschleudere ihn wieder.

Wo aber stand er, Paul, in diesem ganzen Drama? Noch schützte ihn der kleine Chinese im Sessel gegenüber, aber wie lange noch? Die nächsten Fragen standen drohend in der Luft.

„Pak Oy, ich verspreche, ich werde alles zum Wohl der Firma versuchen. Aber es gibt natürlich einige persönliche Angelegenheiten, die ich nicht selber regeln kann."

Nun lächelte der Chinese wieder und entgegnete beruhigend: „Ach, ich weiß, was Sie meinen, Pak Paul. Ich hab's nicht vergessen, ihre Aufenthaltsbewilligung läuft aus. - Ja, wann eigentlich?"

„Mitte Juni, es wird langsam dringend."

„So bald? - Das ist aber kein Problem, Sie besorgen sich einfach vorerst ein Visum in Singapur. - Noch besser, sie kommen mit nach Taiwan. Wir sehen uns dort in Taichung diese Färberei an. Dann geht das mit dem Visum am Einfachsten."

„Hm… Ja, das wird wohl das Beste sein. Wann wollen Sie reisen?"

Oy erhob sich, ging zu seinem Pult und blätterte in der Agenda. Er ließ sich Zeit, aber dann grinste er und sagte: „Nächste Woche, ich denke am Montag, da haben dort alle Zeit für uns."

Paul nickte. Er würde fahren, aber ob Rini da begeistert war, das war eine andere Frage. Vielleicht war aber etwas Abstand ganz gut. Ja, er würde fahren.

Pak Ponto schimpfte: „Jetzt haben wir die Sauerei! Sukano ist verschwunden. Ist ja verständlich, so geht man mit wichtigen Angestellten doch nicht um. Der hat längst eine viel bessere Stellung gefunden. Man muss sich schon fragen, ob das nicht sogar auch für unsereins der bessere Weg wäre."

Es war Samstagvormittag, und Paul war extra zur Firma gefahren, um alles Notwendige für seine kurze Abwesenheit zu regeln, so auch die Geschichte mit der Lehrwerkstatt.

„Beruhige Dich doch. Oy hat ausdrücklich den Erhalt unserer Lehrwerkstatt bestätigt. Sukano weiß das noch nicht, aber er wird sicher nochmals auftauchen. Ohne Arbeitszeugnis wird er nicht einfach verschwinden."

„Wenn Du meinst", brummte Ponto. „Wir werden uns arrangieren müssen. Ich habe für heute die restlichen Lehrlinge den Unterhaltsequipen zugeteilt. Etwas Praxis im Betrieb wird ihnen gut tun."

„Sehr gut!", bestätigte Paul. Er war immer wieder überrascht, wie pragmatisch dieser Mann an seine Aufgabe ging. Mit etwas Glück war diese Angelegenheit doch noch ins Reine zu bringen. Man würde halt die neuen Anwärter nochmals aufbieten, und mit Pak Sukano musste man einfach reden, ihm die Situation erklären, wie wichtig dass seine Aufgabe sei. Eine entsprechende Lohnerhöhung würde sicher auch helfen.

Beruhigt begab sich Paul ins Büro, wo er kurz seinen Schreibtisch aufräumte. Zu Hause hatte Rini die Nachricht seiner Reise ohne großen Kommentar zur Kenntnis genommen. Sie hatten wohl Beide eingesehen, dass ein neues Visum die Probleme um ein paar Monate hinausschieben würde. Dann konnte man weitersehen.

Nach einer Weile klopfte Henrietta, trat ein und schwenkte das Flugticket und den ausführlichen Reiseplan.

„Pak Purnaran bittet Sie Morgen pünktlich um acht Uhr bereit zu sein. Er holt Sie an der Jalan Karangsari ab. Sie fahren gemeinsam nach Jakarta zum Flughafen."

Paul verstand nicht recht. „Purnaran? - Ja fährt er auch mit?"

„Ja, das ergab sich ganz kurzfristig. - Sein Vater ist bereits heute geflogen. Er sagte etwas von dringenden Geschäften."

Paul schluckte leer, nahm die Papiere entgegen und dankte Henrietta. Nachdem diese den Raum verlassen hatte, ließ er sich in den Sessel fallen und schloss die Augen. - Ja, hörte das denn nie auf. Dieser Kerl hatte es erneut geschafft, sich wie ein Keil zwischen ihn und Oy zu treiben. Was wohl hatte seinen Mentor bewogen, Hals über Kopf die Flucht zu ergreifen? - Ihm selber blieb damit die unangenehme Pflicht, dass er mit diesem Purnaran die stundenlange Fahrt nach Jakarta und den Flug nach Taipei durchstehen musste. Wahrlich keine verlockenden Aussichten.

Kapitel 29

Am Dienstag, kurz vor zehn Uhr, waren sie bereit. Das Motorrad stand völlig unauffällig unter einem buschigen Baum neben einem ramponierten Karren einer verlassenen Nudelküche. Unweit der Stelle, an der Jalan Wastukancana, lag eine große Oberschule, und die Straßenhändler bemühten sich dort um die Gunst der Jugendlichen, welche sich mit den letzten Rupien eine Mahlzeit oder eine Leckerei erstehen wollten.

Sie waren zu dritt. Onang hatte, wie Achmed mit Unbehagen festgestellt hatte, einen der Schläger vor Sitis Haus mitgebracht. Brengsek! Jetzt war alles egal. Dieses Chinesenpack, sie waren doch alle gleich. Sie hatten nichts Besseres verdient. Man würde sie da treffen, wo es am meisten schmerzen würde, beim Geld. Die gierigen Schlitzaugen mussten endlich lernen, dass man in diesem Lande mit den Leuten anständig umging. Letzten Montag zeigten sie wieder einmal ihr wahres Gesicht, als sie Momon so mir nichts dir nichts davongejagten.

Momon war völlig verstört vom ersten Arbeitstag zurückgekehrt und hatte erst nach eindringlichem Fragen erzählt, dass sie alle schon am Tor wieder weggeschickt worden waren. Anweisung von oben hieß es kurzerhand. Er, Achmed, war selber nochmals hingegangen, um zu erfahren, was da los war. Auch er kam nicht weiter. Man habe Anweisung, keine neuen Lehrlinge mehr herein zu lassen, erklärten die Wachmänner einstimmig. Wieso, das wisse man auch nicht. Es gebe keine Ausnahme. Wut war in ihm hochgestiegen. Es hieß doch, die Prüfung sei bestanden, und jetzt einfach so...

Die stämmigen, dunkelhäutigen Wächter aus Ambon wiesen ihn mit drohenden Gesten fort und verbaten sich weitere Auflehnung. Wie ein weggejagter Hund fühlte sich Achmed, und in seinem gärenden Inneren schwor er sich, diese Bande sollten dafür büßen.

Die Gelegenheit kam schneller als er gedacht hatte. Im Laufe des Abends, Momon hatte sich wieder etwas beruhigt, erzählte dieser von der Szene in der Kantine am Tage der Prüfung. Eigentlich war die Einrichtung für die Arbeiter ganz in Ordnung und das Essen gut und reichlich. Aber die drei Nörgler am Tisch nebenan neideten ihnen schon zum Voraus den Lohn und lamentierten lautstark über die voraussichtliche Ankunft der Gelder.

Ja, bei Allah, jetzt hatte er genau das was dieser Onang wollte. Natürlich brauchten die zu Hause nicht zu wissen, wie in ihm der Hass gärte und jetzt, wie mit zusätzlich nachgegossenem Öl verstärkt, aufloderte. Onangs Gruppe lag nicht so falsch, wenn sie radikal gegen diese Schmarotzer vorgehen wollten. Jetzt hatten sich die Ausbeuter mit dem Falschen angelegt. Er wusste was zu tun war.

Der Ort war wie geschaffen für ihr Vorhaben. Die Ausfahrt von der Bank führte in die Straße entlang der Schule. Dort herrschte immer viel Stau und ein wirres Durcheinander. Der Verkehr ging nur stockend und diejenigen, die aus der Bank kamen, hatten Mühe, sich in den Verkehr einzureihen. An der Straßenseite reihten sich die fahrenden Küchen und Händler und sorgten für noch mehr Unübersichtlichkeit. Völlig unbeachtet konnten die Drei auf das Auto warten. Indosun fuhr natürlich nicht mit gekennzeichnetem Firmenwagen vor, sondern mit einem unscheinbaren Personenwagen. Sie kannten aber den Toyota und wussten, dass normalerweise neben dem Fahrer nur Liem dabei war. Sie hatten deren Anfahrt beobachtet und brauchten nur die Rückkehr abzuwarten. Besondere Sicherheitsvorkehrungen mussten nicht erwartet werden. Bei vorgehaltener Pistole würde Liem wohl ohne Zögern die Tür entriegeln und das Geld aushändigen. Auch der Fluchtweg war ideal, denn neben der Schule führte seitlich eine enge Gasse in ein wildes, enges Chaos von Häusern, Hütten und Barracken entlang einer Kloake, einem schmalen Bach. Kein Auto konnte da hinein folgen, und mit dem Motorrad würde Onang problemlos verschwinden können. Der Plan war, dass Achmed und der Andere den Fahrer des Transportes behindern sollten, während Onang sich die Geldtasche greifen und mit dem Motorrad fliehen sollte. Sobald das geschehen war, würde sich Achmed in die Menschenmenge und die Schülerschar mischen, um in die andere Richtung zu verschwinden. Alles musste blitzschnell geschehen, so dass bis jemand etwas bemerkte, sie längst weg waren.

 Sie brauchten nicht lange zu warten, da erschien der Toyota in der Ausfahrt der Bank. Rasch zogen sie sich die Kapuzen über den Kopf. Das war nichts ungewöhnliches, denn die jungen Leute trugen heutzutage oft solche modische Jacken. Onang startete das Motorrad, und als der Wagen langsam in die Straße einbog, stellten sich Achmed und sein Kumpel in den Weg und fingen mit Schwamm und Lappen an der Windschutzscheibe zu hantieren an. Auch dieser aufgezwungene Service war nichts Auffälliges, denn viele junge Männer versuchten auf diese Weise ein paar Rupien zu ergattern. Schwamm und Schaum behinderten dabei natürlich den Fahrer, was dieser wild fuchtelnd zu verhindern versuchte.

 Zu gleicher Zeit hämmerte Onang mit dem Lauf seiner Pistole gegen die Seitenscheibe. Ein verstörter, bleicher Liem öffnete ohne Widerstand und ließ die Geldtasche in die Hände des Räubers fallen. Wenige Sekunden waren verstrichen, als das Motorrad aufheulte und in der Seitenstraße verschwand. Achmed ließ den Schwamm fallen, drückte sich zwischen den Garküchen und Bejaks durch und tauchte in die Menschenmenge unter. Ohne Hast verließ er den Ort, überquerte die Straße und schlenderte als harmloser Müßiggänger durch den nahe gelegenen Park. In der Ferne war eine einzelne Sirene zu hören.

 Die ganze Aktion war derart schnell abgelaufen, dass Achmed erst als er zwischen zwei alten Bäumen eine Bank erreichte, sich bewusst wurde, dass es vorbei war. Er setzte sich völlig verwirrt hin. - Er hatte an einem Raubüberfall teilgenommen! Verstört blickte er in die Richtung aus der er gekommen war. Die Kapuzenjacke hatte er längst zu einem Knäuel zusammengerollt und in eine Plastiktüte gesteckt. Waren jetzt die Chinesen wirklich bestraft? Das Geld, wie groß war die Summe überhaupt? Die Löhne, vielleicht das Gehalt des Ausländers. Das mussten viele Millionen von Rupien sein, aber würde diese Firma dadurch wirklich Schaden nehmen? Tatsache war, das Geld hatten jetzt andere. Ja, wer überhaupt? - Onang? Was, wenn der jetzt einfach abhaute und ihnen das Nachsehen ließ. Wem? - Ihm? Er hatte doch nie nur einen Gedanken daran verschwendet, dass er damit zu Geld kommen könnte. Die Organisation die der PDI nahestand? Was, wenn das alles nur ein gigantischer Schwindel wäre. Er war kriminell geworden, trug Verantwortung dafür, was passiert war, denn er hatte die notwendigen Informationen geliefert. War er jetzt alleine? Und wenn die Polizei doch eine Spur fand, hatte er dann die Suppe alleine auszulöffeln?

Es gab eigentlich nur eine Stelle, wo er sich Gewissheit verschaffen konnte. Siti.

Der Hinterhof an der Jalan Kayu Agung lag verlassen und ruhig da. Ein leichter Luftzug fegte ein paar welke Blätter über den Platz und verstärkte den Eindruck eines verlassenen Geländes noch. Trotzdem näherte sich Achmed nur zögernd. Er konnte sich nicht sicher sein, ob die Kerle nicht doch irgendwo auf der Lauer lagen. Als er endlich an die Türe klopfte, war er schon so gut wie sicher, dass hier niemand anwesend war. Hatte sich die kesse Siti auf und davongemacht? Ein Stich fuhr in sein Herz, wie mit einem glühenden Eisen. War das alles nur Theater gewesen?

Er rüttelte an der Tür, welche plötzlich nachgab. Ja, war denn nicht abgeschlossen? Vorsichtig stieß er dagegen. Der Korridor lag halb im Dunkeln, und nichts deutete darauf hin, dass sich jemand im Haus aufhielt. Trotzdem rief Achmed halblaut nach Siti. Als keine Antwort kam, trat er entschlossen ein und drückte die Türe hinter sich zu. Er betrat zuerst die Küche, aber da standen einzig zwei leere Tassen und ein Teller mit einer angebissenen Toastscheibe auf einem sonst verlassenen Tisch. Da war niemand. Die gleiche Situation fand er im Nebenraum und im Schlafzimmer. Die Matratze mit der zerwühlten Decke erinnerte ihn an die Ereignisse seines letzten Aufenthaltes. Argwöhnisch blickte er um sich, jederzeit das Auftauchen seiner Peiniger erwartend. Wo war Siti? - Hier deutete alles daraufhin, dass das Haus in aller Eile verlassen worden war. Waren die Bewohner geflohen? Hatte Siti über den Raubüberfall Bescheid gewusst und war rechtzeitig verschwunden, oder war sie vielleicht nur schnell über die Straße zum Einkaufen gegangen? - Sollte er warten bis sie zurückkam?

Zögernd trat er zurück in den Flur und blickte die Treppe hoch. Was befand sich dort oben? Die Stufen knarrten bei jedem Tritt. Er war damals nicht oben gewesen, und es fühlte sich jetzt an wie ein Eindringen in einen fremden Lebensbereich. Jeden Moment erwartete er, dass jemand auf dem obersten Treppenabsatz auftauchte und ihm drohend entgegentrat. Er war bereit für eine plötzliche, überstürzte Flucht.

Oben war es etwas heller, denn vom Treppenabsatz ging ein Fenster nach hinten hinaus. Links lagen zwei Türen. Hinter der ersten fand er große Kisten voll Papier, Flugblätter, Plakate, Ordner und Dokumente. Na ja, das sah nach Parteiaktivitäten aus. Die PDI musste reichlich Mittel zur Verfügung haben.

Vor dem nächsten Raum hielt er zögernd inne. War da nicht ein Geräusch? Hatte er sich getäuscht? Dann hörte er es deutlich, es tönte wie ein leises Winseln, ein Knacken und so etwas wie ein Pfeifen. Achmed erblasste, rüttelte an der Tür und rief: „Siti, bist du da drin?"

Keine Antwort. Entschlossen drückte er gegen das Holz. Die Tür gab nach und schlug auf. Blinkende rote Lämpchen zogen sofort Achmeds Aufmerksamkeit auf sich. Erschrocken erkannte er verschiedene Apparaturen auf einem großen Tisch mitten im Raum. Das sah aus, wie in diesem Spionagefilm, den er kürzlich am Fernsehen mitverfolgt hatte. War das die Zentrale der merkwürdigen radikalen Gruppe, mit der Onang sympathisierte? Unsinn, wie sollte er, ein einfacher Reisbauer, das wissen. Seine Gedanken wurden abrupt unterbrochen. Da war doch erneut dieses Geräusch. Jetzt klang es wie ein verzweifeltes Stöhnen. Er war nicht allein! Flucht! Der Gedanke fuhr wie ein Blitz durch ihn. Aber da war doch jemand. Dort, hinter dem Tisch. Mit laut klopfendem Herzen wagte er einen Schritt vor und schrie auf. „Siti!"

Mit einem Sprung war er bei ihr. Die total verschnürte Gestalt lag am Boden und wand sich hilflos. Ein scheußlicher Knebel erstickte ihre verzweifelten Laute und drohte sie zu erwürgen.

„Siti!", stöhnte Achmed auf und versuchte verzweifelt den Knoten zu öffnen. Die Zeit, bis der Knebel fiel, erschien ihm wie eine Ewigkeit. Dann atmete Siti keuchend ein und sank zurück. Aber nur für einen Augenblick. Dann fuhr sie erneut hoch und japste: „Schnell! Weg von hier!"

Achmed folgte ihrem verstörten Blick und erkannte ein weiteres Gerät unter dem Tisch. Was…?

„Eine Bombe!", schrie Siti verzweifelt. „Hilf mir!"

Achmed zerrte verzweifelt an den Stricken, brach sich die Fingernägel und versuchte es mit den Zähnen. Endlich fielen die Fesseln und Siti strampelte sich frei. Zu schwach aufzustehen, half ihr Achmed hoch und schleppte sie zum Ausgang. Es brauchte keine weiteren Erklärungen, es war unmissverständlich, die Bombe konnte jeden Moment hochgehen.

Sie schafften es die Treppe hinunter und hinaus in den Hof. Wild blickte Achmed um sich. Zur Straße hin war zu auffallend. Auch Siti schüttelte den Kopf und deutete seitlich neben das Haus. Dort erreichten sie ein Nachbargrundstück, durchquerten dieses, immer mit der Angst im Nacken, entdeckt zu werden, oder dass die Bombe und das Haus hinter ihnen in die Luft fliegen könnten. Als sie eine Mauer erreichten, sank Siti in die Knie und lehnte sich schwer atmend an die raue Wand.

„Lass uns einen Moment ausruhen", bat sie keuchend. „Hier kann uns nichts mehr geschehen."

Achmed kauerte sich neben sie. Auch er war außer Atem. Er nahm ohne Worte ihre Hände und kämpfte gegen ein würgendes Schluchzen. Der Schock und die Aufregung forderten ihren Tribut. Sie sahen sich in die Augen, und es war, wie wenn sie sich eben das erste Mal erkennen würden. Siti liefen langsam die Tränen über die Wangen. Ihr Gesicht war gezeichnet von dem Erlebten.

In der Ferne waren plötzlich Sirenen zu hören. „Wir müssen weiter!", drängte Siti sofort. „Wir reden später."

Die Mauer war nicht besonders hoch, aber rau und kratzig. Mit aufgeschürften Händen und Knien sprangen sie hinunter in einen schmalen Gang, wie sie oft zwischen den Häusern für die Durchleitung der Abwässer angelegt waren. Entlang diesem Gully gelangten sie zu einer Seitenstraße und bald danach zurück auf die Jalan Buah Batu. Dort, im Schatten der Bäume, fanden sie einen Warung, ließen sich schwer atmend nieder und bestellten nach einer Weile zwei Kaffees.

Mit den ersten vorsichtigen Schlucken fiel der ganze Albtraum des Erlebten über Achmed her. Bei Allah, was ging hier eigentlich vor. Das ganze Drama schien nichts mehr mit der Wirklichkeit zu tun zu haben. Solches gab's im normalen Leben einfach nicht. Ja, wenn das alles wahr wäre, müsste jetzt doch irgendwo in der Ferne eine Bombe hochgehen und dadurch das ganze Quartier in Angst und Schrecken versetzen.

„Siti, was war das alles?", fragte Achmed zögernd.

„Danke Achmed!", sagte sie schlicht. „Wenn du nicht gekommen wärest…"

„Ich war aber da, aber ich verstehe das alles nicht. Was war das für ein Ort, der da in die Luft gehen sollte? - Übrigens, es hat nicht geknallt, und nach den Sirenen zu urteilen, ist dort jetzt wohl die Polizei."

„Ich denke, du hast Recht. Zum Glück waren wir zur richtigen Zeit weg. Wenn ich auch die Bombe vielleicht überlebt hätte, so wäre ich wahrscheinlich für lange Zeit hinter Gittern gelandet."

„Wie bist du überhaupt in diese missliche Lage gekommen?"

Siti überlegte lange. „Das waren die Männer um Onang. Hast du schon einmal von Majeli Mujahidia gehört?"

„Ja, schon, aber…"

„Wir sind der Meinung, dass diese Radikalen der Sache der PDI nur schaden. Wir müssen uns distanzieren, sonst werden unsere demokratischen Ziele von Fanatikern zunichte gemacht."

Achmed war entgeistert. „Und die wollten dich, im Gegenzug, heute dort in die Luft sprengen. Das ist ja eine richtige Mörderbande."

Dann überlegte er weiter: „Aber was haben denn all die Geräte dort zu suchen? Was war das? Ein Radiosender?"

„Ja, so etwas. Wir benutzten das für die Kommunikation zwischen unseren Anhängern und für die Koordinierung unserer Aktivitäten. Leider ist das jetzt alles verloren."

„Na ja, besser das als dein Leben", erwiderte Achmed bitter aber auch erleichtert. „Was gedenkst du jetzt zu tun?"

„Ich werde wohl nach Jakarta fahren und hoffe, dass mein Bruder dort bald aus dem Gefängnis entlassen wird."

Achmed bedrückte noch etwas: „Weißt du, was mit dem Geld geschieht, das wir heute der Indosun abgenommen haben?"

„Davon weiß ich überhaupt nichts", antwortete Siti erstaunt. „Ihr habt denen Geld geraubt?"

„Das war Onangs Idee."

„Ach, dieser Bandit! - Und du warst dabei?"

Achmed schlürfte am Kaffee. „Ja, war wohl eine saublöde Idee. Ich war wütend auf diese Chinesen, die Momon einfach so abserviert haben."

„Kann ich ja verstehen", beschwichtigte Siti. „Gehst jetzt besser der Polizei auch aus dem Weg. - Was hast du vor?"

„Da ist eine Tante in Garut. Am besten verschwinde ich erst einmal da hin. Nach Hause kann ich jetzt nicht. - Und was ist mit uns? - Sehen wir uns wieder?"

Die Frage hing in der Luft wie Smog über einer brütend heißen Stadt.

Den Tag darauf stand es in jeder Zeitung: *Bombenanschlag vereitelt, Terror jetzt auch in Bandung*. Die Medien berichteten ausführlich, wie im südlichen Teil von Bandung die Polizei ein Haus entdeckte, wo die heimliche Zentrale einer gefährlichen Terrorgruppe vermutet wurde. Ein Sprengsatz von beachtlicher Größe konnte rechtzeitig von der Antiterroreinheit der POLRI entschärft werden. Viele Dokumente wurden sichergestellt, welche auf eine Beteiligung der PDI hinweisen würden.

Die PDI, die Demokratische Partei Indonesiens, wurde für viele Krawalle und Anschläge verantwortlich gemacht, welche das Ziel hätten, die legitime Regierung Indonesiens zu stürzen. Man würde alle Mittel einsetzen, um diese kriminelle Bewegung zu zerschlagen.

KAPITEL 30

Am gleichen Tag kehrte Paul aus Taiwan zurück und las die Nachricht bestürzt. War es tatsächlich möglich, dass sich die demokratische Bewegung in solche terroristische Aktionen verstrickte, oder war es einfach ein gefundenes Fressen der Behörden, solche Vermutungen hervor zu zerren, um die eigenen Reihen zu stärken. Die Worte des Botschaftssekretärs kamen ihm aber wieder in den Sinn, dass sich ohne Zweifel vermehrt radikale Gruppierungen einmischten, und wenn er an den Tod von René Gasser dachte, kamen immer mehr leise Befürchtungen auf. Die Situation wurde zunehmend verworrener, und der Gedanke an eine Abreise wurde immer konkreter.

Wie erwartet, war die Reise nach Taiwan ein völliges Fiasko geworden. Purnaran hatte das ganze Programm bestimmt, denn sein Vater war meist mit Einladungen und festlichen Essen beschäftigt. Zur Besichtigung der Firma in Taichung hatte Purnaran zwei Japaner aufgeboten. Diese Experten ließen keinen guten Faden an dem Betrieb, obwohl Paul grundsätzlich gutes Potenzial ausmachte. Man solle sich nicht mit solch minderwertigem Krempel befassen und besser auf gute japanische Erzeugnisse setzen. So meinten die Herren aus Nippon, hai!

Die zwei Nächte im Grand Hyatt waren kaum ein Vergnügen, auch wenn dieses Fünf-Sterne-Hotel im Zentrum von Taipei lag. Oder gerade deshalb, denn die An- und Wegfahrten waren eine mörderische Angelegenheit im totalen Verkehrschaos und bei über dreißig Grad im Schatten immer äußerst nervenaufreibend. Breite Autobahnen führen in Taipei auf Hochstraßen durch die Stadt. Sie waren aber meist hoffnungslos verstopft, da die Abfahrten in das wirre Straßennetz darunter die Blechlawine natürlich nicht meistern konnten. Wenn man bei Feierabend Taipei auf der Schnellstraße von Süden her kommend erreichte, wurde es meistens nach acht Uhr, bis man endlich beim Hotel ankam.

Kaum hatte man geduscht, eilte man hinunter in den großen, lauten Speisesaal, wo nach chinesischer Manier mindestens zwei Stunden getafelt wurde. Oy Tang Sun liebte es, eine große Runde um den Tisch zu bewirten. Laut und wortreich scherzend bewältigte man mindestens ein Dutzend Gänge und noch mehr Alkohol.

Kaputt und völlig überdreht versuchte Paul, nachdem er endlich das Zimmer erreichte, zu schlafen. Das gelang auch nicht, da die Klimaanlage, nicht regulierbar, das Zimmer in einen wahren Eisschrank verwandelte.

Den Rückflug meisterte er ganz gut, da Purnaran und dessen Vater nach Japan weiterreisten. Er genoss die bequemen Sessel der Business Class und den diskreten Service der Stewardess der China Air. Als sie nach vier Stunden in Jakarta landeten, empfing ihn am Ausgang sein Fahrer Adang. Sofort fühlte er sich wie wenn er nach einer aufreibenden Irrfahrt nach Hause käme. War es nicht herrlich, anzukommen und die ganzen geschäftigen Tage wie ein schmutziges Hemd abzustreifen und hinter sich fallen zu lassen. Dieses Gefühl hielt auch auf der langen Autofahrt nach Bandung an. Adang war ein schweigsamer Mann, und auf die Frage wie es in Bandung denn so gehe, antwortete er einsilbig, dass alles beim Alten sei. Erst als Paul die vorher am Airport erstandene Zeitung aufschlug, entdeckte er die Nachrichten über das Terrorgeschehen. Wie weggeblasen war die sorglose Stimmung von vorhin.

„Aber da ist ja Schreckliches passiert", stellte er Adang zur Rede.

„Ja, Pak", kam die einsilbige Antwort.

„Muss man sich jetzt um die eigene Sicherheit sorgen? Was meint meine Frau?"

„Ach wo, das ist doch alles politisches Zeug. Machen Sie sich keine Sorgen Pak."

Er machte sich aber Sorgen. Rini begrüßte ihn liebevoll, blieb aber schweigsam. Er war todmüde und wollte vorerst nichts anderes als eine ausgedehnte Nachtruhe. Reden konnte man auch morgens noch.

Das etwas klamme Kopfkissen ließ ihn aber nur in eine diffuse Halbdämmerung driften. Die Bilder seiner Reise kamen hoch und störten gnadenlos seine Ruhe. Wolkenkratzer, Autolawinen und eine lärmige Hotelhalle, alles wirbelte wild durcheinander. Laute Chinesen, arrogante Japaner und arme Arbeiter in einer Fabrik. Alle kämpften sie um mehr Aufmerksamkeit. Was machten da alle? Wo lag der Sinn in diesem Chaos? Geld, schrie es aus einer Ecke gierig. Macht soll alles bestimmen, donnerte es von oben. Erbarmen kreischte es aus der Tiefe. Wofür, das bringt doch alles nichts. Wilde Rosse rissen sich los und stürmten heran. Nein, es waren Drachen, das chinesische Symbol für Erfolg und Reichtum. Sie spien Feuer, versengten sich selber zu schwarzen Schlangen, die sich im Morast wohlig wanden. Sie vermehrten sich, immer schneller, krochen höher und griffen nach ihren Peinigern. Es musste ein Ende haben. Er musste...

Würgendes Schreien!

Schweißgebadet fuhr er hoch. Rini beugte sich über ihn und sprach mit ruhiger Stimme: „Wach auf! Du träumst. Es ist ja alles gut."

„Nichts ist gut", murmelte Paul. „Taiwan war eine einzige Katastrophe."

„Lass gut sein, Paul, wir können morgen reden."

„Morgen, ja, welches morgen?", flüsterte er fast unhörbar und schloss die Augen.

Damit fiel er in einen erschöpften, bleiernen Schlaf.

Der nächste Tag war ein Donnerstag, und das war der Tag der Kehrichtabfuhr. Das laute Geschepper der Kübel und die Rufe der Müllmänner weckten ihn.

Er fuhr hoch. „Verdammt, ich habe verschlafen, ich muss zur Firma."

Rinis Platz neben ihm war leer, sie musste bereits hinten mit Bibi beschäftigt sein. Er duschte, putzte die Zähne, schlüpfte in eine Hose und zog ein frisches Hemd über. Die alltägliche Routine versetzte ihn in eine ausgeglichenere Stimmung. Hier, in seinem Haus, fühlte er sich wohl. So müsste es sein. Die wirren Gedanken der letzten Nacht sollte man einfach ignorieren.

Man konnte sie aber nicht ignorieren. Der Kaffee schmeckte irgendwie anders. Sie besaßen seit langem ein eigenes Filtergerät, und das gekaufte Flaschenwasser sollte ihnen den guten Frühstückskaffee eigentlich garantieren. Er hatte etwas falsch gemacht, das Gebräu schmeckte scheußlich, wie Spülwasser.

Rini kam herein und sagte: „Guten Morgen Paul. Kann ich auch eine Tasse bekommen?"

„Klar, aber für mich schmeckt er abscheulich. Irgendwas stimmt nicht mit der Maschine. - Oder ist das eine neue Sorte?"

„Schon, ja, es ist ein Neuer. Jakobs Krönung ist nicht mehr erhältlich. Überhaupt, ausländische Produkte werden immer weniger angeboten."

„Klar doch, es müssen indonesische sein. Man kann ja alles viel besser", meinte Paul bitter.

„Nun sei doch nicht so", wehrte sich Rini. „Nicht alles ist schlecht hier. Indonesien baut viel Kaffee an und auch guten."

„Es kommt aber auf die Mischung an", nörgelte Paul. „Dieser schmeckt wie die ganze Gesellschaft hier, schal und ungenießbar."

„Nun sei doch nicht so widrig. Ich mach dir neuen. Ein schlechter Kaffee macht doch nicht das ganze Land schlecht."

„Hast du eine Ahnung, wie mies diese Bande hier ist. Hast du die Zeitung schon gelesen?"

Paul saß am Tisch und schlug die Hand auf die dort liegende *Jakarta Post*. Die Lettern auf der Frontseite waren groß genug, um nicht übersehen zu werden. Sie schrien: *Terror in Bandung*.

„Ja, ja, ich hab's auch gehört. Glücklicherweise ist es gut ausgegangen, und es gab keine Opfer."

„Keine Opfer", äffte er. „Die sind doch wir, du und ich, die wir hier nicht mehr erwünscht sind. Hast du das noch immer nicht begriffen? Wir werden geopfert für diese Scheißideologie."

„Ach lass das. Ja, ich weiß, da ist ein politischer Umbruch im Gange. Der ist aber nicht aufzuhalten. Also, was sollen wir denn?

Diese fatalistische Einstellung kannte Paul zur Genüge. Man konnte doch nichts ändern, also arrangierte man sich mit der Situation und hoffte das Beste. Ja, es konnte tatsächlich sein, dass auch die Armut in diesem Lande einfach als gegeben und nicht veränderbar hingenommen wurde, und sich die Leute in ihr Schicksal ergaben. Man konnte ja doch nichts ändern.

Rini hatte neuen Kaffee aufgebrüht, brachte zwei Tassen zum Tisch und setzte sich. Er war heiß, aber auch nicht viel besser. Sie schien an diesem Morgen etwas zugänglicher zu sein. Die Gelegenheit war für Paul gekommen, endlich seine Pläne offenzulegen.

„Rini", begann er sachte. „Rini, ich habe unsere Situation noch und noch überdacht und den Entschluss gefasst, demnächst nach Europa zu fahren. Es hat einfach keinen Sinn, die Augen zu verschließen. Meine Zeit hier in Indonesien ist abgelaufen. Ich will mich nach einer neuen Zukunft umsehen. Eine Zukunft natürlich in der du nicht fehlen darfst. Ich dachte an England, dort wohnt meine Schwester, und du sprichst auch die Sprache. Wir haben genug Geld, um über eine längere Zeit auszukommen."

Rini saß wie versteinert. „Du willst nach England fliegen?"

„Ja, es muss sein. Ich will mich umsehen, vielleicht finde ich Arbeit und auch ein kleines Haus für uns Beide. - Das Visum konnte ich in Taiwan sowieso nicht bekommen, da die Insel kein anerkannter Staat ist und deshalb auch kein indonesisches Konsulat hat. Oy hat das scheinbar auch nicht bedacht. Jetzt fliege ich einfach nach England, und wenn ich zurückkomme, habe ich wieder ein neues Visum und hoffentlich eine neue Zukunft."

„In England?", widerholte Rini kraftlos. „Eine Arbeit wie bei Indosun findest du doch nie mehr."

Da hatte sie natürlich vollkommen Recht. Aber Paul machte sich darüber wenig Sorgen. Im Notfall würde es bis zur Pensionierung reichen. Irgendeine Beschäftigung würde er immer finden.

„Kaum", sagte er deshalb ehrlich. „Die Situation ist nicht nur in diesem Land schwierig geworden, auch bei Indosun bin ich am Ende. Purnaran will mich verdrängen, und er ist als Sohn des Besitzers am längeren Hebelarm. Ich kündige besser vorher."

„Du gibst auf?", wehrte sich Rini. „Du hast doch gesagt, dass Oy dir ein Angebot gemacht hat. Was ist damit?"

„Es ist eine schillernde Seifenblase. Sie wird bersten, bevor wir uns vorsehen. Oy selber verliert seinen Einfluss, Mutter und Sohn reißen alles an sich."

Rini seufzte. „Ich dachte immer, Oy sei ein bedeutender Tai-Pan, den nichts aus der Ruhe bringen könnte. Diese Chinesen sind wirklich schwierig zu verstehen. Warum lässt er das zu?"

„Ich denke, er ist müde und der ewigen Ränkespiele in der eigenen Familie leid. Ich kann das irgendwie verstehen."

„Und wir? Geben wir einfach auch auf? Wieso versuchst du nicht, hier etwas Neues zu finden?"

Paul überlegte genau. „Weil es in diesem Land für uns Ausländer kaum mehr eine Zukunft geben wird. Die heutige Regierung wird über kurz oder lang fallen, und dann übernehmen Kräfte die wir überhaupt nicht kennen. Im besten Falle demokratische, im schlimmsten, islamistische, aber sicher immer sehr nationalistische Kräfte. Der Stolz der Indonesier wird sein, ihr eigenes Land selber zu gestalten. Das ist nach einer langen Kolonialzeit und zwei Diktaturen nur allzu verständlich. Ob das für das Land gut ist, das steht in den Sternen geschrieben."

Traurig entgegnete Rini: „Du sprichst über mein Land, meine Heimat. Ich möchte hier bleiben."

„Das versteh' ich doch nur allzu gut. Ich hatte mich doch darauf eingestellt, hier in Indonesien mit dir alt zu werden. Auch ich habe eine Heimat die ich liebe, habe sie aber für dich ohne Zögern aufgegeben. Leider ist die Situation jetzt umgekehrt, und ich kann dich nur bitten, mit mir zu kommen."

„Ich kann nicht", stöhnte Rini leise. „Meine Familie, meine Kinder, alle sind hier, unser Haus, unsere Kultur, unser Klima, sogar unser Glaube. Bei Allah, wie kann ich das alles verlassen. Ich kann nicht."

„Ja, es ist schwierig, aber nicht unmöglich. Viele Menschen leben heutzutage irgendwo auf der Welt. Sie ist klein geworden, diese Erde, und man kann innerhalb weniger Stunden von einem Erdteil zum andern fliegen. Alles worum ich dich jetzt bitte, ist es zu versuchen."

„Wann wirst du fliegen?"

„Ich muss vor dem Fünfzehnten nächsten Monat ausreisen. Es bleiben mir noch gut zwei Wochen. Ein Flug sollte eigentlich zu finden sein."

„Und was wirst du in der Firma sagen?"

„Ich hatte dieses Jahr noch keinen Urlaub. Zwei Wochen sollten problemlos sein. Die machen ja sowieso schon alles ohne mich. Die Kündigung werde ich aber erst abgeben, wenn ich alles geregelt habe. Wir haben ja auch noch das Haus zu verkaufen."

„Das Haus!", krächzte Rini. „Das Haus wird nicht verkauft, dazu willige ich nie ein. Du willst mir einfach auch noch das Letzte nehmen. Nein, nein, nein!"

„Jetzt beruhige dich doch. Was sollen wir mit einem Haus in Indonesien? Es wird verlottern, verfallen und ausgeraubt werden. Wir könnten es genauso gut gleich anzünden. Wir müssen es verkaufen, je eher umso besser. Solange wir hier sind, können wir den Verkauf selber zu einem anständigen Preis abwickeln."

„Ich werde dem nicht zustimmen, da kannst du reden solange du willst. Außerdem solltest du dich daran erinnern, dass das Haus nicht auf deinen Namen verschrieben wurde, sondern auf den von Ramon, meinem Schwager. Er wird dazu nicht einwilligen, dafür werde ich sorgen."

Nun wurde Paul bleich. Mit zitternder Stimme sagte er: „Lass dieses blöde Gerede. Du weißt ganz genau, woher das Geld für diesen Kauf kam. Ramon brauchten wir nur, weil euer blödes Gesetz einen Immobilienkauf durch einen Ausländer nicht zulässt. Das Haus ist meins, von mir bezahlt."

„Ha, wer bist du denn, dass du so aufbegehrst? Ja genau, ein Ausländer ohne Recht!"

KAPITEL 31

Wie so oft im Leben, fielen die Würfel ganz anders als geplant. Aus der Reise nach Europa wurde vorerst nichts, und Paul fand sich zwei Wochen später in einem engen Hotelzimmer im Osaka Hilton wieder. Oy Tang Sun hatte kurzfristig ein Treffen mit Vertretern des japanischen Textilmaschinenherstellers Toyoda arrangiert und bat Paul, zu technischen Abklärungen mitzukommen. Die Firma, sie ist nicht zu verwechseln mit der bekannten Automarke Toyota, war der Lieferant der neuen Webmaschinen, und die Probleme mit der Leistung der Letzteren lagen auf der Hand und bedurften der Klärung.

Der Tag war eine Reihe von unglaublichen Erlebnissen gewesen. Japan war für Paul etwas Unbekanntes, Fremdes und Exotisches. Schon die Ankunft war verwirrend. Kaum hatten sie den Kansai-Airport verlassen, befanden sie sich im Durcheinander eines japanischen Verkehrschaos, mit all den fremden Schriftzügen, oft ohne einen Hinweis in englischer Sprache. Man bevorzugte die Bahnverbindung, denn nur damit war in absehbarer Zeit das Stadtzentrum zu erreichen. Ohne ortskundige Hilfe war der Neuling hier völlig verloren. Man hetzte in panikartiger Eile hinter dem Begleiter her durch die Menge, immer in Angst, diesen zu verlieren. Keine Chance, sich irgendwie selber zu orientieren.

Kurz nach der Ankunft im Hotel wurden Oy und Paul schon wieder abgeholt und zum Essen ausgeführt. Zwei japanische Herren, in dunklen Anzügen, deren Namen unverständlich klangen und immer mit …San endeten, erklärten in fürchterlichstem Englisch, dass für heute Oy- und Paul-San zum exklusiven Kobe-Beef eingeladen seien.

Oy grinste und schupste Paul kameradschaftlich und raunte: „Die Rinder leben hier besser als die Geishas, sie werden mit Beer gefüttert und massiert."

Der kleine Chinese hätte wahrscheinlich viel lieber eine kräftige Nudelsuppe geschlürft, als in einem noblen Lokal das edelste Steak der Welt zu essen. An der Tür hing befremdend und als einziger für sie lesbar der Hinweis: ‚Japanese only'. Paul wurde aber auch ohne Schlitzaugen eingelassen.

Das Essen war tatsächlich hervorragend, fand Paul, wenn ihm auch die übertriebene Art der Gastgeber wenig behagte. So wurde groß verkündet, die zum Nachtisch gereichte Melone koste ganze fünfzig Dollar und sei deshalb besonders süß.

Beide, Gastgeber und Gäste waren wohl ziemlich erleichtert, als man sich in der Hotelhalle wieder trennte. Oy verschwand in Richtung Zimmer, und Paul stand etwas verloren da. Es war noch früh am Abend, und es wäre doch gelacht, wenn man ohne einen besinnlichen Drink gleich zu Bette ginge. Die Bar im Untergeschoss war genau das Richtige.

Paul setzte sich an die lange Theke und bestellte ein Bier. Er blickte über den Rand des Glases in Richtung der wenigen Gäste und hielt inne. Den dort drüben, den kannte er doch! Der Mann war nicht zu übersehen, war beinahe einen Kopf grösser als alle andern, und die blonden struppigen Haare leuchteten auffällig. Er trug ein hellblaues offenes Hemd. Paul sprang vom Barhocker und eilte hin.

„Mensch, Werner, was machst du denn hier?", rempelte er den erschrockenen Freund an.

„Paul!", fuhr dieser auf. „Paul du!"

Die beiden umarmten sich spontan und schlugen sich lachend auf die Schultern. Werner staunte: „Wie um alles kommst du nach Osaka? Es ist kaum zu glauben, da muss man um die ganze Welt reisen, um einen alten Kumpel zu treffen."

„Das muss gefeiert werden!", konterte Paul und winkte den Kellner heran. „Bier bitte!", bestellte er. „Oder trinkst du etwas anderes?"

„Wo denkst du hin? Wir haben doch einige Humpen zusammen gehoben, also bleiben wir dabei."

Das war natürlich richtig. Die Beiden kannten sich eine Ewigkeit. Sie hatten in der gleichen Firma die Lehre abgeschlossen und später in verschiedenen Textilbetrieben auch zusammen gearbeitet. Dann absolvierte Werner doch noch die Textilfachschule und blieb in einer Spinnerei im Toggenburg hängen. Sie verloren sich endgültig aus den Augen, als Paul nach Asien reiste und schließlich in Indonesien blieb.

„Nun erzähl schon!", drängte Paul. „Was hast du all die Jahre gemacht? Wo bist du gelandet. Wieso bist du hier?"

„Langsam, langsam", lachte Werner. „Das ist eine lange Geschichte. Um gleich die letzte Frage, das ist die einfachste, zu beantworten: Ich besuche die Textilmaschinenmesse hier in Osaka. Das ist etwas Ähnliches wie die ITMA, aber für asiatische Hersteller. Wir brauchen neue Maschinen."

„Aha, und wer ist Wir?"

Werner nahm das gefüllte Glas entgegen und prostete seinem Freund zu. Er nahm einen zögerlichen Schluck und begann: „Ja, tatsächlich, das ist eine lange Geschichte. Nach dem Tod meiner Frau, war ich zu Hause zu nichts mehr richtig zu gebrauchen. Ich habe dann nochmals geheiratet, stell dir vor, eine Österreicherin aus Graz. Sie heißt Marie, ist blond und eine treue Seele. Sie hatte keine Bedenken, mit mir in die Staaten zu ziehen. Ich habe dort in North Carolina bei der Firma NC Textiles den Posten eines Betriebsleiters bekommen. Jetzt sind es bereits über zehn Jahre."

„Wow, was für eine Karriere! Ich freue mich für dich, dass du wieder glücklich bist. Ha, blond war schon immer deine Lieblingsfarbe. - Aber Spaß beiseite, habt ihr Kinder?"

„Nein, leider nein. Es sollte einfach nicht sein. - Aber lass die alten Zeiten, wenn sie auch schön waren."

„Und nun bist du hier, um für die Firma einzukaufen?", lenkte Paul ab. „Was für Maschinen denn?"

Die Frage blieb für einen Moment in der Luft hängen. Die Bar füllte sich zusehends, und der Lärmpegel stieg. Es war Zeit für einen kräftigen Schluck. Sie tranken und schwiegen eine ganze Weile. Das Bier war wirklich gut. Man bestellte gleich noch eine Runde.

Während Werner erzählte und von den Plänen der amerikanischen Firma berichtete, überlegte Paul, was denn seine Lebensgeschichte eigentlich hergeben würde. War sie nicht kläglich am Untergehen, wie ein havariertes Schiff. Ja, auch er hatte es zum Betriebsleiter gebracht. Vielleicht sogar noch etwas mehr, er hatte die Firma sogar aufgebaut. Was aber war geblieben?

Werner schupste ihn freundschaftlich. „He, was träumst du da vor dich hin? Hast du überhaupt zugehört?"

„Oh, entschuldige! - Ja natürlich, du hast eine wichtige Mission hier. Sind die japanischen Maschinen denn jetzt auf einmal so gut?"

„Gerade das soll ich ja herausfinden. Billiger sind sie aber allemal."

Sie verstrickten sich in langwierige Überlegungen und Diskussionen technischer Art. Im zunehmenden Lärm der Gäste wurde die Verständigung aber immer schwieriger. Sie rückten näher zusammen und redeten lauter. Der Alkohol beflügelte ihre Worte. Bald schweiften sie ab in alte Erinnerungen, fotzelten und lachten über manch pikantes gemeinsames Erlebnis.

Irgendwann fiel dann doch die überfällige Frage nach Pauls Lebenslauf. In seinen Ohren herrschte ein gedämpftes Brausen, und ein diffuses Gefühl ließ ihn wie auf sanften Wellen treiben. Er fühlte sich leicht, und die Worte sprudelten ohne weiteres heraus.

„Mein lieber Freund, mein Leben ist eine einzige Schifffahrt auf einem stürmischen Meer. Lass mich mit einem besonderen Erlebnis beginnen, welches sich um die Zeit ereignete, als ich mit dem Bau der Fabrik in Indonesien begann. - Ich hatte mich verliebt, und damit ist man bereit für alles…"

Stockend begann Paul zu erzählen, anfangs langsam, dann aber zunehmend flüssiger. Ein kräftiger Schluck Bier half.

„Meine Freundin, meine heutige Frau, heißt Rini und kommt aus einer großen Familie, welche manchmal noch den holländischen Kolonialzeiten nachtrauert. Sie hatten von daher immer noch Verbindungen zu den verschiedenen Handelszentren, so auch mit Padang auf Sumatra. Dort lebt eine Tante mit ihrer Familie, und ein Besuch war bald einmal geplant. Verliebt und übermütig schlug ich vor, man könnte doch eine schöne und interessante Seereise um die Insel Java, durch die Sundastrasse und entlang Sumatra bis Padang unternehmen. Die Reise wurde geplant und die Passagen gebucht. Niemand hatte aber dabei bedacht, dass der Fastenmonat Ramadan kurz bevorstand. Das hatte seine Auswirkungen.

Unsere Abreise wurde mehrere Male verschoben, und selbst als wir schon in Jakarta im Hotel auf die Einschiffung warteten, hieß es nochmals eine Nacht auszuharren, da die Tampomas II verspätet von der Überfahrt aus Sulawesi ankomme. Endlich war es soweit, und am dritten Tag früh morgens stachen wir in See.

Das Schiff war ein großes Ungeheuer mit drei Decks, Kabinen und Ladeflächen im Untergeschoss. Dort wurden Waren, Ballen, Autos und sogar Lastwagen befördert. Unsere Kabine war ein enges Verließ ohne Tageslicht oder Sicht auf das Meer. Die meisten der vielen anderen Passagiere hatten überhaupt keine Kabine gebucht, sondern saßen auf den oberen Decks und versperrten überall den Weg. Die größte Katastrophe war aber, dass der große Speisesaal zu einem Gebetsraum umfunktioniert worden war und auf eine angemessene Verpflegung völlig verzichtet wurde. Es war Ramadan, Fastenmonat.

„Allahu akbar!", tönte es durch die Gänge. Wir aber saßen in der Kabine und knabberten mitgebrachte Kekse. Da die Überfahrt aber nur einen Tag dauern sollte, fanden wir uns mit der Situation ab und versuchten das Beste daraus zu machen. Ich überredete Rini, mit an Deck zu kommen, denn wir passierten eine geschichtsträchtige Stelle, das wollte ich mir nicht entgehen lassen. In der Sundastrasse liegt nämlich die Insel Anak Krakatau. Diese Insel war bei dem verheerenden Ausbruch des gleichnamigen Vulkanes im August 1883 völlig neu entstanden. Bei der gewaltigen Eruption starben damals an der nordwestlichen Küste von Java zehntausende von Menschen, und weite Teile der Küsten Sumatras und Javas wurden total verwüstet. Es war einer der größten Vulkanausbrüche der Neuzeit und wurde um die ganze Welt registriert. Vom Schiff aus waren einige kleine Inseln auszumachen, aber welcher nun der noch immer tätige Vulkan war, konnten wir nicht ausmachen. Die enge Durchfahrt musste dem Kapitän ein besonderes Geschick abverlangen, denn wir fuhren meiner Meinung nach sehr langsam. Dass ich mich da nicht täuschte, erkannten wir, als es hieß, man würde nochmals einen Tag länger für die Überfahrt brauchen.

Etwas argwöhnisch betrachtete ich die spärlichen Sicherheitseinrichtungen an Bord. Ob die Rettungsboote wohl einsatzbereit und Schwimmwesten für alle bereit wären, oder ob die große Axt an der Wand wohl einem größeren Einsatz genügen würde. Man nahm aber solche Sorgen nicht besonders ernst, denn die Küste von Sumatra lag ja immer unweit in Sichtweite auf Steuerbord.

Die Tampomas II der Pelni-Line legte also mit drei Tagen Verspätung am Hafen von Padang an. Erleichtert gingen wir von Bord, denn die Kabine war langsam zu einem stickig heißen Gefängnis geworden.

Ein kleiner Herr mit schwarzer Peci Kopfbedeckung holte uns ab, und ich erstaunte mich etwas über die innige Begrüßung wie von alten Bekannten. Rini schien den Mann, der sich als Pak Agus vorstellte, gut zu kennen, ließ aber über dessen Verwandtschaftsgrad nichts verlauten. Nun ja, der Fremde hier war natürlich ich, und der Mann interessierte mich eigentlich überhaupt nicht.

Padang entpuppte sich als eine Hochburg des Islams. Wir wurden gleich in ein Hotel geführt, wo uns Frauen im Kopftuch und mit niedergeschlagenen Augen begrüßten. Pak Agus hatte für alles gesorgt, wir bekamen zwei Einzelzimmer und den Hinweis, das Maghrib Gebet finde im großen Saal des Hotels statt. In der Halle wiesen Tafeln darauf hin, dass Alkohol verboten sei und in den Zimmern keine Gäste empfangen werden dürften.

Auf meine verwunderten Fragen reagierte Rini gelassen. Es sei alles nur halb so schlimm, und man würde einen Weg finden. Sie hätte aber noch eine Besprechung mit Pak Agus, bevor wir dann zu ihrer Tante Sabrina fahren könnten.

Nun, der Rede kurzer Sinn, der ganze Besuch in Padang war eine einzige Katastrophe. Zwar zerstreute Rini meine Vorbehalte in den Nächten darauf, wenn sie sich in mein Zimmer stahl, aber der Stachel des Zweifels steckte in mir, was es da wohl mit diesem Agus auf sich hätte. Es sei nichts und vorbei, versicherte meine

Liebe, und ich glaubte ihr. - Außerdem, wer war ich, über ihre Vergangenheit zu urteilen? Wir waren beide erwachsen.

Drei Tage darauf traf uns die Nachricht völlig unvorbereitet. Die Zeitung berichtete in großen Lettern: *Tampomas II ausgebrannt und gesunken, Hunderte von Toten*. Bei stürmischer See war das Schiff auf dem Weg nach Ujung Pandang in Brand geraten und nach über dreißig Stunden gesunken. Die Opferzahlen variierten zwischen 400 und 700 Personen. Niemand wusste so genau, wieviel Passagiere überhaupt an Bord waren. Die späteren Untersuchungen ergaben ein schreckliches Bild. Die Motoren liefen seit langem nur noch mit halber Kraft und fielen sofort aus. Offene Luken und mangelhafte Löschvorrichtungen begünstigten das Feuer, und die Rettungseinrichtungen waren völlig ungenügend.

Das Schiff war also, nachdem wir es in Padang verlassen hatten, weitergefahren und auf der Überfahrt nach Sulawesi gesunken. Da konnten wir für unsere rettende Fügung nur dankbar sein, und ich konnte mir nicht verkneifen, heimlich zu denken, dass das ganze „Allahu akbar" vorher überhaupt nichts geholfen hatte."

Paul klammerte sich an sein Bierglas und schwieg. Die Erinnerung hatte einen schalen Geschmack hinterlassen, und vor seinen Augen geisterten die schrecklichen Bilder umher.

„Du fragst dich sicher, warum ich das alles erzähle. Es hat wohl damit zu tun, dass die ganze Geschichte mit diesem Indonesien darauf hinausläuft, wie ein schrottreifes Schiff zu sinken. Ich sehe heute noch die einsame alte Feueraxt, dort an der Außenwand, neben der Tür. Wie wenn sie ein viele hundert Tonnen schweres ramponiertes Vehikel hätte retten können."

Werner legte seine Hand beruhigend auf Pauls Arm und sagte erschüttert: „Du meine Güte, das ist ja unglaublich. - Hast du denn wenigstens mit deiner Freundin den Frieden gefunden?"

Paul zögerte: „Ja, schon, ja, wir haben dann zwei Jahre später geheiratet, und die Sache mit diesem Kerl in Padang war wirklich kein Thema mehr. War ja wohl eher ein Abchecken ihrer Optionen...

„Aber?"

„Zehn Jahre ging ja alles gut, und ich glaubte endlich einen Ort gefunden zu haben, wo ich bleiben wollte."

„Ja?"

„Nun, die Geschichte von damals hätte mir eigentlich schon einen Hinweis geben sollen, dass in diesem Land alles nur eine Frage der Zeit ist. Die Arbeit versiegt, die Bewilligungen laufen aus, und die Beziehung bröckelt. Das Schiff sinkt. Ich müsste eigentlich zurück nach Hause, aber Rini will davon nichts wissen. Sie weigert sich, ihre Familie zu verlassen, das Haus zu verkaufen und mit mir zu kommen. Ich stecke saublöd in der Klemme."

„Du könntest doch aber eine neue Arbeit finden. Damit wäre das Problem vorderhand gelöst."

Paul schüttelte den Kopf. „Nein, wäre es nicht. Indonesien steuert auf einen Umsturz hin. Die werden zunehmend nationalistisch, wenn nicht sogar islamistisch. Ausländer sind immer weniger gern gesehen, und die meisten von ihnen machen sich auch schon davon. Suhartos Zeit ist abgelaufen, so auch unsere." Er raffte sich auf und sagte erzwungen lachend: „Komm schon, jetzt hören wir endlich auf mit dem Gejammer. Wir sollten feiern!"

Zwei weitere Biere später wollte Werner dann doch noch wissen wie's weitergehe. „Du, du hast doch gesagt, dein Chef wolle hier Ge…geschäfte machen…"

„Die Sch…Schlitzaugen wollen das wohl." Vor Pauls Augen lag ein wogender Schleier. - Duu… machst doch die Geschäfte hier und verschwindest wieder nach A…amerika." Er knuffte Werner in die Seite und grölte: „Amerik…aa, Amerika, Amerika! Da sollte man hin. Du, du hast's gut in deinem A…merika."

Irgendwann umnebelte der Alkohol die Sinne der Beiden, aber kurz bevor sie sich verabschiedeten, in einem lichten Moment meinte Werner: „Paul, hau doch ab aus diesem Indo… wie auch immer. Hau ab, bevor's zu spät ist!"

Der Satz begleitete Paul ins Bett, und als er am nächsten Morgen erwachte, dröhnte es pochend in seinem Kopf: „Hau ab, ab… ab!"

Stöhnend stoppte er den lärmenden Wecker und raffte sich auf. Die Pflicht rief, und um acht Uhr war Abfahrt zu diesen Toyodas, irgendwo in diesem Japan. Es reichte gerade noch für einen schnellen Kaffee an der Bar, dann wurden sie abgeholt.

Der Bullet-Train, auch Shinkansen genannt, braucht von Osaka nach Nagoya knapp zwei Stunden. Mit einer Geschwindigkeit von bis zu 200 km/h raste der Zug durch eine stark bebaute und industrialisierte Gegend. Im Inneren fühlte man sich wie in einem Flugzeug.

Für Pauls ramponiertes Befinden nach der vorangegangenen Nacht, war die Reise eine Tortur, und das aufgeregte Geschnatter der japanischen Mitreisenden zerrte an seinen Nerven. Oy versuchte sich mit den beiden Reisebegleitern zu unterhalten. Die Tatsache, dass die chinesischen den japanischen Schriftzeichen, auch Kanji genannt, weitgehend entsprechen, während Wortlaut und Aussprache völlig verschieden sind, verursachte eine mit viel Gelächter begleitete Verständigung durch hin- und hergereichten Zettelchen. Paul war von alldem natürlich völlig ausgeschlossen und starrte in die verregnete Landschaft. Es gab wenig zu sehen, denn die Strecke führte meist durch langweilige Vorstädte und Industriegebiete oder auf brückenartigen Hochtrassees, welche auf beiden Seiten oft mit hohen Schallschutzwänden versehen waren. In Kyoto war ein kurzer Aufenthalt, aber von der Stadt blieb eigentlich nur der Name im Gedächtnis hängen. Weiter ging's, vorbei am Lake Biwa, welcher aber nur in der Ferne erahnt werden konnte, bis hinein nach Nagoya. Dort stieg man um und erreichte nach einer halben Stunde mit dem Regionalzug das Ziel.

Sie wurden in einen Konferenzsaal geführt, wie er wohl auf der ganzen Welt anzutreffen ist. Die Begrüßung war jedoch sehr umständlich. Paul war schon darauf vorbereitet. Die Visitenkarten wurden mit viel Lächeln und Verbeugungen getauscht, und es dauerte eine ganze Weile, bis die Herren in dunklen Anzügen und präzise sitzender Krawatte alle um den ovalen Tisch Platz genommen hatten. Ein Vizepräsident, ein Direktor des Verkaufs, ein Leiter der Produktion und dessen Ingenieur waren zugegen. Man tauschte viele Höflichkeiten und beschloss kaum Konkretes. Immerhin versprachen die Herren, dem Problem ihres Kunden nachzugehen und umgehend Vorschläge zu unterbreiten. Man würde sich aber sehr freuen, wenn bei einem allfälligen Ausbau wieder die Toyoda Automatic Loom Works Ltd berücksichtigt würden. Dazu wurden ein ganzer Stapel Broschüren und technische Unterlagen in Glanzformat gereicht.

Nun wäre man aber sehr geehrt, die Gäste zu einem kleinen Mittagsmahl einzuladen. Man hätte dafür ein firmeneigenes Guesthouse, wo man sich von den Anstrengungen des Tages bestens erholen könne, hai.

In echt japanischer Manier geleitete man die Gäste zu den privaten, hinter herrlich verzierten Wandschirmen liegenden, Räumlichkeiten, wo zierliche Geishas Tee und Köstlichkeiten reichten. Dabei wurde tunlichst übersehen, dass ein Europäer auf dem Sitzkissen Zabuton mit untergeschlagenen Beinen völlig überfordert ist.

Für Paul wurde die ganze Zeremonie zur Qual, und er hasste die Gastgeber dafür, dass sie die Unverfrorenheit besaßen, dieses unübersehbare Unbehagen ihrem Gast lächelnd zuzumuten. Ein Tisch und ein vernünftiger Stuhl hätte sicher die japanische Tradition nicht zum Einstürzen gebracht.

Nach der umständlichen Verabschiedung taumelte Paul mit tauben Füssen zum Zug und schwor sich, nie wieder. ‚Das Land des Lächelns', hatte eine schale Bedeutung bekommen. Wenn die Durchsetzung von solch außergewöhnlichen Sitten wichtiger war als die Gastfreundschaft, sollte man diesen Ort meiden.

Selbst Oy Tang Sun schien Mühe mit dem Gehen zu bekunden, grinste aber gutmütig und sagte: „Pak Paul, unsere japanischen Freunde sind schon etwas eigenartig, aber wir sind ja bald wieder zu Hause."

Die Rückfahrt bewältigten sie auch ohne Begleitung. Zurück im Hotel, erkundigte sich Paul an der Rezeption nach Werner, erhielt aber die enttäuschende Nachricht, sein Freund sei bereits abgereist. Ein kurzes Memo informierte ihn, dass Werner am frühen Nachmittag den Flug nach den Staaten genommen hatte. Er wünsche ihm alles Gute und hoffe, dass es bis zur nächsten Begegnung nicht wieder so lange dauern würde.

Einmal mehr war er wieder allein, und das Gefühl der Heimatlosigkeit wurde durch das schmucklose Hotelzimmer noch verstärkt. Dieses war ebenfalls, typisch für das fernöstliche Land, sehr spartanisch eingerichtet, und das Bad war eine enge Kabine aus glänzendem Chromstahl.

Paul verzichtete auf das Abendessen und legte sich zeitig ins Bett. Was sollte er hier noch? War es wirklich so wichtig, dass diese Toyoda Webmaschinen verbessert wurden oder vielleicht sogar eine neue Anlage geplant wurde? Was hatte Oy gesagt? - Wir sind ja bald wieder zu Hause. War das wirklich so? - Zu Hause? Je länger je mehr dachte er bei diesem Wort an die Schweiz. Er konnte nicht einfach so weitermachen. Die Zeit lief davon, bald würde er sechzig werden, und dann war an einen Neuanfang immer weniger zu denken. Nein, er musste jetzt den Schritt tun. Rini musste das einsehen. Zum ersten Mal kam ihm der Gedanke: Was, wenn sie wirklich nicht mit ihm kam? Er wäre dann zu Hause, aber dann wirklich allein…

Während er sich zwischen den kalten Laken wälzte und den Schlaf suchte, klopfte es sachte in seiner Brust an und hallte immer lauter im Herzen wider, das was Werner gestern Abend zum Schluss gesagt hatte: „Hau ab, ab, ab…

KAPITEL 32

Zurück in Bandung traf Paul ein leeres Haus an. Wie ausgestorben lag es da. Die wenigen Pflanzen im Garten ließen in der Nachmittagssonne ihre Blätter müde hängen.

Wieder benützte Paul den Seiteneingang. Das Auto stand verlassen in der Garage. Wo waren denn alle? Mindestens Bibi müsste doch da sein. Es rührte sich aber nichts. Er stellte seine Tasche auf den Esstisch und durchsuchte das Haus. Vielleicht war Rini irgendwo zu Besuch, aber Bibi müsste doch eigentlich da sein. Hinten an der Leine hingen ein paar Wäschestücke, alles trocken. Niemand hatte es abgenommen.

Zurück im Haus holte sich Paul ein Wasser aus dem Kühlschrank. Er trank in großen Schlucken und überlegte. Sollte er ans Telefon und die paar möglichen Kontakte oder Freundinnen anrufen. Rini würde das überhaupt nicht schätzen, sie würde glauben, dass er ihr nachspioniere. Lass das, sagte er sich und ging erst einmal unter die Dusche. Das warme Wasser bewirkte eine wohlige Müdigkeit. Kurz darauf war er auf dem Bett eingeschlafen.

Als er hochschreckte, hatte er für einen Moment jegliches Zeitgefühl verloren. Es war stockfinster. Er tastete nach dem Schalter der Nachttischlampe und erschrak, als er auf die Uhr schaute. Es war ein Uhr vorbei. Totenstille herrschte. Was war nur? Im Haus herrschte völlige Dunkelheit, einzig der Schein einer entfernten Straßenlampe schimmerte durch das Fenster des Wohnzimmers. Wo war Rini?

Er knipste sämtliche Lampen an, zog die Vorhänge zu und warf sich erneut auf das Bett. War Rini verreist, ohne ihn zu informieren? - Moment! - Warum war er nicht gleich drauf gekommen? Ihre Reisetasche. - Sie war noch da und stand verlassen im Schrank. Ob Kleider oder Schuhe fehlten, war nicht wirklich auszumachen. Verdammt, wusste er so wenig über seine eigene Frau. Dann dämmerte ihm, das Auto war noch da. Also war Rini nicht weit. Vielleicht übernachtete sie bei ihrer Familie an der Mohamed Toha. - Und mit dem Auto war natürlich auch Pak Adang der Fahrer noch irgendwo. Morgen früh würde er mehr wissen.

Der Schlaf wollte aber nicht mehr kommen. Paul wälzte sich im Bett. Dann schaltete er die Klimaanlage ein, wenig später wieder aus. Er fror. Immer mehr fühlte er sich wie ein Fremdkörper in diesem Bett, in diesem Haus, in dieser Stadt und diesem Land. Die Denkweise, die Handlungen, Gebaren und Gefühle dieser Welt erschienen ihm immer fremder zu werden. Vor Jahren dachte er noch, dass diese Kultur und Lebensweise hier herrlich harmonisch, verständlich, wenn auch exotisch, aber erstrebenswert sei. Was war davon geblieben? Rini, seine Frau, verstand er ihre Denkweise, ihre Art und ihre Wünsche überhaupt noch? Schlich sich da nicht der Verdacht nach Berechnung und Egoismus ein, wie ein anfangs harmloses Insekt, das sich später zu einer Plage und einer tödlichen Pest entwickelt. Ja, wessen Egoismus denn? - Sein eigener, der ihn in die vermeintliche Sicherheit seiner Heimat trieb. - Oder Rinis? Der sie veranlasste, sich hier an ihrem Hab und Gut festzuklammern. Wie weit entfernt waren sie schon von dem heiligen Schwur, immer für einander da zu sein. - Ja galt der auch für Moslems wie für die Christen? Sicher war er sich nicht. Hieß es nicht, dass im Islam sich der Mann durch eine simple Scheidungsformel aus der Ehe verabschieden konnte. So einfach war das wohl doch nicht, aber es war sicher weit vom heiligen lebenslangen Versprechen der Katholiken entfernt.

Mein Gott, war ihre Beziehung schon so weit, dass er an Scheidung dachte. Wo war denn ihre Liebe geblieben, das Vertrauen und die Zuversicht in die Zukunft? Seine Seele seufzte, Rini was ist mit uns geschehen? - Die Liebe, was war mit ihr? Die anfängliche Leidenschaft, erlosch sie langsam mit den Jahren? Liebe war doch nicht nur Leidenschaft und Lust. Sie war doch viel mehr. Man war für den Partner immer bereit und da.

Bis in die frühen Morgenstunden quälten ihn die Gedanken und ließen ihn nicht zur Ruhe kommen. Bei Tagesanbruch wälzte er sich aus dem Bett und stellte sich unter die Dusche. Ein unterdrückter Schrei entfuhr ihm, als der kalte Wasserstrahl ihn traf. Bebend stand er auf den kalten Fliesen, als er plötzlich ein Geräusch vernahm. Jemand war am Haus. - Rini!?

Als er, in das große Badetuch gewickelt, die Türe öffnete, entdeckte er Pak Adang, der sich in der Garage zu schaffen machte.

„Pak Adang, gut dass Sie da sind", rief er durch den Türspalt. „Bitte warten Sie, ich komme gleich."

Während er in die Hose schlüpfte, überlegte er. Ja sollte er jetzt einfach in die Firma fahren, wie wenn nichts wäre? Zuerst musste er wissen was passiert war. Seine Rückkehr war doch nicht sehr überraschend, alle wussten, dass die Reise nach Japan nur ein paar Tage dauern würde. Na ja, Pak Adang würde Bescheid wissen.

Sein Fahrer hatte die Motorhaube geöffnet und kontrollierte den Wasserstand. Er brummte zufrieden und schlug den Deckel zu.

„Guten Morgen Pak!", begrüßte er Paul freundlich. „Das Auto ist in Ordnung. Der Tank ist auch voll. Soll ich Sie in die Firma fahren?"

Viele der Einheimischen beginnen ihren Tag sehr früh, da dann die frische Luft am angenehmsten ist, so auch Adang.

„Wo ist Rini?", stellte Paul die Frage.

Pak Adang zögerte. „Ja, ist sie nicht hier?"

„Nein, sie ist nicht!", antwortete Paul etwas ungehalten. „Ich bin gestern zurückgekommen und da war niemand. - Nicht einmal Bibi."

„Ach, Bibi wurde vor drei Tagen nach Tasikmalaya gerufen. Ihre Schwester ist erkrankt. Sie wird bald wieder zurück sein."

„Und meine Frau?"

„Nun, ich weiß nur, dass Ibu gestern zu Ibu Tati gefahren ist. Sie sagte, sie brauche mich nachmittags nicht mehr."

„Warum hinterlässt sie denn keine Nachricht?", murmelte Paul vor sich hin. „Na ja, ich werde gleich mal telefonieren."

Es dauerte eine ganze Weile, bis er die Nummer fand. Ordentliche Listen war nicht so Rinis Sache. Dann wählte er. Es läutete fünf Mal, zehn Mal, länger. Keine Antwort. Was zum Teufel… Nochmals! Wieder antwortete niemand. Wo waren die denn!

Erneut ging er nach draußen. Fast befürchtete er, Pak Adang würde ebenfalls wieder verschwinden. Der wartete aber geduldig.

„Nichts", sagte Paul. „Da antwortet niemand. - Ach was, wir fahren dort vorbei und schauen was los ist."

„Jalan Parakan also", bestätigte Adang.

„Ja", bestätigte Paul. „Einen Moment noch, ich hole meine Tasche. Danach geht's dann zur Firma."

Es war eine halbstündige Fahrt bis zum südlichen Teil von Bandung. Schon als sie in die enge Straße einbogen bemerkten sie, dass die Garage offen stand und das Auto fehlte. Adang wendete in der engen Einfahrt und stieß zurück. Beide kletterten sofort aus dem Wagen.

An der Vordertür erschien, auch nach mehrmaligem Klopfen, niemand. Rechts, beim Nebeneingang bewegte sich aber etwas, und als Pak Adang darauf zuging, erschien ein Gesicht mit Kopftuch.

„Punten!", sagte Adang höflich. „Ist Ibu Tati da?"

„Nein Pak", antwortete die Haushalthilfe schüchtern und öffnete die Tür zögernd. Sie war ganz in Schwarz gekleidet, sehr jung, eigentlich noch ein Kind.

„Wo ist sie denn?", mischte sich Paul ein.

„Ibu ist nach Garut gefahren."

„Und Ibu Rini? - Ist sie auch mit?"

„Ja Tuan."

Was um alles wollten die plötzlich in Garut? Dort lebte doch diese Tante Sofi. War da etwas vorgefallen, was diese überstürzte Abreise erklärte? Aber warum hatten sie denn keine Nachricht hinterlassen. - Einfach unverständlich!

Trotz nachdrücklichem Fragen war von dem Mädchen nichts weiter zu erfahren. Ratlos standen die beiden Männer in der Einfahrt, währen die Tür wieder vorsichtig geschlossen wurde. Pak Adang öffnete die Wagentür und sah Paul fragend an.

Was jetzt, fragte sich auch Paul frustriert. Wut kroch in ihm hoch. Sollte man die blöden Weiber nicht einfach fahren lassen und zur Tagesordnung übergehen?

„Zur Firma!", befahl er kurz.

Während der anschließenden Fahrt peinigten ihn die wildesten Gedanken. Wieso fuhr Rini nach Garut ohne etwas zu hinterlassen, und dann ausgerechnet noch mit dieser Tati, der seltsamen Witwe des verstorbenen Renés. Was führte diese Person im Schilde, und warum folgte ihr Rini einfach so?

„Pak Adang, anhalten bitte!", fasste er plötzlich einen Entschluss. „Sie haben doch gesagt, der Tank sei voll. Wir fahren nach Garut."

„Und die Firma?", wandte Adang schwach ein.

„Ach was! Ist doch sowieso egal. Wir fahren und finden heraus, was da gespielt wird. - Aber vorher wollen wir beim nächsten Warung erst einen Kaffee trinken. Ich hatte noch nichts heute."

„Einen Kopi Tubruk, das ist gut."

Zehn Minuten später saßen sie sich schweigend gegenüber und warteten, bis der Kaffeesatz im Glas gesunken war.

„Wir brauchen ungefähr drei Stunden bis Garut", meinte Adang endlich. „Die Straße ist schlecht und hat viele Kurven."

„Macht nichts", brummte Paul und schlürfte am heißen Getränk. „Wir können unterwegs eine Rast einlegen und werden dann gegen Mittag dort eintreffen."

Pak Adang nickte. Er war viel zu höflich, um Zweifel an diesem überstürzten Unternehmen zu äußern. Umso mehr haderte Paul mit sich. War dieses Nachspionieren wirklich richtig? Wie würde er dastehen, wenn sie im Hause dieser Sofi die versammelten Damen beim Kaffeekränzchen überraschten und sich das Ganze als harmloses Missverständnis herausstellte. - Trotzdem, es war einfach nicht richtig von Rini, ihn so im Ungewissen zu lassen. Da musste einmal Klartext geredet werden. Er wollte wissen wo seine Frau war und wie es ihr ging. - Eine Männergeschichte? - Nein, das konnte er sich schlecht vorstellen. Außerdem, was für eine Rolle würde diese Tati dabei spielen. Trotzdem, er musste wissen woran er war.

Je weiter sie sich von Bandung entfernten, umso schlechter wurde die Straße. Es war wenig Verkehr. Ein paar Lastwagen, hoch beladen mit Kopra, Baumaterial oder Zement, ratterten vor ihnen her und waren schwierig zu überholen. In einer Seitenstraße entdeckte Paul eine Militärkolonne, später sogar ein paar graubraune Schützenpanzer.

„Was wollen die denn hier?", fragte er seinen Fahrer. „Ein Manöver vielleicht?"

„Weiß nicht", brummte Adang und starrte auf die Fahrbahn.

„Wir sollten eine Pause einlegen", schlug Paul vor. „Lass uns etwas essen."

„Nein Pak!", entgegnete Adang kurz. „Wir sollten weiter."

Paul schüttelte den Kopf, ließ den Mann aber gewähren. Hatte es dieser jetzt auf einmal eilig?

Kurz nach Nagreb verließen sie die Hauptstrasse Richtung Osten und folgten der südlichen Route nach Garut. Bald holperten sie über tiefe Schlaglöcher, und eine Staubfahne wirbelte hinter ihnen her. Irgendetwas schien Adang zu veranlassen, sich verbissen auf die Straße zu konzentrieren und schnell weiter zu fahren, wie wenn eine Gefahr hinter ihnen her wäre.

Paul konnte sich nicht vorstellen, was schon passieren könnte. Die Umgebung lag friedlich, wenn auch etwas verstaubt da, und nichts deutete auf eine Gefahr hin. Natürlich näherten sie sich jetzt dem Gunung Galungung, dem aktiven Vulkan zwischen Garut und Tasikmalaya. Der letzte große Ausbruch war aber zwölf, vielleicht sogar dreizehn Jahre her. Paul erinnerte sich gut daran, als morgens der Tag nicht mehr hell wurde. Im weit entfernten Bandung regnete, oder sagt man schneite es Asche und verdunkelte die Sonne. Wie schwarzer Schnee lag sie zentimeterhoch auf den Straßen und wirbelte im Verkehr hoch. Dächer, Gärten und Autos, alles war verschmutzt. Der feine Staub drang in jede Ritze, jedes Haus und in alle Räume ein. Die Menschen liefen mit Schutzmasken herum, und die Kleider waren kaum mehr sauber zu bekommen. Natürlich kam von den Behörden sofort die Entwarnung, das Ganze sei völlig unschädlich und ungiftig. Fast ein halbes Jahr ging das so, und irgendwann fragte sich selbst Paul, ob man da nicht ein unbekanntes Risiko einging. Glücklicherweise waren bei den Eruptionen aber keine Opfer zu beklagen. Einige wenige Menschen starben bei den Evakuierungen aber der angerichtete Schaden war enorm. Viele

Dörfer wurden zerstört oder wurden unbewohnbar. Tausende Hektaren von Agrarland wurden unbrauchbar.

Knapp an einer Tragödie vorbei schrammte Flug BA 09, als die Boeing 747 der British Airways auf einer Höhe von elftausend Metern in die Aschenwolke geriet und alle vier Triebwerke ausfielen. Erst nach einem dramatischen Sinkflug, bis auf viertausend Meter hinunter, konnten die Aggregate wieder gestartet werden, und die Maschine landete unter mehr als glücklichen Umständen in Jakarta. Die indonesische Flugsicherung machte dabei, durch mehrere Missverständnisse und natürlich wegen der unterlassenen Sperrung des Luftraumes, eine äußerst schlechte Figur. Erst nachdem eine Maschine der Singapore Airlines ebenfalls in Schwierigkeiten geriet, wurde der Luftraum endlich großräumig gesperrt. Die Untersuchungen ergaben, dass die eindringende Asche in den Triebwerken schmolz und diese zum Stillstand brachte. In Großbritannien war man erleichtert über den glücklichen Ausgang des Vorfalles, und mit echt britischem Humor bekam das Flugzeug darauf den Übernahmen ‚Der fliegende Aschenbecher'.

Wie gesagt, das war lange her und Paul glaubte nicht so recht, dass vom Galungung irgendwelche Gefahr drohen könnte. Dieses Indonesien wurde aber immer unberechenbarer, und nichts konnte ausgeschlossen werden, nicht einmal ein Vulkanausbruch.

In Garut kannte Pak Adang den Gang Durian natürlich gut, aber er hielt gute hundert Meter vorher in der Jalan Ciledung.

„Da vorne, da geht es rechts hinein", sagte er am Steuer sitzenbleibend. „Das Haus der Ibu Sofi kennen Sie ja."

„Kommen Sie denn nicht mit?", fragte Paul erstaunt.

„Nein, ich bleib vorerst hier im Warung dort drüben. Ich komme später nach."

Paul schüttelte den Kopf in Unverständnis, kletterte aber aus dem Wagen. Als er am Fahrer vorbei ging, sagte dieser: „Ich bin in der Nähe, gehen Sie nur!"

Es war beinahe Mittag, und die Sonne brannte erbarmungslos. Paul folgte der Straße, möglichst im Schatten der Häuser oder der Bäume bleibend. Am Eingang des Seitenweges standen zwei junge Männer und blickten dem Ankömmling gelangweilt entgegen. Paul grüßte höflich, bekam aber keine Antwort. Rasch eilte er dem Gang entlang, wo mehrere Pforten mit kleinen Vorhöfen zu den bescheidenen Häusern lagen. Entgegen seinen Erfahrungen vom letzten Besuch hier, herrschte Totenstille. Er erinnerte sich an die vielen Kinder, an deren Geschrei und das Geschnatter der Frauen. Komisch, da war niemand. Vielleicht waren alle vor der Hitze ins Innere der Häuser geflüchtet. Wieder entdeckte er zwei Männer, die rauchend auf einer Mauer saßen. Gleich daneben war der Eingang zu Sofis Haus. Als er dort einbog, sprangen die beiden auf ihre Füße und folgten ihm.

„Orang Buleh…", schnappte Paul auf und merkte, dass er gemeint war.

„Was ist?", fragte er argwöhnisch. „Ist Ibu Sofi zuhause?"

Der Größere nickte in Richtung Tür, ohne zu antworten.

„Klar, natürlich ist sie da. Ist ja ihr Haus", sagte der Andere.

Mittlerweile rann Paul der Schweiß den Hals hinunter. Verdammt, kein Lüftchen wehte hier in dieser engen Gasse. - Warum kam denn niemand zu seiner Begrüßung?

Er klopfte an die angelehnte Tür und rief nach sundanesischer Art: „Punten!"

Normalerweise käme auf diese Ankündigung sofort die Antwort: „Manga!" Da kam aber nichts. Die beiden Männer hinter ihm drängten ihn jedoch durch die Tür.

„He, was soll das?", widersetzte sich Paul. „Hallo, ist da jemand?"

Sie schoben einfach weiter und schlossen die Tür hinter sich.

Paul drehte sich um und erblickte erschrocken das Messer in der Hand des Kleineren. Der grinste nun und faselte etwas in schnellem Sundanesisch, was Paul natürlich nicht verstand.

Abwehrend hob er die Hände und erklärte: „Ich will doch nur zu Ibu Sofi. Meine Frau müsste auch da sein. Steck doch das blöde Messer weg!"

Der Große war ordentlich gekleidet. Er trug ein weißes Hemd, eine braune Hose und schwarze Halbschuhe. Er schien der Anführer zu sein. Sein etwas rundliches Gesicht deutete auf eine Abstammung aus Central-Java hin. Der Kleine war aber offensichtlich ein Sundanese und der Handlanger. Er trug eine kurze Hose und ein graugrünes verwaschenes T-Shirt. Seine Füße steckten in einfachen Gummischlarpen.

Es war dann auch der Große, der in Bahasa Indonesia, für Paul verständlich, weitersprach: „Ibu Sofi kann dich im Moment nicht empfangen. Du musst warten."

„Gut, dann warte ich."

„Nicht hier!", befahl der Mann. „Da, nebenan, da sollst du warten!"

Sie stießen ihn überraschend in einen Nebenraum und schlugen die Türe zu. Dann war da das Geräusch des Riegels. Verdammt, das konnten die doch nicht machen. „He, macht auf! Sofort! Was fällt euch eigentlich ein?"

Er rüttelte an der Tür, aber die war fest verschlossen. Das konnte doch nicht wahr sein, die sperrten ihn einfach so ein. Na wartet! Das einzige Fenster war aber vergittert und verschraubt, ansonsten war da keine weitere Öffnung. Er hörte eine weitere Tür zuschlagen und vernahm leise Stimmen. Hier war doch jemand.

„Hallo! Macht doch auf! ... Sofi! ... Rini! ... Tati!

Sollte er das Fenster einschlagen und um Hilfe rufen? Das war doch alles ein Blödsinn. Das musste doch schnell klar sein, er war nichts weiter als ein harmloser Besucher. Warum auch immer ihn diese beiden Blödmänner einsperrten, das machte doch überhaupt keinen Sinn.

„Ibu Sofi! ... Sofi!", versuchte er es nochmals. „Sofi, ich bin's doch Paul. Rinis Mann!"

Keine Antwort. Resigniert schaute er sich um. Der Raum war völlig leer. Es gab nicht einmal einen Stuhl. Das Licht fiel fahl durch die Gitterstäbe und ließ das Gefängnis noch düsterer erscheinen. Paul rutschte an der Wand zu Boden und saß da mit angezogenen Beinen und angespannten Sinnen. Sie mussten bald kommen. Er konnte doch hören, dass jemand im Haus war. In einem simplen Wohnhaus konnte man doch nicht einfach jemanden einsperren. Ja, der Irrtum musste sich bald klären. Dann hätte er aber ein paar wirklich ernste Fragen.

Es kam niemand. Die Minuten verstrichen schleichend, eine Viertelstunde, eine Halbe, eine Stunde.

Plötzlich waren da mehrere Stimmen, Männer und Frauen. Ja, das war Tati und den Mann, den kannte er doch auch. Onang, der Mechaniker, durchfuhr es ihn. Schon hob er die Faust um erneut an die Türe zu schlagen. Da hielt er erschrocken inne. Sie redeten über ihn.

„…wie gerufen. Damit haben wir einen wertvollen Trumpf in der Hand." Das war eindeutig Tati.

Dann eine unbekannte Männerstimme: „Was wollt ihr denn mit ihm? Der gibt doch nur Probleme und..."

„Ach wo!", mischte sich Onang ein. „Mit dem erhalten wir viel mehr, als das bisschen Lohngeld neulich. Ich schlage vor, wir bringen ihn an einen sicheren Ort. Das machen wir besser, bevor Rini zurückkommt. Die macht sonst Theater."

„Wie loyal ist denn diese Rini überhaupt?", warf eine Frauenstimme ein.

„Ich denke schon, dass sie zu uns hält", antwortete Tati.

„Wie kannst du da so sicher sein?"

„Nun, ich weiß, dass ihr Mann aus Indonesien weg will, sie aber nicht. Sie hängt an unserem Land, und wenn dann erst die neue Zeit da ist, wird sie nie und nimmer fort wollen."

Onang lachte hämisch: „Und dem Mann verhelfen wir einfach zu seiner definitiven Abreise."

„Lass das!", warf die fremde Frau tadelnd ein. „Ihr habt uns schon viel zu viel…"

Die Stimmen entfernten sich. Nun schlug Paul umso härter gegen die Tür. „Macht auf!", schrie er. „Ich werde die Polizei rufen."

Onang kam zurück und lachte auf der anderen Seite der Tür schallend. „Wie denn, du weißes Drecksschwein? Es wird mir eine Freude sein, dich abzustechen. Ruf doch die Polizei, wenn du kannst."

„Er nicht, aber ich kann", antwortete die tiefe Stimme von Pak Adang. „Besser noch, ich hab' nicht nur die Polizei, sondern das Militär schon aufgeboten. - Jetzt aber rasch, mach auf, sonst knallt's."

„Ich bin nicht allein!", fauchte Onang, wie ein in die Enge getriebenes Tier.

Offenbar waren die Anderen aber irgendwo im hinteren Teil des Hauses und hatten nichts mitbekommen. Das könnte sich aber schnell ändern.

„Ich zähle jetzt bis Drei, dann brauche ich deine Hilfe nicht mehr. - Eins … zw…"

Der Riegel knackte, die Tür sprang auf. Im gleichen Moment schlug Adang zu. Onang sackte lautlos vor Pauls Füssen zu Boden.

Adang winkte mit seiner Pistole und bedeutete ihm schnell zu folgen. Die jungen Wächter vor dem Haus verscheuchte er mit einem Schwenker der Waffe. Mit schnellen Schritten erreichten sie das Auto und warfen sich hinein. Schon ertönten Schreie hinter ihnen, und die jungen Helden rannten wild fuchtelnd heran.

Pak Adang gab Gas und schrie: „Runter, wir verschwinden!"

Eine Weile später hielten sie etwas außerhalb des Ortes und versuchten Atmung und Nerven zu beruhigen.

„Danke!", keuchte Paul. „Das ist ja eine richtig gefährliche Gangsterbande."

„Kann man so nennen", bestätigte Adang. „Ich hab' mir gleich von Anfang an so etwas gedacht. Das sind Revolutionäre und Aufwiegler. Onang ist ein übler Islamist der Mujaid Gruppe, der scheut vor Mord nicht zurück. Wir können ruhig annehmen, dass der Tod von Tatis Mann auf sein Konto ging. Der Mann ist gefährlich, und wir nehmen uns besser in Zukunft vor diesem Kerl in Acht."

„Hast du tatsächlich das Militär aufgeboten?" In seiner Erregung merkte Paul nicht, dass er die Höflichkeitsform fallen gelassen hatte.

„Nicht so direkt", antwortete Adang. „Hab' einen Freund angerufen und gesagt, sie sollen doch mal in Garut zum Rechten sehen. Das wird die Rebellen ganz schön in Aufregung versetzen."

Tatsächlich, als sie ein paar Kilometer weiter gefahren waren, kam ihnen eine Kolonne von Militärfahrzeugen entgegen.

„Adang, einen Moment!", schreckte Paul plötzlich hoch. „Was wird mit Rini? Halt an, wir müssen zurück!"

„Keine Sorge Pak, sie ist in Tasik. Da fahren wir ja auch hin."

Erst jetzt merkte Paul, dass sie nicht die gleiche Strecke zurück fuhren, sondern sich auf einer Straße weiter Richtung Osten befanden. Diese wurde immer schlechter.

„Wie, was will Rini in Tasikmalaya? - Bitte lass das Pak und nenn mich einfach Paul."

„Gut, Paul", lächelte Adang. „Gehört sich zwar für einen Fahrer nicht, aber wir sind ja Familie."

„Wieso ist Rini in Tasikmalaya?", fragte Paul nun aber energisch. „Und woher willst du das überhaupt wissen?

„Der Warung vorhin", grinste Adang nun. „Das sind immer die besten Informationsstellen. Da sieht man so schön alles, was vor sich geht. Einer hat da erzählt, die Ibu Sofi habe wohl ein neues Auto, einen weißen Toyota. Sie sei nach Tasik gefahren, zusammen mit einer Verwandten."

Zu blöd, natürlich, Tatis Wagen hätte doch irgendwo stehen müssen. Aber Tati war ja vorhin dabei, als diese Bande ihn verschleppen wollte. Die einzig mögliche Antwort war, Rini und Ibu Sofi hatten sich das Auto ausgeliehen.

„Was wollen die denn da?"

„Nun ich denke, wahrscheinlich wollen sie Bibi abholen und mit zurück nach Bandung bringen. - Ganz sicher bin ich mir natürlich nicht, aber warum denn sonst?"

Während Paul die Kurven meisterte, überlegte Paul. „Ja, logisch, aber soviel ich weiß ist Tasikmalaya eine große Stadt. Wie wollen wir sie dort finden? Wir kennen ja nicht einmal ihren Namen."

„Doch, kenn' ich", konterte Adang. „Sie heiß in Wirklichkeit Ani Suria, und die kranke Schwester soll im Hause dieses Suriano wohnen."

„Einen Moment mal, Suriano, so heißt doch der Exmann von Rini, oder nicht?"

„So ist's. Wir werden nachfragen, wo die wohnen und sie dort abfangen. - Das heißt, wenn sie noch dort sind. Sind sie allerdings schon auf dem Rückweg, müssen wir sie stoppen. Halt also bitte die Augen offen, nach einem uns entgegenkommenden weißen Personenwagen. Wir wollen nicht, dass unsere halbe Verwandtschaft im Gefängnis landet."

Die Situation wurde immer verworrener. Warum verschwieg ihm Rini andauernd Einzelheiten ihres Lebens? Wo war das Vertrauen zwischen ihnen geblieben? Natürlich hatte sie eine riesige

Verwandtschaft, und vielleicht hatte er auch nicht besonderes Interesse darüber bekundet. Trotzdem, jetzt kam einfach zu viel zusammen und ihre Weigerung mit ihm nach Hause zu fahren, bekam immer mehr Gewicht.

„Was denkst du, sind die Beiden denn tatsächlich Teil dieser Bewegung gegen Suharto? Ich kann mir Rini einfach nicht vorstellen, dass sie da mitmacht. - Das hat sogar die eine Frau dort bezweifelt, als ich durch die Türe mithören konnte. Wer war denn das überhaupt?"

„Ich denke, das war diese Schwester von Bambang, Siti heißt sie und ist eine der Führerinnen in der PDI."

„Da war noch ein unbekannter Mann."

„Das muss Achmed gewesen sein. Er ist ein Vetter der Tante Sofi, und man munkelt, er habe etwas mit der Siti."

„Onang hat behauptet, sie hätten die Lohngelder unserer Firma geklaut. Davon weiß ich ja nichts."

„Na ja, da waren Sie… warst du auch im Ausland. Die Chinesen werden daraus keinen Aufstand machen und den Verlust einfach abschreiben. - Was mich aber weit mehr beunruhigt ist, dass sie nun durch Geiselnahme zu Geld gelangen wollen. Auch sind diese Dschihadisten sehr gefährlich, die schrecken vor nichts zurück."

Diese Aussagen gaben zu denken. Immer mehr bestärkte sich Pauls Wunsch, hier alles hinter sich zu lassen. Niemand konnte wissen, wohin alles noch führen würde.

Laut sagte Paul: „Du selber scheinst der Idee von einer Revolution aber nichts abgewinnen zu können. Ist das weil du früher bei der Armee gedient hast? - Woher hattest du überhaupt die Pistole?"

„Seit einiger Zeit liegt die immer unter dem Fahrersitz. Ja, ich war bei der ABRI, aber heute bin ich mir nicht mehr so sicher, dass Suharto und sein Militär wirklich alles richtig gemacht haben. Nur, mit Gewalt wird dieses Land nicht weiterkommen."

„Ein wahres Wort!", sinnierte Paul.

„Wir sollten aufpassen, dass uns der weiße Toyota nicht entgeht", mahnte Adang.

Die Straße führte durch Dörfer und über eine Anhöhe, vorbei an Reisterrassen und Fruchtbäumen jeglicher Art. An einsamen Buden wurden Bananen, Rambutan, Durian und viele andere Früchte angeboten. Die Vegetation war so üppig und grün, dass die Annahme, der nahe Vulkan habe die Landschaft doch reich beschert und nicht nur die Bewohner in Angst und Schrecken versetzt, auf der Hand lag.

Sie verloren viel Zeit durch viele Kurven und fürchterliche Straßenverhältnisse. Nach knapp zwei Stunden hatten sie Singaparna erreicht. Das weit verstreute Dorf liegt unmittelbar vor Tasikmalaya. Erhöhte Aufmerksamkeit war gefordert, denn der Verkehr nahm zu, und das Straßengewirr wurde unübersichtlich.

„Hier werden wir sie nie finden", wagte Paul den Einwand. „Sollten wir nicht besser außerhalb an einer übersichtlichen Stelle warten?"

Adang hielt und blickte um sich. „Du hast Recht", sagte er. „Wenn wir jetzt durch die Stadt fahren, entwischen sie uns. Ursprünglich wollte ich zum Bahnhof fahren und dort in einem Telefonbuch nachschlagen, um die Adresse zu erfahren, aber das dauert viel zu lange. - Deine Idee ist gut. Natürlich ist da noch die Gefahr, dass sie den Rückweg über die nördliche Hauptstrasse nehmen. Das ist aber ein großer Umweg und deshalb eher unwahrscheinlich."

Er drehte und fuhr ein Stück zurück, bis er auf einem Kiesplatz eine Stelle fand, von der aus die Straße weit hinunter zu überblicken war.

Sie beobachteten den regen Verkehr, bis Adang plötzlich aus dem Auto kletterte. „Bleib du hier!", ordnete er an. „Ich fahr mit einem Bemo in die Stadt und versuche das Haus zu finden. Sollten sie in der Zwischenzeit hier vorbeikommen, halt sie an, und dann wartet auf mich."

„Eine gute Idee", pflichtete Paul bei. „Wie lange wirst du brauchen?"

„Ich denke maximal zwei Stunden. Es wird dann Abend, und eine weitere Suche würde schwierig. Sollte ich bis Einbruch der Dunkelheit nicht zurücksein, fährst du einfach nach Hause."

Schon sprang er bei einem dieser klapprigen Kleinbusse auf und winkte kurz aufmunternd zurück.

Paul setzte sich ans Steuer und beobachtete die Straße. Auf einmal war er allein, auf sich selber gestellt. Pak Adang hatte ihm tatsächlich sehr geholfen und war so etwas wie sein Beschützer geworden. Der Mann war ein Geschenk des Himmels, war mutig und geradeaus. Ob das von seiner militärischen Vergangenheit kam, konnte Paul nur vermuten. Auf jeden Fall wäre die Sache heute ohne Adang völlig aus dem Ruder gelaufen.

Ja, die Ereignisse in diesem Haus in Garut erschienen im Nachhinein total irreal. Wie in einem schlechten Film, nur dass es wirklich geschehen war. Und Rini, seine Frau, war da mitten drin. - Warum nur?

Aufgepasst, schalt er sich. Er durfte nicht seinen Gedanken nachhängen und dadurch die Aufmerksamkeit verlieren. Der Verkehr auf der Straße hatte eher noch zugenommen und wenn der weiße Toyota wirklich angefahren kam, musste er rasch reagieren.

Kapitel 33

Es war stockfinstere Nacht, als sie hintereinander Richtung Garut fuhren. Die Scheinwerfer beleuchteten gespenstisch den Straßenrand, wo die wenigen Inhaber der noch offenen Warungs bei gleißenden Petrollampen ihrem Geschäft nachgingen. Es war praktisch niemand mehr unterwegs, und die Fahrt ging ungestört weiter. Vorne fuhr Pak Adang mit Paul, dicht gefolgt vom Toyota mit Ibu Sofi am Steuer.

Tatsächlich hatten sie die beiden vermissten Frauen doch noch gefunden, wenn auch nicht so wie geplant. Kurz vor Sonnenuntergang war Pak Adang zurückgekehrt, ohne das Haus dieses Surianos entdeckt zu haben. Die Stadt war einfach zu groß, und einen Eintrag im Telefonbuch zu finden, war gleich wie in der Lotterie zu gewinnen. Er hatte am Bahnhof, im Postamt und in diversen Tankstellen nachgefragt, aber niemand wusste, wo ein Suriano mit einer Holzhandlung zu finden sei. Es konnte ja auch sein, dass der Mann längst anderen Geschäften nachging oder überhaupt keine feste Adresse mehr hatte. Es war also unmöglich, den Ort zu finden. Resigniert und ohne Erfolg kehrte Pak Adang deshalb kurz vor dem Einnachten zum Treffpunkt zurück.

Dort hatte Paul wie vereinbart ausgeharrt und jedem vorbeifahrenden weißen Auto mit klopfendem Herzen nachgestarrt. Der Gedanke, das Richtige verpasst zu haben, drängte sich immer mehr auf, und als es langsam Nacht wurde, wollte er sich frustriert mit einer Niederlage schon abfinden. Sie hatten die beiden Frauen verpasst, und demnächst würde eine schwierige Suche durch die Abteilungen der Behörden, der Polizei oder sogar beim Militär folgen, mit der bangen Frage in was Rini da verwickelt war.

Als Pak Adang endlich auf der gegenüberliegenden Straßenseite aus einem Bemo kletterte, war Paul erleichtert, aber er erkannte auch sofort, dass auch Adang keinen Erfolg hatte.

Die beiden Männer standen frustriert am Auto und versuchten mit der Situation klar zu kommen. Es gab eigentlich keine Wahl, sie konnten nur noch zurück nach Bandung fahren, dort abwarten und hoffen.

Zum ersten Mal hörte Paul seinen Fahrer fluchen: „Ini kutukan! Wo sind denn diese Weiber geblieben?", sagte er und schlug mit der flachen Hand auf das Autodach.

Paul suchte zu beruhigen: „Nun, so ist es halt. Was sollen wir machen? Fahren wir nach Hause."

Es war kühl geworden, und sie waren froh, in den Schutz des Autos zu kommen. Adang wendete und wollte losfahren. In diesem Moment flitzte unverhofft ein weißes Auto vorbei.

„Das sind sie doch!", schrie Paul und Adang rammte krachend den Gang ein. Mit aufheulendem Motor jagten sie hinterher. Er hupte und blinkte mit den Scheinwerfern wie irre. Als der Wagen unbeirrt weiterfuhr, gab er Gas und setzte zum Überholen an. In halsbrecherischer Weise passierte er den Toyota und bremste diesen, quer auf der Straße stehend, aus.

Paul war schon draußen und rannte hin. Er riss die Türe auf und zerrte die Fahrerin aus dem Wagen. Auf der anderen Seite sprang Rini heraus und schrie laut. Adang war bei ihr und beruhigte sie, während Paul Ibu Sofi brüsk losließ.

„Nun haben wir euch doch noch!", rief Paul aufgeregt.

„Was soll das?", stotterte Rini, als sie Paul erkannte.

Wieder war es Pak Adang, der die Situation schnell entschärfte. Er befahl Paul, das Auto zur Seite zu fahren und machte das Gleiche mit dem weißen Toyota. Glücklicherweise war im Moment kaum Verkehr, und die waghalsigen Manöver gelangen gefahrlos.

Die beiden Frauen standen hilflos am Straßenrand. Mit kurzen Worten erklärte Adang die Situation und befahl Ibu Sofi, in den Wagen zu steigen ihm ohne Widerrede zu folgen. Man würde ein Lokal suchen, wo man ungestört reden könne. Auf keinen Fall sollten sie jetzt nach Garut fahren.

„Aber warum denn?", zeterte Ibu Sofi.

„Später!", befahl Adang und stieß sie zum Auto. „Fahr jetzt einfach hinterher!"

„Ich versteh' das nicht", reklamierte Rini, als sie neben Paul im andern Auto saß.

„Da bist du nicht allein", entgegnete Paul. „Du wirst mir einiges zu erklären haben."

Adang fuhr los, und alle schwiegen betreten. Ibu Sofi folgte gehorsam mit dem weißen Toyota.

Etwa eine Viertelstunde später hielt Adang vor einem einfachen Lokal unmittelbar an der Straße. Es handelte sich dabei um ein typisches sundanesisches Restaurant mit einem Dach aus Palmenwedel und einer Einrichtung, vorwiegend aus klobigem Bambus. Die Stühle waren alles andere als bequem und das aufgetischte Essen auch nicht nach Pauls Geschmack. Immerhin hatten sich die Frauen etwas beruhigt und begannen das Lalab Sambal, grüne Bohnen, Papayablätter, Chayote, Gurken, Leunca-Kugeln, welche nach Petroleum schmecken, und die fürchterlich stinkenden Petay-Bohnen zu loben. Dampfender weißer Reis wurde in einem Korb aufgetischt. Das Sambal-Terasi, eine höllisch scharfe Sauce in Garnelenpaste, war auch nichts für Pauls Gaumen. Er verzichtete auf das Essen, umso mehr nagten die vielen Fragen wie hungrige Ratten an ihm.

„Nun möchte ich aber endlich wissen, was diese ganze Exkursion zu bedeuten hat", wandte er sich deshalb ziemlich barsch an Rini. „Was hast du in Garut und in Tasikmalaya verloren?"

Rini rollte sich die Salatblätter mundgerecht zusammen, tauchte sie in die Sambalpaste und verschlang das Zeug hungrig. Sie ließ sich Zeit mit der Gegenfrage: „Warum soll ich nicht mit Tati nach Garut fahren? - Ist das jetzt verboten?"

Paul war nahe daran, die Nerven zu verlieren. „Verdammt, hör' auf mit den Sprüchen! Ich will wissen, was du mit diesen Aufwieglern zu schaffen hast. Dass die Tati nicht sauber ist, das ist wohl klar, aber du, bist du noch bei Sinnen!"

Adang, welcher am anderen Ende des Tisches Platz genommen hatte und sich nur zögerlich am Essen beteiligte, erhob nun seine Stimme in seiner ruhigen sachlichen Art und sagte: „Kann es sein, dass ihr euch jetzt um etwas streitet, was wir einfach einmal in Ruhe besprechen sollten. Es ist doch ganz klar, wenn Paul nach Hause kommt und dort seine Frau nicht vorfindet, dass er dann beunruhigt ist. Aber wo soll er suchen, wenn keine Nachricht da ist. Auch ich konnte mir über dein Verschwinden, Rini, keinen Reim drauf machen. Drum sind wir heute Morgen losgefahren, um dich zu suchen."

„Ja", fuhr Paul dazwischen, „warum verschwindest du einfach, ohne jemandem Bescheid zu sagen oder eine Nachricht zu hinterlassen? - Selbst bei Tati wusste man nichts, nur dass ihr nach Garut gefahren wäret."

Adang räusperte sich und nahm seine Rede wieder auf: „Es war tatsächlich ungewöhnlich, und ich verstand Pak Paul durchaus, als er sich Gewissheit verschaffen wollte. Wir fuhren also nach Garut und direkt in Teufels Küche. Ibus Haus scheint ja so etwas wie ein Stützpunkt der Revolution geworden zu sein. Um ein Haar wäre da Pak Paul in große Schwierigkeiten geraten.

Nun kreischte Ibu Sofi erbost: „Ihh… was faselst du da! Mein Haus ist doch…"

„Ruhe!", donnerte Adang. „Es ist eine Tatsache, dass bei dir übles Gesindel ein und aus geht. Die zwielichtige Schwester von diesem Bambang Susilo und deren Liebhaber Achmed waren da. Beide gehören sie zur PDI, und die Tati spielt da wohl auch mit. Außerdem war da Onang, und der ist nun wirklich ein gewaltbereiter Anarchist. Der hat ohne Zweifel den Mann der Tati auf dem Gewissen. Das ist ein ganz übler Verbrecher. Dann trieben sich noch ein paar andere lichtscheue Helfer herum. Was willst du noch mehr hören, was da in deinem Haus vor sich geht, Ibu?"

„Tatis Mann, der René!", stammelte Rini. Sie war bleich geworden und saß mit weit aufgerissenen Augen da. Das Essen blieb liegen.

„Beinahe wäre Pak Paul auch ein Opfer geworden", fuhr Adang fort. „Sie wollten ihn mit Gewalt als Geisel festhalten, um Millionen zu erpressen.

„Schon gut Adang", wandte Paul ein. „Bitte, wir haben doch ausgemacht, das unnötige Pak wegzulassen. - Glücklicherweise ahnte Adang etwas und wartete vorn auf der Straße, als ich zum Haus ging. Er war meine Rettung. Ohne ihn wäre ich jetzt in den Händen von Dschihadisten. - Danke, Adang."

„Unterwegs sahen wir viel Militär", fuhr Adang fort. „Da musste etwas im Gange sein. Und dann fehlte Tatis Auto, das ließ mich argwöhnisch und vorsichtig sein. - Wir konnten also entkommen, aber was wolltet ihr denn in Tasikmalaya? Wir vermuteten, dass ihr Bibi abholen wolltet. Aber wo ist die jetzt?"

Rini erklärte leise: „Der Schwester geht's schlecht, und Bibi wollte noch nicht zurück nach Bandung. Wir mussten also unverrichteter Dinge wieder abziehen."

„Und warum hast du mir nicht erzählt, dass diese Bibi aus dem Haus deines Exmannes kommt?", konnte sich Paul nicht verkneifen.

„Ist das so wichtig?", kam prompt die Gegenfrage.

Paul brummte bitter: „Hast du eigentlich noch viele solcher Geheimnisse, von denen ich nichts weiß. - So weit deine Offenheit und dein Vertrauen."

Für kurze Zeit trat betretenes Schweigen ein. Dann aber brachte es Adang auf den Punkt: „Wir sitzen uns hier wie Feinde gegenüber und sind doch eigentlich alle eine Familie."

Schweigend beendeten sie die Mahlzeit. Keiner hatte wirklich noch Lust und Hunger. Paul beglich die Rechnung.

Sie trennten sich vor dem Lokal. Ibu Sofi würde Tatis Auto zurückfahren und zu ihrem Haus zurückkehren. Was sie dort erwarten würde, konnte niemand so genau wissen, aber es war anzunehmen, dass durch das Auftauchen des Militärs, dort die Gangster in alle Himmelsrichtungen verstoben, und auch die Soldaten längst wieder abgezogen waren.

Pak Adang umfuhr Garut auf der Jalan Jenderal Sudirman und nahm die Nebenstraße, welche etwas weiter östlich wieder in die Hauptstrasse nach Bandung mündet. Das war zwar ein Umweg von einer halben Stunde, aber sicher war sicher.

Im Fond saßen Paul und Rini. Die Letztere hatte sich in die Ecke zur Tür gedrückt und blickte durch die Scheibe in die finstere Nacht hinaus. Die Gestalt sah klein, zerbrechlich und unglücklich aus. Paul empfand Mitleid und haderte mit sich selber, warum alles so weit hatte kommen müssen. Rini, seine Frau, was war von der großen Liebe geblieben? - Er konnte sich die Antwort nicht geben und verharrte schweigend, als warte er auf eine plötzliche alles lösende Erkenntnis.

KAPITEL 34

Eine Woche war vergangen, und Paul hatte seine Reisevorbereitungen abgeschlossen. An ein weiteres Ausharren in diesem Land war nicht mehr zu denken. Das lange Ringen mit seiner Frau hatte nichts gefruchtet, Rini wollte den Schritt in die Fremde einfach nicht wagen. Ihre Argumente waren überzeugend, sollte doch ihre Tochter Ani noch in diesem Jahr heiraten. Auch war ihre Mutter zunehmend kränklich geworden und verlangte mehr Aufmerksamkeit. Es waren die üblichen Gründe, gegen die auch Paul keine Einwände finden konnte.

Noch immer von Hoffnung getrieben, sprach Paul: „Ich reise voran und finde uns eine Bleibe. Du kommst dann einfach nach." Dabei wusste er genau, wir unrealistisch das Gesagte war.

Rini nickte nur traurig und wandte sich ab. Die paar verbliebenen Tage hatten sie ruhig und gefasst verbracht. Paul hatte seine Kündigung abgegeben und ein letztes Mal mit Oy Tang Sun gesprochen. Dieser bedauerte seinen Entscheid sehr, fand aber auch keine Wege, das Unabwendbare abzuwenden. Er selber sei müde, meinte er, und er würde die Firma in Zukunft seinem Sohn überlassen.

„Pak Paul", sagte er. „Ich verstehe ihren Entschluss und danke Ihnen für ihre hervorragenden Leistungen. Ich selber werde mich vermehrt in Taiwan aufhalten und die verbleibenden Jahre in Ruhe verbringen. Dasselbe wünsche ich Ihnen und ihrer Familie. Sie erhalten natürlich den bei uns üblichen Bonus."

Was für eine Familie dachte Paul bitter, bedankte sich aber höflich. Das spitzbübische Lächeln dieses kleinen Mannes vermisste er jetzt schon. Der übliche Bonus belief sich dann auf eine beachtliche Summe, denn man rechnete pro Jahr ein Monatssalär. Bezeichnenderweise kam das Geld aber nicht von der Firma, sondern von Oy Tang Sun persönlich. Damit war auch Pauls Zukunft gut gesichert, und er überlegte, ob nicht der Erwerb eines kleinen Hauses in der Schweiz möglich wäre. Vorerst würde er aber bei guten Freunden unterkommen, und dann würde man weitersehen.

In diese Gedanken versunken saß Paul am letzten Abend im kleinen Garten hinter dem Haus an der Jalan Karangsari. Rechts im Nebentrakt brannte eine einzelne schwache Birne. Bibi war noch nicht zurück, so dass es ungewöhnlich still war. Der dunkle Avocado Baum gegenüber warf lange Schatten auf die Mauer, da der volle Mond dahinter eben über den Horizont stieg. Irgendwo in der Ferne hörte man die feinen einfachen Töne einer Suling Flöte. Eine verspätete Taube flatterte in den Bäumen zu einem bequemeren Nachtplatz. Es lag Stille und ein herrlicher Frieden über der Szene.

Das leise Geräusch der Türe überhörte Paul. Erst als Rini ihm eine Jacke über die Schultern legte, bemerkte er, dass sie in den Garten gekommen war.

„Es ist kühl geworden", sagte sie. „Darf ich mich zu dir setzen?"

„Natürlich, bitte! Danke für die Jacke." Paul rückte auf der Bank etwas zur Seite. „Es ist herrlich hier draußen. Der Mond und die Ruhe. Schau nur, da ist auch eine Fledermaus."

„Ja, da noch eine!"

Lange Zeit saßen sie einfach da. Paul fühlte ihre Nähe, wie wenn sanfte Wellen sie umschießen würden und sie zusammen in diese perfekte Stimmung sinken ließe. Das Mondlicht verzauberte das Bild wie mit tausend matt schimmernden Kerzen. Die Frau neben ihm erschien wie eine filigrane Figur des Schattenspieles Wayang Kulit. Unfassbar, lebendig und doch hinter dem transparenten Vorhang. Sie spielte das Drama einer Prinzessin, mit einer Anmut und zauberhaften Kindlichkeit. Sie, die sundanesische Prinzessin, versprach vollkommene Glückseligkeit und widerstand allen Angriffen der bösen Dämonen. Sie war ein Traum, den die Menschen ersehnten, für alle Ewigkeit.

In einem Augenblick wie diesem schien die Zeit stillzustehen. Paul wagte kaum zu atmen, dann flüsterte er gequält: „So ein Moment kommt nie mehr, und es hat wohl keinen Zweck, dich nochmals zu bitten..."

Die Sekunden verrannen wie Ewigkeiten, bis Rini murmelte: „Nein Paul, wir können das Schicksal nicht ändern, aber wir können diesen Augenblick in unseren Herzen bewahren. - Ich möchte noch einmal, nur diese eine Nacht, ...noch einmal deine Frau sein."

Der Mond war höher gestiegen und warf ein überirdisches sanftes Licht auf die beiden Gestalten, die wie erstarrte Figuren nebeneinander saßen und sich nicht getrauten in die Augen zu schauen. Selbst der Wind schien den Atem anzuhalten, er hatte aufgehört in den Blättern der Bäume zu rascheln. Es herrschte eine Totenstille, wie wenn das ganze Universum, alle nur auf diese eine Antwort warteten.

„Rini..."

Sie drehte sich ihm zu und blickte in seine Augen. Traurigkeit und Schmerz lagen in den schimmernden Seen, aber auch der Wunsch, diesen Moment nicht vorbeigehen zu lassen, ihn festzuhalten im letzten Moment vor dem Ertrinken.

Sie führte ihn hinein zum Schlafzimmer, welches er die letzten Tage gemieden hatte. Sie streifte sich das einfache Kleid von den Schultern und ließ es fallen. Nackt stand sie dort im Mondlicht und streckte ihm die Arme entgegen. Eine Prinzessin im Schattenspiel, eine Göttin mit samter Haut, dachte Paul überwältigt und nahm sie in die Arme.

Wie ein rauschender Ozean brach die Lust über sie her, riss alles mit sich und schleuderte sie in unvorstellbare Höhen. Sie liebten sich wie Ertrinkende. Einem Tsunami gleich brach es über sie herein. Es riss alles mit sich, machte vor nichts Halt und ließ danach eine gnadenlose Wüste zurück.

Epilog

Der tragische Tod von Pauls Freund René hat tatsächlich stattgefunden, aber die wirklichen Umstände wurden nie aufgeklärt. Die große Textilfirma gibt es auch heute noch, und die Ehe mit der Sundanesin entspricht ebenfalls der Realität. Sie wurde später geschieden. Viele Ereignisse und Personen dieser Geschichte sind aber reine Fiktion, haben nie stattgefunden und haben nie existiert. Die Namen der Örtlichkeiten sind authentisch, diejenigen der Personen aber verändert oder erfunden.

Der politische Ablauf in diesen Jahren entspricht ebenfalls den Tatsachen. So wurde kurz nach Pauls Abreise der Präsident Suharto gestürzt. Eine eigentliche Demokratisierung ließ aber auf sich warten, da in der Zwischenzeit auch noch die Tochter des ersten indonesischen Diktators Sukarno, Megawati Soekarnoputri, an die Macht kam. Die Stabilität des Landes war deshalb lange erschüttert, und die chinesischen Unternehmer hatten weiterhin nichts zu lachen. Die extreme Islamisierung des Landes wurde glücklicherweise verhindert. Trotzdem ist bekannt, dass eine große Anzahl der Dschihadisten dieser Welt aus Indonesien rekrutiert werden. Indonesien gilt auch heute noch als der größte islamische Staat der Welt.

Die eigentliche Botschaft dieser Geschichte sieht der Verfasser aber darin, dass das Zusammenleben von sehr unterschiedlichen

Kulturen ein nahezu unüberbrückbares Problem darstellt. Selbst mit dem größten Willen ist eine Anpassung oder Integration beidseitig kaum möglich. Integration, dieses heute so hoch gepriesene Wort ist eine Täuschung der Betroffenen. Nur wer das einmal selber versucht hat, kann beurteilen, wie weit das geht. Wer selber einmal eine Fremdsprache erlernt hat wird bald merken, wo er nicht mehr weiter kommt. Das Andersartige, Fremde oder gar Exotische kann das Eigenständige, Liebgewordene und Angeborene nicht einfach ersetzen. Der alte Spruch: „Keiner kann aus seiner Haut", hat nach wie vor Gültigkeit, für uns sowie auch für die Fremden.

Dass selbst die Liebe daran zerbricht, musste der Autor schmerzlich selber erfahren. Indonesien bleibt aber als außergewöhnliche Episode seines bewegten Lebens für immer in seiner Erinnerung haften. Es ist deshalb nicht erstaunlich, dass daraus ein ganzer Roman wurde.

Verwendete Wörter in Bahasa Indonesia

Api	Feuer
Ayam	Huhn
Bahasa	Sprache
Bapak (Pak)	Herr
Cinta	Liebe
Gang	Gasse
Gunung	Berg
Ibu (Bu)	Frau, Mutter
Jalan	Straße
Kampung	Dorf
Kereta	Wagen
Kopi Tubruk	Kaffee mit Satz
Kota	Stadt
Makan	Essen
Mesjid	Moschee
Minta Maaf	Entschuldigung
Nasi	Reis
Orang	Person
Orang Asing	Fremder
Pribumi	Einheimischer
Rumah	Haus
Rumah Sakit	Krankenhaus
Saudara	Bruder
Sayang	Liebling
Selamat Malam	Gute Nacht
Selamat Pagi	Guten Morgen
Selamat Sore	Guten Abend
Sunda	West-Java
Terima Kasih	Danke
Toko	Laden
Tuan	Herr (gehoben)
Uang	Geld
Warung	Verkaufsstand